比较文学与世界文学名家讲堂
王向远 主编

一苇杭之
查明建教授讲比较文学与翻译研究

查明建 著

中央编译出版社
Central Compilation & Translation Press

作者简介

查明建(1964—)，博士、教授、博士生导师，上海外国语大学比较文学与世界文学学科带头人，英语学院院长，比较文学研究所所长，美国哈佛大学"富布赖特"高级研究学者，上海市优秀留学人员"浦江人才计划"学者，《中国比较文学》副主编，国际比较文学学会会员，上海市高校精品课程"比较文学"主持人，上海市"师德标兵"，上海市"优秀共产党员"，获宝钢教育基金会全国优秀教师奖、上海市哲学社会科学优秀著作奖。

著作有《中国现代翻译文学史(1898—1949)》、《中国 20 世纪外国文学翻译史(1898—2000)》等，译著有《比较文学批评导论》、《什么是世界文学》等。另外，在海内外学术刊物上发表比较文学、翻译研究方面学术论文 60 余篇。

《比较文学与世界文学名家讲堂》前言

"比较文学与世界文学"学科，顺应改革开放的时代潮流，在上世纪最后二十年开始起步发展，到现在为止的三十多年时间里，已经有了丰厚的知识产出和思想建树。它的异军突起，是当代中国一道引人瞩目的学术文化景观，是中国走向世界、世界走进中国的鲜明印证，也是当代中国学术文化繁荣的一个重要表征。

三十多年的学科建设和学术发展史已经表明，要在人文研究及文学研究中建立世界观念和视野，要把中国文学置于世界文学背景下加以考察和研究，要把外国文学放在中国文化立场上加以审视和阐发，要连接中外文学，要打通文学研究与其他学科的壁垒，要把细致微观的实证研究与高屋建瓴的理论建构相结合，那必然会走向比较文学与世界文学。

在这里，"比较文学"与"世界文学"两者相辅相成、互为依存。"比较文学"是学术观念、研究范式与研究方法，"世界文学"则是学科资源与研究视野。它在贯中外、跨文化、通古今、越科界的学术视阈与研究方法上的优势，使其无可替代地成为当代中国学术文化中最有时代性、最有包容性、最有创新性的高端学科之一。

事实上，近二十年来，中国的比较文学不仅在中外文学关系史研究等方面生产了大量的新知识，而且逐步建立了既有中国特色又具有理论普适性的学科理论系统，逐步完善了比较诗学、中西比较文学、东方比较文学、翻译文学等分支学科，在学术成果的质与量上已居世界各国之首，还全面进入了大学中文系、外文系文学专业的课程体系，从而使中国比较文学成为当代世界比较文学的重心和中心，代表着世界比较文学兼收并蓄、超越学派的第三个发展阶段。

收在这套《比较文学与世界文学名家讲堂》的作者，在当代中国比较文学学术史上，是继季羡林、乐黛云等老一辈学者之后的第二代学人。这些作者固然只是第二代学者中的一部分，却有相当的代表性。他们现年多在四十五至六十五岁之间，从学术年龄上说大体属于中壮年，都是各大学的教授、博士生导师和学术带头人，大都在1980年代后走上比较文学与世界文学之道，1990年代后崭露头角或脱颖而出，进入21世纪后的十几年里，更成为我国比较文学与世界文学学术界的中坚力量。他们有幸拥有了可以安心治学的环境，赶上了数字化、信息化的新时代。既抬头看世界，又埋头务笔耕，既坚持学术的严谨，也保持思想的活跃，充分展示了中国学者的文化立场，充分发挥了中国学者的学术优势和想象力、思考力、创造力，取得了与时代要求相称的成果。这些成果不仅是个人学术履历的证明，也是对中国学术文化史上的一份奉献，更成为新时代"国人之学"即"国学"的重要组成部分。

《比较文学与世界文学名家讲堂》二十卷，选题上以比较文学与世界文学的学科理论为主，以讲述和示范学术方法为要，涉及比较文学与翻译文学基本理论、比较诗学、东方文学及东方比较文学、西方文学及中西文学关系、世界文学总体研究等方面。各卷均按一定的范围和主题，将作者有原创性、有特色的成果收编起来，将大学讲堂搬到书本上来，以读者为听众，以写代"讲"，以言代"堂"，深入浅出，以雅化俗，汇集中国比较文学第二代学者中的代表人物，以使五指成拳、十指合掌，形成大型丛书的规模效应，得以占书架之一角，入读者之法眼，从一个侧面展示近年来中国比较文学的新进展和新成果。而且，不同作者及著作之间也可以相互显彰、相互映照、相互补充，读者也可以在异中见同、同中见异，在参读和比照中领略五彩缤纷的文学世界和世界文学，得窥比较文学殿堂之门径。

《比较文学与世界文学名家讲堂》的编辑出版，得到了北京师范大学的资助和中央编译出版社的支持，编者和作者深表谢意！

愿"讲堂"满座，愿比较文学与世界文学学术事业更加繁荣！

王向远

2014 年 4 月 20 日

自 序

承蒙向远兄相邀,将已发表的比较文学与翻译研究方面的学术论文结集成书,纳入他主编的"比较文学与世界文学名家讲堂"丛书中。这是我第一次编辑个人论文集,却顾所来径,趁机回顾和梳理一下自己这些年的学术历程和思想理路。

在比较文学研究领域中,我最早关注的是影响研究。虽然影响研究受到以韦勒克、雷马克为代表的美国比较文学学者的批评,但影响研究是否就真的一无是处?毕竟,影响研究仍是文学关系研究中不可或缺的重要研究方法,那么,影响研究该如何拓展、如何深入?这是我深感兴趣的问题。读到叶舒宪、王富仁、赵明等学者的文章,我觉得中国学者一些成功的比较文学实践及其所运用的方法,对深化影响研究具有启迪意义,应该加以总结和发扬,因此撰写了《影响研究如何深入?》、《影响研究如何开拓?》、《旧学商量加邃密》等文。1990 年代,陈思和教授提出了"世界性因素"概念,对中外文学关系研究很具有学术生发性,为中外文学关系研究提供了一个新视角,开拓了新空间。《中国比较文学》编辑部组织召开了沪上比较文学学者座谈会,对该命题进行讨论。我参加了座谈并发言。我结合思和教授的"世界性因素"命题,继续思考如何深化影响研究和中外文学关系研究问题。当时,思和教授全面阐述其"世界性因素"命题的文章尚未成文发表,只是在不同场合谈了一些想法和设想。他让我不妨把自己的想法和不同观点先写出来发表，或许有助于他对"世界性因素"问题更全面的思考。我因此撰写了《从互文性角度重新审视20世纪中外文学关系——兼论影响研究》，算是我那几年对如何深化影响研究以及中外文学关系研究的一点心得。我认为，当代比较文学中的影响研究已内在地包含了接受研究，即将影响接受者的主体性纳入了影响研究视野。影响研究，包括实证研究方法，不应完全排斥。20世纪中外文学"关系"存在的形态确实非常复杂，有明显的模仿、借鉴的直接影响关系，有受文化语境、文学风气氛围的感染等间接关系，也有创造性转化后无法查证、无迹可寻的模糊关系，还有面对类似社会现实而产生的契合关系。针对20世纪中外文学关系的复杂现象，需采取互文性研究方法，对20世纪中外文学关系进行多层面、多角度的分析研究。

从影响研究到互文性研究，又引发我对如何深化平行研究的思考，由此进入对可比性的思考以及文学性间性（interliterariness）的研究，已撰写了三四篇相关文章，因尚未发表，这次就不收入文集中了。

我硕士毕业留校任教后，谢天振教授让我来接任他的硕士研究生课程《比较文学原著选读》教学。《深入开掘和充分利用比较文学的思想资源——谈"比较文学名著选读"课的教学》一文，就是我们对这门课程思考的结果。90年代中期以后，国外比较文学，无论是对学科发展的理论认识，还是在研究范围、对象上，都已发生了很大的变化，研究方法更加多元化，研究范围日趋广泛，跨学科研究方兴未艾。比较文学已成为国外人文学科领域最具活力的学科。20世纪80年代，我国比较文学处于复兴阶段，对国外比较文学的发展非常关注，也译介了一批国外比较文学论著。但90年代之后，我国比较文学界对国外比较文学的发展情况，则显得比较隔膜，更缺乏系统的研究和借鉴。上海外国语大学开设比较文学，我觉得应该体现外国语大学开设比较文学的优势和特色，让研究生通过阅读原著，了解当下国际比较文学发展的动态，以帮助他们了解和关注比较文学学科的前沿问题。鉴于此，2003年后，我又开设了《当代欧美比较文学研究》课程。该课程从当代欧美比较文学发展中提炼出若干专题，指导研究生在研读原著的基础上，分析这些问题出现的背景、原因及其拓展比较文学学科内涵的意义。

2008年，我申报的"当代国际比较文学系列研究"课题成功获得上海外国语大学重大研究项目立项。该系列研究包括《北美比较文学发展史》、《欧洲比较文学发展史》、《亚洲、拉美、非洲比较文学发展史》、《当代欧美比较文学专题研究》、《当代欧美比较文学名著导读》。自20世纪60年代起，美国逐渐成为当代国际比较文学研究的重镇，美国比较文学的发展和走向对国际比较文学产生了重要影响。我根据自己对美国比较文学发展史的研究及对其近十几年来发展走向的思考，撰写了《当代美国比较文学的反思》一文。我认为，美国学派虽然开拓了平行研究、跨学科研究新领域，但对这两个研究领域缺乏足够的理论建构，导致了后来的泛学科研究。在这篇文章中，我分析了美国比较文学出现理论热、文化研究热的原因，探讨了对比较文学发展的利弊，最后指出了美国比较文学的诸多悖论，及其值得比较文学学者思考的问题，如后欧洲中心主义时代，比较文学如何实现文化跨越，跨界、跨学科的研究如何体现比较文学性质，韦勒克、雷马克时代的比较文学观念要不要、又如何更新，等问题。

"世界文学"是继"文学经典"之后，国际比较文学又一重要议题。随着全球化进程的日益加深，不同文化间的交流和互动日趋频繁。歌德、马克思当年所预言的"世界文学"愿景，由朦胧而逐渐清晰，离我们也似乎并不再那么遥远。"世界文学"逐渐又成了比较文学学者所关注的议题。1993年，大卫·达姆罗什出版了专著《什么是世界文学》，并发表了多篇论述"世界文学"的文章。达姆罗什提出了不少关于世界文学的新观点，比如，"世界文学"是具体存在的，并没有一套固定的模式，世界上不同地区有多种多样的"世界文学"；"世界文学"是文学流通和阅读的方式；世界文学是从翻译中受益的文学；等等这些新观点，具有较大的理论启迪意义，为重新探讨世界文学以及世界文学与比较文学的关系，提供了新的视角，因而引起了比较文学学者极大兴趣，"世界文学"因而也成为近年来比较文学界的热门议题。我对世界文学问题也一直关注，2001年曾撰写过《"世界文学"：网络时代的可能性及其特征》一文。担任研究生课程《当代欧美比较文学研究》教学，又促使我比较全面和深入地思考这一问题。2005年底，我成功申请到美国国务院富布莱特项目，于2006年9月至2007年8月在哈佛大学从事富布莱特高级研究学者项目研究。期间，我留意收集有关世界文学讨论新进展的资料，并与美国比较文学学者讨论、交流。2008年8月，应王宁教授邀请，我参加了第五届中美比较文学双边讨论会，本次会议讨论的主题为"走向世界文学阶段的比较文学"（Comparative Literature: Toward the Stage of World Literature），我作了题为"Power Discourse, Translation Selection and the Manipulation of World Literature"的发言。随后，我又赴韩国，参加了第19届国际比较文学大会。本次大会的主题之一是"比较的世界文学"，我在会上宣读了题为"A Reconsideration of the Relationship between World Literature and Comparative literature"的论文。1997年，中国教育部对学科目录作了调整，将比较文学与世界文学合并，划归为中国语言文学一级学科之下的二级学科，由此引发了我国比较文学界关于比较文学与世界文学如何结合问题的热议。鉴于中外比较文学界都对"世界文学"议题表现出了极大的关注和学术热情,我因此提议《中国比较文学》开辟"世界文学与比较文学"专栏,就"世界文学"议题发出中国学者的声音,形成中外比较文学学者的对话。我的提议得到主编谢天振教授的赞同和支持,因此,我负责策划、主持了《中国比较文学》"世界文学与比较文学"的栏目。栏目开设了三年,众多学者发来相关稿件,我本人翻译了《歌德论世界文学》、弗兰科·莫莱蒂的《对世界文学的猜想》、安德斯·彼得森的《跨文化文学史:穿越世界文学观念的局限》,并组织翻译了大卫·达姆罗什的《世界文学,民族语境》等文章。由于栏目的需要,我撰写了《论世界文学与比较文学的关系》和《比较文学视野中的世界文学:问题与启迪》。我的主要观点是,文本层面上的世界文学,既不是比较文学的研究对象,更不是其发展目标。比较文学的研究对象和目标,应是研究从世界文学中凝练出的富有普遍诗学意义的问题,以建构诗学意义上的世界文学,即"总体文学"。从当下世界文学研究的发展来看,世界文学研究已超越了传统的研究内容和研究方法,而关注全球化时代世界文学的实践形式以及世界文学研究新路径。达姆罗什、莫莱蒂等人的研究成果,体现了世界文学研究的新范式、新方法。全球化语境进一步密切了世界文学与比较文学的关系。世界文学观念的更新、研究范式的拓展,体现了比较文学意识和研究方法,其研究成果体现了比较文学性质,而呈现出比较文学化的趋势。世界文学研究的新进展对比较文学未来发展走向具有较大启迪意义。1970年代以来,比较文学越来越热衷于理论研究和文化研究,脱离了文学本体,而热衷于理论研究和文化研究,致使比较文学学科边界无限扩大,迷失了学科的发展方向,模糊了本学科本体性目标,忘了本学科之所以存在的原因。这两篇文章发表后,都很快被《新华文摘》全文转载。可见,"世界文学"不仅是比较文学界的热门议题,我国人文社科学界对此话题也抱有浓厚的兴趣。

我另一个着力较多的研究领域是翻译文学和翻译文学史研究。我硕士阶段师从谢天振教授研读译介学。天振师是我国译介学理论和研究方法的开创者。他对如何从比较文学角度进行翻译研究,以及关于翻译文学、翻译家在中国文学、文化史上的地位的论述,让我深受教益和启发。《试论新时期翻译文学与创作文学的关系》、《意识流小说在新时期的译介及其"影响源文本"意义》就是运用比较文学和译介学理论方法研究新时期文学翻译的尝试。后来,我还结合自己对译介学的理解,撰写了《译介学:渊源、性质、内容与方法——兼评比较文学论著、教材中有关"译介学"的论述》、《论译者主体性》、《现代主义文学译介与中国当代文学中的现代主义》等文章。

值得一提的是,1990年代末,我读到王向远教授《芥川龙之介与中国现代文学》一文,他就中国文坛对芥川作品既大量译介又批判否定的奇特现象作了深入的剖析。我由此联想到,新时期初期,由于当时政治形势还比较严峻,译介者在介绍和翻译外国文学时,大多会对所译介作品持一种貌似批评甚至严厉评判、否定的态度,也采取了"既译介又批判"的方式。向远教授的文章给我很大的启发,"既译介又批判"由此作为我深入考察新时期外国文学译介现象的一个切入点。《外国现代派文学翻译的文化语境和翻译策略》就是在他的这篇文章启发下撰写而成的。

我去香港攻读博士学位前夕,读到王宏志教授的《重释"信达雅":二十世纪中国翻译研究》,很是惊喜!他认为,传统的翻译研究以原著为中心,在语言技术层面上对译本好坏作对比,虽然不无价值,但不是严格意义上的翻译研究。翻译研究应将时代文学、文化、意识形态、读者的文化接受心理等诸多因素纳入自己的视域，即以译文为中心，将译本纳入译入语文化系统中进行考察，探讨译本在译入语文化系统中所起的作用、译者的文化用意和翻译策略以及译本读者的文化心理反应，如此才能揭示翻译现象和译本背后潜隐的历史原因，从而真正确立翻译研究的学术地位。宏志教授的论述，不仅让我进一步认识到，翻译研究除研究"如何译、如何译得好"之外，还应有另一个研究层面，即从译入语文化层面来研究文学翻译。此外，他论著中的7篇研究个案，有机地运用了西方当代翻译理论来探讨中国现代翻译文学现象，我认为具有理论运用的示范意义。因我之前接受过比较文学的训练，读王宏志教授的这本专著，接受得比较快，并大有深获我心之感，受益良多。

2000年，我前往香港岭南大学师从张南峰教授攻读博士学位。南峰师是中国最早呼吁建立翻译学的学者之一，同时也是描述翻译学研究的权威学者，尤其在多元系统理论研究方面，建树卓著。在南峰师的指导下，我系统研读了当代西方翻译理论。2001年，台北《中外文学》邀请南峰师主持编辑"多元系统研究专号"，得南峰师提携，也邀我撰写一篇，我因此撰写了《意识形态、翻译选择规范与翻译文学形式库——从多元系统理论角度透视中国五十——七十年代的外国文学翻译》。这是我首次尝试运用多元系统理论探讨中国翻译文学的文章。文集中收入的《论译文之外的文化操纵》、《文化操纵与利用：意识形态与翻译文学经典的建构》、《权利话语、文学翻译选择与文化利用》等文章，就是运用当代翻译理论，并结合比较文学方法，研究20世纪翻译文学的一点成果。

《论译文之外的文化操纵》一文是我应罗选民教授邀请，参加第四届亚洲翻译家论坛的会议论文，会后没拿出去在期刊上发表，后收入选民教授主编的《文化批评与翻译研究》论文集中。这是我对如何突破译文对比模式来研究翻译文学的思考。所谓"译文之外"就是指译本的副文本(paratext)。随着翻译研究的文化转向,译入语文化对原文的操纵已引起了研究者的重视,但研究的关注点一般只是集中在文本层面,即通过译文中的增删、改写现象来分析译入语的文化操纵,而忽视了文本之外的操纵策略。我认为,文本之外的翻译操纵,从总体上决定了翻译作品在译入语中的价值意义和读者的接受取向,因此比文本层面上的操纵在程度上更为深刻,影响也更大。

1999年开始,我与谢天振教授合作撰写《中国20世纪外国文学翻译史》。这是中国比较完整梳理和叙述20世纪外国文学翻译发展史的著作。当时电脑使用还不像现在这样普及,网络上有价值的信息资料非常少。尽管从史料搜集到全书完成、出版,耗时费力,前后花费了七、八年的时间,但本书完成后,我就感到不满足,继而开始着手在此基础上撰写一部"20世纪翻译文学史论"性质的著作,试图运用比较文学和当代西方理论方法,将翻译文学的发展放置在具体的中国文化语境中考察,从典型的翻译现象分析着手,挖掘出20世纪中国翻译文学发展中的主要问题,探讨各时期翻译文学的发展形态、特点、历史文化原因以及翻译文学与创作文学的影响和互动关系。

我对翻译文学研究的兴趣,是与影响研究、中外文学关系研究相伴随的。因为,20世纪中外文学关系研究中的"文学关系",很大程度上体现在翻译文学的生产方式、性质以及翻译文学在译入语中的地位和影响。既然中外文学关系中的"外"(外国文学),在大多数情况下是翻译文学,那么,中外文学关系中的"外国文学",实为翻译文学,中外文学关系在很多情况下所体现的,实际上是创作文学与翻译文学的关系。翻译文学与创作文学都处在共同的文学语境中，共同受制于特定时期的意识形态、文学观、文学体制，而被纳入同一文学轨道，构成了异质同构关系，共同作用了文学系统的发展演变。因此，研究中外文学关系，必然涉及翻译文学；而翻译文学研究的深入，自然又进入到中外文学关系研究层面。翻译研究与中外文学关系研究，两者相辅相成。

自 2004 年起，我为研究生开设了《翻译文学研究》课程。这门课结合当代西方翻译理论和文化理论，探讨翻译文学研究的理论方法、内容范围和研究目的。在 20 世纪中国文学、文化语境中观照翻译文学的发展，探讨不同时期翻译文学的发展特点、原因。通过对翻译文学史上典型现象的分析，探讨在中国文学多元系统中翻译文学的意义及其与创作文学的关系。开设这门课程，更促使我对如何深化翻译文学研究的思考。近些年来，翻译文学研究取得了长足的进步，成果丰硕，但也存在创新和深化不足的问题，主要表现在：研究课题简单重复，机械地套用翻译理论术语而缺乏问题意识，因而也就不能体现翻译文学研究的学术性和思想性。

总之，影响研究、中外文学互文性研究、翻译文学研究、比较文学学科理论探讨，是我这些年来主要的学术兴趣点。看起来似乎属于不同的研究领域，但对我本人而言，是相互贯通、彼此系连的。

王元化先生提倡"有学术的思想和有思想的学术"，刘梦溪先生提倡"有性情的学术"，这都是我向往的学术境界。理想的学术研究，学术性和思想性应融为一体，而学术文字的背后，自有个人性情存焉。无论是比较文学研究，还是翻译研究，都应如此。这自然是更高的要求，也是自己今后努力的方向。虽不能至，心向往之！

最后，我解释一下这本个人论文集的书名。向远兄约稿时，提醒我，为使全套丛书书名整一，书名都用四字结构。我一般倾向学术文章的题目和著作的书名不必太文学化、诗意化,点明问题主旨,一目了然就好。我本拟用"超越比较"作为书名的,后来想想,还是用现在的"一苇杭之"。

我比较喜欢"苇杭"意象。芦苇在中西方都有隐喻和象征意义。西方的芦苇意象寄寓了哲思,如帕斯卡尔(1623—1662)的名言:"人只不过是一根苇草,是自然界最脆弱的东西;但他是一根能思想的苇草。……我们全部的尊严就在于思想。"中国的芦苇意象则喻指了情思,如《诗经·秦风》中的《蒹葭》:"蒹葭苍苍,白露为霜。所谓伊人,在水一方。"此外,芦苇还象征了向往、信念和意志,如《诗经·卫风》中的《河广》:"谁谓河广?一苇杭之。谁谓宋远?跂予望之。"多年前,我给自己起了个笔名"苇杭",是准备用于文学创作署名的。

在汇集、整理论文的过程中,我不禁联想起当初写某篇文章的情景,引发对过往的诸多回忆,感慨良多。因此,本书既是学术论文集,也是自己生命历程的"潜文本",潜含着憧憬、追求和个人性情。那就姑且预支本拟用作自己散文集的书名,用"一苇杭之"作为这本学术论文集的书名吧。

不仅如此,"一苇杭之"也蕴含了我对比较文学的热爱。

比较文学领域何其博大精深,像浩瀚的海洋,而自己只是一支纤纤的芦苇,在这座海洋里载沉载浮。但由此领略了比较文学浩瀚的魅力,也就够了。谁谓河广,一苇杭之!

目录

《比较文学与世界文学名家讲堂》前言 …………… 王向远 1
自　序 ……………………………………………………… 1

比较文学与世界文学关系 …………………………………… 1
论世界文学与比较文学的关系 ……………………………… 3
比较文学视野中的世界文学：问题与启迪 ………………… 15
"世界文学"：网络时代的可能性及其特征 ………………… 29
当代美国比较文学的反思 …………………………………… 38
是什么使比较成为可能？ …………………………………… 62

比较文学研究：中国视角与方法 …………………………… 67
从互文性角度重新审视20世纪中外文学关系
　　——兼论影响研究 ……………………………………… 69
比较文学对提高外语院系学生人文素质的意义 …………… 87
深入开掘和充分利用比较文学的思想资源
　　——谈"比较文学名著选读"课的教学 ……………… 91
中非人文交流视域中的非洲文学
　　——《非洲小说选》序 ………………………………… 98
《外国文艺》的世界文学眼光与中国文学意识 …………… 105

施蛰存的文学世界与比较文学精神 ········· 124
旧学商量加邃密
　　——赵明对20世纪中国文学接受俄国文学模式
　　　的考察和文化阐释 ············· 134
影响研究如何拓展?
　　——叶舒宪等人"文化考据学"观点对影响研究
　　　的启示 ··················· 139
影响研究如何深入?
　　——王富仁对中国现代文学研究模式的质疑所引起
　　　的思考 ··················· 144

翻译文学研究　149

译介学:渊源、性质、内容与方法
　　——兼评比较文学论著、教材中有关"译介学"的论述 ····· 151
译介学和中外文学关系研究的新课题 ········· 177
从政治的需求到文学的追求
　　——略论20世纪中国文化语境中的小说翻译 ······ 185
文化翻译与翻译文化 ················ 207
论译者主体性
　　——从译者文化地位的边缘化谈起 ········· 211
论译文之外的文化操纵 ··············· 230
文化操纵与利用:意识形态与翻译文学经典的建构
　　——以20世纪五六十年代中国的翻译文学为
　　　研究中心 ················· 244
权力话语、文学翻译选择与文化利用
　　——从文学翻译角度看中国20世纪50—70年代的
　　　跨文化对话 ················ 262

意识形态、翻译选择规范与翻译文学形式库
　　——从多元系统理论角度透视中国 50—70 年代的
　　　外国文学翻译 ·················· 273
试论新时期翻译文学与创作文学的关系 ············ 306
外国现代派文学在新时期译介的文化语境与译介策略 ······ 317
意识流小说在新时期的译介及其"影响源文本"意义 ······ 337
现代主义文学译介与中国当代文学中的现代主义 ········ 351
台湾的俄苏文学翻译与研究 ·················· 360

后　记 ································ 377

比较文学与世界文学关系

论世界文学与比较文学的关系[①]

1980年代国际比较文学界对文学经典的讨论，逐渐引发了当下方兴未艾的"世界文学"热议。近20年来，"世界文学"成了国际比较文学界的热门议题，不仅有大量论文发表，也出版了多种著作。由大卫·达姆罗什（David Damrosch）2003年出版专著《什么是世界文学》（*What Is World Literature?*）为先导，随后陆续出现了克里斯托弗·普伦德加斯特（Christopher Prendergast）主编的"世界文学"专题讨论文集《世界文学论争》（*Debating World Literature*，2004），帕斯卡尔·卡萨诺瓦（Pascale Casanova）的《文字的世界共和国》（*The World Republic of Letters*，英译本，2004），弗兰科·莫莱蒂（Franco Moretti）的《图表、地图、树：文学史的抽象模式》（*Graphs, Maps, Trees: Abstract Models for a Literary History*，2005）以及达姆罗什的《怎样阅读世界文学》（*How to Read World Literature*，2009）。"世界文学"还是近年来各种比较文学会议的主题，如2010年8月在上海举办的第五届中美比较文学双边讨论会，会议主题是"走向世界文学阶段的比较文学"[Comparative Literature: Toward a (Re)Construction of World Literature]。同月，在韩国首尔召开的第19届国际比较文学大会的主题之一就是"比较的世界文学"（Compara-

---

[①] 本文原载《中国比较文学》，2011年第1期（《新华文摘》2011年第9期全文转载）。

tive World Literature）。关于"世界文学"的讨论仍在继续。2011年4月在温哥华召开的美国比较文学年会,其主题是"世界文学/比较文学"（"World Literature/Comparative Literature"）。此次会议的征文启事中提出了这样几个议题:"什么是世界文学?什么是比较文学?将这两个概念进行对话,从中会有何受益?"

"世界文学"的讨论也引起了中国比较学者的关注和极大兴趣。中国比较学者参与世界文学的讨论,不仅是出于对比较文学学科理论和比较文学未来发展方向的关心,更有比较现实的考虑。1997年,中国教育部对学科目录进行了调整,将比较文学与世界文学合并,划归为中国语言文学一级学科下的二级学科,随后引起的争论和教学上的困惑,延续至今。

在当下无论是国际还是国内的世界文学讨论中,存在一种对世界文学与比较文学关系的模糊认识。有的学者将世界文学等同于比较文学,还有的学者甚至认为,世界文学是比较文学的最高发展阶段。世界文学是否就是比较文学的目标?研究世界文学是否就是比较文学?这些问题,涉及全球化时代比较文学的发展路向。从学理上厘清世界文学与比较文学的关系,不仅有助于比较文学汲取世界文学新发展的研究成果,推进比较文学学科建设,也有利于明确"世界文学与比较文学"专业研究生教学的任务和努力方向。

一、对"世界文学"概念的反思

1827年,歌德在与艾克曼谈话中提出:"民族文学的意义现在已经不大了,世界文学的时代已经开始,每个人都应促进其发展进程。"[①]

[①] 歌德:《歌德论世界文学》,查明建译,《中国比较文学》,2010年第2期,第5页。

21年后,马克思和恩格斯在《共产党宣言》中,用这个术语来概括世界市场开拓后文学生产的世界性特征:

> 资产阶级,由于开拓了世界市场,使一切国家的生产和消费都成为世界性的了。……过去那种地方的和民族的自给自足和闭关自守状态,被各民族的各方面的互相往来和各方面的互相依赖所代替了。物质的生产是如此,精神的生产也是如此。各民族的精神产品成了公共的财产。民族的片面性和局限性日益成为不可能,于是由许多种民族的和地方的文学形成了一种世界的文学。①

歌德和马克思的"世界文学"概念成为比较文学学科的理论滥觞,而不断为后世学者所引用、解读、分析和阐发。世界文学与比较文学这两个概念在19世纪互为通用,即使今天,无论是世界文学学者还是比较文学学者,几乎都把歌德的"世界文学"概念作为各自领域的理论基础。比如,乌里奇·维因斯坦(Ulrich Weisstein)认为歌德的世界文学概念"极为有用","因为它强调了国际间的交往和繁复的相互关系。"②弗·约斯特(Francois Jost)指出,歌德的概念是比较文学学科中"不可或缺的理论"③。盖尔·芬尼(Gail Finney)则声称,歌德世界文学的构建"实质上是发明了比较文学"(in essence

---

① 马克思、恩格斯:《马克思恩格斯选集》第1卷,北京:人民文学出版社,1972年,第254—255页。

② Ulrich Weisstein, *Comparative Literature and Literary Theory: Survey and Introduction*, Trans. Williamand Ulrich Weisstein, Bloomington: Indiana University Press, 1973, p.20.

③ Francois Jost, *Introduction to Comparative literature*, Indianapolis: Pegasus, 1974, p.21.

invented comparative literature)①。

歌德和马克思的"世界文学"含义究竟是什么？世界文学与比较文学究竟是什么关系，世界文学与比较文学是在什么意义上建立了密不可分的联系，甚至视为一而二、二而一的二位一体的关系？正如克里斯托弗·普伦德加斯特所说："现在，世界文学依然像当年之于歌德一样，具有同样的地位：依然是个无限开放性的让人反思和争论的概念。"② 世界文学重新成为国际比较文学界的热门议题，我们也确有必要反思歌德和马克思的"世界文学"概念。

歌德、马克思从各民族间相互交往的增多，看到了民族文学间交流、互动所可能出现的一种文学前景，即"世界文学"。但这种世界文学的内容和特质会是什么，无论是歌德还是马克思，都没有作出明确的阐述。况且，歌德和马克思的世界文学概念也并不相同。歌德的世界文学概念，强调的是超越民族文学的狭隘性，而提倡民族文学之间的交流、参照、借鉴，在更广阔的文学视野中发展民族文学。"世界文学的时代已经开始，"指的是民族文学之间的互动、互参。因此，他并不否认将来世界文学中民族文学特性的存在。而马克思认为，物质生产的世界性将促成精神产品的世界性，其所指的世界文学，是超越民族文学之上的一种新型文学形态。

歌德的世界文学观念之于比较文学的意义，在于对民族文学狭隘性的超越，和对民族文学间交流、互动重要性的认识，由此打开了文学研究的世界眼光，为跨民族、跨文化的比较文学诞生起到了思想启蒙作用，而成为比较文学萌生和发展的思想资源。

虽然"世界文学"与"比较文学"关系密切，存在着亲缘关

---

① Gail Finney, "Of Walls and Windows: What German Studies and Comparative Literature Can Offer Each Other," *Comparative Literature*, 1997(4): 261.

② Christopher Prendergast, ed. *Debating World Literature*, London and New York: Verso, p. xiii.

系,但并非是可以互换的、相等同的概念。早在1901年,恩斯特·艾尔斯特(Ernst Elster)在《世界文学与文学比较》一文中就指出:歌德的"世界文学"所指的,仅仅是跨越民族界限的文学兴趣的扩大,是一种由更大范围内文学贸易所营造的氛围。① 弗·约斯特也认为:"'世界文学'与'比较文学'并非等同的概念。前者乃是后者的决定条件,它为研究者提供原料和资料,研究者则按评论和历史原则将其分类。因此,比较文学可以说是有机的世界文学,它是对作为整体看待的文学现象的历史性和评论性的清晰描述。"② 弗兰科·莫莱蒂则重申:歌德和马克思提出的 Weltliteratur 概念,不是"比较"文学,而是世界文学。③

世界文学指向的是文学作品,比较文学是文学研究的一种范式,两者并不属于同一个范畴。即使是世界文学研究和比较文学,也各有不同的研究对象和研究目标。但比较文学确能从当下世界文学的讨论中,获得研究方法和研究对象方面的启示。

二、世界文学议论的新进展之于比较文学的意义

虽然歌德的世界文学观念一直被视为比较文学学科的理论源头而不绝如缕地出现在比较文学史的书写中,也不断为后世学者所阐发,但并没有像现在这样,成为国际比较文学界如此热烈的话题。

"世界文学"何以又成为当下国际比较文学界的热点问题? 有几个方面的原因:一是,随着经济全球化程度的日益加深,国际间

---

① John Pizer, "Goethe's 'World Literature' Paradigm and Contemporary Cultural Globalization," *Comparative Literature*, 2000(3).

② [瑞士]弗朗西斯·约斯特:《比较文学导论》,廖鸿钧等译,长沙:湖南人民出版社,1988年,第22页。

③ Franco Moretti, "Conjectures on World Literature," *New Left Review*, 2000(1): 54.

的交流更为频繁,网络技术的日益发达和普及,为国际间的文学交流提供了前所未有的便捷条件。文学、文化交流的规模、频率和深度,都远甚于歌德、马克思时代。歌德、马克思所预言的"世界文学"出现的外部条件更为成熟,"世界文学"的愿景,由朦胧而逐渐清晰,似乎离我们已不再遥远。二是,20世纪下半叶,解构主义、后殖民理论兴起,解构了欧美中心主义,比较文学的多元文化主义时代来临。1993年伯恩海默的报告,对比较文学的发展方向提出了两条建议,其中之一,就是主张比较文学应摒弃欧洲中心主义,而提倡多元文化主义,将比较文学研究范围扩大到东西方。欧美比较文学界开始关注欧洲之外的文学。三是,1980年代后,比较文学在中国、印度、巴西等亚洲和拉美兴起,并显示出蓬勃生机。正如苏珊·巴斯奈特所说:"正值比较文学这门学科在西方面临危机和衰微之际,世界很多地方因民族意识的觉醒以及对超越殖民遗存必要性意识的增强,促使了比较文学卓有成效地发展。无论在中国、巴西、印度,还是在非洲很多国家,比较文学所使用的这种方法富有建设性意义。"①四是,1980年代,佛克马等学者对文学经典问题的讨论,促使国际比较文学界对"世界文学"的思考。当下的"世界文学"热议,也可以视为是80年代文学经典讨论的延续和深化。

在新一轮的"世界文学"讨论中,大卫·达姆罗什和弗兰科·莫莱蒂对世界文学新的界说,令人耳目一新,具有很大的启迪作用。达姆罗什提出了不少关于世界文学的新观点,比如,"世界文学"是具体存在的,并没有一套固定的模式,世界上不同地区有多种多样的"世界文学"。达姆罗什的核心观点是:"世界文学不是一套规定的让人不可捉摸的经典,而是一种传播和阅读模式,既可适

---

① Susan Bassnett, *Comparative Literature: A Critical Introduction*, Oxford: Blackwell, 1993, p. 8.

用单个作品,又可适用于文学整体,既存在于固有经典的阅读中,也存在于新发现的经典阅读中。"①达姆罗什关于"世界文学"是文学流通和阅读模式,是从翻译中受益的文学,等等这些新观点,具有较大的理论启迪意义,为重新探讨"世界文学"的内涵以及世界文学与比较文学的关系,提供了新的视角。

弗兰科·莫莱蒂发表在《新左派评论》(*New Left Review*)2000年第1期上的《对世界文学的猜想》("Conjectures on World Literature")一文,从"世界文学不是对象,而是问题"的观点出发,以欧洲之外小说的起源与发展为研究对象,提出了一套关于现代小说形态学的理论假设。在世界文学研究方法论上,尤其是世界文学如何能成为比较文学研究对象问题上,不仅提供了生动的研究个案,而且具有理论启迪意义。

三、厘清世界文学与比较文学关系的意义

虽然歌德的世界文学概念奠定了比较文学学科的思想基础,促使了比较文学作为一门学科的诞生。但"世界文学"是否就是比较文学的目标?世界文学是比较文学的研究对象,还是其研究目标?世界文学是从什么意义上进入比较文学研究领域的?比较文学的目标与世界文学在什么层面和意义上是一致的?

世界文学不是一个固定不变的概念,而是一个动态、多元的文学系统。不同国家、不同时代有着不同的世界文学图景和世界文学经典谱系,因此有多种"世界文学"(world literatures)。

目前学术界对"世界文学"大致有以下的界定:1. 各民族文学

---

① David Damrosch, *What Is World Literature?*, Princeton and Oxford: Princeton University Press, 2003, p.5.

一般意义上的总和；2. 各民族文学的杰作；3. 经过时间淘洗而为不同时代和民族读者所接受和喜爱的世界文学杰作；4. 超越民族界限，体现了世界文学意识和世界性视野，表达人类普遍文化精神的作品；5. 世界文学是一种传播和阅读的模式。

我们谈世界文学与比较文学的关系，首先要明确，我们谈的是哪种意义上的世界文学。有的学者认为，世界文学是比较文学的基本研究对象，而有的学者认为世界文学是比较文学的目标，他们所谈的，实际上是不同层面、不同意义上的世界文学。按以上对世界文学的划分，前两种都不具有比较文学性质。第一种世界文学概念，将世界上存在过的所有文学作品都包括进去，看似全面，但既缺乏价值判断也缺乏实际研究的可操作性和文学研究意义。第二种世界文学概念，只是从单个民族文学的角度遴选出的文学经典集合，没有跨越性，不属于比较文学研究范畴。第三种世界文学概念，虽然跨越了时空，但具有静态性，关注的是作品本身的内涵。第四种世界文学概念，是马克思、恩格斯对未来新形态文学的假想。虽然已经过了一个半世纪，并且现在的全球化程度比歌德、马克思时代要深刻得多，但这种具有世界性特征（cosmopolitan character）的文学样式，依然还比较遥远。第五种，达姆罗什对"世界文学"的界定，突出了世界文学的跨民族、跨文化传播性质，拓展了世界文学研究的话语空间。达姆罗什对世界文学的重新界定，涉及世界文学跨文化传播以及文学经典的动态建构问题。文学经典库（canonical repertoire），或者说文学经典谱系，并不是固定的，而是处于动态演变过程中。不同时代、不同民族（国家）会因国际国内政治、意识形态、文学观念、读者接受视野等多种因素，而建构不同的文学经典谱系。达姆罗什重新界定的世界文学概念，也许更切合当代的比较文学观念。

比较文学是世界文学研究的理论视角和方法论。比较文学的跨越性质,要求研究者具有世界文学的视野和世界文学意识,在世界文学的背景上探讨民族文学之间的关系,或相似的文学现象及其背后的诗学问题。因此,文本层面意义上的世界文学,既不是比较文学的发展目标,也不是其研究对象。探讨世界文学之间的文学性关系,或某些类似的文学现象、共同的文学问题,而得出具有普遍诗学价值的结论,才是比较文学的任务。也只有从这个意义上才能说,比较文学目标是世界文学——诗学意义上的世界文学。

四、比较文学的目标与诗学意义上的"世界文学"

尽管比较文学的研究范围不断扩大,出现了文化研究泛化和泛学科化的趋势,但大多数比较学者依然坚持,文学还是比较文学研究的本体和核心。比较文学研究范围的泛化,虽与理论热、人文学科领域的"文化转向"有关,但是,文学范围内的比较文学研究成果的不尽如人意,也是其中的重要原因。比较文学研究,无论是平行研究、影响研究还是跨学科研究,30多年来,发表和出版的论文、论著很多,但达到了比较文学研究的目标、具有文学理论价值意义的成果,还比较稀少。即使已取得的部分优秀成果,也缺乏文学理论意义上的总结,致使比较学者对这门学科的前景常怀焦虑。[①]

中国比较文学界一方面不赞同比较文学无限扩大其研究范围,走向文化研究或泛学科研究,坚持比较文学的"文学性",但另一方面,又对文学范围内的比较研究如何深化时感迷惘。其关键原因,就是比较文学实践中诗学问题意识的模糊与缺失。

法国著名比较文学家艾田伯(René Etiemble)指出:"比较文学必

---

① Charles Bernheimer, "Introduction: The Anxiety of Comparison," in *Comparative Literature in the Age of Multiculturalism*, ed. Charles Bernheimer, Baltimore: Johns Hopkins University Press, 1995, pp.1 – 17.

然走向比较诗学。"①钱锺书先生也指出:"比较文学的最终目的在于帮助我们认识总体文学乃至人类文化的基本规律。"②应该重申比较文学研究的"共同诗学"(common poetics)的追求。

共同诗学不仅是比较文学研究应追求的目标,也保证了比较文学"可比性"研究前提上的学术价值,防止比较文学沦为肤浅、牵强的"文学比较",从而提升比较文学研究的诗学品格;而从世界文学研究层面进行共同诗学议题,也将使比较文学研究进一步接近总体文学的目标。

世界文学研究,如果仅仅是见树不见林式地研究单个外国作品,依然不具有比较文学性质,而必须找到其中内在的诗学问题,才属于比较文学研究,正如弗兰科·莫莱蒂所指出的:"世界文学不是对象,而是问题,一个需要新的批评方法的问题。"③这种问题意识,为世界文学研究提供了新的研究思路,也更有可能将世界文学研究上升到比较文学研究。

"世界文学是个问题。"是什么问题?弗兰科·莫莱蒂没有作明确的说明。但从他以欧洲之外小说的起源与发展为研究对象,而提出的一套关于现代世界小说形态学的理论假设来看,其所说的问题,就是隐含在世界文学现象中的共同诗学问题。

关于世界文学的共同诗学问题,捷克著名比较文学学者迪奥尼兹·杜里申(Dionýz Ďurišin)在《文学间过程理论》(*Theory of Interliterary Process*,1989)中曾作过比较深入的探讨。杜里申把比较文学作为文学间过程理论,而这个理论的主要概念就是"文学性间性"(in-

---

① René Etiemble, *The Crisis in Comparative Literature*, Trans. Herbert Weisinger & Georges Joyaux, East Lansing:Michigan State University Press,1966,p.54.

② 张隆溪:《钱锺书谈比较文学与"文学比较"》,载北京师范大学中文系比较文学研究组选编:《比较文学研究资料》,北京:北京师范大学出版社,1986年,第92页。

③ Franco Moretti,"Conjectures on World Literature,"*New Left Review*,2000(1):54.

terlilerariness）。高利克对此概念曾作过如下解说：

> 杜里申将"文学性"简括为所有文学的"基本品质"（basic and essential quality），包含了由各种不同文学构成的框架内所有文学关系及其强度、规模和制约方式。一旦这种关系的强度、变异性、相互关系或契合性超出了国别文学的范围，那么，"文学性"就自动转化为"文学性间性"。因此，文学性间性就是跨国别、跨种族语境中文学的基本品质和本体决定性。这种决定性及其框架涵括了所有可能的关系、契合性、国别文学、各种各样超种族、超国别的文学，以及文学性间性的最高形式——世界文学。①

"文学性间性"从本体论和认识论角度为文学研究提供了一个普遍性概念。"从理论上说，文学性间性的最高品质，可能就存在于世界文学概念中。从文学发展史和进化的角度来理解文学间的进程，世界文学就是文学性间性的最高体现。"②在杜里申看来，世界文学的内涵即文学性间性。高利克认为，"文学性间性"理论"不仅应为文学和文化理论家，而更应为比较文学理论家所关注"。③

比较文学促进了民族文学、文化之间的了解和沟通，有助于具有世界性特征的新文学样式的出现。这是比较文学的作用，但不是

---

① Marián Gálik, "Comparative Literature as a Concept of Interliterariness and Interliterary Process," in *Comparative Literature Now: Theories and Practice*, eds. Steven Tötösy de Zepetnek & M. V. Dimić, Paris: Honoré Champion, 1999, p. 95.

② Marián Gálik, "Comparative Literature as a Concept of Interliterariness and Interliterary Process," in *Comparative Literature Now: Theories and Practice*, eds. Steven Tötösy de Zepetnek & M. V. Dimić, Paris: Honoré Champion, 1999, p. 102.

③ Marián Gálik, "Interliterariness as a Concept in Comparative Literature," CLCWeb: Comparative Literature and Culture: A WWWeb Journal ISSN 1481-4374.

比较文学研究的本体内容和最终目标。按歌德的设想，即使出现了他所说的"世界文学"，也并不意味着文学民族性的消失。比较文学是跨越性的文学研究，只要民族特性和文化差异存在，比较文学就有存在的必要和价值。如果说世界文学是比较文学目标的话，那也不是文本形态上的世界文学。比较文学从世界文学范围内，研究民族文学关系发生的动因和诗学意义，研究同一文学主题在不同文学中的表现形式，从而得出某种文学理论意义上的结论，那我们就可以说比较文学的目标是在建构一种世界文学——诗学意义上的世界文学，亦即梵·第根（Paul Van Tieghem）所说的"总体文学"（general literature）。只有从这个意义上说，世界文学才是比较文学的终极目标。

比较文学视野中的世界文学：问题与启迪[①]

国际比较文学界的世界文学讨论已有十多年。中国学者也参与其中。十多年来，发表了大量颇具新意的论文，并出版了富有创见和开拓意义的论著，如达姆罗什的《什么是世界文学》、帕斯卡尔·卡萨诺瓦的《文学的世界共和国》、弗兰科·莫莱蒂的《图表、地图、树：文学史的抽象模式》等。《中国比较文学》也特辟"世界文学与比较文学"专栏，发表国内学者的观点，并译载国外学者的相关文章，如达姆罗什的《民族语境，世界文学》，弗朗科·莫莱蒂的《对世界文学的猜想》，约翰·皮泽的《比较文学与世界文学：建构建设性的跨学科关系》等，形成了中外比较文学学者的对话。

中外学者对世界文学的讨论，主要集中在以下这些议题：歌德"世界文学"概念的当代阐释，世界文学观念在不同国家的发展与嬗变，世界文学的研究范式，世界文学存在的实践形态，世界文学与比较文学关系，世界文学与翻译，世界文学史编撰以及世界文学文集编选标准等。

世界文学讨论，既是全球化时代对世界文学的新认识，同时也是对世界文学与比较文学关系的重新思考。世界文学讨论形成了一

[①] 本文原载《中国比较文学》，2013年第4期（《新华文摘》2013年第12期全文转载）。

套当代世界文学的话语。世界文学观念的更新、研究范式的拓展，体现了比较文学意识和研究方法，其研究成果体现了比较文学性质，世界文学研究呈现了比较文学化的趋势。世界文学研究新进展体现出的文学本体意识和比较诗学问题意识，则对比较文学的深化与发展，具有较大的启迪意义。

一、世界文学观念的新拓展

自1827年歌德提出"世界文学"概念以来，世界文学观念，伴随着比较文学学科的形成和发展，在不同民族文学中旅行，获得了多样性的解读。近两个世纪以来，众多学者对世界文学的概念、形态、内涵、性质等，提出了自己的见解，众说纷纭，莫衷一是，至今"没有一个定义或研究能够获得广泛的认同"[①]。"世界文学依然像当年之于歌德一样，具有同样的地位：依然是个无限开放性的让人反思和争论的概念。"[②]

近两个世纪对歌德世界文学概念的解读和阐述，构成了一套丰富的世界文学话语。20世纪前，学界主要关注的，是歌德"世界文学"（Weltliteratur）的内涵、世界文学可能的文本形态以及其中的民族文学成分。从21世纪开始，学界立足于全球化语境，来探讨世界文学的实践形态、性质及其研究方法，从多角度、多层面来解读世界文学。达姆罗什指出："世界文学必须在多重意义上予以理解。世界文学肯定有一个可定义的边界，但这些边界不能在单一层面上用单一标准来界定。毋宁说，世界文学存在于多维空间中，它与以下

[①] ［美］大卫·达姆罗什：《世界文学是跨文化理解之桥》，李庆本译，《山东社会科学》，2012年第3期，第35页。

[②] Christopher Prendergast, ed. *Debating World Literature*, London and New York: Verso, 2004, p. xiii.

四个参照系相关:全球的、区域的、民族的、个人的。而且这些参照系会随着时间而不停地变迁,如此时间便成为第五个维度。在时间的维度中,世界文学不断地被赋形,并不断地变形。"①

当下的世界文学讨论,超越了传统的世界文学是各民族文学总和的观念,而更注重全球化语境下世界文学的整体性、动态性、变化性、非均衡性、不平等性和多元性。

世界文学的讨论,离不开所处的现实语境。随着全球化进程的发展,科技的日新月异,世界变成一个地球村,文学间的交流、互动变得日益便捷,各国文学已处在共时性的世界文学语境下。"全球化的迅速发展为世界文学研究注入了全新的动力。当代作家可以面向全球市场写作,早期作家也可以出现在新的、有时甚至难以置信的全球语境;世界文本涌入本土市场的时候,作家在本国也会发现自己加入了意想不到的行列。"②因此,当代学者对世界文学的讨论,更加重视歌德"世界文学"概念中的文学间交流、互鉴和互动含义,也自觉从全球化角度来看待世界文学,强调其整体性、全球性、动态生成性。

全球化语境的深刻发展,是世界文学成为新世纪比较文学界和文学理论界前沿问题的重要因素。文学研究者开始从全球化角度来看待世界文学的诸多问题。希利斯·米勒强调:"世界文学是当前全球化的伴生物。""目前的语境与历史上其他时期的语境——比如说两个世纪之前歌德倡议阅读世界文学的那个时期——具有很大差

---

① [美]大卫·达姆罗什:《世界文学是跨文化理解之桥》,李庆本译,《山东社会科学》,2012年第3期,第35页。
② 达姆罗什:《导言:理论与实践中的世界文学》,尹星译,达姆罗什等主编:《世界文学理论读本》,北京:北京大学出版社,2013年,第4页。

异,我们今天面临的最大的语境便是全球化。"①陈跃红也指出:"如果不是在把握当下多元文化世界特征的基础上,去重新认识世界文学的观念和存在形态,仅仅依靠经典扩容、文学史加料、外国文学课程中非西方章节的添加,以及类似的学科框架改良,注定不可能是真正的世界文学。"②

过去学界对世界文学的探讨,依循对歌德世界文学概念的理解,比较关注进入世界文学作品的经典性及其民族文学特质是否保留问题。按传统的观念,世界文学就是指世界范围的文学经典。这一观点仍为很多学者所认同,如苏源熙就认为:"世界文学这一观念指的是一套在世界范围内都被认可的经典性天才作品。每一个有文化的人都会对这些经典心怀敬仰,作家或作品都应该从中汲取灵感。这样一种关于世界文学的观念是对诸如诺贝尔奖、学校所开列的阅读书目以及文选之类机制的一种回应。"③世界文学,除了其经典性外,正如达姆罗什所说,还可以,甚至必须从多重意义上来理解。

达姆罗什等学者对世界文学的探讨,就超越了世界文学的文学品质层面,而将关注点投射到民族文学间的动态关系,强调世界文学的生成性、动态性和变异性。在达姆罗什的世界文学理念里,世界文学并不是具体形态的文本,而是文学作品通过翻译,进入新的文化空间的实践形态。他从翻译、流通、阅读角度,对"世界文学"作了重新界定,认为世界文学不是指一套经典文本,而是指一

---

① J.希利斯·米勒:《世界文学面临的三重挑战》,生安锋译,《探索与争鸣》,2010年第11期,第8页。
② 陈跃红:《什么"世界"?如何"文学"?》,《中国比较文学》,2011年第2期,第6页。
③ 苏源熙:《世界文学的维度性》,生安锋译,《学习与探索》,2011年第2期,第211页。

种阅读的模式。世界文学是民族文学间的"椭圆形折射"。①他指出:"世界文学不是一套无边无际、让人不可捉摸的经典,而是一种传播和阅读的模式,这个模式既适用于单个作品,又可适用于文学整体,既存在于固有经典的阅读中,也存在于新发现的经典阅读中。……从来没有独此一套、被普遍公认的世界文学经典,也没有仅此一种的阅读方式,可以适用于所有文本或不同时代中的同一个文本。变异性是世界文学作品的基本构成特征之一。"②

如果我们仔细分析歌德关于"世界文学"的论说,可以发现,歌德所说的"世界文学",实际上并不是在文本层面,他也没有强调能成为世界文学之作品的经典品质。歌德提出"世界文学"概念,本是有感于民族间文学交流的日趋频繁,而对民族文学间互识、互鉴、互动前景的展望。在他看来,世界文学是一个民族文学交流、对话、沟通的场所。达姆罗什等人强调世界文学的跨文化流通和阅读,关注民族文学间交流沟通和交互影响的动态关系,从深层意义上接续了歌德的世界文学思想,是对歌德世界文学核心观念的承继和发展。

在达姆罗什等人看来,世界文学是一种动态的文学关系,这个关系构成的"文学场域"(literary field),就是世界文学产生的空间。达姆罗什用"椭圆形折射"(elliptical refraction)来比喻这个世界文学场域:"译入语文化与译出语文化分别作为两个焦点,建构起一个完整的椭圆,其中即为世界文学。它虽与两种文化相关联,但不

---

① David Damrosch, *What Is World Literature*? Princeton and Oxford: Princeton University Press, 2003, p.281.

② David Damrosch, *What Is World Literature*? Princeton and Oxford: Princeton University Press, 2003, p.5.

受制于任何一方。"①可见,这个文学场域充斥了不同文化的磁力,因此,文学场也是文化磁力场。"世界文学作品在一个充满张力的场中相互作用。"②在此张力场中的作品,受到两种文化相互作用的制约,其存在方式和形态,是两种文化共同交织作用的结果。因此,此间的文学作品在内容和形态上已发生了变化,其已不完全是原初文学作品,而是既有原初民族文学的特质,又带有译入语民族文学的色彩。作品性质如此,作品阅读亦如此。"我们并不是在其源语文化中阅读作品,而是身处椭圆区域之中,要受到其他许多作品的影响,而它们可能来自截然不同的文化与时代。这种椭圆关系以我们对外国民族传统的体验为特征,但是由于椭圆数增加以及折射角加大的缘故,这种体验程度可能迥异。"③

达姆罗什从文学作品的流通角度提出的世界文学新观点,令人耳目一新,予人启迪。可见,世界文学不是一个固定不变的概念,而是一直处在演变过程中。按约翰·皮泽的归纳:"世界文学范式自19世纪20年代发端以来,经历了诸多嬗变。最初是拿破仑战争之后,民族交流、贸易和媒体网络日益增加,歌德以此来彰显跨民族文化交流的意义。20世纪前七十多年里,世界文学与西方学者认定的永恒杰作和为本科生设计的'名著'课程和教科书相关联。20世纪八九十年代,歌德的概念被学者们用来挑战经典传统,尽管这个术语起源于欧洲中心主义思想。今天,当民族文学之'民族'含义遭到质疑之时,'世界文学'作为一种话语方式,仍具有创造和启

---

① David Damrosch, "World Literature, National Contexts," *Modern Philology*, Vol. 100, No. 4, "Toward World Literature: A Special Centennial Issue (May, 2003). p. 514.

② David Damrosch, "World Literature, National Contexts," *Modern Philology*, Vol. 100, No. 4, "Toward World Literature: A Special Centennial Issue (May, 2003). p. 530.

③ David Damrosch, "World Literature, National Contexts," *Modern Philology*, Vol. 100, No. 4, "Toward World Literature: A Special Centennial Issue (May, 2003). p. 530.

发作用。"①

什么是世界文学？不同时代、不同文化语境的研究者都会有自己不同的见解。"有多少种民族和本土的视角，就有多少种世界文学（world literatures）。"②这些不同的世界文学观念、谱系，构成了一个大的世界文学多元系统。不同时代、不同民族世界文学观念之间的比较，既是世界文学研究的课题，也是，并已经成了比较文学的新议题。③

二、世界文学研究的新范式

对世界文学的新认识带来了世界文学研究方法的新探索。达姆罗什的专著虽然书名为《什么是世界文学？》，但"并不是探讨什么是世界文学，而是探讨如何进行世界文学研究。他真正关心的是研究方法，即怎样才能最好地进行文学研究"④。

当下世界文学的探讨，极大丰富了世界文学视域，拓展了世界文学研究的空间，促进了世界文学研究范式的多元化。达姆罗什从作品的翻译、流传、阅读着手，来考察世界文学形成中动态的文学关系。达姆罗什指出："一种文化的规范和需求深刻决定了世界文学的

---

① John Pizer, "Goethe's 'World Literature' Paradigm and Contemporary Cultural Globalization," *Comparative Literature*, Vol. 52, No. 3(Summer, 2000), p. 225.

② Haun Saussy. ed. *Comparative Literature in an Age of Globalization* [C]. Baltimore, Md.: Johns Hopkins University Press, 2006, p. 11.

③ 2010年8月在韩国首尔召开的第19届国际比较文学大会，其主要议题之一，就是"比较的世界文学"（comparative world literature）。

④ Bruce Kerajewski, "*What Is World Literature?* by David Damrosch," *College Literature*, Vol. 32(Fall, 2005), p. 235.

选择，影响了进入该文化中文学作品的翻译、销售和阅读方式。"①确乎如此。谢天振关于译介学理论与实践的系统论述，②查明建关于意识形态对翻译文学经典建构影响的个案研究，③刘洪涛、潘正文等关于世界文学观念在20世纪中国的发展、演变和实践的阐述，④等等，都充分说明，"世界文学是一个变化的、偶然的概念，在不同的民族文化语境中呈现出迥然不同的面貌。"⑤即使在一个国家内，也"绝对没有单一的世界文学这么一回事"⑥。

与达姆罗什不同，弗兰科·莫莱蒂是从诗学问题角度，来思考什么是世界文学、如何进行世界文学研究。他认为，世界文学浩如烟海，无论如何勤奋阅读，也只是世界文学很小的一部分。因此，"不能把世界文学看成是文学，而应看成是更大的东西。""世界文学不是对象，而是问题。"⑦所以，世界文学研究应超越具体的文本层面，而进入整体意义上的诗学问题层面。如何发现问题？是否通过阅读更多的作品？莫莱蒂认为这不可行，"还没有人仅仅通过多读

---

① David Damrosch, "World Literature, National Contexts," *Modern Philology*, Vol. 100, No. 4, "Toward World Literature: A Special Centennial Issue (May, 2003). p. 519.

② 参见谢天振：《译介学》，上海：上海外语教育出版社，1999年。

③ 参见查明建：《文化操纵与利用：意识形态与翻译文学经典的建构——以20世纪五六十年代中国的翻译文学为研究中心》，《中国比较文学》，2004年第2期。

④ 参见刘洪涛：《世界文学观念在20世纪50—60年代中国的两次实践》，潘正文《世界文学观在20世纪上半叶中国的发展与演变》，《中国比较文学》，2010年第3期。

⑤ David Damrosch, "World Literature, National Contexts," *Modern Philology*, Vol. 100, No. 4, "Toward World Literature: A Special Centennial Issue (May, 2003). p. 520.

⑥ 苏源熙：《世界文学的维度性》，生安锋译，《学习与探索》，2011年第2期，第211页。

⑦ Franco Moretti, "Conjectures on World Literature," *New Left Review* 1, January-February 2000, p. 55.

作品找到了方法。"①他提出,可以通过"距离阅读"(distant reading)来发现问题,提出理论假设。②

莫莱蒂的诗学问题观,体现了世界文学的整体意识。他运用达尔文的进化论和沃伦斯坦的世界体系理论(World System Theory),来观照世界文学的历时性发展与多样性衍变。他认为,世界文学如同国际资本主义,是一种体系。它们在变动不居的关系中联结在一起,是由互相关联的文学组成的世界文学体系。它们同为一体。但这个体系有中心、边缘和中间地带之分,三者之间并不平等。处于不同位置的世界文学受制于它们在整个体系中的位置。③其引起极大反响的专著《图表、地图、树:文学史的抽象模式》,就是其世界文学观念在世界文学研究实践上的重要成果。他研究欧洲以外小说的起源与多样性发展,提出了"现代小说最初的兴起,都不是自身发展的自然过程,而是西方形式影响与本土内容相妥协的结果"④这样一个理论假设,并比较成功地论证这个假设。通过此研究,他发现并总结了近代小说形态发展的两个重要特征:树状分叉衍生和波浪式播散。其研究方法和观点,对比较诗学研究有很大的启迪意义。

当代的世界文学研究,涉及多方面的议题,如全球化时代世界文学的理论内涵,世界文学的实践形态,世界文学的统一性与多样性,文本的跨文化传播性,以翻译为核心的文学关系动态生成,等

---

① Franco Moretti, "Conjectures on World Literature," *New Left Review* 1, January-February 2000, p. 55.

② Franco Moretti, "Conjectures on World Literature," *New Left Review* 1, January-February 2000, p. 54.

③ Franco Moretti, "Conjectures on World Literature," *New Left Review* 1, January-February 2000, pp. 55 – 56.

④ Franco Moretti, "Conjectures on World Literature," *New Left Review* 1, January-February 2000, p. 58.

等,体现了世界文学研究的多重视野和多个层面,预示着世界文学研究广阔的学术空间。

三、世界文学研究新范式中的比较文学因素

国际学术界对世界文学的探讨,既是全球化时代对世界文学的新认识,同时也是世界文学与比较文学的对话。

世界文学讨论的兴起,有多方面的原因,与比较文学密切相关。①中国、印度、巴西等发展中国家的比较文学长足发展,促使欧美文学比较文学界扩大比较文学研究视野,而国际比较文学的新思维,又促动了世界文学观念的更新。1993年,伯恩海默在《多元文化时代的比较文学》中提出比较文学新走向的两条建议,其中之一,就是比较文学应摒弃欧洲中心主义,而提倡多元文化主义,将比较文学视野扩大到东西方。当下的世界文学观念,已在很大程度上破除了欧洲中心主义的观念,突破了以欧洲文学为中心的传统,"这种新定义承认非洲和亚洲是平等的关系,"以使"当代世界文学具有真正意义上的全球维度,不再单纯地反映西方传统文化模式"。②这在世界文学文集的编选上也反映出来,编者开始注意收入欧美之外国家的文学作品,尽管所占比例还比较小,但打破了欧美文学独霸此类文集的局面。

从整体角度研究世界文学,无论是对普遍诗学问题的阐述,还是探讨文学间的互动关系,本属于比较文学内容,比如,弗兰科·莫莱蒂从"世界文学不是对象,而是问题"的观点出发,研究世界

---

① 参见查明建《论世界文学与比较文学关系》,《中国比较文学》,2011年第1期。

② A. Owen Aldridge, *The Reemergence of World Literature: A Study of Asia and the West*. Newark: University of Delaware Press, 1986, p.9.

小说形态学问题，本身就属于传统的比较诗学研究范畴。

比较文学的世界文学整体观和比较意识，对世界文学史的编写、世界文学文集的编选具有重要指导意义。从比较文学观点看世界文学，世界文学就不是地理意义上的彼此孤立、自在自为的文学作品集合体，而是具有某些共同的特质、彼此间有着内在或外在联系的文学共同体。正如乐黛云所说，比较文学"有助于世界文学的凝聚和变异，没有作为认识论（互动认知）和方法论（互识、互证、互补）的比较文学，世界文学很难发展，甚至只能是无意义的材料堆积或散沙一盘"①。世界文学史编写思路的确立、世界文学文集遴选的标准，都需要借助比较文学的方法和研究成果。

文学作品的翻译、跨文化传播，文学间的内外在联系，共同诗学的发掘，等等，一直就是比较文学的研究课题。当下世界文学研究中提出的诸多议题，原本就属于比较文学的范畴，而达姆罗什、莫莱蒂等学者采取的世界文学研究方法，也正是比较文学的方法。因此，世界文学研究中提出的研究视角和问题，比如比较阅读问题、世界文学与翻译的关系问题，与比较文学高度一致。

达姆罗什认为："即使在本国已经具有经典地位的作品，当它传到国外时也会获得新维度。把莎士比亚的作品与索福克勒斯、布莱希特的作品放在一起来阅读，跟把他的作品与他的同胞像马洛、琼森的作品放在一起来阅读，是有所不同的。"②这里提出的比较阅读问题，与苏珊·巴斯奈特的观点相通。巴斯奈特针对比较文学的危机，在《21世纪比较文学反思》一文中提出比较文学未来发展之道，"在于放弃任何规定性的方法来限定研究的对象，而聚焦于最广

---

① 乐黛云：《关于比较文学与世界文学的一些思考》，《燕赵学术》，2012年第1期，第177页。

② ［美］大卫·达姆罗什：《世界文学是跨文化理解之桥》，李庆本译，《山东社会科学》，2012年第3期，第35页。

泛意义上的文学观念，承认文学流传所带来的必然的相互联系。"其具体途径就是"凸现读者的作用，对阅读过程本身进行比较，而不是预先定界来选择特定的文本进行比较"。她建议"放弃对术语和定义的毫无意义的争辩，更加有效地聚焦于对文本本身的研究，勾勒跨文化、跨时空边界的书写史和阅读史"。①

达姆罗什强调翻译在世界文学建构中的关键作用，认为世界文学就是"从翻译中获益"（gains in translation）的文学。他指出："所有作品一经翻译，就不再是其原初文化的独特产物；它们都变成了仅仅'始自'其母语的作品。"②"一部作品进入了世界文学，它就获得了一种新的生命，要想理解这个新生命，我们需要仔细考察作品在译文及新的文化语境中是如何被重构的。"③实际上，翻译研究中面向译入语（target-culture-oriented）的多元系统理论、操纵理论、改写理论等，以及中国当代比较文学中的译介学，早已涉及这些问题，即关注文学作品进入一种新的文化语境中，从翻译选择、翻译过程、翻译策略到译本的流通、作品的评价以及译作对译入语文学的影响等等，并有比较完整的理论阐述和大量的个案研究。

四、世界文学研究新进展对比较文学的启迪

全球化时代增强了文学研究的宏观意识和整体意识，比较文学成为世界文学研究的理论视角和方法论。世界文学的讨论，进一步

---

① Susan Bassnet, "Reflections on Comparative literature in the Twenty-First Century," *Comparative Critical Studies*, 3, 1-2, 2006.

② David Damrosch, *What Is World Literature?* Princeton, NJ: Princeton University Press, 2003, p.22.

③ David Damrosch, *What Is World Literature?* Princeton, NJ: Princeton University Press, 2003, p.24.

密切了世界文学与比较文学的关系,世界文学研究也越来越比较文学化,而呈融合之趋势。世界文学是比较文学的研究对象。作为比较文学研究对象的世界文学,不是从文本层面意义上而言的,而是指世界文学共同体中的文学性和文学性间性关系。传统的世界文学研究含义,是不同国别文学或作家作品研究的汇集,需要不同国别文学研究学者共同完成。达姆罗什、莫莱蒂的世界文学研究,超越了具体文本研究层面,强调研究的整体性、跨文化性和文学性间性,这就将世界文学上升到了比较文学层面。其研究方法更加接近比较文学研究范式,其研究成果体现了比较文学性质。这样的世界文学研究,与比较文学已难分彼此,甚至可以说,就是比较文学研究。

参与世界文学讨论的,大多数是比较文学学者,他们自觉地运用比较文学方法来研究世界文学,其研究成果具有比较文学性质,本是自然而然的事。本文之所以将新型的世界文学研究与比较文学并置起来,来分析世界文学研究新进展和取得的成就,一是想继续探讨世界文学与比较文学关系,①二是借此反观当代比较文学的现状,思考世界文学研究新进展对深化比较文学研究的借鉴意义。

1970年代以来,比较文学越来越热衷于理论研究和文化研究,脱离了文学本体。以美国为例,比较文学系"渐以理论的温床而著称"②。"有些最好的研究生院,其比较文学所优先研究的,是理论而不是文学,是方法而不是问题。"③ "理论热"不仅导致了比较文学研究失范,更加剧了学科意识的迷失。一味热衷于开拓疆域,而

---

① 查明建:《论世界文学与比较文学关系》,《中国比较文学》,2011年第1期。
② Charles Bernheimer, ed. *Comparative Literature in the Age of Multiculturalism*. Baltimore: Johns Hopkins University Press, 1995, p.4.
③ Charles Bernheimer, ed. *Comparative Literature in the Age of Multiculturalism*. Baltimore: Johns Hopkins University Press, 1995, p.5.

荒置了自己本应精耕细作的文学土地。即使涉及文学，也只是将文学作为预设理论的论证材料，或者各种理论的试验品。跨学科研究本应是比较文学大有作为的新领域，但其后来的发展却背离了初衷，最后演化为泛学科研究，失去了文学性，因而也失去了比较文学性质。其提倡者雷马克为此深感遗憾："跨学科势头把以跨民族、跨语言为核心的比较文学拉向了倒退。"①新型世界文学研究范式具有很强的跨学科特征。莫莱蒂、卡萨诺瓦运用了进化论、世界体系理论等理论来阐释世界文学的形态和发展。他们进行跨学科研究，而能恪守以文学为中心，不至于沦为泛学科研究，值得比较文学借鉴。

比较文学的产生，得益于世界文学观念的形成，而成为比较文学学科建立的理论基础；而比较文学的发展，又对世界文学研究的发展和深化，提供了理论视角和研究方法。世界文学观念和研究范式的新拓展，又对处于迷惘状态的比较文学给予了深刻的启迪。世界文学探讨所提出的世界文学研究新范式，将研究焦点集中在文学上，是对过去20多年来比较文学研究领域里的"理论热"、"文化研究热"的反拨。世界文学研究新进展体现出来的文学本体意识和诗学问题意识，对比较文学最大的启迪就是：研究视野可以宏阔，研究对象可以多样，研究方法可以多元，但不能迷失了学科的发展方向，模糊了学科的应有目标，忘却了学科之所以存在的理由。

---

① Henry Remak, "Origin and Evolution of Comparative Literature and Its Interdisciplinary Studies," *Neohelicon* XXIX (2002)1:249.

"世界文学":网络时代的可能性及其特征[①]

我们这个时代可以用多种文化特征来命名,如"后现代"、"后殖民"、"全球化"、"多元化"、"网络",等等。以"网络"来命名我们这个时代,侧重在网络技术对传统资讯传播方式的革命和对我们生活方式上某种程度的改变。既然我们的话题是将网络与世界文学相连,我们还是从文学、文化交流空间的拓展角度来看世界文学可能的发展趋势和特征。

互联网的出现缩小了人类之间的距离,文学之间的交往也变得非常便捷。在网络虚拟空间内,世界文学似乎被压缩成为一张立体地图。无需实地游历,无需亲身探访,在电脑前通过搜索和点击,就可以穿越一个又一个纵横交错、繁复无穷的文学隧道,行走在文学"山阴道"上,"山川自相映发,使人应接不暇,"完成一次次文学的旅行,感受文学世界的声息、色彩和情味。

提及"世界文学"一词,往往就会联想到歌德。歌德1827年提出:"民族文学在现代算不了很大的一回事了,世界文学的时代即将到来。"一百七十多年过去了,歌德所说的"世界文学"时代是否已经来临了呢?或者说,我们离这种"世界文学"的理想还有多远?回答这个问题,我们必须追问:什么是"世界文学"?

我们今天的"世界文学"概念实际上是多元化的,综括一下,

[①] 本文原载《中国比较文学》,2001年第1期。

主要有以下这些界定：一、泛指人类历史上各民族、国家所创造的文学综合体；二、指各民族文学经典之作的集合；三、指世界文学史上那些经过了时间淘洗而世界各民族视为共同精神财富的古典文学；四、根据某种文学观念和美学规范来确认的世界文学经典。

那么，歌德的"世界文学"指的是什么？探寻歌德的世界文学思想，需要简要追溯一下歌德提出"世界文学"的文化背景。15世纪末开始的地理大发现，促进了贸易的往来和文化的交流，同时，也扩大了人们对"世界"的认识。在歌德提出"世界文学"概念之前，"世界公民"、"世界贸易"、"世界经济"这些名词已流行于世。与此同时，人文科学的发展也强化了近代世界意识，加深了对人们对人类同一性的认识，意识到各民族文学、文化之间交流的必要性。德国启蒙运动的理论家、狂飙突进运动的代表人物赫尔德广泛收集并翻译选编了不少的外国民歌集，向德国读者介绍了包括中国、印度、日本、朝鲜等许多东方国家在内的大量的各民族民歌。他在欧洲文学史上首次明确提出，同人类社会的许多现象一样，文学也是相互联系、彼此制约的历史的产物，并主张以历史的、总体的观点来研究文学。梵·第根誉为"世界比较文学的先驱者"的斯达尔夫人也提出，应借鉴其他民族的文学、文化来发展自我。①这些文学观念给予了歌德很大的思想启迪。歌德在发表关于"世界文学"谈话之前，他的作品已在法国、英国等国被翻译发表，并且他的《塔索》、《浮士德》也刚刚在巴黎上演。而歌德提出"世界文学"的主张更为直接的思想触发点，则是他读到由传教士带回欧洲的中国文化典籍（如《好逑传》等）。可见，歌德之所以能够提出

---

① 斯塔尔夫人在《论德国》中提出："每一个民族都必须成为别的民族的向导。……每一个国家都必须竭诚欢迎外来的思想，因为殷勤待客只会对客人有利。"转引自威斯坦因《比较文学与文学理论》，刘象愚译，沈阳：辽宁人民出版社，1987年，第167页。

"世界文学"概念，正是因为看到了，随着物质文明的进步，文化交流的日益频繁，各民族文学可能汇合的一种趋势。因此，有学者指出："如果说，歌德是基于对世界性文学交流中所不断显现的人类统一性的领悟，确认了一体化世界文学实现的可能性；那么，马克思、恩格斯则是从人类物质生产的世界性必然导致人类精神生产的世界性这一命题出发，论证了一体化世界文学形成的必然性。"[①]

从文化交流渠道的便捷来说，我们今天的物质和技术条件不知比歌德的时代先进多少倍，信息交流技术高度发达，文学传播非常迅速。但外部交流手段的改变是否就必然促使"世界文学"的到来，使我们更接近一百多年前歌德、马克思时代的"世界文学"理想？

我们今天所处的网络时代，信息技术高速发展，各国之间的文化交流异常便捷、频繁，但这些只是歌德、马克思所说的"世界文学"形成的外部条件。判断我们今天是否已接近了歌德的"世界文学"理想，甚或"世界文学"已经形成，必须根据"世界文学"的本质特征来判断。

在歌德那里，"世界文学"还只是一种朦胧的前景，究竟"世界文学"的特质是什么，歌德没有，并且在他那个时代也无法作出详细阐述。因此，涵义模糊的"世界文学"概念就留下了较大的阐释空间。有不少中外学者都曾发表过不同看法。对歌德"世界文学"概念的不同理解，也左右着我们对当下世界文学性质的判断。

苏联著名学者日尔蒙斯基这样理解歌德的"世界文学"思想："按照他的意思，建立在各民族之间的'或多或少的精神商品的自由交换'基础上的'世界文学'，应该排除狭隘的民族局限性的框框，把历史发展各阶段由各民族创造的最最珍贵的东西都包含到自己的

[①] 曾小逸主编：《走向世界文学》，海口：海南人民出版社，1985年，第10页。

组成部分中去。"①美国比较文学家韦勒克也持相同观点,认为,歌德"所考虑的是独一无二的、一体化的世界文学,在世界文学里各民族文学之间的差异将会消失,尽管他知道那是遥远的将来的事情"②。在日尔蒙斯基和韦勒克看来,歌德的"世界文学"就是指消除了民族文学特性的一体化的文学。

这种世界文学观念实际上在法国比较文学家洛里哀(Frederic Loliee)那里就有过进一步发挥。洛里哀认为今后的世界文学发展趋势是:"因各民族接触愈密的结果,将来各国所具的特性必将渐归消灭,……一切文学上之民族的特质也都将成为历史上的东西了。总之,世界主义和国际主义将成为世界思想的生命;各民族将不复维持他们的传统。"③

这种世界文学思想立论的前提就是,随着交往的密切,文化往来的频繁,民族文化之间的个性将会为共性所取代。这里暂不探究歌德和洛里哀的"世界文学"观念中潜在的"欧洲中心主义"意识,姑且将他们"世界文学"概念中的"世界"理解为真正意义上的世界,那么随着异质文化了解渠道的扩大、文化交往的增多,是不是就能很快地消弭民族之间的文化差异,因而形成具有同一性、一体化的世界文学?事情可能不会这样简单。因为我们并不能假定异质文化之间有了接触、沟通就必然会出现相互理解、相互接近,甚或融合。事实证明,异质文化之间的排斥、冲突现象还比较普遍,有时还非常激烈。也正因如此,才有学者提出"和而不同"、"互为主观"等文化交往态度的主张。互联网只是拓展了跨文化沟通

---

① 日尔蒙斯基:《对文学进行历史比较研究的问题》,《比较文学研究资料》,北京:北京师范大学出版社,1986年,第110—111页。

② 韦勒克:《比较文学的名称与性质》,干永昌、廖鸿钧、倪蕊琴编选《比较文学研究译文集》,上海:上海译文出版社,1985年,第141页。

③ 洛里哀:《比较文学史》,傅东华译,上海:上海书店,1989年,第352页。

的渠道，使交流更为便利，但它并不能决定交流双方的文化态度和发展取向。因此，民族、文化之间的隔阂并不会因有了互联网在短时间内就会消除，民族性更不会在短时间内被某种"世界性"而改编、整合。至少今天我们还难以真切想象那种文学前景。当今世界，文化之间的冲突、民族之间的猜忌、宗教信仰之间的对立、价值观的分歧等等，都为我们的这种想象蒙上了一层雾障。这样看来，虽然网络时代已经来临，"全球化"趋势也来越明显，但歌德理想的"世界文学"的时代还相当遥远。

当然，对歌德的世界文学观还有另外的阐释。有的学者注意到，歌德在谈"世界文学"思想时，强调各民族之间应彼此尊重、了解、宽容，体现了一种海纳百川的文化胸怀，是一种"盛唐"式的文化心态。民族文学文化吸收了其他文化的滋养，才能更好地发展自己。依据歌德的这种文化理念，"世界文学"又可从另一种角度阐释。朱光潜先生认为："世界文学是由各民族文学互相交流，互相借鉴而形成的；各民族对它都有贡献，也从它有所吸收，所以它和民族文学不是对立的，也不是在各民族文学之外独树一帜。歌德对于世界文学的主张是辩证的：他一方面欢迎世界文学的到来，另一方面又强调各民族文学必须保存它的特点。……世界文学愈能吸收各民族文学的特点，它也就会愈丰富，不应为一般而牺牲特殊。"[①]很明显，朱光潜先生所理解的歌德的世界文学，是民族文学的独特性与世界文学的共通性有机融合的一种文学形态。其他学者也大都从文学之间的相互借鉴、共同发展的角度来理解，认为歌德提出的"世界文学"的目的，是想通过文学交流来增进各民族和国家间的相互了解，他强调的是民族文学对其他民族文学的借鉴和汲取，所

---

① 朱光潜：《西方美学史》，北京：人民文学出版社，1979年，第434—435页。

提倡的是在各民族文学广泛交流、彼此吸收的基础上发展起来的世界性的文学。而"民族文学在现代算不了很大的一回事了"这种说法，只是针对德国当时文学界封闭、狭隘的民族主义文学偏见而言的，并不是反对民族文学的发展，取消民族性。

如果"世界文学"针对的是由于文学文化交流手段的落后而导致的狭隘的民族文学意识，歌德所理想的"世界文学"则是打破了各民族文学之间的封闭状态，在彼此沟通、相互借鉴过程中充分发展起来的、彼此互动的世界性的文学。其基础是民族文学之间存在着的共性，只不过在各自封闭的状况下，这种共性不能得以发掘，无法获得共鸣，那么，在网络时代，以互联网为标志的信息技术手段则打破了这种封闭状态，开辟了便捷的沟通渠道。只要有文学交流的愿望，就能够在互联网上接触到其他民族的文学，与它们对话、交流。如果我们从这个角度来理解"世界文学"概念，来展望互联网时代的世界文学发展前景，那我们可以说"世界文学"确实"很快就会到来"了。

对歌德"世界文学"概念的探讨，其意义并不在于追究其本意本身，而是借此我们可以获得一个审视当下世界文学发展态势的视角。按我的理解，我们说的"网络时代的世界文学"，应该不是狭义的"网络文学"。①因此，网络时代的世界文学不仅是以网络为载体传播的文学，②也包括传统方式出版发行的纸质文学。纸质文学空间和网络文学空间虚实相生、互动互补。网络文学空间不是纸质文学

---

① 现在对"网络文学"有多种界定，大致可以归为两种：一种是指以网络为载体和传播工具，直接在网上创作的文学作品。另一种的界说比较宽泛一些，即把网上发表的作品和网上传播的纸质文学作品，都视为"网络文学"。就现在网络的文学生态环境来看，我倾向于后一种界定。

② 至于"网络文学"的文学品质等问题，因篇幅有限，这里就暂不讨论。

空间的简单复制，不是纸质文学的镜像，而是纸质文学空间的拓展和延伸。因此，网络时代的世界文学交流播衍的形态更为多元、繁复，形成一个立体、多维的"世界文学场"。

这个"世界文学场"至少会有这样几个特点：一、文学写作、传播和阅读的跨民族性特征会进一步加强。网络文学空间为读者（包括文学创作者）提供了丰富的文学资源。从荷马、但丁、莎士比亚、塞万提斯、歌德、曹雪芹到冯尼格特、罗伯-格里耶、娜塔莉·萨洛特、大江健三郎、君特·格拉斯以至刚刚获得诺贝尔文学奖的 V. S. 奈保尔，都可以在网上找到他们的作品（包括某些译本）。网络媒介的交互性特征，使国别文学之间、不同国家的作家、读者之间提供了更为便利的双向沟通渠道。互联网既是文学创作、传播、阅读的空间，也是对话、交流的平台。二、文本之间的互文性特征更为明显。互联网技术为接触外国文学提供了极大的便利，文学之间的相互借鉴会增多，互文性特征更为明显。从 20 世纪中国文学角度看，过去，外国文学对中国文学的影响主要是在人文思想、文学观念、叙述结构等大的方面，具体的创作技巧、语言风格、文本的外部形态特征等方面，由于经过了翻译，读者（作家）就无法比较完整地获得对原作形式特征的真切感受。而在网路化时代，读者可以很方便地在网上查找到外国文学原著，直观地获得文本形式特征的感性认识。纸质文学时代还有可能追踪、考证文学影响的路线和痕迹，而在互联网上，影响的痕迹真正是"羚羊挂角，无迹可寻"了。在这种网络文学生态环境中，新的文学思潮，新的文学创作技巧、新的文学样式，可能会不约而同地出现。促成新的文学因素产生的氛围是大家共同营造的，因此不可能分清谁是影响的实施者，谁是影响的接受者。三、真正实现文学创作的世界文学语境化。过去通过文学译介形式营造的世界文学语境，有相当大的局限性。世界文学版图的大小、详略往往是由译介者决定的。他们受特定时代意识形态和诗学观念的影响,在翻译选择上和翻译过程中对世界文学做了"文化过滤"。这种选择性的"世界文学"自然不能反映世界文学的真实图景。网络空间的文学民主性,不仅体现在创作方面,也体现在读者对外国文学的"知情权"方面。读者可以直接通过网络来阅读、了解外国文学,①作出自己的审美评判。另外,过去因传播工具的相对落后,不能及时得到沟通、交流,这也是导致文学观念出现错位的一个原因。互联网营构的世界文学语境比通过纸面翻译文学来得更为直接、更为直观、更为生动。遥想20世纪上半期,《小说月报》等期刊开辟了"海外文坛消息"等栏目,"及时"介绍外国文学动态。这里说的"及时",最快的也要3个月之久。即使我们现在的《外国文艺》、《世界文学》等专业性外国文学期刊,由于受期刊发行周期限制,至少也要2个月时间。而互联网上能真正及时发布世界文学动态消息,不仅如此,还可很方便地查阅相关资料和作品。如 V.S. 奈保尔甫一获奖,网上就出现了大量评介文章,并且附有其作品(中文网上还有译作)。即使仅仅是一些文坛动态消息,对文学创新高度敏感的作家来说,其意义也不可低估。如王蒙就曾说过,当年他们对意识流小说、存在主义文学的认识,并不都是通过阅读作品而得来,有的只是听到、看到对这些文学文本特征和创作方法介绍的只言片语,他们就从中获得了创作启迪和创造性刺激。何况在互联网上,不仅能及时获得世界文坛动态消息,还能很快读到新作及其评论。

互联网有可能真正营构起了共时性的世界文学时空。互联网的开放性、互动性、即刻性和生动性,使文学创作者有一种世界文学

---

① 至于阅读上的语言障碍,涉及网络时代的文学翻译问题。这是另外一个话题,这里暂不讨论。

"在场感"。各民族作家得以在共同的世界文学背景上书写。文学作品中的世界性因素一定会比纸质文学时代要更多、更为明显。有心的作家可能会考虑当今世界人们普遍关心的问题，抒发对后现代社会的感受，这样有可能形成某些世界性的文学话题。由此发展，也许正是通向歌德理想的"世界文学"之路。

当代美国比较文学的反思[1]

美国比较文学诞生较早,但发育甚晚。1894年哈佛大学即开设比较文学课程,1899年哥伦比亚大学建立了美国第一个比较文学系,但此后却一直发展缓慢,步履蹒跚,直到1940年代,不少欧洲人文学者为逃避纳粹的迫害而移居美国,美国比较文学才渐有起色,获得了长足发展。

1949年,美国第一份比较文学专业刊物《比较文学》季刊在俄勒冈大学创刊;1952年,《比较文学和总体文学年鉴》创刊。如果说这两个事件,还只是标志着美国比较文学完善学科建设上的努力,那么,1958年9月在北卡罗莱纳大学所在地教堂山召开的第二届国际比较文学大会上,雷勒·韦勒克(René Wellek)发出的"比较文学的危机"呼声,则象征了美国学派在国际比较文学界的正式出场亮相。初试啼声,即一鸣惊人,国际比较文学界为之震动,比较文学的"美国时辰"(The American Hour)[2]也从此到来。

1961年,亨利·雷马克发表《比较文学的定义与功能》一文,全面阐述美国学派的立场。美国学派对比较文学的定义,成为其他国家界定比较文学的重要参考依据,甚至在很大程度上也成了判断比较文学危机与否的参照标准。美国学者的比较文学观念及其提出

---

[1] 本文原载《中国比较文学》,2008年第3期。
[2] Claudio Guillén, *The Challenge of Comparative Literature*, Trans. Cola Franzen, Cambridge: Harvard University Press, 1993, pp. 60–62.

的新研究范式，为当代国际比较文学界所广泛认同和接受，成为学科合法性和发展的学理依据。国际比较文学也由此转入新的发展阶段。

比较文学代有"危机"，于今为烈。美国学派将比较文学带出了法国学派考据文学间"外贸关系"的泥淖，而引领到"平行研究"、"跨学科研究"的新天地。其他国家，比如中国的比较文学的发展，曾受益于美国比较文学在学科理念和研究范式上的开拓，而保持着良好的发展势头。但目前美国的比较文学却走进了学科泛化的大林莽，迷失了它原定的方向，并对其他国家的比较文学发展带来了诸多不安和困惑。成也萧何，败也萧何。但我们不能简单地指责和否定美国比较文学当下的发展现状，而是需要做到"了解之同情"，从其发展历程中，分析其内外在原因及其探索过程中的利弊得失，从中汲取经验和教训。

我们要问：美国比较文学为什么要离开1960年代确立的研究范式？为什么在20世纪八九十年代出现了理论热？理论热消退后，为什么又转向了文化研究，以至于今天比较文学学科泛化现象越来越严重，甚至导致了比较文学与其他人文学科的界限模糊不清？美国比较文学是否真的濒临或者已经"死亡"？等等。

针对目前美国比较文学的状况，弗吉尼亚州奥多明尼昂大学英文系教授马努拉·莫拉奥（Manuela Mourão）总结说："倘若我们宏观地来看目前的状况，回溯到半个世纪前，我们就会发现，从一开始比较文学就处于某种危机或者别的什么问题之中，其中包括比较文学的定义与方法之争。"①那我们就来回顾一下美国比较文学的当代历程，考察其在学科发展上的功过得失。

---

① Manuela Mourão, "Comparative Literature in the United States," in *Comparative Literature and Comparative Cultural Studies*, ed. Steven Tötösy de Zepetnek, Indiana：Purdue University Press, 2003, p.130.

一、平行研究、跨学科研究：理论建构的缺失与隐患

1. 比较文学的"文学性"和平行研究

韦勒克 1958 年在教堂山第二届国际比较文学大会上的发言中，指责法国学派过分注重"来源和影响、原因和结果"，而忽视了审美性和比较文学的文学性。[①]如果说，韦勒克的这个发言是以"破"为目的，那么，其被美国比较文学学者誉为"我们这门学科的一座金矿"[②]的《比较文学的名称与性质》（1968）一文，则是"立"，对比较文学的性质、研究对象、范式和方法，提出了自己新颖的观点。韦勒克认为，比较文学是从国际的角度来研究一切文学的文学研究。在研究类型上，可以是有事实联系的影响研究，也可以是无事实联系的平行研究。在研究范式上，韦勒克认为，比较文学不能局限于研究文学史和实际的历史联系，而排斥评论和当代文学；不能局限于单一的比较法，而必须同时使用描绘、阐释、刻画、解说等方法。[③]

这两篇文章在比较文学发展史上的意义，自不待言。韦勒克对比较文学"文学性"的强调和维护，如此深入人心，以至于每每比较文学出现危机，都会使我们不禁要重温韦勒克关于比较文学性质和方法的论述。2004 年苏源熙的报告中提出重返"文学性研究"，

---

① René Wellek, "The Crisis of Comparative Literature," in *Concepts of Criticism*, ed. Stephen G. Nicholas, Jr. New Haven: Yale University Press, 1963, pp. 282, 290.

② 亨利·雷马克:《关于比较文学历史问题的通信》,《中国比较文学》,1984 年第 1 期, 第 314 页。

③ René Wellek, "The Name and Nature of Comparative Literature," in *Discriminations: Further Concepts of Criticism*, New Haven and London: Yale University Press, 1970, pp. 1 – 36.

自然又令人想起了40多年前韦勒克对"文学性"的强调。

但我们从美国学派平行研究的实践及其以后暴露出的危机来看,韦勒克当年对比较文学研究方法和平行研究范式的阐述,似嫌比较笼统,也不够全面和具体。韦勒克指出比较文学学科"处于不稳定的状态"(the precarious state),其最严重的症候,就是"一直未能确定明确的研究内容和具体的研究方法"。① 韦勒克提出的"描绘、阐释、刻画、解说等"方法以及雷马克提出的民族文学研究方法,②是否就是他们所认为的比较文学应有的"具体研究方法"(specific methodology)? 韦勒克提出的比较文学研究方法,属于一般的文学批评方法。比较文学作为一种文学研究,自然会用到一般的文学批评方法。但是,比较文学因其研究性质、研究对象和目的,仅按一般的文学批评方法,还不能够解决跨越性文学研究所遇到的所有问题。韦勒克说比较文学研究不能局限于单一的比较法,这是对的。但不局限于,不等于不要比较法。比较法如何操作? 韦勒克、雷马克都没有作比较深入、透彻的阐说。他们提出的平行研究范式,涉及"可比性"问题。平行研究的学术价值和意义,取决于是否寻找到了一个富有学术性、审美性和文学理论价值的切入点,否则就容易沦为肤浅的比较和牵强附会的比附。法国学派也正是因为担心这种研究容易导致浮泛空言,而强调以事实依据为基础的实证研究。虽然1960年代美国学派提出了"平行研究",但其中坚人物韦勒克和雷马克,对平行研究展开的最重要的"可比性"问题,

---

① René Wellek,"The Crisis of Comparative Literature," in *Concepts of Criticism*, ed. Stephen G. Nicholas, Jr. New Haven: Yale University Press, 1963, p.282.

② 雷马克认为:"民族文学与比较文学的研究方法并没有根本的区别。"亨利·雷马克:《比较文学的定义和功能》,张隆溪译,《比较文学译文集》,北京:北京大学出版社,1982年,第7页。

却未作深入细致的理论探讨。①"比什么,怎么比?"成了美国比较文学界一直感到焦虑和困惑的问题。直到1995年,乔纳森·卡勒还郑重地提出,需要探讨"可比性"问题,因为"可比性"是"这门学科发生重大转变的内在原因"。②

2. 跨学科研究问题

雷马克是跨学科研究倡导者,也是美国学派比较文学定义的代言人。1961年,亨利·雷马克在《比较文学的定义与功能》一文中对比较文学作了这样的界定:"比较文学是超出一国范围之外的文学研究,并且研究文学与其他知识和信仰领域之间的关系,包括艺术(如绘画、雕刻、建筑、音乐)、哲学、历史、社会科学(如政治、经济、社会学)、自然科学、宗教等等。"③

这个定义在中外比较文学界耳熟能详。雷马克有些自嘲地说:"我一生所撰写的比较文学作品加起来,恐怕也不及我那两句话的影响。"④正因这个比较文学定义影响广泛,因此,雷马克对这个定义

---

① 反倒是中国学者对"可比性"问题非常重视。陈寅恪先生在《与刘叔雅论国文试题书》中,即提出了"可比性"问题。(陈寅恪:《与刘叔雅论国文试题书》,《金明馆丛稿二编》,上海:上海古籍出版社,1981年,第223页。)钱锺书先生在为1986年出版的《中国比较文学年鉴》的题词中说:"在某一意义上,一切事物都是可以引合而相与比较的;在另一意义上,每一事物都是个别而无可比拟的。"实际上暗含了对"可比性"问题的警示。中国出版的几乎所有比较文学教材和论著中,凡涉及平行研究,都要强调"可比性"问题。另外,孙景尧、陈惇等比较学者还多次发表关于"可比性"问题的探讨文章。

② Jonathan Culler, "Comparability," *World Literature Today*, Spring 1995, Vol. 69 (2).另见查明建:《是什么使比较成为可能?——乔纳森·卡勒对"可比性"的探讨》,《中国比较文学》,1997年第3期,第133—136页。

③ 亨利·雷马克:《比较文学的定义和功能》,张隆溪译,《比较文学译文集》,北京:北京大学出版社,1982年,第6页。

④ 亨利·雷马克:《比较文学:再次处于十字路口》,姜源译,《中国比较文学》,2000年第1期,第18页。

出现的未曾预料的后果，多少年来一直耿耿于怀。①这个定义的英文原文中，有"文学为一方，别的知识、信仰领域为另一方"的含义。②毫无疑问，在这个跨学科研究的关系式中，"文学"不言而喻是其中的恒定项，并且是跨学科研究目的之所在，维系着跨学科研究的比较文学价值。关系式中的另一项"其他知识和信仰领域"，则为可变项，可以是艺术、哲学、历史、社会科学（如政治、经济、社会学）、自然科学、宗教等等。而现在，比较文学的跨学科研究中，"文学"成了后者的陪衬、附庸，甚至是可有可无的一项，比如近年来美国比较文学学会年会的小组议题，如"后—人世界的动物"（The Animal in a Post-Human World）、"数码里的身体"（The Body in the Digital）、"流放与他者性"（Exile and Otherness）、"想象我们的他者：一种文化伦理学"（Imagining Our Others：A Cultural Ethics）、"数码媒体、文化生产与投机资本主义"（Digital media, cultural production and speculative capitalism）、"东欧、巴尔干与欧亚大陆：文化接触与冲突"（Eastern Europe, the Balkans, and Eurasia：Cultures in Contact and Conflict）、"礼物抑或毒药：跨大西洋语境中的爱情、死亡与创造性"（Gifts or Poison：Love, Death, and Creativity in a Transatlantic Context）、"想象的帝国：结构错位与异域空间的生产"（Imaginary Empires：Structural Dislocations and the Production of Alternative Spaces）等等，"文学"不见了，成了只研究"人类其他表现领

---

① 亨利·雷马克：《比较文学：再次处于十字路口》，姜源译，《中国比较文学》，2000年第1期，第19页。

② "Comparative literature is the study of literature beyond the confines of one particular country and the study of the relationships between literature on one hand and other areas of knowledge and belief, such as the (fine)arts, philosophy, history, the social sciences, religion, etc. on the other." (Henry H. H. Remark, "Comparative Literature: Its Definition and Function," in *Comparative Literature: Method & Perspective* (revised edition), ed. Newton P. Stallknecht & Horst Frenz, Carbondale & Edardsville: Southern Illinois University Press, 1971, p.1.)

域"。跨学科研究最后出现了如此结局，则是雷马克始料未及的。

现在看来，雷马克当年提出跨学科研究时，其论述上存有较大的缺漏，没有从理论上明确阐述跨学科研究的目标、意义和研究规范，而只是宽泛地谈了基本原则："我们必须弄确实，文学与文学以外的一个领域的比较，只有是系统性的时候，只有在把文学以外的领域作为确实独立连贯的学科来加以研究的时候，才能算是'比较文学'。"①但在具体实践中如何操作，特别是如何保证跨学科研究的"文学性"，则未作比较细致的理论探讨和阐述。这样，在实际研究过程中，就很容易违背跨学科研究的比较文学性质。

过去，法国学者对比较文学范围扩大总是抱着小心翼翼的态度。雷马克当年提出跨学科研究时，对法国学者的这种审慎态度虽然表示理解，但还是显得有点不以为然：

> 法国人对于各门艺术的比较当然也感兴趣，但是他们并不认为这类比较属于比较文学的范围。……法国人似乎担心，再加上一个去系统研究文学与其他领域关系的任务，会被说成是华而不实，不利于比较文学作为一门可敬而且的确受人尊敬的学科为人们所接受。②

1980年代初，雷马克意识到跨学科研究中文学本体失落的趋势，急切地提醒说："探讨新的研究方法和领域是必要的，包括……结构主义、符号学、接受和交流理论、文学（包括通俗文学）的社会学、语言学、文学的修辞和跨学科研究……但同时心里要清楚，运

---

① 亨利·雷马克：《比较文学的定义和功能》，张隆溪译，《比较文学译文集》，北京：北京大学出版社，1982年，第6页。

② 亨利·雷马克：《比较文学的定义和功能》，张隆溪译，《比较文学译文集》，北京：北京大学出版社，1982年，第4—5页。

用这些理论方法的主要目的,是为了更明白、更有意义、更真切地解读文学现象。"①但为时已晚。跨学科研究中"文学"的地位已遭沦落,"其他知识和信仰领域"成为研究的焦点。针对这种喧宾夺主现象,时隔4年之后,雷马克气愤但无奈地说:"那些自认为自己是'文学'学者的人,其跨学科(涉及语言学、结构主义、观念史、哲学、政治经济意识形态、交流理论、符号学)的野心日益膨胀,导致了他们文学感以及掌握外国语言和文化知识的能力衰减了。比较文学在这种境地中没有切实地得到善待,而成了附庸。"②

直到2002年,雷马克还在思考跨学科研究的利弊得失。他认为,跨学科研究的积极意义在于,文学与历史学、哲学、人类学、自然科学、技术以及艺术的比较,丰富了比较文学的学术性。其负面因素在于,由于玩票主义的错误,跨学科趋势把以跨民族、跨语言为核心的比较文学拉向了倒退。目前的美国大多数跨学科研究,都是在单一语种、单一文化中进行的,背离了提出跨学科研究的初衷。③

雷马克提出的跨学科研究,由于没有很好地从理论阐述清楚研究目标、意义和方法,为此后比较文学的危机留下了隐患,终于在此后理论热和文化研究中,迷失了方向,导致了跨学科研究中文学本体被遮蔽。

这里指出韦勒克、雷马克对比较文学"具体研究方法"、平行研究的"可比性"、跨学科研究的规范探讨和阐述得不够,不是否认他们对比较文学学科发展所作出的巨大理论贡献,也不是对他们求全

---

① Henry Remak, "Comparative History of Literatures in European Languages: The Bellagio Report," *Neohelicon: Acta Comparationis Litterarum Universarum*, 1981(8): 221.

② Henry Remak, "The Situation of Comparative Literature in the Universities," *Colloquium Helveticum*, 1985(1): 10.

③ Henry Remak, "Origins and Evolution of Comparative Literature and Its Interdisciplinary Studies," *Neohelicon* XXIX, 2002(1): 249.

责备，而是分析此后美国比较文学界出现的困惑和争论的内在原因。同时由此个案提出一些思考：对于自己的研究内容和研究方法一直有某种困惑的比较文学学科来说，比较文学理论家最好也能兼任实践家，其提出某个学科发展新理念，最好也相继提出与之相配套的实践原则和操作规范。若对实践原则和操作规范缺乏理论探讨和阐述，这个新理念就很难付诸实践，或在实践中产生偏离，也就难以实现创新观念所应发挥的学术价值，甚至会给以后的比较文学遗留下危机的隐患。实际上，如果不满足于仅提出某种比较文学发展新理念，而是进一步思考其实践操作方法，甚或拿出自己的实践个案作为方法演示的范例，那么，这个新理念的理论价值就能得到充分而广泛的发挥。实际上，从这个理论到具体实践的过程中，应该会有新的发现和洞见，这样又可进一步完善所提出的比较文学新理论和方法。设想，如果雷马克本人拿出了自己的跨学科研究的个案研究范例以示人，美国的跨学科研究的成果会更扎实、更丰富，也可防止跨学科研究沦为泛学科研究。

1960年代美国比较文学提出了平行研究、跨学科研究，但对其研究范式问题却悬置了起来，导致了比较文学实践者的焦虑和困惑，因此，到了1970年代，经受不住新理论浪潮的冲击或诱惑，而逐渐偏离了比较文学的研究目标。

二、理论热、文化研究出现的原因

20世纪60年代至70年代初，欧美比较文学不断取得进展，"但普遍价值的观念以及文学作为一个整体的观念，其缺陷已暴露出来。"而此时批评理论大潮一浪高过一浪，从结构主义到后结构主义，从女性主义理论到解构主义，从符号学到心理分析批评，新理论接踵而至，令人目不暇接。受批评理论的影响，比较文学的关注点，也从原来的文本比较和作家之间影响模式的探寻，转向了读者的功能。①

理论热中的"理论"，当然远不只是文学理论，而是人文、社会科学理论的大集合，包括文学理论、美学、心理学、语言学、哲学、历史学、社会学等等，不一而足。这些理论所涉及的，就不止于传统意义上的文学问题，而是扩大到现代性，人、语言与现实关系，人文知识重构，全球化和全球化时代的文化交流和互动，人的社会属性以及认知语言学等问题。②在如此广泛而众声喧哗的理论大集会中，文学的声音被掩盖了。但当代理论的崭新视角、原创思想的魅力及其对当下问题的透视力，吸引了越来越多的比较文学专业师生。因此，"到20世纪70年代末，西方新一代雄心勃勃的研究生转向了文学理论、妇女研究、符号学、电影与媒体研究以及文化研究，将它们视为可以选择的激进学科。他们放弃了比较文学，将其视为自由派人文主义史前时代的恐龙。"③

身为哲学家而任斯坦福大学比较文学系教授的理查德·罗蒂以自己亲身的经历，回顾了美国"理论热"兴起的前前后后及其原因：

> 1970年代，美国文学系的教师开始研读德里达和福柯。由此，'文学理论'形成了一个新的分支学科。文学文本可以被'理论化'而收益良多的观念，使得文学教授心安理得地教授他们喜欢的哲学著作，文学专业的学生可以任选哲学题目作学

---

① Susan Bassnett, "Introduction: What Is Comparative Literature Today?" in *Comparative Literature: A Critical Introduction*, Oxford: Blackwell, 1993, p. 5.

② 盛宁：《"理论热"的消退与文学理论研究的出路》，《南京大学学报（哲学·人文科学·社会科学）》，2007年第1期，第58页。

③ Susan Bassnett, "Introduction: What Is Comparative Literature Today?" in *Comparative Literature: A Critical Introduction*, Oxford: Blackwell, 1993, p. 5.

位论文。并且,还有助于创造工作岗位,那些哲学专业而非文学专业的人,可以在文学系任教。①

罗蒂本人就是从普林斯顿哲学教授转任弗吉尼亚大学人文讲座教授,继而又被斯坦福大学聘为比较文学教授的。学校换了,他的学术头衔也变了,但他本人的学术兴趣和研究方向依然如故,还是教授和研究哲学。

哲学以及其他人文、社会科学理论在美国大学文学系之所以大行其道,备受青睐,除了学生选题上更自由、教师有更多机会获得教职外,还有个更主要的学术方面的原因,即"文学系的人对新批评、马克思主义和弗洛伊德批评理论已感到十分厌倦"②。"德里达和福柯(以及差不多同时被发现的尼采和海德格尔)在文学系引起了极大兴奋。这不是因为他们的著作对文学的本质提出了新的理论,而是'文学理论'这个惹人不悦的术语让一些不幸的研究生受骗上当,他们以为只要将理论运用到某文本,就能写出有价值的论文或著作,其结果是产生了一大批难以卒读、令人厌倦之极的论文、论著。"③因此,他们转向了非文学的理论。

身为哲学家的罗蒂对文学研究如此热衷非文学理论都感到很不以为然,文学教授就更有意见了。他们认为,文学的衰落,"根本的原因就在于受到了一波又一波的新理论、新思潮、新方法的冲击,是这些新潮理论将文学指涉'真实'的价值一步步地掏空。""理论

---

① Richard Rorty, "Looking Back at 'Literary Theory'," in *Comparative Literature in an Age of Globalization*, ed. Haun Saussy, Baltimore: Johns Hopkins University Press, 2006, p. 63.

② Richard Rorty, "Looking Back at 'Literary Theory'," in *Comparative Literature in an Age of Globalization*, ed. Haun Saussy, Baltimore: Johns Hopkins University Press, 2006, p. 64.

③ Richard Rorty, "Looking Back at 'Literary Theory'," in *Comparative Literature in an Age of Globalization*, ed. Haun Saussy, Baltimore: Johns Hopkins University Press, 2006, pp. 64 - 65.

的膨胀以及这些理论所加深的一种怀疑主义的氛围,"不仅导致了文学的衰落,也导致了"整个美国人文教育的滑坡"。①其结果在90年代中后期已暴露无遗。②

1970年代的"理论热",从社会背景上来说,与"越战后弥漫一时的犬儒主义和怀疑情绪"③有关。从学院背景来说,是逆反于新批评、弗洛伊德精神分析等理论,而出现了文学研究的"理论转向"。以开放性为学科特征的比较文学,在文学研究领域更是首当其冲。1960年代后期开始,美国的比较文学系"渐以理论的温床而著称"④。"有些最好的研究生院,其比较文学所优先研究的,是理论而不是文学,是方法而不是问题。"⑤"理论热"不仅导致了比较文学研究失范,更导致了学科意识的进一步迷失。

---

① 盛宁:《对"理论热"消退后美国文学研究的思考》,《文艺研究》,2002年第6期,第6页。

② 1990年代末,美国出版了数种论述文学和文学专业如何衰落的专著,其中包括约翰·埃利斯(John M. Ellis)的《文学的失落:社会议程与人文学科的败落》(1997)(*Literature Lost: Social Agendas and the Corruption of the Humanities*)、埃文·科南(Alvin Kernan)的《文学之死》(1990)(*The Death of Literature*)及其编的《人文学科怎么了?》(1997)(*What's Happened to the Humanities?*)、卡尔·伍德林(Carl Woodring)的《文学:一种全副武装的职业》(*Literature: An Embattled Profession*, 1999)等等。哥伦比亚大学英文系教授安德鲁·德尔班科(Andrew Delbanco)发表了《文学的衰落》(*The Decline and Fall of Literature*)一文,对以上著作进行介绍和评析。

③ Charles Bernheimer, "The Bernheimer Report, 1993: Comparative Literature at the Turn of the Century," in *Comparative Literature in The Age of Multiculturalism*, Baltimore: The Johns Hopkins University Press, 1995, p. 4.

④ Charles Bernheimer, "The Bernheimer Report, 1993: Comparative Literature at the Turn of the Century," in *Comparative Literature in The Age of Multiculturalism*, Baltimore: The Johns Hopkins University Press, 1995, p. 4.

⑤ Charles Bernheimer, "The Bernheimer Report, 1993: Comparative Literature at the Turn of the Century," in *Comparative Literature in The Age of Multiculturalism*, Baltimore: The Johns Hopkins University Press, 1995, p. 5.

那么到了1990年代,理论热消退后,文学研究领域为何又踏上了文化研究之路?杜克大学大卫·贝尔(David F. Bell)教授对此有一番解释:

> 伴随着理论鼎盛的消退以及随后留下的怀疑主义,文学研究中的文化研究变得越来越重要了。以各种美国形式的面目出现的分析,汇总起来统称为文化研究,排炮一般地向文学典律轰去,而这种典律被认为是一个受过教育的人的整个智性积累的一部分,对文学典律的控制及对其边界的重新划定,向来是女性主义批评、非洲裔美国人研究以及同性恋及性别研究的主要目的之一。而文化研究则希望再前进一步,把所有的界限都统统消弭。典律问题向来是一个带有根本性的问题。因为对文学文本的价值判断是传统批评家与后现代批评家对垒交锋的一个战场,这些后现代批评家对传统批评家的政治取向和文化力量进行质疑,后者即这一政治取向和文化力量的喉舌。哪群人有权决定一部文本的价值,这一决定难道不总是一种对什么被允许进入话语进行控制的压迫性举措吗?如果是的话,那么最好的解决办法也许就是放弃价值判断,把文学范畴尽可能地放大,这样就把高雅和低俗以至所谓典律的概念都统统取消了。①

如果说,大卫·贝尔揭示的,是文学研究的"文化转向"中所隐含的学术话语权力问题,那么,伯恩海默报告中提出的"文化转向",则是基于比较文学应适应文学研究发展趋势和多元文化时代的要求。

1993年伯恩海默的报告最引人瞩目的,是其对比较文学的发展

---

① 转引自盛宁:《对"理论热"消退后美国文学研究的思考》,《文艺研究》,2002年第6期,第8页。

方向提出的两条建议：一是比较文学应摒弃欧洲中心主义，而提倡多元文化主义，将比较文学研究范围扩大到东西方；二比较文学研究的关注点不应再是文学文本和文学现象，而应扩大文学研究的语境，将文学研究扩展到文本赖以产生的文化语境。

伯恩海默的报告不仅在美国，也在包括中国在内的国际比较文学界，引起了广泛而热烈的议论。由于1993年伯恩海默报告发表后，美国比较文学出现了越演越烈的学科泛化和文化研究现象，有的学者将此归咎为伯恩海默报告，实际上有些误解。伯恩海默报告中所提出的"文化转向"问题，在西方和美国比较文学界业已存在。在伯恩海默报告发表之前，杰拉德·吉列斯比(Gerald Gillespie)曾总结了西方比较文学五大新趋势：一、文学理论方面，民族文学的界限加速消除，甚至在具体批评实践上也是如此；二、文学史的声望严重衰落；三、以作品为中心的新批评研究方法被抛弃，以作家、作品为主的传统文学研究观念也遭到普遍拒绝；四、普遍拒绝考虑审美问题，而注重文学研究与人文科学之间的关系；五、热衷于所谓"科学"的方法以及种种关于文学的修正观(revisionary philosophies of literature)。[①]可见，美国比较文学的"文化转向"，并非伯恩海默报告所发动。由于1985年的美国比较文学报告没有发表，1993年伯恩海默的报告就成了最合适的论争标靶。伯恩海默报告的写作者只不过对这种趋势进行了描述和总结。当然，伯恩海默报告也不乏因势利导的意图，支持了业已出现的文化研究新趋势。

伯恩海默提出的文化转向，并非要用文化研究取代比较文学。其提倡比较文学研究应扩大语境化和历史化，意图是使比较文学适应整个大的文学研究语境的变化。他指出："文学现象不再是我们学

---

① Gerald Gillespie,"Newer Trends of Comparative Studies in the West," in *Aspects of Comparative Literature: Current Approaches*, ed. Chandra Mohan, New Delhi: India Publishers & Distributors, 1989, p.18.

科的唯一焦点。现如今在复杂多变、常自相矛盾的文化生产领域内，文学文本正被逐渐当作各种话语实践之一种。这个领域对跨学科观念提出了挑战，甚至让人相信，学科建构的历史，就是为了将知识领域归拢起来，控制在专家们可以驾驭的范围之内。"[1]但"宣称文学是各种话语实践之一种，并非要攻击文学的独特性(specificity)，而是要将其历史化"[2]。扩大文学研究的语境和历史化，是不是对"文学"和"文学性"的放弃？伯恩海默解释说："我们建议扩大探索领域，并不意味比较文学就此放弃了对修辞和诗体韵律等形式特征的细致分析。但是，精读文本同时，要考虑其意义赖以产生的意识形态、文化以及体制的语境。"[3]因为比较文学研究"不应只关注高雅文学话语，而应考察文本赖以生产并决定其地位高低的整个话语语境"[4]。可见，伯恩海默提出的"扩大语境化研究"，其目的，还是为了更深入地解读文本所可能拥有的内涵，着眼点还是在文学。所以，马努拉·莫拉奥说："《多元文化时代的比较文学》所收文章，总的说来有一个共识，即文学仍处于比较文学研究领域的中心。论争以及焦虑主要不是因为这个，而是比较文学范围的扩大是否会最终导致文学的边缘化，以及如何做到所提出的'文学研究

---

[1] Charles Bernheimer, "The Bernheimer Report, 1993: Comparative Literature at the Turn of the Century," in *Comparative Literature in The Age of Multiculturalism*, Baltimore: The Johns Hopkins University Press, 1995, pp. 42 – 43.

[2] Charles Bernheimer, "The Bernheimer Report, 1993: Comparative Literature at the Turn of the Century," in *Comparative Literature in The Age of Multiculturalism*, Baltimore: The Johns Hopkins University Press, 1995, p. 15.

[3] Charles Bernheimer, "The Bernheimer Report, 1993: Comparative Literature at the Turn of the Century," in *Comparative Literature in The Age of Multiculturalism*, Baltimore: The Johns Hopkins University Press, 1995, p. 43.

[4] Charles Bernheimer, "The Bernheimer Report, 1993: Comparative Literature at the Turn of the Century," in *Comparative Literature in The Age of Multiculturalism*, Baltimore: The Johns Hopkins University Press, 1995, p. 43.

多样化和语境扩大化。"①为防止比较文学新研究范式导致文学的边缘化或被文化研究所取代,伯恩海默特别提醒:要"谨防把自己等同于文化研究,后者的大多数研究都是单语种的,而且主要关注当代大众文化的具体问题"②。

三、理论热、文化研究的功过

由于美国比较文学界前后相继的理论热和文化研究趋势,伯恩海默的提醒,没有得到应有的重视。美国比较文学的研究范围很快越过了这个界限而偏向了文化研究这一边。近几年召开的美国比较文学学会(ACLA)年会主题或小组讨论题目,有的完全是文化研究和泛人文、社会科学议题。③正如雷马克所指出的:语境不是用来说明文本的所有外部因素,相反,文本倒被用来服务于阐释语境,确认理论,做的是演绎而不是归纳。④ 托马斯·罗森梅耶(Thomas G.

---

① Manuela Mourão, "Comparative Literature in the United States," in *Comparative Literature and Comparative Cultural Studies*, ed. Steven Tötösy de Zepetnek, Indiana: Purdue University Press, 2003, p. 136.

② Charles Bernheimer, "The Bernheimer Report, 1993: Comparative Literature at the Turn of the Century", in *Comparative Literature in The Age of Multiculturalism*, Baltimore: The Johns Hopkins University Press, 1995, p. 42.

③ 2005 年年会的主题是"时间、空间与形式上的诸种帝国主义"(Imperialisms: Temporal, Spacial, Formal);2006 年的主题是"人类与其他者"(The Human and Its Others);2007 年的主题是"跨文化、泛文化、文化间的接触"(Trans, Pan, Inter: Cultures in Contact);2008 年的主题是"抵达与离开"(Arrivals and Departures),议题从"疼痛的全球美学:狱里域外"(A Global Aesthetics of Pain: Prison Arrivals and Departures)到"其来有自:现代初期身份和性欲的放纵"(Coming up for Heir: Identities and Sexualities Let Loose in the Early Modern Age),横贯文学、哲学、心理学、社会学、经济学、生物学、性别理论、视觉艺术等多种学科和大众文化领域。

④ Henry Remak, "Origins and Evolution of Comparative Literature and Its Interdisciplinary Studies," *Neohelicon* XXIX 2002(1):245 – 250.

Rosenmeyer)也指出:"如今年轻一代的比较学者喜欢将文本哲学化和抽象化,或者将文本作为预设理论的材料,不再时兴自由而透彻的文学研究了。……比较文学成了边缘探索的实验场。"①

美国比较文学的理论转向和文化研究转向,可以从两个方面来看。一是,近几十年来,美国文学研究界厌弃新批评方法,而由文学的内部研究转向外部研究。适逢文化研究的兴起,因缘际会,因此出现了文学领域的文化研究热。正如J.希里斯·米勒所指出的:

> 事实上,自1979年以来,文学研究的兴趣中心已发生大规模的转移:从对文学作修辞学式的'内部'研究,转为研究文学的'外部'联系,确定它在心理学、历史或社会学背景中的位置。换言之,文学研究的兴趣已由解读(即集中注意研究语言本身及其性质和能力)转移到各种形式的阐释学解释上(即注意语言同上帝、自然、社会、历史等被看作是语言之外的事物的关系)。②

同属于文学研究领域的比较文学,自然不会置之度外。不仅如此,比较文学的开放性特点,使它充当了人文学科领域探索先锋的角色,"比较文学系善于人弃我取。……那些繁琐复杂、遭人嫌弃、陈旧过时、华而不实的研究方法,别的机制完善的学科无意问津、陈旧老套的东西,以及边缘、冷门、新生的事物,比较文学都热情

---

① Thomas Rosenmeyer,"Am I a Comparatist?" in *Building a Profession:Autobiographical Perspetives on the History of Comparative Literature in the United States*,ed. Lionel Gossmann and Mihai I. Spariosu,New York:State University of New York Press,1994,p.62.

② J.希利斯·米勒:《文学理论在今天的功能》,林必果译,拉尔夫·科恩主编:《文学理论的未来》,北京:社会科学文献出版社,1993年,第121—122页。

有加。"①因此，对理论和文化研究的新趋势，不仅不会置之不理，反而会趋之若鹜。二是，1980年代中期以来，国际比较文学界越来越关注文化议题。从1985年第11届国际比较文学大会以来的历次会议主题，很明显地反映了这一趋势。②美国作为当代国际比较文学的重镇，既是这种趋势的受影响者，又是这股趋势的积极参与者，并继而成了对文化研究推波助澜的最卖力者。

那么，理论热、文化研究对（比较）文学研究来说，是否只是妨害，而没有益处呢？倒不完全如此。文学的内部研究只是文学研究的一方面，完整的研究，必然包括文学的外部研究，而这些，就是新批评等文本理论力所不逮的。当代理论帮助我们从隐到显地揭示过去所忽视的或者完全没有考虑到的东西。"由了那些当代的理论，我们有了新的视角，然后把它发掘出来。""当代理论教会了我们很多东西，其中有一点很重要，就是文学作品本身是复杂的，其中包括了很多中介、机制、脉络、关系等等。"当代理论可以帮助我们去

---

① Haun Saussy, ed., *Comparative Literature in an Age of Globalization*, Baltimore: Johns Hopkins University Press, 2006, p.34.

② 其后历次大会的主题分别为：第12届大会（德国慕尼黑，1988）的主题是：文学的时间与空间，第13届大会（日本东京，1991）的主题是：欲望与幻想。第14届大会（加拿大阿尔伯特，1994）的主题是：多元文化语境中的文学：语言、文化、社会，第15届大会（荷兰莱顿，1997）的主题是：作为文化记忆的文学，第16届大会（南非普列陀利亚，2000）的主题是：多元文化主义时代的传递与超越，第17届大会（中国香港，2004）的主题是：身处边缘：文学与文化中的边缘、前沿与首创，第18届大会（巴西里约热内卢，2007）的主题是：超越二元对立：比较文学的断裂与位移。而2010年将在韩国大邱大学召开的第19届国际比较文学大会，主题更是旗帜鲜明地提出：扩大比较文学的边界（Expanding the Frontiers of Comparative Literature），所拟的5个议题分别为：1.比较文学全球化：新的理论与实践（Making Comparative Literature Global: New Theories and Practices），2.超文本时代文学的定位（Locating Literature in the Hypertextual Age），3.不同传统中的自然、科技与人文（Nature, Technology, and Humanity in Different Traditions），4.冲突和他者性写作（Writing the Conflicts and Otherness），5.翻译差异，联结世界（Translating Differences, Connecting the World）http://icla.byu.edu/www/congress/index.html

"了解、分析这些中介的因素或者说是机制的力量"①。

当代理论也帮助比较文学深化了其研究方法。比如,新历史主义致力于"将一部作品从孤零零的文本分析中解放出来,将其置于与同时代的社会惯例和非话语实践的关系之中。这样,文学作品、作品的社会文化语境、作品与其他文本的关系、作品与文学史的联系,就成为文学研究的重要因素和整体策略,并进而构成新文学研究范型"②。由此我们不难看出,伯恩海默提出的扩大文学研究语境的观点与新历史主义理论的关系。

当代理论,如解构主义、后殖民理论等,不仅更新了文学批评观念,拓展了文学研究的视野,扩大了文学研究的范围,也促使欧美比较文学界增强了"国际性视角"的意识,开始将研究的关注点由欧洲转向东方和第三世界国家,开掘了一些真正具有比较文学国际性视野的新研究课题。比如近年来由比较文学界发起而扩散到整个文学研究领域的对世界文学和经典的热议。"世界文学"是比较文学领域里的老题目,似乎也最难挖掘出新意。但在解构主义和后殖民理论的观照下,比较学者获得了新的研究思路,从而对世界文学这个"经典性"的问题提出了新的见解。大卫·达姆罗什将经典分为超级经典(hypercanon)、反叛经典(countercanon)和影子经典(shadow canon)。③其中"反叛经典"概念的提出,即是对传统欧洲中心主义视野中的"世界文学经典"谱系的解构。达姆罗什认为,世界文学并不是衡定文本的标准,而是文学流通和阅读的一种模

---

① 奚密:《文学研究与理论革命》,《社会科学论坛》,2006 年第 2 期,第 82—83 页。

② 朱立元:《当代西方文艺理论》,上海:华东师范大学出版社,2003 年,第 396 页。

③ David Damrosch, "World Literature in a Postcanonical, Hypercanonical Age," in *Comparative Literature in an Age of Globalization*, Baltimore: Johns Hopkins University Press, 2006, pp. 43 – 53.

式,通过翻译得以流传。"流通方式"构建了不同的世界文学概念,"有多少种民族和本土的视角,就有多少种世界文学(world literatures)。世界文学不是比较文学的敌手,而是其研究对象,甚或研究项目。"①这个观点为比较文学拓展了一个具有"文学性"而富有学术活力的新研究空间。

伯恩海默报告之所以能够提出摒弃欧洲中心主义,也归功于解构主义和后殖民理论。而斯皮瓦克也正是基于后殖民主义的文化立场,指出传统的建立在欧洲中心主义基础之上的比较文学已经"死亡",或者说这种比较文学未生已死、胎死腹中。因为在她的比较文学理念中,真正意义上的比较文学还没有到来。现在这门学科的出路,在于承认自己只是将来才能明确的学科雏形(to acknowledge a definitive future anteriority),承认其"将成"性(a "to come"—ness)和"将发生"性(a "will have happened" quality)。②斯皮瓦克的《一个学科之死》,并不是真的宣告比较文学之"死",而是以夸张的方式,为其"新型比较文学"(a new Comparative Literature)理念张目,即解构欧美中心主义,建立没有霸权和权力话语关系的"星球化"(planetarity)思维模式,走与区域研究相结合的道路。③

---

① Haun Saussy, ed., *Comparative Literature in an Age of Globalization*, Baltimore: Johns Hopkins University Press, 2006, p.11.

② Gayatri C. Spivak, *Death of a Discipline*, New York: Columbia University Press, 2003, p.6.

③ Gayatri C. Spivak, *Death of a Discipline*, New York: Columbia University Press, 2003, pp.1–23.

四、结语

目前美国比较文学的状况,相当富有戏剧性:一方面,斯皮瓦克下达了比较文学"死亡"通知书,而另一方面,比较文学依然活跃在美国人文学界,正生气勃勃。每年3、4月召开的美国比较文学年会参加人数逐年增加,2008年年会的小组专题多达138个,参加者人数达1200人之众,其中不乏来自其他人文学科的"非比较文学"学者。他们都兴致勃勃地聚拢在比较文学的大旗之下,分享慷慨的比较文学所准备的菜系多元、口味多样的学术盛宴。

这个吊诡的现象正可象征美国比较文学发展的诸多悖论。悖论之一:伯恩海默认为,比较文学天生有"焦虑基因"(anxiogenic),"焦虑"贯穿于美国当代比较文学发展史中。但"焦虑"没有导致对比较文学的放弃,反而成为推动美国比较文学发展的内在动力:"二战以来本学科焦点的诸多变化,可以视为医治、容忍或利用比较之焦虑的一系列尝试。"①悖论之二:苏源熙称,比较文学赢得了战斗,比较文学学者的"思维、著述和教学方式像福音一样传遍"人文科学领域,成为人文学科领域里的"首席小提琴",为整个人文学科"乐队"定调,②但取得胜利的同时,却丧失了自己明确的学科身份。悖论之三:美国有的学者,虽然身份为比较文学教授,但其所从事的学术研究却与比较文学无干,比如理查德·罗蒂。还有的学者,虽然所从事的是比较文学研究,甚至还担任比较文学系主任,

---

① Charles Bernheimer,"The Bernheimer Report,1993:Comparative Literature at the Turn of the Century," in *Comparative Literature in The Age of Multiculturalism*,Baltimore:The Johns Hopkins University Press,1995,p.3.

② Haun Saussy,ed., *Comparative Literature in an Age of Globalization*, Baltimore:Johns Hopkins University Press, 2006, p.3.

但对比较文学是什么,应该如何研究,觉得茫然,对自己的学术身份感到困惑。比如耶鲁大学比较文学系主任彼得·布鲁克斯(Peter Brooks)说:"尽管我拿到了比较文学博士学位,但我一直不敢肯定自己真的名副其实。因为我从来没搞清楚比较文学领域或者说学科是什么,也从来不敢堂而皇之地说,自己是在教或者研究比较文学。"① 加州伯克莱大学比较文学前系主任托马斯·罗森梅耶也坦承:"我们就别骗自己了吧:我不是比较学者。我甚至不太清楚比较学者是什么人,或者是干什么的。"② 悖论之四:在我们看来,大规模的文化研究和泛学科研究是导致美国比较文学"死亡"的病因,而斯皮瓦克所提出的起死回生的区域研究"良方",更是跨界、跨学科的文化研究。如果说斯皮瓦克为了消除话语霸权,打破欧洲中心主义,使非主流(subaltern)发出自己的声音,而宣称比较文学死亡,进而提出一种新型比较文学,那为什么对依然富有活力的中国、印度、拉美等国家的比较文学视而不见?……类似这样的悖论还可以继续列举下去。一系列悖论,不仅向美国比较文学,同时也向国际比较文学,提出了诸多亟待解决的理论问题:后欧洲中心主义时代,比较文学如何实现文化跨越?扩大文学研究的语境,如何不演变为文化研究?跨界、跨学科的研究,如何体现比较文学性质?比较文学担当人文学科先锋探索的角色,如何保持自己的学科身份,应有怎样的"度"?随着新领域、新空间的不断开拓,如果不是持简单否定或听之任之态度的话,那么理论该如何观照、吸纳、总结和阐释?如何解决实践的开放性、多样性与理论的相对保守性、单

---

① Peter Brooks, "Must We Apologize?" in *Comparative Literature in The Age of Multiculturalism*, Baltimore: The Johns Hopkins University Press, 1995, p. 97.

② Thomas Rosenmeyer, "Am I a Comparatist?" in *Building a Profession: Autobiographical Perspetives on the History of Comparative Literature in the United States*, ed. Lionel Gossmann and Mihai I. Spariosu, New York: State University of New York Press, 1994, p. 49.

一性之间的矛盾？韦勒克、雷马克时代的比较文学观念，要不要、又如何更新？等等。

美国比较文学的发展，所遇到的问题，以及探索解决之道和经验教训，都给其他国家比较文学的发展提供了启示，也值得我们中国比较文学界借鉴和思考。跨越欧洲中心主义的藩篱，欧美比较文学面临着如何跨越异质文化进行比较文学研究的问题，还处于困顿、探索之际，而中国、印度等国家的比较文学，从一开始就是跨越异质文化的，因而一直保持着迅猛发展的势头。这种发展态势，受到了国际比较文学界的瞩目和肯定。①雷马克赞扬说："我深信，就目前比较文学的发展来看，世界上还没有任何国家能像印度和中国那样富有活力和富有建设性。"②作为国际比较文学的一员，我国的比较文学今后的发展，也还有不少值得思考、探索的问题，比如，新时期30年来的比较文学研究成果，是否得到了很好的理论总结，有哪些理论和实践经验具有世界比较文学意义？目前中国比较文学在建制上的迅猛发展，硕士、博士学位点的扩建，论文、论著、教材数量的逐年增多，是否表示我们在学科理论、研究范式和具体的研究上也有了相应的进展？每三年一次的中国比较文学年会是否应该对比较文学发展现状作出评估，并提出建议？今后的中国比较文学研究如何深化？中国比较文学界的创新观念怎样落实到具体的实践中？比较文学要不要，又如何体现对当下的关怀、参与当下文化建设？如何理解比较文学研究的"文学性"、学术性和思想性？从文学出发，进而深入到文化层面而又回到文学上来，在具体的个案研究中如何操作，如何防止简单化、肤浅化的平行研究？除

---

① Susan Bassnett, "Introduction: What Is Comparative Literature Today?" in *Comparative Literature: A Critical Introduction*, Oxford: Blackwell, 1993, p. 5.

② Chandra Mohan, ed., *Aspects of Comparative Literature: Current Approaches*, New Delhi: India Publishers & Distributors, 1989, p. vii.

音乐、绘画、电影等艺术外，文学与其他人文社会科学的跨学科研究，如何保持研究的"文学性"？等等。

　　美国比较文学值得我们借鉴的经验，是不固步自封，保持适度的危机感和焦虑意识，不断探索深化比较文学之路，并体现出对当下问题的人文关怀。而其留给我们的教训则是，新的比较文学观念和研究范式的提出，应有比较系统和严密的理论阐述，在研究方法上应有可操作性。另外，对于已有的成功实践，进行总结、归纳、抽象、升华，以此构建和丰富比较文学学科理论。也许最关键的，还是不能仅满足于一般性地谈论比较文学应该如何，而是应具体地去尝试和实践，取得新的研究成果，以此反思和完善新理论、新方法。

是什么使比较成为可能?[①]

——乔纳森·卡勒对"可比性"的探讨

1993年,美国比较文学协会会长查尔斯·伯恩海默发表了一份关于比较文学学科现状与未来发展的报告,题为《世纪转折时期的比较文学》。报告发表后,很快在美国比较文学界,继而又在国际比较文学界引起了一场大争论。比较文学究竟应该何去何从?是向文化研究方向发展,还是坚持比较"文学"观点?在多元文化时代又如何深化比较文学研究?这场大争论,或者说新的危机,正如我国比较文学学者所指出的:"实际上暴露出了西方比较文学界存在已久的一个大问题,即对比较文学自身学科理论研究的阙如和忽视。"[②]美国康奈尔大学比较文学系主任乔纳森·卡勒是西方关注比较文学学科理论建设的学者之一。在这场大争论的喧嚣与骚动中,他开始认真思考起比较文学学科理论的问题。最近,他发表在《当代世界文学》季刊上的《论可比性》[③]一文,就是他初步探索的结果。

文章一开头,他就提出了一个常常困扰比较学者的问题:"是什么使比较成为可能?"卡勒认为:

[①] 本文原载《中国比较文学》,1997年第3期。
[②] 谢天振:《面对西方比较文学界的大争论》,《社会科学战线》,1997年第1期,第145页。
[③] Jonathan Culler, "Comparability," *World Literature Today*, Spring 1995, Vol. 69, No. 2, pp. 268–270. 本文引文均译自此文。

> 如果我们要想对比较文学的性质作一理论上的探讨，那么我们就必须弄清楚，文学研究中比较的前提是什么，亦即可比性的本质是什么。虽然对可比性这个问题的争论常常没有一个明确的结论，但可比性却是这门学科发生重大转变的内在原因。

可见，卡勒把"可比性"看成是学科理论建设的关键问题。比较文学从早期的渊源影响研究发展到今天全球性的互文研究，可比性问题变得越来越突出。"因为在互文研究领域，从原则上讲，任何文本都可以与另外一个文本相互比较。"但是，将来自不同文化体系的"两个或两个以上文本放在一起加以比较，其理由何在？"这个问题不从理论上阐释清楚，人们就会感到"比较研究的虚妄，至少是误入歧途"，从而怀疑比较文学作为一门学科存在的合理性，比较文学的危机也就由此而产生了。

但是，可比性问题并没有为学界所重视，"似乎可将这个问题搁置一边，不予考虑。因为现在比较文学研究的重点，大都是探讨后殖民社会和殖民主义强国文学里的跨文化交流和融合性问题。""比较是建立在直接的文化交往和有迹可循的影响基础上的。"但是在理论上，可比性问题依然存在，"甚至比以前更加突出。"

"可比性"缺乏理论上的明确阐释，这使卡勒联想到另一个含义模糊、抽象的概念——"优秀"。卡勒的好友，已故的年轻学者比尔·雷汀斯（Bill Readings）生前撰写了一部论述西方大学的论著。西方大学模式经历了几次转变，从康德的"理性原则大学模式"变为"文化大学模式"，再转变为今天的"优秀大学模式"。雷汀斯指出，所谓"优秀"，是一个内涵虚空的名词。大学行政官员要求人们追求优秀，并以此为标准评定各部门、机构和师生的成绩。但评估标准没有明确设立，只有这个抽象的概念——"优秀"。人们只好根据各自对"优秀"的理解或"根据别人对优秀的看法"进行评估。优秀概念的模糊性使得那些在结构、功能等方面并无共同之处的事物有了可比性。比尔·雷汀斯认为,这是官僚主义进行大学管理的一种行之有效的策略。卡勒指出,现在的比较文学研究中的可比性与优秀相似,都是内涵虚空、抽象模糊的概念。但是,作为一门学科的研究方法——"比较文学的可比性"——"怎能与之相比?"

西方的比较文学研究一直以欧美为中心,是在由两希文化为源头的同一文化体系内进行的,"意义的互文性,即意义存在于一个文本与另一个文本之间的差异,使得文学研究在本质上具有比较性质。""可比性依赖于同一种文化体系这样一个潜在的能进行比较的共同场。"但是,在今天,比较文学研究从欧洲中心原则转向全球性原则,相与比较的文本的意义和特质"都取决于它们在各自文化体系中的地位",它们表面上似乎有共同之处,具有可比性,但从文化层面上作进一步追究,发现它们又大不相同。对某一文本的意义、价值所产生的文化背景了解得越深,比较起来就越难。

跨文化的文本比较研究需要有一个标准或准则,但这个标准很难确定。因为标准一具体,就有用某一文化标准去衡量另一文化体系文学文本价值的危险。这样的研究得出的结论不会确切。但标准太模糊、空洞,则又有可能陷入"优秀大学"那样的困境。卡勒认为,"尽力阐明那些似乎潜在地具有比较性质的假设和准则,不失为一个解决问题的途径。"因为"建立在具体的学术标准或准则——总体、主题、历史———上的可比性,其优点在于这些标准或准则倾向于实证,这是空洞的官僚主义的准则所没有的特征"。"这样,这些假设和准则就不会成为含糊不清的术语。"

卡勒倾向采取埃里希·奥尔巴赫(Erich Auerbach)"锲入点"(Ansatzpunkt)的观点,认为这可能是解决可比性的一个有效途径:

一个明确的锲入点,不把它看成是具有支配力的外在地位,而是作为一个"操作杆",或者把它作为多少能为文学批评家将各种不同文化作品放在一起加以比较的优势点。……理想的锲入点有两个特点:一是其具体性和明确性;二是其具有离心辐射功能。这个锲入点可能是一个主题,一个比喻,一个结构问题,或者是一个界定明确的文化功能。

卡勒的这篇文章并没有作出明确的结论,只是提出了他探索中的一些想法。可以料想,他对可比性乃至比较文学学科理论建设问题还会继续探讨下去。

我国的比较文学研究,从一开始就是在跨文化的视野中进行的。在理论上也曾有过困惑,在实践上出现过不顾文化差异的牵强附会的比附。大陆与港台的比较学者,如卢康华、孙景尧、刘波、叶维廉、古添洪等人都曾对可比性问题作过积极的探索。值得一提的是甘建民的《可比性与可比场》(《中国比较文学》1991年第2期)一文。文中他提出建立"把问题提到一定范围内"的"可比场"的观点。在一定程度上,卡勒所提倡的"锲入点"观点与这个观点是相契合的。钱锺书先生在首届中美比较文学学者双边讨论会开幕式上曾说过:"比较文学,同时也必然比较比较文学学者,即比较美国学者研究比较文学的途径和与他们相对等的中国比较学者研究比较文学的途径。"[①]在西方中心论被消解的后殖民时期,西方比较文学成为真正完整意义上的比较文学,中外比较学者有可能相互启发,共同努力探讨比较文学何去何从的问题。在跨文化研究层面上进行比较文学研究,我国比较文学在这方面比西方起步早,并获得了一批可喜的学术成果,如朱光潜先生的《中西诗在情趣上的比

---

① 见《中国比较文学》,1984年第1期(创刊号),第35页。

较》，钱锺书先生的《通感》、《诗可以怨》，杨绛先生的《李渔论戏剧结构》，王元化先生的《刘勰的譬喻说与歌德的意蕴说》，秦家琪、陆协新先生的《阿Q和堂吉诃德形象的比较研究》等，堪称跨文化比较文学研究的范例。但我们对成功的实践是否已经很好地进行了理论总结，并服务于比较文学学科理论建构上面了呢？看来，在多元文化时代，中外比较学者都还面临着拓展新的研究领域和深化原有研究的问题。卡勒对可比性的重视，并把它作为比较文学这一学科存在合理性的前提，对我们仍具有启迪作用。

比较文学研究:中国视角与方法

从互文性角度重新审视20世纪中外文学关系[①]

——兼论影响研究

中外文学关系研究从复兴至今一直是比较文学研究的重要领域，因为"要发展我们自己的比较文学研究，重要的任务之一就是清理一下中国文学与外国文学的相互关系"（钱锺书语）。我们现在已经进入21世纪，回顾过去20多年来的努力，20世纪中外文学关系这个研究领域取得了值得骄傲的成绩。但随着研究的深入，仍有不少值得开掘的层面。中外文学相互关系的清理还有许多工作要做，在理论和研究方法还需进一步反思、思考，检点缺失，从而作新的开掘。

"20世纪中国文学的世界性因素"命题[②]的提出，就是试图在这个研究领域作出新突破，发掘新的学术生长点。

[①] 本文原载《中国比较文学》，2000年第2期。

[②] "20世纪中国文学的世界性因素"作为一个课题，涉及的研究对象相当广，如现代性、20世纪中国现代化思想的发展进程等等。作为针对20世纪中外文学关系研究为出发点提出的这个命题，还涉及世界性因素的界定、世界性因素判断的标准、20世纪世界文学的主题、民族文学传统与世界性因素的关系等等文学自身问题。因篇幅所限，本文只关注这个命题中与中外文学关系研究有关的问题。

一、"20 世纪中国文学的世界性因素"命题的启迪意义

梵·第根在 1931 年出版的《比较文学导论》中对比较文学对象和方法的论述，比较集中地体现了法国学派的观点：

> "真正的'比较文学'的性质，正如一切历史学科的性质一样，是把尽可能多的来源，不同的事实采纳在一起，以便充分地把每一个事实加以解释；是扩大认识的基础，以便找到尽可能多的种种结果的原因。总之，'比较'这两个字应该摆脱了全部美学的涵义，而取得一个科学的涵义的。"①

对当时的法国学派而言，比较文学研究是以"事实联系"的实证为核心、以坐实两国文学之间的因果关系为旨归，研究的方法和要求就是精确地"刻画出'经过路线'，刻画出有什么文学的东西被移到语言学的疆界之外去这件事实"②。

法国学派的影响研究在 50 年代末遭到美国著名学者韦勒克、雷马克的激烈的抨击。韦勒克指责将"比较"局限于研究两国之间的"贸易关系"的影响研究"使'比较文学'成了只不过是研究国外渊源和作家声誉的附属学科而已"③。雷马克则不无讥讽地说，法国学派"仿佛忘了我们学科的名称是'比较文学'，而并非'影响文

---

① 梵·第根（提格亨）：《比较文学论》，戴望舒译，上海：商务印书馆，1937 年，第 17 页。

② 梵·第根（提格亨）：《比较文学论》，戴望舒译，上海：商务印书馆，1937 年，第 74 页。

③ 韦勒克：《比较文学危机》，《比较文学译文集》，上海：上海译文出版社，1985 年，第 124、29 页。

学'"①。因此,韦勒克、雷马克、艾尔德里奇等美国学者提出没有事实联系的、跨学科、跨国界的综合性的"平行研究"的主张。他们虽然肯定法国学派的实绩以及对比较文学这门学科的建立作出的贡献,但他们似乎认为,影响研究的价值意义不及平行研究大。②

法国学派研究方法上存在的最大缺失就是过分拘泥于实证,表现出渊源与影响的机械主义观念,只注重出源、媒介、途径的研究,没有从接受的角度研究受影响的一方"保存下来的是些什么,去掉的是些什么?原始材料为什么和怎样被吸收和同化?结果如何?"等问题,忽视了作品的文学价值和美学分析,忽视了"文学性"问题。另外,对"影响"概念也存在机械、僵化的认识,把文学中的"影响"看成是"如影随形,如响应声"这样机械、简单、直接的模仿与被模仿关系。将复杂的文学关系和文学现象狭隘化、简单化。

就我国20年来中外文学关系研究来说,不少论者在很大程度上还是延续了法国学派的思维方式和研究方法。不少中外文学关系研究文章完全采用影响研究方法来处理复杂的文学现象,从中国作家作品中的主题、创作手法、情节、意象与外国作品相似点着手,寻找影响的证据,以证明外国文学对中国某个作家的影响为目的。对文化背景的分析是为了说明借鉴影响的真实性和合法性,忽视了接受者的选择和创造性内容。论者潜在的,或者说不言而喻的预设前提就是,20世纪中国文学中所出现的"新"的东西都是"本国文学

---

① 雷马克:《比较文学的定义和功能》,《比较文学研究资料》,北京:北京师范大学出版社,1986年,第2页。

② 雷马克就曾指出:"影响研究如果主要限于找出证明某种影响的存在,却忽视更重要的艺术理解和评介的问题,那么对于阐明文学作品的实质所做的贡献,就可能不及比较互相并没有影响或重点不在于指出这种影响的各种对作家、作品、文体、倾向性、文学传统等等的研究。"雷马克:《比较文学的定义和功能》,《比较文学研究资料》,北京:北京师范大学出版社,1986年,第2页。

传统和他的本人的发展无法解释的",所以是外国文学的影响。以狭隘的"影响"观念指导下的中外文学关系研究,中国文学的发展面貌就成了在西方文学面前被迫应对、亦步亦趋、甚或东施效颦的窘迫情态。①这样就遮蔽了 20 世纪中国文学中自发性的成分。"世界性因素"命题的提出对影响研究有矫正偏失的作用。

"20 世纪中国文学中世界性因素"这一命题的提出,从中国文学在多大程度上容纳了"世界性因素"的角度,凸现中国文学中自身的创造性和主体性特征。从中国文学与外国文学对等意义上,强调了中国文学的主体性,这样有助于显豁中国文学中自身的创造性成分。

尽管 20 世纪中国文学史上出现的文艺思潮往往迟后于西方,但文艺思潮出现的先与后并不一定就说明存在影响和被影响的关系。②苏联著名学者日尔蒙斯基就曾指出:"国际性文学流派有规律的类似,不允许把它们解释成偶尔发生的多局部'影响'的简单总和。这种规律性帮助我们想到,整个艺术体系的统一的有规律的发展,想到总的发展过程中思想和艺术的制约性。"③

20 世纪中国文学中并不是所有的文学现象都是因为有了外国文学的传入才出现的。某些新的文学倾向是中国文学发展到一定历史阶段自身变革的要求。外国文学在当时的进入,起到了促进和声援的作用。在这种情况下,文学现象的类似就不是"因外而有我"这样影响和被影响的因果关系,而完全可以看作是不同文化语境下产

---

① 这使人想起阿米亚·德夫针对过于注重方法而忽视研究对象的比较文学研究现象提出的批评:"任何以方法来制约材料的研究必将失败。"阿米亚·德夫:《从材料到方法》,《读书》,1991 年第 2 期,第 12 页。

② 科斯提乌斯对国际性的文学思潮与影响的区分有比较详切的分析(见 Jan Brandt Corstius,*Introduction to the Comparative Literatue*, New York: Random House, 1968, pp. 186 – 189.)。

③ 日尔蒙斯基:《文学流派是国际性现象》,《比较文学译文集》,上海:上海译文出版社,1985 年,第 314 页。

生的共同的文学现象。"20世纪中国文学的世界性因素"彰显的,就是这种共生的文学现象。"世界性因素"命题对中外文学关系研究提供了一种新的认识视角和研究方法,发掘了一个富有活力的新的学术生长点。

但是,"20世纪中国文学的世界性因素"命题提出的核心观点及其隐含的研究方法,是解构和颠覆影响研究为前提的,这似乎又有些矫枉过正,也是对当代影响研究的某种程度上误解和偏见。另外,"20世纪中国文学的世界性因素"基本上是站在中国文学自身立场来审视中外文学关系的,研究视角仍显得狭窄,不能整体观照20世纪中外文学关系复杂的现象。

二、从影响研究的拓展看"20世纪中国文学的世界性因素"命题的偏颇之处

"影响研究"是法国学派的基本研究方法。人们常常把"影响研究"和"法国学派"联系在一起,两者几乎成了同义词。需要指出的是,当代比较文学对"影响"和"影响研究"的认识已超越了早期法国学派的狭隘观念。

法国学派的研究方法在20世纪初遭到克罗齐的诋毁,在50年代又遭到了韦勒克、雷马克为代表的美国学派的激烈抨击,但是,影响研究并没有完全退出比较文学研究的视域。从50年代起直至今天,仍有不少学者致力于影响研究领域的开拓,因为影响研究对文学关系研究还是不可或缺的重要研究方法,"影响"本身就是"比较文学中十分关键的一个概念"。[①]

[①] 威斯坦因:《比较文学与文学理论》,刘象愚译,沈阳:辽宁人民出版社,1987年,第27页。

新的影响研究首先是充分注重接受者(包括个体和民族)的主体性纳入了"影响"概念的思考之中。

日本比较文学家大塚幸男对影响的界定是："特定意义上的'影响'，是一种创造性的刺激。"①

在探讨接受影响发生的文化机制和动因方面，苏联著名学者日尔蒙斯基从社会文化发展过程角度，对影响的发生、接受影响民族自身原因和接受的方式作了比较精辟的论述：

"……任何影响或借用必然伴随着被借用模式的创造性改变，以适应所借用文学的传统，适应它的民族的和社会历史的特点，也同样要适应借鉴者个人的创作特点。"②

不少学者在探讨影响的同时，充分考虑了民族文学主体性成分。

卢卡契指出："一种具有世界影响的作品对别国来说，往往一方面是外来的，一方面又是土生土长的。"因为"任何一个真正的深刻重大的影响是不可能由任何一个外国文学作品所造成的，除非在有关国家同时存在着一个极为类似的文学倾向——至少是一种潜在的倾向。这种潜在的倾向促成外国文学影响的成熟。因为真正的影响

---

① 大塚幸男：《"影响"及诸问题》，《比较文学研究资料》，北京：北京师范大学出版社，1986年，第119页。

② 日尔蒙斯基：《文学流派是国际性现象》，《比较文学译文集》，上海：上海译文出版社，1985年，第314页。人们最常引用的是美国学者约瑟夫·T.肖的一段"经典"表述："文学影响的种子必须落在休耕的土地上。作家与传统必须准备接受、转化这种影响，并作出反应。各种影响的种子都可能降落，然而只有那些落在条件具备的土地上的种子才能够发芽，每一粒种子又将受到它扎根在那里的土壤和气候的影响。"约瑟夫·T.肖：《文学借鉴与比较文学研究》，《比较文学研究资料》，北京：北京师范大学出版社，1986年，第118页。

永远是一种潜力的解放"①。

韦勒克也强调:"没有任何一部作品可以完全归于外国的影响,或者只被视为一个仅仅对外国产生影响的辐射中心。"②

关于影响研究方法和目的,钱锺书指出:"现代中国文学受外国文学的影响是毋庸讳言的,但这种文学借鉴不是亦步亦趋的模仿,而是如鲁迅所说'放出眼光,自己来拿'。因此,比较文学的影响研究不是来源出处的简单考据,而是通过这种研究认识文学作品在内容和形式两方面的特点和创新之处。"③

以上的论述都强调,文学影响和接受的发生不是偶然的,都是与接受主体所处的文学环境和作家自身的审美倾向有很大关系。可见,影响并不否认民族文学自身发展的内在机制和动因。相反,正是因为这些因素的内在作用,才使得文学接受成为可能。没有接受主体的接受,也就谈不上影响。影响或超越影响,都是这种内心积淀的先结构作用的表现。所以,接受影响并不必然意味着是放弃创造个性的机械搬用和模仿,而是指通过作家创造性的吸纳和转化,融入进自己的创作中,从而也融入自身文学的发展进程之中。

当代美国著名文学批评家哈罗德·布鲁姆在其著名的《影响的焦虑》和《误读图示》两论著中提出"影响即误读"的观点,更是颠覆了"影响即模仿、继承、接受、吸收"的传统影响论。他认为,影响就是创造性的误读,是后辈对前辈有意识的叛逆。虽然布鲁姆的观点,出自对英美浪漫主义诗歌史上一些强劲有力度的诗人

---

① 卢卡契:《卢卡契文学论文集》(二),北京:社会科学文献出版社,1981年,第450、452页。

② 韦勒克:《比较文学危机》,《比较文学译文集》,上海:上海译文出版社,1985年,第123页。

③ 张隆溪:《钱锺书谈比较文学与"文学比较"》,《比较文学研究资料》,北京:北京师范大学出版社,1986年,第92页。

接受前辈影响的思考,但就"影响即误读"这种观点所强调影响接受者的创造性而言,同样对深化影响研究富有重要启发意义。

以上对"影响"概念新的认识和界说,纠正了原来关于"影响"的狭隘观念,拓展了法国学派影响研究的学术空间。60年代出现的以读者接受研究为中心的接受美学,也很快为比较文学家所吸纳,运用于影响研究上来。①接受研究突出了接受者对外来影响的主动性,接受者总是根据自身的文学、文化需求,对外来文学进行剔除、选择、消化、改造,将其融入自己的创作之中。

当代比较文学的影响研究已内在地涵括了接受研究,成为影响研究的一个不可或缺的重要环节,即影响与接受研究的综合方法才是完整意义上的"影响研究"。新开拓的影响研究已经将"世界性因素"命题所强调的主体性成分,如根据自我需求所作的选择、融入新知的创造性借鉴、有意误读(影响的焦虑)、反影响(对影响的拒绝)等等因素,包含了进去。就"世界性因素"命题所关注的民族文学主体性而言,本是现在的影响研究所需思考的一个重要内容,是其应有的研究基域和深度要求。——尽管我们有些接受研究的文章把中国文学自身的东西解释成通过对西方文学的创造性借鉴、创造性转化出来的东西,遮蔽了中国文学的自发性成分。

因此,从"20世纪中国文学的世界性因素"提出的动因可以看出,这个命题实际上所要"解构和颠覆"的,是法国式的影响研究,而不是我们今天比较文学界已经对其内涵和研究基域已拓展和深化了的影响研究。

这样看来,如果"20世纪中国文学的世界性因素"旨在于凸现中国文学自身的现代性和在文学现代化过程中显示出来的某些特

---

① 参见伊·谢弗莱尔:《从影响到接受研究》,金丝燕译,乐黛云:《比较文学原理》,长沙:湖南文艺出版社,1987年。

质,显然具有彰显的作用。但是,如果一味淡化影响的存在,以"中国文学的主体性"立场来考察20世纪中国文学的发展、分析中外文学关系,有不少明显的现象就不能得到完满的解释。因为有不少作品确实"显示出某种外来效果,而这种效果又是他的本国传统和他本人的发展无法解释的"①。我们从一些作品中能找到在情节、意象或语言句式等方面的"实证", 也可从作家本人的有关接受过外国文学影响的认可中得以"补证",说明中国文学确实有不少作品明显地受到外国作品影响。这种"原典性的实证研究"②对于中外文学关系研究并非毫无意义。它至少能对确实存在影响借鉴关系的文学现象取得第一手资料,成为进一步研究的前提和基础,否则,对这些文学现象的议论就可能不切合实际,流于片面,甚至走入以主观臆测代替文学发展实际具体考察的误区。如果模糊或漠视影响因素,那么中国文学现代化进程中自身的某些特质也难以阐释清楚。因为研究外国作家在20世纪中国的影响,并不是出于提高这个作家的声誉,而是为了更好地揭示我们文学自身的某些方面特质。正如基亚所说:"研究莎士比亚和歌德在法国的命运,可促使我们更加了解自己的文学,使我们能更明确地指出我们的特征。"③

"20世纪中国文学的世界性因素"这个命题实际上是平行研究方法。在凸现中国文学多大程度上容纳了世界性因素的同时,切断了中外文学关系。这个命题是基于20世纪中外文学关系提出的,但如果只能彰显中国文学发展的特质,只从中国文学自身的立场来研究中国文学,那么,中外文学关系研究就只剩下与外国文学共时性

---

① 约瑟夫·T·肖:《文学借鉴与比较文学研究》,《比较文学研究资料》,北京:北京师范大学出版社,1986年,第118页。

② 参见严绍璗:《双边文化关系研究与"原典性的实证"的方法论问题》,《中国比较文学》,1996年第1期。

③ 基亚:《比较文学》,颜保译,北京:北京大学出版社,1983年,第71页。

的契合关系,就不能有效地解释中外文学关系中的普遍现象,也难以揭示中国文学在影响的大语境之下如何择取、接受等等时代性的文学特点。在研究方法上就显得偏狭、不全面,作为一种研究范畴和方法就不具备普效性。

就"20世纪中国文学的世界性因素"潜含着的中西文学平等意识和民族文学主体性立场而言,也有值得商榷的地方。当今我们进入后殖民时代,西方中心论处于解构之中。第三世界国家(例如印度、巴西等国)的比较文学研究者对"世界文学经典"提出的质疑,表明了对西方中心论的解构态度和建立民族文化身份的渴望。尽管从时空上说,无论每个民族文学的成就如何都是世界文学的组成部分。从这种角度说,我们,包括第三世界国家,也就不必特别强调我们的文学是世界文学的一个有机组成部分。历史上实际的不平等、不被普遍认同的现象是客观存在,我们不能以我们今天解构西方中心主义的态度,来改写西方中心主义确实曾被(或被迫)认同、被接受的不平等的历史。五四时期前后中国知识界对进化论学说的热衷,其潜含的观念就是中国落后于西方。[①]这种观念曾在相当长的历史时期内存在着。

"20世纪中国文学的世界性因素"命题提出的另一个思考前提是,"在20世纪中国文学进入一种世界性的文化格局时,原有的封闭形态被打破,代之以八面来风的外来文化思潮冲击,"[②]似乎中国文学所面对的是世界共同的问题。但是,整个20世纪并不是像我们

[①] 最典型地体现在胡适的这段话中:"我们必须承认我们自己百事不如人,不但政治制度不如人,并且道德不如人,知识不如人,文学不如人,音乐不如人,艺术不如人,身体不如人。"(胡适:《胡适论学近著》第1集,第639—640页,上海:商务印书馆,1935年。)虽然胡适的这种说法在今天看来比较偏激,带有鼓吹"全盘西化"的策略成分,但征示了当时知识界一种比较普遍的认识心理。

[②] 《20世纪中国文学的世界性因素·编者的话》,《中国比较文学》,2000年第1期,第31页。

今天以互联网为主要特征的资讯时代，信息交流如此便利。至少针对20世纪中外文学关系这个特定历史阶段的课题而言，20世纪大部分时间，人们对外国文学了解的渠道还是比较有限，主要还是通过译介。

在20世纪大部分时间内，对大部分中国作家来说，世界文学语境实际上是根据中国文学、文化的需要，作了选择、剔除的一种自我选择的"中国化"的世界文学语境，即翻译文学营造的世界文学语境。它比自在状态的世界文学语境在广度上要狭小。译介总是挑选自己所需要的东西，排斥相异的东西，即进行"文化过滤"。强烈的期待视野和文学利用心理，往往会忽视或遮蔽外国文学作品中某些方面的内涵，甚至根本上就是误读。不同的时代、不同的作家对待外国作家作品都是各取所需，从中汲取对自己有用的东西，亦即根据日尔蒙斯基所说的"内在必要性"来接受外来影响。如新文学史上将托尔斯泰、屠格涅夫、陀思妥耶夫斯基这些不同特点作家的作品，都抽取为"为人生"的主题来阐释、接受。虽然20世纪中国文学与世界文学处于共时性的时空中，但在文学思潮和观念上存在着相当程度的错位。

自我选择的世界文学语境，其择取的文学功利性和世界文学语境上的错位现象，都说明有目的地接受影响的事实。20世纪中国文学的世界文学语境的历时形成性、功利性和有限性，都说明并不是任何时期我们所面对的都是世界文学共同的问题。

20世纪中外文学"关系"存在的形态确实非常复杂，有明显的模仿、借鉴的直接影响关系，有受文化语境、文学风气氛围的感动等间接关系，也有创造性转化后无法查证、无迹可寻的模糊关系，还有面对共同的现实问题产生的契合关系。涉及具体的个案研究更是困难，因为：

"在每个个体的文化选择中,中国文化和外国文化的界限是极不明确的,中外文化的差别只在他们的阅读活动中才是相对明确的,一旦进入实际的文学创作,它们就在创作过程中溶解了。在每一个可资分析的创造品中,都同时有个人的、中国传统的和外国的三种因素同时发挥着自己的独立作用,但三者又是不可分的。"①

影响研究是从外国文学立场来审视中国文学现象,"20世纪中国文学的世界性因素"命题是从主体性立场来发掘中国文学自身的新质。这两种方法针对特殊的个案非常有效,但两者都无法独自应对错综复杂的20世纪中外文学关系这个大课题,难以全面、有效地阐释20世纪中国文学史中诸多复杂的现象。

因此,我们需要在外来影响与本土语境、传统承传与时代创新、时代语境与个人审美倾向等等诸种矛盾性因素之间,建立一个全面了望和灵活应对的制高点,获得一个更为宏阔、圆通的视角,以便将这些诸多复杂的问题纳入视域之中,这个制高点就是互文性视角。

三、从互文性角度重新审视20世纪中外文学关系

以文学现象相互联系为核心特征的互文性观点,对比较文学研究来说并不陌生。这是比较文学思维的一个基本特征。韦勒克就曾说过:"在比较文学看来,连贯的西方文学传统,交织在无数相互关系的蛛网中。"②对20世纪中国文学来说就更是如此。

---

① 王富仁:《对一种研究模式的置疑》,《佛山大学学报》,1996年第1期,第13页。

② 韦勒克:《比较文学危机》,《比较文学译文集》,上海:上海译文出版社,1985年,第123页。

互文性理论认为,任何一部作品里的符号都与未在作品里出现的其他符号相关联,因而任何文本都与别的文本互相交织,没有任何独立的文本,文本皆"互文"(intertext)。除明显的借用和融化之外,构成文本的任何语言符号皆与文本之外的其他符号形成差异,从而显示自己的特性。互文性有广狭义之分。狭义的定义以热奈特为代表。他认为:互文性指一个文本与可论证存在于此文本中的其他文本之间的关系。广义的定义以巴尔特和克里斯蒂娃为代表,他们认为:互文性指任何文本与赋予该文本意义的知识、代码和表意实践之总和的关系,而这些知识、代码和表意实践形成了一个潜力无限的网络。互文性理论不仅注重文本形式之间的相互作用和影响,而且更注重文本内容形成的过程,注重研究那些"无法追溯来源的代码",无处不在的文化传统的影响。①

前文提及的有关"影响"概念的新认识,还只是对"影响"概念的理论申述,在具体文学现象的研究中,仍会碰到很多实际的困难。因为"影响"在实际的文学发展过程中,在形态上形形色色,在程度上也千差万别:有机械、简单的模仿;有融入了自我新知的创造性借鉴;有仅仅是外来文学思潮概念层面上的启迪、刺激。有的时候只是表明对外来文学的热情,其目的只是为自身某个新的文学倾向找一个外援,以求得认同;②有些是反影响;还有的作家根本没有读过外国作品,他接受的"影响"只是当时共时性的文学氛围和风气,或者是通过接受过影响的作家作品受到的更为间接的影响。另外,20世纪中外文学关系内在地潜隐着"接受外来文学的影响,实现中国文学(文化)的现代化的过程,同时又是反抗殖民主义

---

① 参见 Jonathan Culler, *The Pursuit of Signs: Semiotics, Literature, Deconstruction*, London: Routledge and Kegan Paul, 1981, pp. 103–104.

② 参见 Jan Brandt Corstius, *Introduction to the Comparative Literature*, New York: Random House, 1968, p. 189.

的侵略与控制，争取民族独立与统一的过程"①。这两种方向的张力构成了一种合力，决定了20世纪中国文学形态和特质，使得影响与"影响的焦虑"的交织情形格外复杂。

互文性研究方法能有效涵括复杂的文学关系现象，我们用互文性概念②来替代狭隘、机械的"影响"概念，以及过于强调文本自主性的"20世纪中国文学的世界性因素"的概念，也许更能切合20世纪中国文学发展的实际。

20世纪中国文学，无论是受外国文学影响的显与隐，还是对外国文学的借用还是利用，都很少有纯粹西方化的东西。它总是以这种或那种方式在中国自身的语境中进行了整合、归化。因为"文学事实相同一方面可能出于社会和各民族文化发展相同，另一方面则可能出于各民族之间的文化接触与文学接触；相应地应区分为：文学过程的类型学的类似和'文学联系和影响'。通常两者相互作用，但不应该将它们混为一谈"③。就以中国现代派文学而言，既有文学类型学的类似，又有影响的成分。

西方现代主义文学的思想资源——尼采的超人哲学、伯格森的生命哲学、弗洛伊德的精神分析学说、克尔凯戈尔的存在主义哲学，同样是鲁迅先生作品中现代主义因素出现的思想触发点。也就

---

① 钱理群：《矛盾与困惑中的写作》，《文艺理论研究》，1999年第3期。

② 互文性理论是当代西方后现代主义文化思潮中产生的文本理论，涉及诸多文化理论，涵盖面非常广。不同的理论流派和批评家对互文性概念有不同的界定。在结构主义理论批评家那里，互文性概念取代了主体间性（intersubjectivity）。保加利亚裔法籍结构主义理论家朱莉娅·克里斯蒂娃认为："任何文本都是拼合其他行文而成，任何文本都是其他文本的吸收和转化。"解构主义理论家一般都持这种消解文学主体性的观点。解构主义和新历史主义互文性理论都有语境化、泛文本化和文本意义不可知论的消解"文学性"倾向。这些观点本文并不完全赞成。本文提出的互文性研究方法只是取其开放性研究视野这一优长。

③ 《苏联〈大百科全书〉（1976年版）论历史—比较文艺学》，《比较文学研究资料》，北京：北京师范大学出版社，1986年，第84—85页。

是说，鲁迅与20世纪西方现代主义文学的开创者面对的是同样的思想理论资源。《狂人日记》、《阿Q正传》、《野草》等作品，完全可以看成是鲁迅的独创，与西方现代主义文学处在同一起点上。鲁迅的现代主义作品与同时期的西方现代主义文学，不是单一、机械的影响关系，释放与接受者的关系，而构成了对应性的互文关系。从鲁迅吸取西方现代主义文学的思想资源而言，是影响；从与西方现代主义文学的对应性而言，则是自我创造。

就受现代主义文学影响的作品而言，30年代新感觉派小说不同于日本新感觉派小说，也不同于乔伊斯、伍尔芙的意识流，因为作品中人物的意识流动有明确的心理逻辑线索，并不晦涩难解。40年代以穆旦为代表的九叶派诗人，他们的诗歌创作"追求知性和感性的融合，注重象征和联想，强调继承与创新、民族传统与外来影响的结合，最终建立一个现实、象征和玄学（指哲理、机智等知性因素）相综合的新传统"①，创造了有别于西方的"中国式现代主义"诗歌。无论是鲁迅还是施蛰存，是冯至、穆旦还是北岛、舒婷，是王蒙、韩少功、莫言还是刘索拉、扎西达娃、余华，他们作品中的现代主义因素都因有中国化的烙印，而在与西方现代主义文学互文关系中显现了自身的特点。这种互文关系中的相似性和相异性，既含有了借鉴、模仿影响成分，也有创造、自我生发等自身因素。

再以新时期意识流小说为例。王蒙早期的意识流作品完全可以看成是其独创，因为《布礼》（《当代》1979年第3期）、《夜的眼》（《光明日报》1979年10月21日）发表时，西方经典的意识流作品

---

① 袁可嘉：《从浪漫诗到现代诗》，《世界文学》，1989年第5期，第293页。

还没有译介过来,①并且王蒙早在 40 年代就发表了具有"意识流"意味的习作。②但他后来创作的意识流小说就有意识地借鉴了西方意识流小说。王蒙之后出现的用意识流手法创作的一些作品,其影响源是多方面的,有西方意识流小说(主要是译作),有王蒙的小说,还有以新的眼光重新界定的鲁迅以及 30 年代新感觉派作家的作品。因此,把新时期的意识流说成是"东方化"或"横向移植"显得比较笼统和片面,模糊了中国意识流创作方法形成的复杂性,不能真正揭示其特质和意义。

从上文简略的分析可以看出,无论是影响使然还是自身的独创,中国文学中新的生长的成分都与世界文学构成了互文的关系。实际上任何一种民族文学,如果不置于世界文学的互文性参照中,其世界性因素也就无从谈起。

中外文学关系的互文性研究视角,将影响因素、独创性因素、文学语境因素、作家个人的气质和才能因素,等等,都纳入研究视野,力求具体分析时切合文学创作和发展的实际。采取互文性的研究视角,就是在尽量发掘、辨识、梳理中外文学间发生关系的第一手材料基础上,"把作品的比较与产生作品的文化传统、社会背景、时代心理和作者的个人心理等等因素综合起来加以考虑,"③在影响研究、"20 世纪中国文学的世界性因素"研究和类型学研究之间,建立一个有效运作的平台,通过对时代特征的把握,从宏观上探讨中

---

① 在新时期刚开始时翻译过来的意识流作品,都是局部运用意识流手法的现实主义作品。当时我国对意识流的译介还是处在理论评述阶段。参见查明建:《意识流小说在新时期的译介及其"影响源"文本意义》,《中国比较文学》,2000 年第 1 期。

② 王蒙对此的解释是:"并不是说我早在十二岁时就无师自通地掌握了所谓'意识流',它倒是说明每个人的写作方法都有自己的内在依据。"王蒙:《读评论文章偶记》,《文学的诱惑》,长沙:湖南人民出版社,1987 年,第 34—35 页。

③ 钱锺书:《钱锺书谈比较文学与"文学比较"》,《比较文学资料》,北京:北京师范大学出版社,1986 年,第 94 页。

外文化的影响和类似现象，具体到特定的作家，须持"了解之同情"态度，考察其文化修养、审美心理等因素，根据当时的文学语境，阐释其作品中的"某种外来效果"或相似之处。通过这种宏微共参的方式以期比较全面地对文学现象进行阐释。

无论是狭义还是广义的互文性概念，都能有效指涉20世纪中外文学复杂的关系。互文性观点将外来的文学影响、民族文学文学传统以及当下的文化语境的影响等因素纳入研究视野之中，充分考虑文学"关系"的复杂性。如果我们将20世纪中外文学关系纳入互文性视野，那么，各种复杂的文学关系都构成了不同层次的互文关系。以这种观点重新审视中外文学关系，就可以避免运用单一研究方法造成的捉襟见肘的窘迫，而能够针对具体的文学现象采取灵活的研究方法，揭示特定文学现象的美学特质。确实存在借鉴、模仿式的影响的，采取影响研究方法；如果外来影响只是一种创造性刺激，则采取影响研究和平行研究的综合方法，既阐发外来文艺思潮的作用，又揭示创作文学自身的世界性因素；针对完全是因文学发展规律出现的"历史类型的类似"，应采取类型学的研究方法，揭示类似中的差异性及其原因。而对于那些"无法追踪来源的代码"、作品中的影响"是得以意会而无可实指的"的现象，则需运用综合研究方法。如八九十年代，文学翻译非常繁荣，文学交流渠道多元复杂，从而营构了比较完整的共时性世界文学语境，新时期作家在世界文学整体互动的格局中创作。否认新时期作家受到外国现当代文学的影响显然不符合事实，而要证实这种影响却是不可能的。这时就需要运用综合方法，如分析新时期世界文学语境形成的特点、新时期文学的文化背景及其"世界性因素"等，来揭示新时期中外文学关系和新时期文学的特质。

从互文性角度研究中外文学关系，实际上就是梵·第根所反对的"综合"研究方法，亦即勃洛克所提倡的"分析方法和关系方法"的综合应用。①就目前20世纪中外文学关系现状来说,"X作家在中国"式的资料梳理并非无价值,也更需要从中国文学自身的"世界性因素"来挖掘。在充分借鉴这两方面研究成果的基础上,从互文性角度作进一步探讨,也许更能全面揭示中外文学关系的特质和20世纪中国文学的特质。

---

① 勃洛克:《比较文学的新动向》,《比较文学译文集》,上海:上海译文出版社,1985年,第193—194页。

比较文学对提高外语院系学生人文素质的意义[①]

现在的学科目录,将比较文学划归为中国语言文学学科下的二级学科,这在很大程度上影响了外语院系比较文学开展的积极性。对中国比较文学而言,缺少了外语院系教师的参与,国外比较文学研究资源就得不到充分、及时的借鉴和利用,同时,也限制了中国比较文学的学术成果在国际上的交流和传播。

比较文学是一门国际性特征很强的学科。其基本的研究对象是本国文学和一种或一种以上的外国文学,精通一门外语是从事比较文学研究的最基本要求。近些年国内出版了多种比较文学教材,但不少教材内容不过是对中国20世纪80、90年代教材的改写,创新的成分并不多,视野局限在中国比较文学范围内,对国外当代比较文学的发展显得比较隔膜,未能充分吸纳欧美比较文学的学术资源。其中的一个重要原因,可能就是语言障碍。

90年代,欧美比较文学出现了"文化研究转向"和"翻译研究转向",欧美比较文学这一新趋势,对传统的比较文学观念、研究内容和方法既产生了冲击,同时也为比较文学的发展注入了理论活力,拓展了比较文学的发展空间。如何借鉴、吸收这些新的理论方法,是中国比较文学面临的问题。虽然我们在80年代翻译过来了一些外国的比较文学著作,但90年代后则比较稀少。同时,如果完

---

① 本文原载《中国比较文学》,2005年第2期。

全依赖于翻译来了解和借鉴国外新的文学理论和比较文学研究成果，中国的比较文学则难以与欧美比较文学界进行共时性的对话。外语院系开展比较文学研究，可以凭借外语优势，及时了解外国比较文学发展动向，吸收对中国比较文学学科建设有益的东西。

在国外和中国港台地区，比较文学大都设置在外文系或英文系。实际上，比较文学在中国大学里的开设最初也是在外文系。早在20年代，吴宓先生先后在东南大学、清华大学外文系率先开设了"中西诗之比较"、"世界文学与比较文学"等比较文学课程。清华大学外文系还聘请了美国翟孟生（Jameson）、英国瑞恰慈（L. Richards）讲授比较文学。吴宓主持的清华外文系开设比较文学课程，与他的教育理念是分不开的。吴宓提倡通识教育，培养博雅人才。博雅教育的理念一直延续到西南联大。正是在这种博雅教育的人文氛围中，才培养出了像钱锺书、季羡林、李健吾、陈铨、杨周翰、王佐良、周珏良等一批学贯中西的学者。

这里强调的比较文学在外语院系开设的重要性，并不是说比较文学只应设在外国语言文学系，而是说，如果暂时不能将比较文学设为一个独立的专业，它至少应在中文系和外文系同时设立。就目前我国外语院系学生的人文素质状况而言，比较文学在外语院系的开设更显得尤为必要。

我们当代的学科体制，条块分割比较严重，中国语言文学与外国语言文学教育存在"两张皮"的状态。大多数外语院系的课程是围绕外语语言技能的培养而设立的，近些年为适应市场经济时代的需要以及学生就业的现实考虑，又新增了一些商贸、经管、计算机等实用性的课程，外国文学、文化方面的学习内容比重较小，至于中国文学、文化方面的课程则更是稀少。大多数学生的中文修养主要依赖于中学时代的积累。施蛰存先生曾用"中学不通西学废，一懂胡语即天骄"两句话，来形容外语专业的学生在人文修养上先天不足、后天不良的状况。实际上母语修养欠缺，外语（因为不仅指语言）也不能真正学好。母语文学、文化修养，很大程度上决定了一个人的人文视野、感悟能力和思维能力。外语界很多前辈学者结合自身的学习体会，强调：学习外语，首先要打好中文（文学、文化）基础。在目前商品经济的时代，外语院系学生的人文修养，尤其是中国文学、文化修养，更是亟待提高。外语院系学生培养的目标，不能仅着眼于培养学生的语言技能，更要培养他们成为外语精通、人文学养深厚的博雅之士，这样才能发掘他们的潜能，充分施展他们的才华，成为具有较高人文品格、修养的新世纪人才。

如何提高外语院系学生的人文综合素质？开设比较文学课程是较好的途径之一。比较文学能起到提升学生人文修养和审美能力的作用。

比较文学是跨语言、跨民族、跨学科、跨文化的文学研究，是一门包容性强的学科。它以广阔的人文视野，探讨文学艺术活动的本质和规律。比较文学要求研究者具有广博的中外文学、文化知识，具有"对文学的美的深切体会"（艾田伯语），思维开阔，具有自觉的比较意识。这些会促使外语院系的学生自觉地将自己所学语种的文学与中国文学进行比较。学习比较文学的过程，就是健全人文知识结构，培养人文精神，提升人文修养和审美感悟能力的过程。比较文学与他们的专业课程起到相辅相成的作用。外语院系的语言优势，在开设诸如"翻译文学研究"、"当代欧美比较文学研究"、"文化研究"、"海外汉学研究"等课程方面，更得心应手。同时，比较文学的"中外文学关系研究"、"翻译文学研究"、"中外诗歌、小说比较研究"、"主题学"、"文类学"、"文化研究"，以及文学与音乐、绘画、哲学、宗教、心理学等不同学科之间的渗透研究，等等内容，无疑会极大地拓展学生的知识面，激发他们从广阔的比较视域来看待中外文学、文化现象。这样既加深了他们对外国文化特质的认识,同时又加深了对本国文化的了解。

文学是人学。比较文学则是在更广阔的人文视域,以人为本,比较分析不同文化体系中的文学作品,体悟人性的丰富和复杂性,对异质文化给予人文观照,探讨共通的诗心和文心。随着当代比较文学的发展,比较文学研究已不局限在文学文本研究层面,而要求研究者在文化层面来理解和阐释文学现象。尤其是近年来欧美比较文学的"文化转向",更强调比较文学研究的语境化,探讨文学现象背后的文化因素。比较文学研究的文化视野,可以培养学生的世界文化意识,从多元文化角度分析中外文化交流中的现象,提高他们在未来工作中的文化交往能力。

就目前情况下,外语院系除应专门开设比较文学的有关课程外,还应提倡文学课程,特别是研究生的文学课程教学,教师应有意识地运用比较文学方法,因为"倘无比较,何来文学?"("What is literature if not comparative?"——Harry Levin)毕竟,从更深广的角度来看,"东海西海,心理攸同,南学北学,道术未裂。"

深入开掘和充分利用比较文学的思想资源[①]

——谈研究生"比较文学名著选读"课程的教学

比较文学的发展走向、流变与比较文学发展史上一些重要比较文学家的理论主张有着密切的关系。他们的深耕远拓奠定了比较文学研究的理论基石,开创了比较文学研究的基本范式,拓展了比较文学研究的学术空间。比较文学在一百多年的发展史上出现了不少重要的理论著述。这些著述从不同层面、不同角度对比较文学的学科性质、研究方法等都作出了积极的探讨,并且在不同时期对比较文学发展起到了重要的导向作用,成为比较文学发展的重要思想资源。

"比较文学概论"、"比较文学教程"之类基础课程对于比较文学家重要的理论思想都会有一定程度的涉及,但因课时等方面的原因,一般都只是在"比较文学发展史"等章节中作一些简要的介绍和概述。作为比较文学专业的研究生,如果对于这些理论仅停留在一般性的了解层次显然是不够的。

比较文学是一门跨越性、边缘性、开放性的学科。在其一百多年的发展历程中,经受了多次"危机"。比较文学的"危机"以及对比较文学的各种争议出现的关键原因还是比较文学学科性质的模糊,比较文学界对比较文学的学科理论缺乏足够的、认真的探讨。

---

① 本文原载《中国比较文学》,2000年第4期(与谢天振教授合著)。

比较文学作为一门边缘性和开放性学科，其研究对象和研究范式自然是处于不断变化之中，因此有的学者认为，这门学科不可能有自己的学科理论。但是，研究对象范围的扩大、研究范式的丰富和演变是不是就意味着这门学科没有或没有必要有自己的学科理论？如果认为比较文学不需要进行学科理论探讨，无法确定其学科性质，那么必然造成比较文学研究的失范，出现了 X + Y 式比附现象和以文化研究的名义将比较文学对象泛化的趋势。前者是背离了比较文学研究对象"可比性"要求，后者则是漠视了比较文学研究的"文学性"这一基本属性。若一任比较文学失范状态持续，比较文学学科的相对独立性就会失去，比较文学研究成了国别文学、哲学、美学、史学等专业研究的副产品。无论是比较文学学科，还是比较文学的研究范式都需要理论支撑，否则这门学科的独立性和研究成果的学术价值会永远让人怀疑。建构比较文学学科理论、探讨比较文学的性质、维护比较文学研究的文学性不仅是维护这门学科的合法性，更重要的还是维护比较文学研究的学术价值。因此，当西方比较文学界主张将研究视野扩大到东方，进行文化研究时，一时应者云集，纷纷跃马挺枪、跃跃欲试，乔纳森·卡勒却在一片喧嚣声中深感有必要探讨这种新的研究范式的理论前提，即"可比性"。他把"可比性"看成是跨文化比较文学研究的理论基石，认为不从理论上解释清楚，人们就会感到"比较研究的虚妄"，是"误入歧途"。[1]

我们从另一个角度来反思：比较文学是不是真的没有自己的理论？只要检视一下比较文学发展历程就会发现，无论是这门学科的开创，还是一种新的研究范式的兴起（无论是影响研究、平行研究还是从中衍生出来的译介学研究、形象学研究和类型学研究等），都有

---

[1] Jonathan Culler, "Comparability," *Wold Literature Today*, Spring 1995, Vol. 69, No. 2.

某种理论的支撑。尽管当代比较文学的发展已在某种程度上超越和扬弃了过去历史阶段的理论规范，但这不能成为比较文学不需要理论的证据，或故意漠视这些理论存在意义的理由。相反，这些理论应该成为我们格外珍视的思想资源，从中发掘、阐扬被历史遮蔽或被误读的价值内涵，使之成为当下比较文学研究理论建构的思想材料。

一百多年比较文学思想发展史对我们今天比较文学发展的启示就是任何新的研究范式都需要理论的支撑，比较文学理论研究要走在实践的前面，不断经受实践的检验而修正、发展。因此，对比较文学名著的研读，既可从理论层面追溯其发展的源头，勘探其流变的内在理据，也能从中得到诸多理论上的启迪，服务于当代比较文学学科理论建设。

基于这样的认识前提，我们从1994年起为比较文学专业硕士研究生开设了"比较文学名著选读"课程，并作为比较文学硕士学位培养计划的基本学位课程。

我们开设的"比较文学名著选读"课程已经过六个轮次的教学检验。在六个轮次的教学过程中，我们对这门课程的教学目标、材料选取和教学方法等方面进行了诸多的探索。据了解，我国比较文学硕士学位点开设"比较文学名著选读"课程的还很少。现就我们对这门课程的课程目标设计、材料选取和教学方法，谈谈我们的思考和具体做法，以此就教于比较文学教学界同仁，以便进一步开阔思路，完善这门课程的教学方法。

"比较文学名著选读"课程教学目标应该定位在什么层次？是仅仅定位在了解"前人怎么说"、"说的是什么"这样的层次，还是应该有进一步的生发，思考我们今天该接着怎么说？在教学目标设计上，我们认为，这门课程目的应该在于，同学们通过对比较文学名著的研读，在充分吸纳、消化比较文学理论思想资源的基础上，更好地从理论层面把握比较文学的发展脉络和特点,对比较文学学科性质有更深切的认识。同时,将历史上比较文学家的思想从史料层面解放出来,在新的比较文学研究语境下进行新的阐释。

如果说"比较文学名著选读"课程教学目标的设计直接关系到这门课程的整体构架和教学意义,那么这一教学目标能否实现,就取决于教学材料选取是否精当与教学方法是否合理、有效。

"比较文学名著教程"之类的教材国外也出版过数种,①但编选内容与我国比较文学教学要求不尽相符。因此,我们在吸收国外同类教材优点的基础上,结合国内比较文学教学实际,自己编选材料。

我们编选材料的标准是,既注重点也顾及面,以点带面,以篇带史,即在横向上,对比较文学理论的某一问题挑选最具有代表性的论述,其他相关文章作为课外阅读书目;在纵向上,挑选比较文学各个发展时期具有方向性标识意义文章。择选的另一个标准,就是所选文章具有理论生发性。当代的比较文学研究的重要论述国内还很少译介过来,因此,我们特别注意这方面材料的选取。选定作为精读的材料都是英文原著或英译本,不少都没有中译。我们预先发给同学们材料预习,并介绍该论文写作的学术背景,提醒同学们

---

① 主要有以下几种:1. 北卡罗莱纳大学出版社 1973 年出版的 *Comparative Literature: The Early Years*(Hans-Joachim Schulz, Phillip H. Rhein 编写)。该教材编选了从歌德、马克斯·科赫(Max Koch)、约瑟夫·戴克斯特(Joseph Texte)、路易·保罗·贝茨(Louis Paul Betz)、费迪南德·布吕纳蒂耶(Ferdinand Brunetiere)、波斯奈特(H. M. Posnett)以及克罗齐(Benedetto Croce)等著名学者的 13 篇论文。2. 阿尔芒多·尼西(Armando Gnisci)与弗卡·希诺玻利(Franca Sinopoli)合编的《比较文学名著教程》(*Manuale storico di letteratura comparata*),篇目为:戴克斯特(Joseph Text)为贝兹(L. P. Betz)的《比较文学目录初稿》所作的序言(1904);克罗齐:《比较文学》(*La Litteratura Comparata*)(1902);梵·第根:《比较文学论》(1931);艾田伯:《比较不是理由》(1963);厄尔·迈纳:《跨文化比较研究》(1989);伯恩海默:《1993 报告:跨文化的比较文学》(1995);乐黛云:《比较文学的国际性与民族性》(1997)。

预习时注意的问题。上课时分别由同学们逐句翻译。我们认为翻译是检验细读的一种有效方式。为翻译准确,同学们就必须深入吃透原文,这样促使他们对比较文学家重要的表述获得比阅读第二手材料更为深刻的理解。同时,阅读原著和翻译也是对同学们理论原著阅读的能力的一种提高。

"比较文学名著选读"一般都放在第二学年上学期开设。在第一学年,学生已经上过"比较文学概论"课程,对比较文学的发展史和一些重要理论都有了一定程度的掌握。因此,这门课的起点不再是某个比较文学家重要思想的一般性了解,而是从理论建构层面分析其对比较文学发展的意义,发掘其理论价值,思考我们从中可以得到哪些理论启示,即将这些史料层面的理论转化为我们今天比较文学研究和学科理论探讨的思想资源。

我们设想通过精读一篇文章来带动一个专题讨论。因此,我们根据各篇的内容精心设计了讨论题,以重点研读的论文为中心形成一个专题单元。

比如,在学生研读完歌德关于"世界文学"的论述之后,我们就以歌德的"世界文学"概念所涉及的诸多问题,设计了以下讨论题:1.歌德的"世界文学"概念是在什么语境下提出的?歌德的"世界文学"思想对比较文学学科发展的意义何在?2.比较歌德的"世界文学"概念与马克思、洛里哀等人"世界文学"概念的异同;3.如何认识文学的"民族性"和"世界性"关系?4.研判文学作品"世界性因素"的标准是什么?再比如,学习完科斯提乌斯(Jan Brandt Corstius)的《影响的概念》(The Concept of Influence)一文后,我们组织学生讨论以下问题:1.法国学派影响研究的基本方法、对比较文学发展的贡献及其局限性;2.接受研究如何开拓了"影响研究"的空间?3.从"影响"概念内涵的扩展看影响研究范式的价值意义;4.文学影响与文学互文的关系;5.文学"世界性因素"的生成与文学影响的关系。关于当代比较文学研究方面,我们选取了伯恩海默(Charles Bernhaimer)的《多元文化时代的比较文学》(Comparative Literature in the Age of Multi-culturalism)为重点研读篇目。这一专题的讨论题为:1.如何看待文化和文学理论在比较文学学科中的作用?2.如何认识比较文学的国际性和民族性?3.如何评价90年代以来西方比较文学的发展走向?4.如何评价90年代以来中国比较文学发展状况?5.近十几年来比较文学在西方出现危机、在第三世界国家崛起的原因是什么?6.如何认识比较文学研究中的"文学性"问题?

专题讨论既是在理论层面对比较文学学科某个基本问题的梳理,又为这一理论问题的深入思考开拓了思维空间。专题讨论中的很多问题,也是比较文学界的热点问题或被忽视的问题。有些问题在比较文学界还充满争议,没有被学界普遍认同的结论。也正因如此,对学生来说就更具有挑战性,更能享受到思维刺激的学术愉悦。在专题讨论时,我们也参与同学们的讨论。对同学们新颖的观点或可取之处,我们总是给予充分的肯定,并鼓励他们撰文发表。因此,同学们在讨论课上表现得非常活跃。专题讨论促使同学们在课前阅读大量相关文献,对其他比较文学家相关观点进行理论梳理,并不断关注当下的比较文学研究现状和趋势。只有这样,他们在专题讨论时才能提出自己的见解和观点。①这样,"比较文学名著选读"课程不仅具有比较文学思想发展史梳理的内在意义,更激发

---

① 我们在开设"比较文学名著选读"课程的同时,还开设了"当代比较文学研究"课程。这是门讨论课,要求学生从 *Comparative Literature*、《中国比较文学》、《外国文学评论》、《文艺理论研究》、《文学评论》、《中外文化与文化》等期刊以及各大高校的文科学报上挑选优秀的比较文学论文进行评述和讨论。这门课程促使学生追踪比较文学的发展、及时了解比较文学发展动态。这样与"比较文学名著选读"课程的专题讨论有机地结合了起来。

了同学们理论思辨的兴趣,拓展自己的理论视野,关注比较文学当下的发展态势。

为了使专题讨论富有深度,圆满达到这门课程的教学目的,每精读一篇文章,我们都布置一些相关的重要文章作为课外阅读。比如,关于歌德"世界文学"论述的专题讨论开列的阅读篇目有:1. Joseph Texte:"The Comparative History of Literature";2. Rene Wellek:"Name and Nature of Comparative Literature";3. Robert Clements:"The Origin and Definition of Comparative Literature";4. Van Tieghem:"On Comparative Literature";5. Henry H. H. Remak:"Comparative Literature, Its Definition and Function"。"影响的概念"配置的课外阅读篇目是:1. 大塚幸男:《"影响"及诸问题》;2. 日尔蒙斯基:《文学流派是国际性现象》;3. Henry H. H. Remak:"The French School and American School in Comparative Literature";4. Rene Wellek:"The Crisis of Comparative Literature";5. J. T. Shaw:"Literary Indebtedness and Comparative Literature";6. 陈思和:《20世纪中外文学关系研究的一点想法》。研读伯恩海默的《多元文化时代的比较文学》时,我们要求同学们课外阅读 Jonathan Culler 的"Comparability",Susan Bassnett 的《比较文学批评导论》(*Comparative Literature:A Critical Introduction*)中的导论:"What is Comparative Literature",谢天振的《从比较文学到比较文化》、《面对西方比较文学界的大争论》,乐黛云的《比较文学的国际性与民族性》、《比较文学的国际性与民族性》等文章。

我们把专题讨论课作为这门课价值意义的落脚点。这些讨论题不仅检验了学生对所研读篇目的理解程度,更促使他们进行理论思考,培养了他们对当下、特别是对中国比较文学理论热点问题讨论的参与意识。"比较文学名著选读"课程既是理论修炼,也是学术规范的训练,从而帮助学生走向比较文学研究的前沿。

中非人文交流视域中的非洲文学[①]

——《非洲短篇小说选集》序

一

非洲文学是世界文学的重要组成部分。非洲大陆有着灿烂的古代文明和历史悠久的口头文学传统。但长期的殖民统治和非人道的奴隶贸易,不仅给非洲人民带来了巨大的痛苦,也阻碍了其本土文化的发展,传统文化遭到了断裂和分化。非洲大多数国家到19世纪末、20世纪初才出现书面文学。撒哈拉沙漠以南的大多数民族,由于长期遭受殖民统治等多种原因,没有发展出自己的书面文字,只能用殖民语言进行创作。

虽然非洲书面文学起步较晚,但勃兴迅速。尤其是20世纪60年代后,非洲国家纷纷独立,脱离殖民统治,政治上获得解放,民族文化开始复苏和兴起,并迸发出巨大的活力。非洲文化的复兴在文学领域表现得尤为突出。非洲文学,从传统的口头文学起步,实现了跳跃式的发展,在世界文坛异军突起,成为继"拉美文学爆炸"后,又一壮观的世界文学现象。

1960年代之前,非洲作家的创作主要缅怀非洲的过去,描述风

---

① 本文原载查明建等译《非洲短篇小说选集》,南京:译林出版社,2013年。

土人情，或者诉说殖民统治下的遭遇和痛苦。独立后的非洲国家，并未出现如人所愿的和平与安定，而是生产力水平低下，经济落后，生活贫困，内战连绵，社会问题丛生，世风日下。作家创作的关注点，从独立前的本土居民与殖民者的矛盾，转向了后殖民时代新出现的社会问题，如内战频仍给人民带来的痛苦，资本主义的发展对宗法制社会和传统道德价值观的冲击，社会上蔓延的贪腐、欺诈等现象，等等，表达了他们对社会现状的关切和批判。在创作方法上，非洲文学与拉美文学有相似之处，将本土叙事传统与西方现代文学手法相结合，既从民间文学创作中汲取灵感，又敏于借鉴西方现代文学的优长。

非洲文学出现了令人瞩目的作家群，如彼得·阿伯拉罕姆斯、纳丁·戈迪默、约翰·M.库切、费尔南多·索洛梅尼奥、蒙哥·贝齐、桑戈尔、夏班·罗伯特、恩吉古·西翁奥、桑贝内·乌斯曼、斐迪南·奥约诺、沃尔·索因卡、钦努阿·阿契贝、马·桑托斯等，都进入了当代世界文学重要作家行列，为非洲文学赢得了世界性文学声誉。

1986年10月，尼日利亚作家沃尔·索因卡获得诺贝尔文学奖，成为首位获得此殊荣的非洲作家。1988年，埃及著名作家纳吉布·马哈福兹成为第二位获得诺贝尔文学奖的非洲作家。其后，南非作家纳丁·戈迪默和约翰·库切先后于1991、2003年获得诺贝尔文学奖。库切还是第一位两度获得布克奖的作家。2007年，尼日利亚作家钦努阿·阿契贝以其民族史诗般杰作《崩溃》也获得了布克奖。

非洲作家相继获得国际文学大奖，以自己的文学实力充分说明，非洲文学不再是世界文学的边缘者，而是有着自己独特文学品格的世界文学劲旅。非洲作家以文学创作维护了自己民族文化的尊严，并赢得了世界对非洲文化的尊重。正如索因卡在获奖后接受法国《晨报》记者采访时所说："这不是对我个人的奖赏，而是对非洲大陆集体的嘉奖,是对非洲文化和传统的承认。"①

二

中国与非洲有上千年的文化交流史。在非洲北部和东部沿海,曾出土过大量中国唐宋时期的瓷器和钱币。据《明史》记载,明朝郑和船队曾抵达现今索马里和肯尼亚一带的东非港口,并向当地居民赠送了绸缎、瓷器、漆器,表达了中国人民的友好情谊。

文学翻译是文化传播和交流的重要途径。中国读者对非洲和非洲文化的了解,主要是通过非洲文学的译介。我国的非洲文学译介始于晚清。1890年(光绪十六年),著名回族学者马安礼翻译了埃及古代著名诗人补虽里的《衮衣颂》(今译《斗篷颂》。因该诗模仿《诗经》体,故又称《天方诗经》),以中阿文对照的形式在成都出版。20世纪上半期,我国对非洲文学译介比较少,主要翻译出版的有张近芬、周作人合译的南非著名小说家奥丽芙·旭莱纳的短篇小说集《梦》(1923年)、作家李劼人翻译的法属加蓬作家赫勒·马郎的小说《霸都亚纳》(1928年)和埃及著名作家塔哈·侯赛因的自传体小说《日子》(1947年)。

20世纪五六十年代,亚非拉文学成为我国外国文学译介的重点之一。中非有着相似的历史遭遇,中国政府和人民对争取民族解放斗争的非洲人民始终抱以真挚的同情,并给予了力所能及的经济援助和政治支持,为非洲国家的独立和经济发展做出了积极的贡献。非洲国家也对新中国恢复在联合国的合法席位,给予了强有力的支持。五六十年代中国对非洲文学的译介,既是帮助中国读者通过文

---

① 伦纳德·S.克莱因主编:《20世纪非洲文学》,李永彩译,北京:北京语言学院出版社,1991年,第7页。

学作品了解非洲，同时，也是对非洲国家友好的表示。在当时专门译介外国文学的期刊《译文》及其后改名的《世界文学》上，对非洲文学有不少译介，并翻译出版了一些非洲文学作品，如埃及古代诗歌总集《亡灵书》、补虽里的《天方诗经》新译本、塔哈·侯赛因的自传体小说《日子》全译本、《埃及短篇小说集》、《埃及现代短篇小说集》，阿尔及利亚当代作家狄普的长篇小说《大房子》、《火灾》和短篇小说集《在咖啡店里》，南非作家彼得·阿伯拉罕姆斯的长篇小说《怒吼》、《矿工》、哈利·勃洛姆的长篇小说《插曲》，塞内加尔小说家桑贝内·乌斯曼的长篇小说《塞内加的儿子》、《神的女儿》，诗人大卫·狄奥普的诗集《锤击集》，几内亚诗人吉·塔·尼亚奈创作的非洲民族史诗《松迪亚塔》，摩洛哥诗人穆罕默德·阿齐兹·拉巴比的诗集《苦难与光明》，马里诗人马马杜·戈洛戈的诗集《非洲的风暴》，加纳诗人乔治·阿翁纳尔·威廉斯的诗集《黑色的鹰觉醒了》，喀麦隆作家斐迪南·奥约诺的中篇小说《老黑人和奖章》、本杰明·马迪的中篇小说《非洲，我们不了解你!》，埃塞俄比亚作家 G. 特克勒-哈瓦里亚特的长篇小说《阿拉亚》，莫桑比克诗人马尔塞林诺·多斯·桑托斯的《桑托斯诗集》以及《安哥拉诗集》，等。

改革开放后，中非不仅经贸关系发展迅速，人文交流也日益频繁。我国的非洲文学译介呈现出新的气象。过去，我国对非洲文学译介，较多关注反映殖民压迫、剥削和非洲人民反抗题材的作品；80 年代后，扩大了译介选择范围，非洲文学翻译的数量有了大幅度增加，拓展了我国读者的非洲文学、文化的视野。

其中译介数量最多的，是埃及、南非、尼日利亚、阿尔及利亚、坦桑尼亚等国文学作品。

埃及是非洲文学大国，非洲文学中，我国对埃及文学的翻译数量也最多，纳吉布·马哈福兹、陶菲格·哈基姆、纳吉布·马哈福兹、尤素福·西巴伊、伊赫桑·阿卜拉·库杜等埃及著名作家作品，翻译出版了多种。南非文学是八九十年代我国非洲文学译介方面的一个亮点。纳丁·戈迪默、库切获得诺贝尔文学奖后，文学期刊迅速对他们进行译介，他们的作品很快便有了中译本问世。此外，还翻译出版了南非作家理查德·里夫、布鲁特斯等人的作品。尼日利亚文学方面，沃尔·索因卡和钦努阿·阿契贝是重点译介对象，他们的主要作品都翻译了过来。

　　除以上作家外，还陆续翻译出版了坦桑尼亚的夏邦·罗伯特、艾迪·姆·斯·干泽尔、W.E.姆库亚、M.S.穆哈默德，塞内加尔的桑贝内·乌斯曼、阿·索·法尔、A.萨季，肯尼亚的J.恩古吉，喀麦隆的F.奥约诺，阿尔及利亚的M.玛梅利、阿·哈·海杜格，塞内加尔的桑戈尔，尼日利亚的奇玛曼达·恩戈齐·阿迪奇埃，利比亚的艾·易·法格海，几内亚的吉·塔·尼亚奈、卡马拉·莱亚，扎伊尔的思广博·穆巴拉，苏丹的塔伊布·萨利赫等非洲现当代著名作家的代表作或主要作品。另外，还翻译出版了非洲当代短篇小说选《相逢在黑夜》（1985）、《非洲诗选》（1986）、《非洲现代诗选》（2003）等。外国文学出版社还在1980年代出版了一套"非洲文学丛书"。

三

　　这本《非洲短篇小说选集》是由钦努阿·阿契贝和C.L.英内斯编选的《非洲短篇小说选》和《当代非洲短篇小说选》之合集。阿契贝被人们誉为"非洲文学之父"，英国《独立报》称他为"非洲最伟大的小说家"，纳丁·戈迪默赞誉他是"一位充满激情、文笔老辣、挥洒自如的伟大天才"。我国读者对阿契贝应该比较熟悉。我国从1960年代就开始译介阿契贝的作品。《世界文学》1963年第2

期曾译载其著名小说《瓦解》的节译，作家出版社于1964年出版了该小说全译本。《外国文学动态》1977年第5期发表了《尼日利亚作家阿契贝及其主要作品》一文，对其进行介绍。1988年，外国文学出版社出版了其中篇小说中译本《人民公仆》。2008年，重庆出版社开始陆续推出了一套阿契贝文集，包括《瓦解》、《人民公仆》、《荒原蚁丘》、《神箭》。阿契贝不仅在文学创作上表现出杰出的天赋，并且还有着宏阔的世界文化视野和博大的文化胸襟。他对一些人的非洲中心心态提出批评，倡导与西方文化沟通，但同时，他又对非洲文化抱有深切的文化认同，有着强烈的民族文化自尊。他指出："非洲人民并不是从欧洲人那里第一次听说有'文化'这种东西的，非洲的社会并不是没有思想的，它经常具有一种深奥的、价值丰富而又优美的哲学。"[①] 1960年代之前，世界上大多数读者所阅读到的非洲，几乎全是西方作家笔下的非洲形象，如英国作家康拉德的小说《黑暗之心》。阿契贝提倡"非洲人自己书写非洲人的故事"，向世界传播非洲文化。这本《非洲短篇小说选集》就是"非洲人自己书写非洲人的故事"。

《非洲短篇小说选集》是编选者从众多非洲短篇小说中精心挑选出来，既注意所选作品在区域、民族和时代上的代表性，体现非洲短篇小说创作多样化的形态特征，更注重作品的文学性，力争将非洲最优秀的短篇小说呈献给读者。他们希望通过这些作品，传递非洲的形象、非洲的声音、非洲的色彩、非洲的文化性格，让读者了解非洲的风土人情、非洲人的生命理念、生存状态和生活方式。

《非洲短篇小说选集》选自1983年之前的非洲短篇小说，大多采取的是现实主义白描手法，糅合了民间传说、童话、神话故事、

---

① 伦纳德·克莱因：《20世纪非洲文学》，李永彩译，北京：北京语言学院出版社，1991年，第5页。

寓言等，有浓重的民间文化色彩和口头文学的痕迹，似一幅幅非洲原生态生活的剪影和世态人情风俗画。《当代非洲短篇小说选集》中的20篇短篇小说，大多发表于20世纪八九十年代。从诺贝尔文学奖获得者纳丁·戈迪默笔下南非的严酷现实，到布克文学奖获得者本·奥克日所描述的奇幻世界，从莫桑比克米亚·科托的魔幻现实主义，到加纳考乔·拉英的超现实主义，既反映了当代非洲生活的变化，又表现了小说创作手法的更新。这些小说将传统叙事技巧与现代小说艺术手法相结合，融写实、梦幻、幻想、意识流于一炉，呈现了从口头叙事向现代小说跳跃式发展的轨迹。

从《非洲短篇小说选集》到《当代非洲短篇小说选集》，我们既可了解非洲人从殖民时代到后殖民时代的生活变化，又可看到非洲小说创作的嬗变及其现代性发展。

林文月先生说："我们写文章，初或以无为无用之心情为之，终将及于有为有用。文学是藉文字以表达个人经验感思的；然而透过文字，我们都留驻了许多感思经验，以与无限的人交往沟通，共享世事人生的许许多多欢乐与伤悲。"（《没有文学，人生多寂寞》）阿契贝2013年3月21日逝世，遗憾他不能看到《非洲短篇小说选集》和《当代非洲短篇小说选集》的中文版了。但我们可以藉着这两本小说选集，感受到阿契贝的文化用心和人文情怀，走进非洲人的心灵世界，共享他们许许多多欢乐与伤悲。

《外国文艺》的世界文学眼光与中国文学意识[①]

一、《外国文艺》：拉开了一个时代的文学序幕

1978年的夏天，《外国文艺》问世。创刊号以灰白相间为底色、以两个"W"纵贯封面，以朴素、庄重的面貌，不事张扬但神态坚毅地走进了中国读者的视野，走进了荒芜衰败、等待复苏的中国文学荒原。"WW"，是"外国文艺"汉语拼音的缩写。多年后再手捧《外国文艺》创刊号，抚摸、追怀，才猛然意识到，这两个普普通通的字母"W"，原来却是个寓意深远的象征：像电闪雷鸣，打破了中国文坛多年的枯寂，撕开了阴霾重重的天空，照亮了一个时代的文学天空，借着闪电的亮光，当代中国读者瞥见了一个广阔而神奇的文学世界。

《外国文艺》的创刊号上，刊登了存在主义哲学家和文学家让-保罗·萨特的剧作《肮脏的手》、日本新感觉派大师川端康成的短篇小说《伊豆的舞女》、《水月》，美国黑色幽默代表作家约瑟夫·赫勒的《第二十二条军规》（节译）、意大利"隐逸派"诗人蒙塔莱的诗歌。"把国外自二战以来闻名且具有深远影响的文学新流

[①] 本文原载《外国文艺》，2011年第5期（与查诗怡合著）。

派、新思潮的代表作家和作品集中地作了一次展示。"①《外国文艺》由此拉开了一个时代的文学序幕,点燃了一代人的文学梦想。

因此,"想起《外国文艺》创刊号,"就成了那个年代成长起来的学人、作家和读者一种普遍的情怀,以及对一个渐行渐远时代的追怀。《外国文艺》象征着那个年代的情结,储藏了一代人文学世界被豁然开启的兴奋,"想起《外国文艺》创刊号,"就会"深深地感激这个名字,也深深地感激这份刊物"。②同时,也自然会深深感激汤永宽先生等《外国文艺》的编辑们。

20世纪中国的外国文学译介史、研究史、外国文学的中国化历程等,已成为国家社科重点研究课题,而以《外国文艺》为代表的中国专业性的外国文学刊物,无疑是这些课题重要的研究内容。从翻译文学史上看,《外国文艺》不仅在中国,即使在世界翻译史上,也是一个典型的个案,可称之为"《外国文艺》现象",已然成为研究生学位论文的题目。《外国文艺》以其敏锐的世界文学眼光、深切的中国文学意识、强烈的文化担当意识和非凡的人文胆识,而巍然生长出"《外国文艺》气象"。

二、"《外国文艺》气象":先锋性与人文胆识

1978年,《外国文艺》创刊,《世界文学》复刊,其后,一大批外国文学刊物也随之应运而生,如《译林》(1979,季刊)、《国外文学》(1980,季刊)、《春风译丛》(1980,半年刊)、《当代外国文学》(1980,季刊)、《外国文学》(1980,月刊)、《当代苏联文学》

---

① 汤永宽:《从成立"翻译连"到创办〈外国文艺〉》,《我与上海出版》,上海:学林出版社,1999年,第217页。

② 陈思和:《想起了〈外国文艺〉创刊号》,上海译文出版社编:《作家谈译文》,上海:上海译文出版社,1997年,第166页。

（1980，双月刊）、《苏联文学》（1980，双月刊）、《俄苏文学》（1980，双月刊）、《外国戏剧》（1980，季刊）、《美国文学丛刊》（1981，季刊）、《译海》（1981，年刊）等等。

外国文学期刊出版周期短，对读者反馈信息的灵敏度高，能迅速地组织稿源，因此其译介，最能引导读者的阅读取向，并能够对读者的倾向作出及时的反应。以上外国文学期刊中，《外国文艺》在外国现代主义文学译介方面的贡献，尤为卓著，"有力地打破了极'左'思潮下长期形成的自我禁锢的堡垒，成为一个开向当今世界文学的广阔天地的窗口。"①

《外国文艺》创办之前，主编汤永宽先生认为："这样一份介绍外国文学的刊物必须是以介绍世界各国当代兼及现代文学为主，介绍有代表性的文学流派及流派代表作家与作品，并向读者提供各国文坛的思潮和动态。"②因此，在选材上，《外国文艺》着重介绍那些还没有介绍过来的作家作品，"好让我国文学工作者多看到些不同风格，开阔眼界。"③

不仅如此，很多20世纪新流派和现代主义、后现代主义作家作品，也是由《外国文艺》率先译介过来。除创刊号上译介的萨特、川端康成、蒙塔莱、约瑟夫·海勒外，率先由《外国文艺》译介过来的作家还有：阿尔贝托·莫拉维亚（1978年第2期）、卡森·麦卡勒斯（1978年第2期）、索尔·贝娄（1978年第3期）、博尔赫斯（1979年第1期）、乔伊斯·卡洛尔·欧茨（《外国文艺》1979年第

---

① 汤永宽：《开辟面向当今世界文学的窗口——〈外国文艺〉与"外国文学丛书"》，上海译文出版社编：《走过的路1978.1—1998.1》，上海：上海译文出版社，1998年，第69页。

② 汤永宽：《从成立"翻译连"到创办〈外国文艺〉》，《我与上海出版》，上海：学林出版社，1999年，第215—216页。

③ 任溶溶：《我和译文社》，上海译文出版社编：《走过的路1978.1—1998.1》，上海：上海译文出版社，1998年，第88页。

1期)、艾·巴·辛格(1979年第2期)、海明威(1979年第4期)、叶芝(1979年第4期)、约翰·巴思(1979年第4期)、米歇尔·图尼埃(1979年第4期)、帕特里克·怀特(1979年第4期)、威廉·福克纳(《外国文艺》1979年第6期)、马里奥·巴尔加斯·略萨(1979年第6期)、君特·格拉斯(1980年第1期)、玛格丽特·杜拉斯(1980年第2期)、菲茨杰拉德(1980年第2期)、加西亚·马尔克斯(1980年第3期)、T.S.艾略特(1980年第3期)、詹姆斯·乔伊斯(1980年第4期)、纳博科夫(1980年第5期)、亨利·詹姆斯(1981年第1期)、加夫列拉·米斯特拉尔(1981年第2期)、弗吉尼亚·伍尔芙(1981年第3期)、普鲁斯特(1981年第5期)、杜鲁门·卡波特(1984年第1期)、罗伯特·库弗(1986年第4期),等等。

1949年后,由于政治意识形态的制约,很多欧美现当代著名作家作品都被排斥在译介选择范围之外。面对如此丰富多彩的欧美现当代文学,《外国文艺》等期刊迫切地希望早日介绍给中国读者。我们从《外国文艺》创刊后的前几年选目,即可感受到《外国文艺》编辑们当时的兴奋与急切心情:

1978年译介了美国卡森·麦卡勒斯的《伤心咖啡馆之歌》,苏联拉斯普京的《活下去,并且要记住》,莫拉维亚、马拉默德、莫拉维亚、安部公房的短篇小说,瑞士弗·迪伦马特的剧作,西班牙维·阿莱桑德雷的诗歌、索尔·贝娄作的《略论当代美国小说》。

1979年第1期翻译了乔·卡·奥茨的《站起来的奴隶》等3篇短篇小说,日本太宰治的《维荣的妻子》,西德海·伯尔的4篇短篇小说;第2期翻译了艾·巴·辛格《傻瓜吉姆佩尔》等5篇短篇小说,阿赫玛托娃的诗歌;第3期翻译了意大利著名儿童文学家姜尼·罗大里的童话,荒诞派剧作家法国尤奈斯库的《阿麦迪或脱身术》,美国爱·弗·阿尔比的《动物园的故事》以及普宁的后期短篇小说;第4期译介了海明威《乞力马扎罗山的雪》等3篇小说;

第 5 期译介了澳大利亚怀特的短篇小说，苏联阿斯塔菲耶夫的《鱼王》，日本当代著名作家远藤周作的短篇小说，爱尔兰叶芝的诗歌，西德西·伦茨的长篇小说《面包与运动》；第 6 期译介了福克纳的《纪念爱米丽的一朵玫瑰花》等 3 篇短篇小说，约翰·巴思的《迷失在开心馆中》。1980 年译介了玛格丽特·杜拉斯的《琴声如诉》以及卡夫卡、菲茨吉拉德、乔伊斯、奥·赫胥黎、有吉佐和子、曾野绫子、阿巴斯等人的短篇小说。1981 年译介了亨利·詹姆斯、弗·伍尔芙、D. H. 劳伦斯、毛姆、舍伍德·安德森、凯瑟琳·安·波特、厄普代克、加西亚·马尔克斯、卡尔维诺、莫里亚克、玛·尤尔瑟娜尔埃·巴赞、西德罗·霍赫胡特、朱·托·迪·兰佩杜萨、西兰佩的短篇小说以及聂鲁达、米斯特阿尔的诗歌。

经过三年多急切而兴奋的译介后，一些知名，但过去因政治和文学观念原因未曾介绍过来的作家，都已有所译介了。接下来该译介什么？《外国文艺》编辑们感到困难了。因为多年与外国当代文学的隔绝，"不了解国外文坛情况，当时引进的外文书刊也极少。"① 于是，他们就一头扎进上海图书馆，找资料，借新到的图书，同时，广泛征询外国文学专家的建议，请他们提供信息和帮助。因此，接下来的一期期《外国文艺》，依然是选材精当，精彩纷呈。

1982 年译介的主要作家有：法国玛格丽特·杜拉斯、弗朗索瓦·萨冈、让－玛丽－居斯塔夫·勒克莱齐奥、维尔高尔，瑞士赫·黑塞，美国尤金·奥尼尔、索尔·贝娄、汤婷婷、苏珊·桑塔格、约翰·契弗、菲利普·罗斯，意大利莱·夏侠、卢伊吉·马莱尔巴、西德汉斯·诺萨克、玛丽·路易斯·卡施尼茨，日本三浦绫子、深泽七郎，苏联谢·巴·扎雷金、茨维塔耶娃、米·布尔加科

---

① 任溶溶：《我和译文社》，上海译文出版社编：《走过的路 1978.1—1998.1》，上海：上海译文出版社，1998 年，第 88 页。

夫，英国约翰·福尔斯、维·苏·奈保尔，加拿大莫利·卡拉汉，瑞典彼尔·魏斯特贝格，奥地利伊·艾辛格尔，墨西哥富恩特斯等。

1983年译介的主要作家有：奥地利卡夫卡，美国尤·韦尔蒂、格特鲁德·斯坦因、弗罗斯特、兰斯顿·休斯、威·卡·威廉斯，法国米歇尔·布托、路易·阿拉贡，日本山崎丰子，希腊安德烈亚斯·卡尔卡维查斯、瓦西利斯·亚历山大基斯，英国格雷厄姆·格林，苏联肖洛霍夫、康·格·巴乌斯托夫斯基，智利巴·聂鲁达，澳大利亚朱达·沃顿。

1984年译介的主要作家有：美国理查德·赖特、杜·卡波蒂、J.D.塞林格，苏联彼得·普罗斯库林，法国莫蒂亚诺、儒·絮佩维埃尔、罗·德思诺斯、弗·玛莱－若丽丝，西班牙拉·阿尔维蒂，日本横光利一，英国威廉·特雷弗，苏联叶·扎米亚京、爱伦堡，意大利伊尼阿齐奥·西洛内等。

1985年译介的主要作家有：法国德·波伏瓦、安·布隆丹、玛格丽特·杜拉斯、安·布隆丹，苏联阿赫玛托娃、帕斯捷尔纳克、叶甫夫图申科，英国T.S.艾略特，美国西·普拉斯，丹麦维·默勒、卡·埃·索亚，日本水上勉，加拿大休·加纳、休·胡德，澳大利亚弗·哈代、曼·克拉克，冰岛哈·斯泰方森、古·哈加林、冯·赫·西蒙纳森，希腊安东尼斯·萨马拉基斯等。

1986年译介的主要作家有：美国玛丽·麦卡锡、阿瑟·密勒、库弗，法国波德莱尔、普鲁斯特、克洛德·西蒙，意大利迪诺·布扎蒂、莫拉维亚，奥地利卡夫卡，德国亨利希·曼、克·布吕克纳、伯尔、加·沃曼、汉·塔肖、西·布龙克、彼·施奈德，新西兰詹·卡里奇、莫·达根、奥·爱·米德尔顿，日本大江健三郎，苏联奥·曼杰斯塔姆，捷克斯洛伐克约瑟夫·卡德列茨等。

……

不必再详细列举。可以这样说，大凡 20 世纪世界文学史上的重要作家，《外国文艺》几乎都有所译介，体现了当代世界文学的眼光。

与此同时，《外国文艺》还推出了"外国文艺丛书"。这是文革结束后，中国最早出版的一套外国文学系列丛书。汤永宽先生回忆说：

"《外国文艺》编辑部在编辑刊物的过程中，为确定每期选题，向各方搜集并通过国外外国文学研究工作者的推荐和提供，积累了不少值得翻译介绍的适宜于单行本形式出版的长篇小说的选题，足以编辑一套系统介绍现当代世界文学代表作的丛书，以反映第二次世界大战（前后）及战后各国的文学成果。于是我们编辑了'外国文艺丛书'。"①

"外国文艺丛书"的选题非常精当，都是外国现当代文学的名家名作。这套丛书包括《当代美国短篇小说集》、《当代英国短篇小说集》、《当代法国短篇小说集》、《当代意大利短篇小说集》、《劳伦斯短篇小说集》、《博尔赫斯短篇小说集》、《加西亚·马尔克斯中短篇小说集》、贝克特等人的《荒诞派戏剧集》、卡夫卡的《城堡》、《迪伦马特小说集》、乔伊斯的《都柏林人》、卡尔维诺的《一个分成两半的子爵》、加缪的《鼠疫》、品钦的《拍卖第四十九批》、辛格的《卢布林的魔术师》、罗布—格里耶的《橡皮》、卡波特的中短篇小说选《在蒂法尼进早餐》、奥康纳的短篇小说集《公园深处》、太宰治的《斜阳》、伦茨的《面包与运动》、索尔

---

① 汤永宽：《开辟面向当今世界文学的窗口——〈外国文艺〉与"外国文学丛书"》，上海译文出版社编：《走过的路 1978.1—1998.1》，上海：上海译文出版社，1998 年，第 69 页。

仁尼琴的《癌病房》、马拉默德的《伙计》、拉斯普京的《活下去,并且要记住》、茨维塔耶娃的诗选《温柔的幻影》、亨利·詹姆斯的《黛西·密勒》、维·阿斯塔菲耶夫《鱼王》、《蒲宁短篇小说集》。

《外国文艺》和"外国文艺丛书",将一个陌生而神奇的文学世界展现在中国读者面前,受到读者热烈欢迎。他们惊奇地发现,文学还可以有这么多的表现形式,可以这样直抵人心,直面人性。他们坚定地认识到,"文学是人学,"而不应是现实政治的附庸!新时期作家们则从这些作品中领悟到"何为文学"、"文学何为"以及"如何文学"。

在外国文学参考资料缺乏的情况下,能做到这样精当的选材,着实难能可贵。《外国文艺》编辑们敏锐的世界文学眼光和文学素养,令人感佩!

如果了解当时乍暖还寒的政治气候,体会到译介这些作品的背后,汤永宽等人所承受的巨大政治压力,则更令人感慨、感佩不已!

1949年后,欧美现代主义文学在中国被贬斥为"颓废文学"、"反动文学",不被允许译介。即使偶有译介,也只是作为"供批判用"的材料。《外国文艺》创刊时,文革虽已结束,但极左思维和僵化的文学观念比较普遍地存在着。欧美现代主义文学甫一译介,即遭到质疑,1980年出现了"关于西方现代派文学的讨论"。之后,"现代派"的论争又与"异化"问题的讨论交织在一起,接踵而至的,又是"清除精神污染"和"反对资产阶级自由化"运动。《外国文艺》上译介的作品,从创刊号到其后的译介,大都属于"现代派"文学。每每出现这种情况,《外国文艺》总是首当其冲,处在风口浪尖。上海译文出版社也深知译介这些作品的政治风险。《外国文艺》创刊时,也有人主张还是以介绍外国古典文学为主,这样比较保险。但最后,还是一致同意:"这个外国文艺刊物将以介绍现当代世界各国文学为重点,为国内作家以及广大爱好文学的读者,提供新作家、新作品、新流派以至新动态等信息和资料。"①

《外国文艺》之所以在当时众多外国文学期刊中脱颖而出,至今还令人感激和怀念,不仅是因其译介的先锋性,更有其选择背后所体现的人文胆识、文化担当的自觉意识和非凡的勇气。卢卡契指出:"一旦文学发现自身出现危机,它就会有意识或下意识地寻求一条出路——外国的作家才能真正有所作为。"②《外国文艺》编辑们正是意识到中国文学的危机,而果敢地担当起拯救中国文学危机的文化使命,为中国文学寻找突围的途径。

三、《外国文艺》的中国文学意识和读者意识

《外国文艺》上译介的作家作品之所以受中国读者和作家的欢迎,归因于《外国文艺》的中国文学意识和读者意识。特雷·伊格尔顿指出:"接受是作品自身的构成部分,每部文学作品的构成都出于对其潜在可能的读者的意识,都包含着它所写给的人的形象……,作品的每一种姿态里都含蓄地暗示着它所期待的那种接受者。"③文学创作有期待读者,外国文学译介也有其期待的读者,尤其是在文化转型时期,译介者就更加关注期待读者的期待视野,从而充分实现其译介的价值。《外国文艺》敏锐捕捉到时代文学、文化变革的要求和需要。因此,其译介择取就具有了明确的针对性,与

---

① 汤永宽:《开辟面向当今世界文学的窗口——〈外国文艺〉与"外国文学丛书"》,上海译文出版社编:《走过的路1978.1—1998.1》,上海:上海译文出版社,1998年,第216页。

② 卢卡契:《卢卡契文学论文集》(二),北京:社会科学文献出版社,1981年,第453页。

③ Terry Eagleton, *Literary Theory:An Introduction*, Oxford:Blackwell,1983,p.84.

新时期对文学观念变革的要求相契合,所译介作品的文学影响效应,也就更为直接、显著。

余华在 1990 年代初曾表示:"文学发展到今天,已经超越了国界和民族。""我们今天的文学已经和世界文学趣向了和谐,我们的先锋文学的意义也在于此。在短短的十多年时间里,我们的文学竭尽全力,就是为了不再被抛弃,为了赶上世界文学的潮流。"①让中国文学赶上世界文学的潮流,正是《外国文艺》办刊的初衷。其目的非常明确,就是为了"开阔我国读者和作家的视野,参照借鉴,创造出我们自己的优秀作品来"②。

为了实现这一目的,《外国文艺》的编辑人员付出了艰辛的努力。考虑到读者大多不了解当代国外文学,他们"每介绍一个新流派,或新作家作品时,编辑部都在占有并研究有关资料的基础上,写出'前言',对该流派、该作家和作品的生成、发展及其艺术特色和得失作出简要的分析评介,同时尽可能刊出作家的肖像,使读者产生一种亲切感"③。当年外文资料少,更无互联网,可以料想,为寻找有关介绍资料,选一副作家合适的肖像照片,他们一定是在报刊、书籍堆中苦苦寻觅,费尽了周折。

为有助于读者、作家理解所译介的作品,《外国文艺》还开设了"文论"、"评论"、"名家评名作"、"访谈录"等栏目。"名家评名作"栏目很有特色,如 1994 年连续刊登了巴尔加斯·略萨对弗吉尼亚·伍尔夫的《达洛卫夫人》、纳博科夫的《洛丽塔》、君特·格

---

① 余华:《两个问题》(1993),《我能否相信自己——余华随笔选》,北京:人民日报出版社,1998 年,第 174、180 页。

② 汤永宽:《从成立"翻译连"到创办〈外国文艺〉》,《我与上海出版》,上海:学林出版社,1999 年,第 216 页。

③ 汤永宽:《开辟面向当今世界文学的窗口——〈外国文艺〉与"外国文学丛书"》,上海译文出版社编:《走过的路 1978.1—1998.1》,上海:上海译文出版社,1998 年,第 68—69 页。

拉斯的《铁皮鼓》、帕斯纳尔捷克的《日瓦格医生》、加缪的《局外人》、乔伊斯的《都柏林人》的评论;1995年第3期集中刊刊登了一组名家评名家的文章,有巴尔加斯·略萨的《加缪与文学》、加西亚·马尔克斯的《银幕上的福克纳大师》、何塞·多诺索的《富恩特斯这个人》、卡·富恩特斯的《胡里奥·科塔萨尔》、博尔赫斯的《乌纳穆诺的不朽》。1998、1999年的"外国文论"栏,连续刊登了马尔科姆·布雷德伯里对太宰治、陀思妥耶夫斯基、易卜生、康拉德、托马斯·曼、普鲁斯特、乔伊斯、艾略特、皮兰德娄、伍尔夫、卡夫卡的评论。

"文论"、"评论"等栏目与同期译介的作品相配合,对所译介的作家提供国外的批评文章,如1981年第1期译载了亨利·詹姆斯的短篇小说《戴茜·密勒》、《丛林猛兽》,该期的"论文"栏目即配有亨利·詹姆斯的论文《小说的艺术》,以及查·珀·斯诺的评论《亨利·詹姆斯》。这样,《外国文艺》在译介外国文学的同时,又增强了其学术性,为外国文学研究者提供了研究材料。

《外国文艺》的中国文学意识,还表现在对中国当下文艺生活的关注。1990年9月,上海青年话剧团上演了美国当代剧作家艾伯特·格尼1989年完成的新作《爱情书简》(1989年11月首演于纽约百老汇),《外国文艺》1991年第1期即翻译刊登了此剧。

"外国文艺资料"、"外国文艺动态"栏目上的文字,有时一则虽只百来字,但对当时闭塞已久的中国读者来说,却如打开了一扇扇瞭望当代世界文学的窗口。很多此前闻所未闻外国文学名家,读者都在"外国文艺动态"栏目中先一睹他们的身影。如1980年第6期的"外国文艺动态"栏目,介绍了"流浪作家奈保尔"。1982年第2期推出了维·苏·奈保尔小辑,译载了他的5篇短篇小说(《圣诞故事》、《理想的房客》、《仇敌》、《心》、《哀悼者》),1985年第1期又发表了《伯吉斯谈奈保尔》。再如,1980年4月15日萨特逝世,《外国文艺》很快就在当年的第5期刊译了萨特的名作《存在主义是一种人道主义》,并在该期的"外国文艺动态"栏中,根据外文材料编译了"萨特去世后西方的评论"。若非有自觉的读者意识和敏锐的文化意识,都莫能办到。

既然名为"外国文艺",《外国文艺》的主体内容是外国文学译介,也用了一定的篇幅介绍外国现当代艺术作品。封面、封二、封三、封底,几乎都用来刊登美术作品图片,如果将200期的美术作品图片汇集起来,就构成了一条当代世界美术史的迤逦长廊。选择这些美术作品,不是作为期刊的装饰。《外国文艺》还设有"美术家与作品"栏目,刊登相关的美术评论。戈戈(钱景长)、杜定宇、何振志、欧阳英等美术评论家的文章,给了当代中国读者以外国现代美术的启蒙。

这些美术作品与所译介的文学作品,起到了交相辉映、相得益彰的作用。现代主义文学与现代主义艺术是相互促进发展的。现代主义文学从现代主义艺术中受到很多的启迪。《外国文艺》上刊登的现代美术作品,不仅从更广阔的角度开拓了中国读者的文学艺术视野,并且帮助了他们对外国现代美术的认识。刘心武对此深有体会。他说自己就是看到1978年第3期封二上刊登的查克·克洛斯的《苏珊》,"首次得知与观赏"到超现实主义作品,而得到了关于"超现实主义"艺术的启蒙。①

四、《外国文艺》的中国文学意义和当下意义

《外国文艺》虽然是译介外国文学的刊物,但其强烈的中国文学意识,使其具有了中国文学意义。其意义就是,《外国文艺》的译介不仅为中国文学扩大了世界文学的视野,增强了中国文学的世界

---

① 刘心武:《滴水可知海味》,上海译文出版社编:《作家谈译文》,上海:上海译文出版社,1997年,第59页。

文学意识，而且《外国文艺》的努力方向和目标本身，就使自身在中国新时期文学发展之中。

新时期文学的发展，有三个方面的资源，一是中国五四新文学，二是欧洲古典文学，三是20世纪西方现代、后现代主义文学。而最后一个因素，则直接促动了新时期文学的巨大变革以及中国先锋派文学的出现。

新时期中国文学中的现代主义因素，与西方现代主义文学的影响有着极大的关系。但这种影响，不是来源于中国作家对西方现代主义文学的直接借鉴，而是经过了翻译的中介。中国作家谈论外国作家对他们的影响，实际上是指受到这些作家作品中文译介的影响。正如莫言所说："我不知道英语的福克纳和西班牙语的加西亚·马尔克斯是什么感觉，我只知道翻译成汉语的福克纳和加西亚·马尔克斯是什么感觉，所以从某种意义上说，我受到的其实是翻译家的影响。"①

现代主义文学的译介，在新时期有多重深远的意义。现代主义、后现代主义文学译介对当时主流意识形态冲击最大的，是提供了一套新的关于"人"的启蒙话语。这套话语以萨特的存在主义为核心，衍生出诸如个性、自由、尊严、人道主义、异化、生存意义、生命价值、个人主义等话语。有论者指出，"文革"后的文学经历了两次"人"的发现：第一次是非人获得人的价值的发现，第二次是人的自身的局限性与多重性的发现。前一次是发现人的尊严和价值，后一次是人自身的发现，反躬自问，发现善与恶、美与丑、良与劣的人性复杂性与自身的种种弱点。②这两次"人的发现"

---

① 莫言：《我与译文》，《作家谈译文》，上海：上海译文出版社，1997年，第237页。

② 张韧：《中国当代文学与20世纪世界》，《学习与探索》，1997年第1期，第112页。

都与《外国文艺》等期刊对现代主义,特别是对存在主义文学的译介,有密切关系。

因译介的原因,萨特首先是作为文学家而不是哲学家身份进入中国的。耐人寻味的是,萨特的存在主义戏剧和小说对中国文学的影响,不是在创作技巧方面,而是在意识形态方面。正如有学者回顾 80 年代文学、文化发展时所总结的:"'现代派'在整个 80 年代文学变革中扮演的意识形态功能,它成为 80 年代文学持续变革的内在动力之所在。从这样的角度看,西方'现代派'构成了整个新时期文学变革的一处'阿基米德支点'。"①对萨特戏剧、小说的译介,配合了"文革"后兴起的反思思潮。存在主义成了反思"文革"、抗拒极左政治的新时期话语,迅速地在文学界、大学生中传播,形成了一股"萨特热"。人们借助存在主义话语,表达对极左政治的抗拒以及对人道主义的诉求。人道主义思想意蕴在宗璞的《我是谁》、刘索拉的《你别无选择》、残雪的《山上的小屋》等中国"现代派"作品以及后来的新写实小说中透露出来,形成了中国特色的"现代派"。

1980 年代的《外国文艺》,不仅会载入中国翻译史、中外文学交流史,也应载入 20 世纪中国文学史。《外国文艺》的当代外国文学译介,极大影响了 80 年代新时期文学的文学观念变革和创作主题,促进了新时期文学的发展进程。在 80 年代中国文学系统中,《外国文艺》具有不可替代的作用。

1990 年代以后,随着市场经济的迅猛发展和大众文化的兴起,纯文学失去了"轰动效应"②。其后,网络时代的到来,读者获得外

---

① 贺桂梅:《后/冷战情境中的现代主义文化政治——西方"现代派"和 80 年代中国文学》,《上海文学》,2007 年第 4 期,另载程光炜编:《重返八十年代》,北京:北京大学出版社,2009 年,第 122 页。

② 阳雨(王蒙):《文学:失去轰动效应之后》,《文艺报》,1988 年 1 月 30 日。

国文学的资讯更为便捷,包括《外国文艺》在内的外国文学期刊,其影响效应和先锋性,也逐渐减退。但这并不以意味着外国文学期刊失去了其意义。在互联网时代,《外国文艺》以其专业化纯文学的定位,以其人文性和学术性,依然对当下的中国文学和文化发挥着重要的作用。

1992年10月,我国加入《伯尔尼保护文学艺术作品公约》和《世界版权公约》。这两个公约在我国实施后,翻译出版现当代外国文学作品,首先必须购买版权。因此,很多出版社转向了古典文学作品的翻译出版,造成了名著复译热。而当代外国文学的翻译出版,除了畅销小说、通俗小说外,纯文学作品的翻译出版出现了严重萎缩和停滞。值此之际,《外国文艺》、《世界文学》等文学期刊对当代外国文学依然源源不断的译介,就具有了特殊的意义。

我们不妨扫描一下1990年代前期《外国文艺》主要译介的作家:1990年,译介了苏联尤·雷特海乌、米·布尔加科夫,德国京特·德·布隆,智利弗兰西斯科·科洛阿内,瑞典伊瓦尔·洛-约翰松,法国米歇尔·图尼埃;1991年,墨西哥奥克塔维奥·帕斯,古巴阿·卡彭铁尔,加拿大阿特伍德,美国艾伯特·格尼、安妮·泰勒、巴塞尔姆,巴拿马罗赫略·锡南,苏联铁木尔·普拉托夫等;1992年,南非纳丁·戈迪默、丹·雅各布森,美国博比·安·梅森、罗伯特·海登、伊丽莎白·斯潘赛、约翰·契弗、盖尔·戈德温,乌拉圭贝内德蒂,德国库·库森贝格,英国金斯利·艾米斯、伊恩·麦克尤恩,西班牙安娜·玛丽亚·马图特,丹麦哈玛·斯文森,波兰布鲁诺·舒尔茨,法国安德烈·谢迪,澳大利亚怀特,俄罗斯皮业祖赫,爱尔兰埃德娜·奥布赖恩,加拿大玛格丽特·劳伦斯,厄瓜多尔佩·豪尔赫·维拉等;1993年,西印度洋群岛德·沃尔科特,美国理查德·福特、詹姆斯·艾伦·麦克弗森、田纳西·威廉斯,委内瑞拉阿·乌斯特尔·彼特里,英国多丽丝·

莱辛、格雷厄姆·斯威夫特，瑞士卡尔·楚克迈耶、法国伊夫·布鲁萨尔，哥伦比亚加西亚·马尔克斯、戴维·桑切斯·胡利奥，爱尔兰尼尔·乔丹，日本高树信子，韩国金良植，德国西格弗里德·伦茨，加拿大梅佐·德拉罗奇，巴西克拉里赛·利斯佩克托尔，法国鲍里斯·维昂等；1994年，美国托妮·莫里森，法国圣-琼·佩斯、阿·索蒙，英国马丁·艾米斯，日本上林晓，塞尔维亚米洛拉德·帕维奇等；1995年，日本大江健三郎，英国威廉·博伊德，美国拉塞尔·班克斯，德国格尔特·霍夫曼，法国弗朗索瓦兹·萨冈，美国秀丽·安·格劳，哥伦比亚阿尔瓦罗·穆蒂斯，俄罗斯弗拉基米尔·马卡宁等。

……

大多数读者也许会铭记70年代末、80年代初《外国文艺》译介所造成的文学轰动和影响效应，而甚少理解或忽视此后《外国文艺》的默默坚守、其专业性、纯文学定位的意义。虽然现在有网络，文学资讯比较丰富，但鱼龙混杂，非有专业性的眼光莫能选择。《外国文艺》以其专业性和学术性眼光，为读者从纷繁的当代外国文学中精心选择译介，发挥了网络所不能替代的作用。

从1990年代开始，《外国文艺》转向译介的"专"和"深"，即每期都重点推出一位作家的作品，以求比较集中地展现这位作家的创作特点。

进入21世纪后，《外国文艺》的这个特点就更为明显。2000年重点译介了德国君特·格拉斯，日本山田咏美，西班牙作家马丁·盖特，危地马拉奥古斯托·蒙特罗素，德国安娜·西格斯和安娜·赫布格，英国作家伊·麦克尤恩、萨尔曼·拉什迪；2001年重点译介了德国博托·施特劳斯，俄罗斯列·博罗金维·佩烈文，捷克博·赫拉巴尔，美国裘姆帕·拉希里，英国珍妮特·温特森、西尔维娅·汤森·沃纳；2002年重点译介了美国迈克尔·沙邦，路易丝·埃德里希，波兰安·斯塔西尤克，阿根廷佩·奥尔甘比德，俄罗斯莉·费·舍维娅科娃、弗·克鲁平，英国梅芙·宾奇、约翰·韦恩，西班牙索·普艾托拉斯、德国帕·聚斯金德；2003年重点译介了匈牙利凯尔泰斯·伊姆雷，英国D.M.托马斯，爱尔兰罗迪·道伊尔，美国哈罗德·布罗德金、唐纳德·巴塞尔姆，德国西比勒·贝尔格，法国米兰·昆德拉，尼加拉瓜塞尔西奥·拉米雷斯，捷克伊凡·克里玛，俄罗斯弗·格·索罗金；2004年重点译介了南非约翰·马克斯韦尔·库切，墨西哥胡安·何塞·阿雷奥拉，美国艾米·布鲁姆，爱尔兰安妮·恩莱特，法国埃里克-埃·施米特，英国伊恩·麦克尤恩、石黑一雄，法国内尔纳·韦尔贝，俄罗斯维克托·叶罗费耶夫，德国弗拉季米尔·卡米纳，秘鲁巴尔加斯·略萨；2005年重点译介了奥地利埃·耶利内克，法国菲利普·克洛代尔，德国海因里希·伯尔，美国爱德华·P·琼斯；2006年重点译介了英国哈罗德·品特、伊恩·麦克尤恩、大卫·洛奇、汉尼夫·库雷西，日本村上龙，美国E.L.多克托罗、杰克·凯鲁亚克，苏珊·桑塔格，土耳其阿齐兹·聂辛，德国玛丽-路易斯·卡什尼茨、克里斯塔·莱尼希；2007年重点译介了土耳其奥尔罕·帕慕克，苏联伊萨克·巴别尔，美国保罗·奥斯特、查克·帕拉纽克，德国克丽丝塔·沃尔夫，哥伦比亚加西亚·马尔克斯；2008年重点译介了英国多丽丝·莱辛，爱尔兰威廉·特雷弗，俄罗斯尤里·马姆列耶夫、阿尔卡季·巴尔托夫，美国威廉·巴勒斯，德国别·布莱希特、埃尔克·施米特等；2009年重点译介了德国尤莉亚·弗兰克、英格丽特·诺尔、希尔德·多敏，约旦拉齐娅，瑞士彼得·施塔姆，美国黄哲伦，爱尔兰科尔姆·托宾，瑞士作家胡戈·罗切尔等；2010年重点译介了德国赫塔·米勒，美国雷蒙德·卡佛、理查德·耶茨，乌克兰萨娜·克拉西科夫，德国作家马丁·莫泽巴赫；2011年重点译介的诺贝尔文学奖获得者巴尔加斯·略萨，美国理查德·耶茨、雷蒙德·卡弗等。

从世界文学译介史上看,外国文学在一国引起的轰动和影响效应,并不是常态,而是偶然的现象。以色列文化学家伊塔玛·伊文-佐哈指出,翻译文学只在以下三种情况下会处于译入语文学多元系统的中心地位,成为创新力量,对译入语文学产生较大的影响:一是当某种文学系统还处于萌芽期;二是本国文学处于大文学多元系统的边缘,比较弱势的时候;三是当文学出现转折、危机或真空状态的状态下。通常情况下,翻译文学一般都处于本国文学系统的边缘地位。① "文革"后的中国文学,符合伊文-佐哈所说的第二、三种情况,出现了文学危机和转折,且深切地意识到处在世界文学系统的边缘,渴望"走向世界文学"。因此,1980年代的外国文学译介才产生了如此巨大的文化、文学影响效应。而随着外国文学译介的日益丰富,中国文学已跟上世界文学的步伐,融入到世界文学语境之中,这时的外国文学译介效应,则不再会像80年代那样明显。外国文学译介虽退隐至幕后,但一直在默默地为中国当下文学、文化营造着共时性的世界文学语境。

五、结语:《外国文艺》的启示

《外国文艺》创刊时开创的传统以及30多年的文化实践,是宝贵的精神财富,也给予21世纪外国文学译介以诸多的启示。

启示之一:与时俱进而不失其本。《外国文艺》从创刊号到现在的200期,期间历经大众文化和商品大潮的冲击,刊物也因应时代的变化而数次改版,但一直坚守着自己的开放性、专业性、人文

---

① Itamar Even-Zohar, "The Position of Translated Literature within the Literary Polysystem," *Poetics Today*, (1990) 11:45-51.

性、学术性定位，修炼出自己独特的人文品质和气象，卓尔不群。

启示之二：中国文学意识。虽然是外国文学译介刊物，但其目标，是促进中国文学、文化的发展。《外国文艺》1980年代之所以取得如此辉煌的成就，就是因为对中国文学的发展起到了极大的促进作用。立足于中国文学、文化的发展，外国文学期刊才不会沦为仅是作为外国文学译介资料而存在，而会有机融入中国当下文学、文化建设之中，成为中国文学、文化的一个有机组成部分。

启示之三：编辑人员的文学修养和专业素质，一专而多能。当年汤永宽先生要求每一个语种的编辑"必须充分占有并研究国外书报杂志等资料，成为该语种国家的文学现状的'观察者'，'研究者'"①，这样才能对该语种文学的发展动态、新人新作了然于胸。除此之外，编者还应成为一名优秀译者。汤永宽、任溶溶、叶麟鎏（鹿金）、方平、吴劳、戴际安（戴骢）、周克希等《外国文艺》前辈，既是称职的编辑，又是优秀的翻译家。

启示之四：集思广益，发挥外国文学专家、译者团队作用。《外国文艺》在选题上，一直善于征询外国文学专家的意见和建议，这样使每期的选题精当。同时，还凝聚了一支比较稳定的译者队伍。有很多译者，不仅是翻译家，也是学术造诣深厚的外国文学专家，从而保证了译文的高质量。

---

① 汤永宽：《从成立"翻译连"到创办〈外国文艺〉》，《我与上海出版》，上海：学林出版社，1999年，第217页。

施蛰存的文学世界与比较文学精神[①]

四月的黄昏。愚园路。梧桐扶疏。清新的嫩叶,把这条街道装点得格外清幽和雅洁。我站在街对面,驻足,凝望1081号那幢三层小洋楼。小楼底层临街的邮局已搬迁,现已改建成欧式建筑风格的服饰店。乳白色的墙体,亮丽的金黄色商店名牌,衬托着那间小楼更为古朴和深幽。二层楼上,有一间著名的书房,那就是施蛰存先生的"北山楼"。

"才情学识谁兼具,新旧中西子竟通。"吴宓先生赠予钱锺书先生的诗句,用在施先生身上,也非常恰切。提起"容安馆",会联想起"北山楼",无意中还觉悟出"容安"与"蛰存"的灵犀相通之处。施先生和钱先生,才情学识兼相并具,中西学问融会贯通,学人中也因此有"南施北钱"之美谈。施先生的现代主义小说创作,独步中国现代文坛,遂得"中国现代小说的先驱者"、"中国现代派鼻祖"、"新感觉派大师"之誉;而其涉猎中外文化之广,寝馈中外文学之深,更有"百科全书式学者"之称。从"蘋华室"、"红禅室",到"无相庵",再到"北山楼",施蛰存先生勤勉耕读写作八十余年,集小说家、散文家、诗人、翻译家、学者于一身,亲历20世纪中国文学现代化进程,见证一个世纪的文坛风云,一身皆史。

施先生自谓,其一生在人文研究领域打开了四扇窗子,即研究

[①] 本文原载《中国比较文学》,2005年第3期。

中国古典文学的东窗，翻译和研究外国文学的西窗，文学创作的南窗，整理和研究金石碑版的北窗。四窗风景，摇曳多姿，旖旎深幽：创作与翻译、本土与域外、古典与现代、传统与前卫，仿佛四季的景色，看似风景殊异，难融一体。但在施先生的文学世界，则犹如雪中芭蕉，怡然自得。四时佳兴，文心流转，境随心生，自然天成——创作与翻译交相辉映，本土与域外共冶一炉，古典与现代文脉暗接，传统与前卫互涉融通。

施先生的"四窗"，生动地展示了在有太多艰辛、苦难和羁绊的20世纪中国，一位崇尚美、心灵自由和人文个性的作家、学者，追求美、心灵自由、人文个性的心智轨迹。"四窗"的风景，组成了一幅恢弘而独特的人文画卷，也是一道绚丽的比较文学景观，更历历展示出施先生的人文追求和情怀。

施先生是70年代末在中国最早宣扬比较文学的学者之一。1984年，《中国比较文学》创刊，施先生出任刊物副主编。

施先生不是比较文学理论家。他对比较文学的贡献，除率先倡导开展比较文学研究外，主要体现在他的西窗和南窗事业，即外国文学的翻译与研究和现代主义小说创作。比较文学界推重施蛰存先生为中国比较文学耆宿，举荐他担任中国比较文学学会顾问，非谓先生对比较文学多有义理阐发，而是因先生的文学事业，正体现了比较文学的精神。这种精神就是融会古今，打通中西。

施蛰存先生的比较文学精神，首先体现在他广阔的世界文学视野。30年代的中国主流文学，对外国文学的译介选择，带有很强的政治意识形态倾向性，关注的是左翼文学和弱小民族文学，对于外国具有现代主义性质的作品，则比较忽视。1932年5月1日《现代》创刊，主编施蛰存先生明确指出："这个月刊既然名为《现代》，则在外国文学介绍这一方面，我想也努力使它名副其实。我希望每一期的本志能给读者介绍一些外国现代作家的作品。"①施先生主编期间的《现代》所体现的对文学性的追求，不只是在 30 年代，即使放在整个中国现代文学期刊中，也傲然出众，独树一帜。《现代》先后对叶芝、高尔斯华绥、萧伯纳、施尼茨勒等现代作家给予了重点译介。尤其值得提及的，是它对美国文学给予的特别关注。与俄、英、法、德等欧洲国家相比，20、30 年代中国文坛对美国文学的译介非常少。当时有不少人对美国文学比较轻视，认为美国文学在世界文坛上是"瞠乎其后"的，不够水准。为纠正这种源于无知的偏见，《现代》第 5 卷第 6 期隆重推出了"现代美国文学专号"（1934 年 10 月 1 日）。施先生在专号的"导言"中指出，在各民族的现代文学中，除了苏联，便只有美国文学"可以实足地被称为'现代'"，因为第一，她是创造的，第二，她是自由的。施先生认为，美国文学不但摆脱了别国的影响，而且开始在影响别国的文学。②"现代美国文学专号"琳琅满目，凡美国的小说、戏剧、诗歌、散文发展状况，皆有介评，并对刘易士、安德森、华顿、薇拉·凯瑟、帕索斯、杰克·伦敦、福克纳、海明威、奥尼尔、德莱塞、欧·亨利等作了译介，由此可看出策划之精心，文学眼光之敏锐。联想到此后几十年对其中很多作家译介之稀微，"现代美国文学专号"如吉光片羽，更弥足珍贵。

施先生的"四窗"中，西窗的外国文学翻译，成果最为丰硕，结集出版的译作达三十余种。在 20 世纪中国翻译文学史上，施先生是施尼茨勒作品和东、北欧文学的最主要翻译家。他自 30 年代涉足译坛，先后翻译了英国叶芝，美国弗罗斯特、艾米·洛威尔、S.蒂斯代尔、桑德堡、萨罗扬，奥地利施尼茨勒，法国路易·裴尔特

---

① 施蛰存：《创刊宣言》，《现代》第 1 卷第 1 期（1932 年 5 月 1 日）。
② 施蛰存：《导言》，《现代》第 5 卷第 6 期（1934 年 10 月 1 日）。

朗、马拉美、韩波、果尔蒙、纪德，匈牙利莫尔那，波兰显克维奇、莱蒙特，丹麦尼克索，保加利亚伐佐夫、E.沛林，瑞典拉格洛芙，南斯拉夫维列卡诺维奇，苏联爱伦堡等作家的作品。文学翻译是施先生一生眷恋的文学事业，到晚年，他还将旧译诗歌整理，出版了《域外诗抄》（1987），并编选了多卷本《外国独幕剧选》（1981—1992）、《外国戏剧选》（1983）等。

除文学翻译外，施蛰存先生在翻译文学研究方面也多有贡献。近代开始，翻译文学对中国文学的发展产生了重要影响，但长期以来，翻译文学的地位却有意无意遭到贬低。90年代前出版的《中国新文学大系》，从无"翻译文学卷"。施先生认为，"外国文学的输入与我国近代文学的发展有密切的关系。保存一点外国文学如何输入的记录，也许更容易透视近代文学发展的轨迹。"[1] 80年代末，在编选《中国近代文学大系》时，施先生力排众议，坚持要在大系中加入翻译文学集，并亲自出任主编。[2]他为这部3卷本的《翻译文学集》撰写了洋洋万言的长篇"导言"，高屋建瓴，勾勒20世纪前中国的两次翻译高潮，梳理外国文学在中国的输入。他总结说：近代翻译文学，除在传布西方新思想、新观念，开启民智外，就文学本体方面来说有三个方面的意义：一是提高了小说在文学上的地位，小说在社会教育工作中的重要性；二是改变了文学语言；三是改变了小说的创作方法，引进了新品种的戏剧。[3]另外，施先生对在新文学史上遭轻蔑的"鸳鸯蝴蝶派"作家、翻译家，如包天笑、周桂

---

[1] 施蛰存：《导言》，《中国近代文学大系·翻译文学集》第1卷，上海：上海书店，1990年，第27页。

[2] 参见陈子善《编后记》，《施蛰存译文集·老古董俱乐部》，桂林：广西师范大学出版社，2005年，第228页。

[3] 施蛰存：《导言》，《中国近代文学大系·翻译文学集》第1卷，上海：上海书店，1990年，第26页。

笙、陈冷血等,率先指出他们在促进新白话文运用方面的贡献,肯定他们的译本对当时文学创作的语言产生的积极影响。①

在翻译文学研究方法上,施先生较早地指出应注意对译本序跋的研究。因为,"通过这些批点、题词和序跋,我们可以观察当时外国文学的译者和读者,如何评价和认识外国文学,外国文学在哪些方面对他们起过影响。"②近代翻译文学的开创者林纾因其反对白话文而被视为顽固的保守派,施先生指出:"从林纾的许多翻译小说的序文、题词中,可以发现他的思想境界,也还有并非顽固、并不保守的一面。"③

施蛰存先生的比较文学精神,还体现在融会中西、会通文史哲的人文素养的追求。比较文学最难的,不是对比较文学理论的一般性阐发,而难在具体而微的实践,难在人文学识的积累和融会,难在比较文学精神的自觉体现。80年代初,比较文学在中国倏然勃兴,顿成"显学",一时趋之若鹜,人们纷纷争说比较文学,其中不乏陈言和空论。施先生及时提醒:"到目前为止,对于比较文学的研究,还是理论多于实践,具体地在做文学的比较研究者,似乎为数不多。"④

比较文学的目标是揭示中外文学共通的诗心和文心,体会"南学北学,道术未裂。东海西海,心理攸同"的道理。因此,比较文学又是人文历练的过程。对比较文学精髓的体认和把握,由"见山

---

① 施蛰存:《导言》,《中国近代文学大系·翻译文学集》第1卷,上海:上海书店,1990年,第25页。

② 施蛰存:《导言》,《中国近代文学大系·翻译文学集》第1卷,上海:上海书店,1990年,第19页。

③ 施蛰存:《导言》,《中国近代文学大系·翻译文学集》第1卷,上海:上海书店,1990年,第19页。

④ 施蛰存:《关于比较文学的一些意见》(该文写于1983年10月12日),《中国比较文学》创刊号(1984年10月),第20页。

是山,见水不是水",到"见山不是山,见水不是水",再到"见山是山,见水不是水",此心智体悟的过程和豁然开朗的人文境界,不是靠满足于概念、术语的演绎和空谈所能成就,而端赖平日对中外文学、文化的涵泳和体味。施先生沉潜多年,才练就了宏阔的人文眼光,深厚的文学修养,敏锐的文学感悟,才成就了其创作上的"施蛰存式的现代主义"①,治学上的"百科全书式的学者"。

常言道:文史哲不分家。钱锺书先生也指出:"人文学科的各个对象彼此系连,交互渗透,不但跨越国家,衔接时代,而且贯穿着不同的学科。"②但当代中国的文科教育,不仅文史哲门户独立,即使文学教育,也是条块分割严重,中国文学与外国文学,现代文学与古典文学,似乎都成了各自独立的一块。大学中文系都设有三个教研组:古典文学、现代文学和外国文学,但"三个教研组开设的课程互不通气,似乎连学生也已三分天下"。有感于此,施蛰存先生1978年在华东师范大学率先作关于比较文学的学术演讲,其目的,就是希望学生"对文学研究扩大视域,打破古今中外的隔阂,养成一种文学的世界性观念。必须使学生,乃至教师,树立起这样一种博大的文艺观,中文系的三个教研室才能收到一致的教学效果"③。

施蛰存先生早年就主张文学家应有"优越的文学修养",认为"历史,哲学与政治应该与小说,诗歌,戏剧同样地成为一个有文学修养的学者的表现。"④而从现代开始,"文学观念及文学的教育制度,都倾向着在愈纯愈窄的路上走。"施先生称之为"文学之贫

---

① 杨迎平:《论施蛰存的小说创作与外国文学的关系》,《文艺理论研究》,2004年第1期,第15页。
② 钱锺书:《诗可以怨》,《文学评论》,1981年第1期,第21页。
③ 施蛰存:《关于比较文学的一些意见》,《中国比较文学》创刊号(1984年10月),第19页。
④ 施蛰存:《文学之贫困》,《施蛰存散文》,杭州:浙江文艺出版社,1999年,第162页。

困":"我们的文学家所能写的只是小说,诗歌,戏剧,散文,上焉者兼有四长,便为全才,下焉者仅懂得一技,亦复沾沾自喜,俨然自以为凤毛麟角。历史,哲学,政治以及其他一切人文科学全不知道。因此文学家仅仅是个架空的文学家。生活浪漫,意气飞扬,语言乏味,面目可憎,全不像一个有优越修养的样子。就其个人而言,则上不能恢宏学术,下不堪为参军记室;就其与社会关系而言,亦既不能裨益政教,又不能表率人伦。"①在施先生看来,文学家应对中外文学彼摄互融。他本人的创作就是如此,同时也希望更多的作家能这样做。为了更好地了解、借鉴外国文学,他提倡作家应有直接阅读外文的能力。②

施蛰存先生的比较文学精神的另一个体现,就是对人文精神和品格的追求和坚守。陈寅恪先生所标举的知识分子的人文品格——"自由之思想,独立之精神",在施先生身上得到了完美体现。思想的自由,来源于他渊博的人文知识,深广的人文视野;精神的独立,建立在他日常人文品格的修炼和提升。

施蛰存先生在主持《现代》时,没有像《新青年》、《少年中国》、《语丝》、《新月》、《创造》等新文学杂志那样,将《现代》办成同人杂志,而是公开宣称该刊"不是狭义的同人杂志","并不预备造成任何一种文学上的思潮、主义,或党派。""所刊载的文章,只依照编辑个人的主观为标准。至于这个标准,当然是属于文学作品的本身价值方面的。"③正是因为不趋时,摒弃门户之见,只以艺术标准来编选文章,因此,《现代》经受了时间的检验。多年后,再回顾《现代》,"有许多文艺问题,当年热烈讨论过,现在也

---

① 施蛰存:《文学之贫困》,《施蛰存散文》,杭州:浙江文艺出版社,1999年,第160页。
② 张英:《访上海作家》,《作家》,1999年第9期,第87页。
③ 施蛰存:《创刊宣言》,《现代》第1卷第1期(1932年5月1日)。

还在讨论。有许多作家,当年是新的青年作家,现在已是著名的老作家。有许多外国作家,当年是作为新兴的进步或时髦作家被介绍过来的,现在也还是在他们本国被尊为有影响的老一代作家。有许多艺术家,他们的作品,当年是作为新兴进步艺术被介绍过来,现在也还是继起无人的艺术大师。"①——施先生有理由这样自豪。

有人用"叱咤20世纪30年代中国文坛的巨匠"来形容施先生,或有不妥。施先生一生,似与"叱咤"无缘。无论是《上元灯》、《将军的头》、《梅雨之夕》、《小珍集》陆续发表之际,还是编辑《现代》之时,抑或晚年唐代诗话的钩稽梳理、金石碑刻的整理编印,他总是悄悄地开创一片文学的天地,不孤标自命,但开风气不为师。

"庾信平生最萧瑟,暮年诗赋动江关。"施先生青年时代即获文名,岂料时乖命蹇,造化弄人,因《庄子》与《文选》之争,背"洋场恶少"骂名;丁酉之难,缧绁于"右派"之身。大半生竟萧萧瑟瑟,处于文坛边缘,文名寂寞。及至耄耋之年,先生作为30年代"新感觉派"的代表人物和《现代》杂志的主编,而陡然备受人们关注。面对姗姗而至的"盛誉",施先生淡然以对,自嘲说自己"像鉴赏新出土的古器物那样,给予摩挲、评论或仿制"。

"微云澹河汉、疏雨滴梧桐。"施先生书房中的对联,仿佛是他一生的写照。施先生一生颇多误解和冤屈。而先生,猝然临之而不惊,无故加之而不怒。做人不趋时,为文不应景,治学不投机。不追风逐潮,随势俯仰。荣辱不惊,内心淡定,遇则以身行道,穷则见志以言。何以能如此?心中有大气象、大境界存焉。蛰守北山楼,随意而作,率性而为,坐看云起,陶然忘机。

---

① 施蛰存:《读〈现代〉重印本书感》,《文艺百话》,上海:华东师范大学出版社,1994年,第282—283页。

在自己的人文世界里，出经入史，涵泳中西，卓荦而立，自成一家。兴趣所及，心力所向，凡所经营，信手点染，皆化为道道引人入胜的文学风景。

施先生精研中西学问，但绝不是书斋中的学究。《易》云："龙蛇以蛰，以存其身。"施先生虽淡泊名利，但对社会并不漠然。世病民瘼，常记挂于胸。读其晚年散文、小品，或忆人，或议事，都可感受到施先生知人察世之深。而在不经意处的顺手一枪，针砭时弊，则令人拍案叫绝。

2003年深秋，先生以99岁高龄遽归道山。那天下起了淅淅沥沥的冬雨。寒意渐深。飘忽的冬雨迷蒙了愚园路，迷蒙了愚园路上那幢年深日久的小洋楼。楼前的梧桐叶已落尽，光秃秃的枝丫承接着那不期而至的冬雨和噩耗。飘飘忽忽，时断时续的冬雨，仿佛初夏的梅雨。让人勾想起20世纪中国文学史上的那幅经典意象：梅雨之夕。如果说梅雨蕴积了春的萌动、夏的期盼而稠密和绵厚，那么这冬雨，则多了一份清凉和澄澈，是荡涤了功名利禄、名缰利锁后的那种淡定和恬适，是世事沧桑心事定后的那份从容和通达。由梅雨到冬雨，由《现代》到《词学》，施先生一路飘飘荡荡、风神潇洒地挥洒出一幅幅人文的四季风景。

一代学人纷纷萎逝作古。施先生的离去，中国文学又少了一位大师，比较文学又少了一位楷模。"我是20世纪的人，我的时代已经过去了。"先生晚年如是说。可以如此达观，因为曾经笑傲。多年后，当人们回望20世纪中国文学天空的时候，会发现，有些曾经光芒四射的星辰，却原来只是流星，早已陨灭在历史夜空的深处；而那些曾被历史烟云遮蔽的星辰，却发出熠熠而恒定的光芒，其中就有《梅雨之夕》、《现代》、《词学》、《唐诗百话》、《文艺百话》、《北山谈艺录》……那些"沙上的脚迹"，原来都已化作了文学夜空上闪烁的星辰。

在如今商品经济时代，学术空间也难免掺进些"声音与疯狂"。想起"施蛰存"这三个字，或许能让学者、文人安坐书桌、修学敬业。在人们高谈阔论比较文学"危机"，热衷于指点比较文学该何去何从的时候，遥望一下北山楼的人文风景，或许心生感悟和会意，多了些执著和沉潜。

旧学商量加邃密[①]

——赵明对20世纪中国文学接受俄国文学模式的考察和文化阐释

20世纪中国文学是在外国文化、文学的冲击、影响下孕育而发展起来的,有很多文章对这种影响都做过资料性的梳理和历时性的描述。而影响之所以会发生,其实际效果、特点只有与接受研究相结合,在时代文化背景中进行动态考察,才能阐释清楚。赵明的《托尔斯泰、屠格涅夫、契诃夫——20世纪中国文学接受俄国文学的三种模式》一文,从当时社会时代对文学的需求角度,对"五四"新文学接受俄国文学影响的情况进行考察,分析、总结出接受的三种模式,阐释了这些模式的特点,并探讨了接受主体的价值取向对模式形成的决定作用及其文化意蕴。[②]

从1915年至1925年的10年间,我国汉译俄国文学作品出版总数为138种,其中托尔斯泰作品占47种,契诃夫占16种,屠格涅夫占9种,他们三人占全部出版总数的一半以上。此外,从1903年至1987年的85年中,这三位作家的译作总量也超过了其他俄国作家。"这些数据表明,无论'五四'时期,或是整个20世纪,中国文学对俄国文学的介绍接受中,托尔斯泰、屠格涅夫、契诃夫三位作家占据着十分重要的地位。"虽然出版数量或流行情况并不总能说明影

---

① 本文原载《中国比较文学》,1997年第4期。
② 赵明:《托尔斯泰、屠格涅夫、契诃夫——20世纪中国文学接受俄国文学的三种模式》,《外国文学评论》,1997年第1期,第113—120页。以下引文均出自此篇文章。

响的存在和影响的程度,但赵明通过对当时文学气候的考察,指出,实际上我国在对俄国文学的接受中,无论影响范式或接受模式,也是这三位作家最有代表性。"因为他们正好满足了中国新文学和中国作家最基本、最合乎逻辑的心理需求。"赵明认为,中国当时文学界对这三位作家的认识,由于时代原因和个人"期待视野"的作用,往往不是建立在全面了解、分析的理性基础上,而是根据第一印象将影响者定型化。这种强烈的第一印象,虽然此后随着认识的加深而得到某种程度的修正,但还是不能消除最初的思想印刻。

托尔斯泰最初被介绍进中国,突出的是他作品中宗教和道德内容。时代要求文学创作主体以强烈的激情参与社会进程、净化人的心灵,而托尔斯泰对文学教化作用的肯定和作品中强大的道德批判力量,很符合中国知识分子的文化心理。他们从托尔斯泰作品里得出俄国文学是为人生的结论。另外,托尔斯泰在《艺术论》中提出的艺术的目的、作用观点,也从理论层面强化了中国主流作家对文学作用的功利考虑。赵明指出,对托尔斯泰的接受模式,"在思想层面表现出'以天下为己任'的政治热情和'民众至上'乃至'四海同胞主义'的道德情怀"。托尔斯泰为新文学提供了一个恰当的理论前提和很好的文学范本。但对社会功用的过分关注,自然漠视了文学的艺术表达方式。赵文认为,"中国现代文学发展中重思想传达,轻艺术审美的风气或传统,不能不说与托尔斯泰在中国被接受的模式有很大关系。"

如果说中国新文学作家是把托尔斯泰主要作为一个思想家和道德伦理批判者来接受,因而忽视了他艺术家的身份,那么对屠格涅夫的认识就要全面得多,因为,"屠格涅夫作品所表现出的丰富而深刻的思想内容,对现实问题的敏锐观察和及时反映,以及作品所具有的高度的审美抒情的特点,非常切合中国文人内外两方面的心理需要。中国作家群体的社会愿望和个体的审美需求在屠格涅夫身上得到了完美的体现。托尔斯泰和陀思妥耶夫斯基式的宏大与高深,对中国文学而言永远是一种偶像,屠格涅夫才是中国新文学能够借鉴和学习的最好的文学范本。他使得中国作家能够将文学的现实功用和个人的审美情趣有机地结合起来,从而在文学中既表达社会愿望又满足个体的审美需求。"

虽然屠格涅夫在中国作家心目中是作为集思想性与艺术性完美统一的代表来接受的,但是在实际创作中,则显示出对屠氏的接受主要还是他作品中对现实问题敏锐观察的一面。即使与屠氏个性相像的郁达夫,或与屠氏文学关系密切的巴金,亦是如此。因为在那个时代,"个人的审美意识自觉不自觉地让位于群体的社会愿望,""不得不服从现实主义的主流意识。"接受时的欣赏情状与创作时的顾此失彼,这种分裂情形,赵明认为"正是'五四'以来中国作家文学功利意识的极好例证","说明中国文学发展中的'现实需要'犹如一张有形无形的大网,整体规束着中国现代文学的氛围与方向。"也正因如此,"现代中国的主流文学或多或少误读了屠格涅夫。"

与托尔斯泰、屠格涅夫相比,中国新文学作家对契诃夫的误读更严重。契诃夫作品的艺术感召力和思想批判性成为中国新文学初期小说最易把握的范本。中国作家最为看中他作品中现实主义的特征和短篇小说创作技巧,这成为契诃夫在新文学初期接受模式的特点,但是,赵明指出,对契诃夫的接受实际上也存在着较大的"误读"。他认为契诃夫"并不是严格意义上的批判现实主义作家",而"应该是立于传统的批判现实主义文学与现代主义文学之间的作家"。契诃夫作品中的现代性,表现在他对生活和现实的艺术把握,较少情绪化的主观渗入,他的"生活流"的画面世界,以及并非只是善恶脸谱的人物特点。他用一种超越生活表层现象的哲人的慧眼,来描述人世间的一切。而在那个年代,作家所塑造的主人公,"需要的是热情和行动,""他们明知道反抗会给他们带来更大的不幸，他们也要斗争到底。"（巴金语）所以，当时的巴金读不懂契诃夫，茅盾不喜欢契诃夫。赵明指出："在一个被托尔斯泰主宰了良知，又醉心于屠格涅夫艺术世界的时代，契诃夫作为小说家最杰出的方面不被理解和不被接受是正常的。"把契诃夫当作批判现实主义作家的误读接受模式，不仅说明中国作家对契诃夫的"感觉距离"，而且也意味着文学上的"事实距离"。随着时代氛围的变迁、作家个人生活和心态的变化，逐渐走向成熟的中国文学存在着"一个由屠格涅夫向契诃夫转移的过程"。但赵明认为，"契诃夫的真正意义也只有到了中国小说发展到最冷静、最自觉和最独立的时候才能实现。"所以，"契诃夫对中国新文学而言，是一种未曾真正形成模式的模式，是一种受制于托尔斯泰模式和屠格涅夫的模式，是一种囿于文学的技术层面而未曾真正深入到其审美层面的不稳定模式。"

通过对以上三种影响与接受模式的分析，赵明认为中国文学对外国文学的总体倾向中，存在着文学意识的功利性和个人审美情趣的隐蔽性特点。它充分满足了中国文人群体的愿望，却限制了作家审美意识的进一步拓展，而本质上，这种倾向和特点又非影响源所造成的，而是接受者主体选择的结果。

俄国文学对20世纪中国文学的影响，已有不少人在事实材料方面作过细致的爬罗梳理，但这只是影响研究的基础部分，还应从时代文化背景、民族文学传统和作家个人的文化选择、价值取向等方面，来进一步探究影响的情境、接受的文化心理和特点。经过这样的分析考辨和阐释，影响研究才算完整，其学术价值也会更高，更富有美学意蕴。朱熹诗云："旧学商量加邃密，新知培养转深沉。"如果说前一阶段材料的钩隐扶微、爬罗疏证的研究是"旧学"的话，那么在比较文学发展的新阶段，我们可以在此基础上运用接受美学理论，从文化角度，对"旧学"再作"商量"，深化影响研究，就能对中外文学关系影响的文化实质，获得更为深刻的"新知"。这也正是赵明这篇论文学术价值以及对影响研究的启示意义之所在。

我国"五四"时期翻译的俄国文学,大多是从日文转译过来,在文本选择接受上首先受到了日本文学界"接受视野"过滤的制约。我国新文学对俄国文学接受模式的形成及其形态特征,也有潜在的日本因素。日本对俄国文学的文化价值取向是否与我国相同,有哪些差异?也许更为全面的考察应该从日本对俄国文学的接受着手。当然,这不是赵文所应承担的任务。但这一研究似可再深入下去,将中国文学置于世界文学的大背景下,阐明20世纪中国文学作为一种世界性文学的特点及其文化、文学的价值意义。

一苇杭之

影响研究如何拓展?[1]

——叶舒宪等人"文化考据学"观点对影响研究的启示

考据学作为中国传统的历史文献研究的基本方法,源远流长,至清代卓然成为蔚为壮观的学术潮流,而在乾嘉时期形成高潮。传统学术方法,似乎可以粗略地概括为"我注六经"、"六经注我"式的客观实证与内心体悟二条。其优长缺失之处都在于此。在今天多元文化时代,传统考据学是否也面临着传承与更新的问题?传承什么,又如何更新?《中外文化与文论》1996年第2期上发表了一组题为"考据学的传承与更新"的笔谈。七八位青年学者结合个人的研究经验,从不同角度就栏目主题发表了各自的见解。

栏目主持人叶舒宪指出,中国的人文学术传统在数千年的传承中保持着鲜明的方法特色,但是,"从现代的立场,用文化相对论的眼光去看,传统学术方法又是一种受到自身文化局限的经验方式和认知方式的产物,因而不可避免地带有先天的盲点。"因此,随着西方中心论的消解,在后殖民主义时期,"从生活方式的转换,理论与观念的更新,到学术视野、思路的拓展与重构,国学的考据方法也面临着自身超越与调整、重塑的历史契机。"[2]20世纪中国的史学研究方法处在不断地变化演进之中。其影响较大者有梁启超、夏曾佑

---

[1] 本文原载《中国比较文学》,1997年第3期。
[2] 叶舒宪等:《"考据学的传承与更新"笔谈》,《中外文化与文论》,1996年第2期,第82—101页。以下引文均出自此组笔谈文章。

标举的史学独立于经学的"新史学"方法,有胡适广为人知的"大胆假设,小心论证"考据学箴言,有以顾颉刚提出的"层累堆积"说观点的"古史辨派",有陈寅恪称为"转移一时之风气"的王国维的"三重证据法",更有陈寅恪本人饱含人文关怀的"了解之同情"主张和"以诗证史"综合性研究方法。这些史学研究主张和方法,是前辈学者在借鉴外来理论、方法的基础上,扬弃传统史学方法,不断开拓文化视野,将时代精神融入个人学术追求的结果,从而对传统考据学"赋予了新的内涵与生命"。本世纪初,考古学的引入与传统考据学相结合,形成甲骨、敦煌两大显学,梅新林称王国维等学者的"三重证据法",标志着"文化考据学"的初步形成,是"传统考据学在新的历史条件下的创新、发展之方向",并认为,"当时顾颉刚先生等古史辨派的有关中国古史的辨伪复原研究,闻一多先生之于中国原始神话、宗教与文学的交叉研究,陈寅恪先生的以诗证史的综合……都是'文化考据学'的成功尝试。"梅新林进而指出:"'文化考据学'是从文化学的视角审视、更新传统考据学,因此,其要义首先在于拓展考据学的文化视野。"他最后总结道:

> 传统考据学以搜罗材料的文献研究法和详列例证的归纳法见长,方法比较单调,而文化考据学则可以广泛吸取文化学注重实地调查的考察法,不同民族、区域、时代纵横比较的比较法,以及在一定文化学理论指导下的演绎法甚至包括出于直观感悟的直觉法,等等,在方法论上更注重综合和系统。

刘以焕有感于当下史学界游谈无根的学风,称引清代学人姚姬传在《述庵文钞·序》中所说:"余尝论学问之事,有三端焉,曰:义理也,考证也,文章也。……夫天之生才,虽美不能无伤,故以能兼长者贵。"他推崇陈寅恪先生既重考据又重义理的治学态度和方法，提出"要重视考据或考证，从史实中求史识，不再'以论带史'或'以论代史'了"。

王小盾运用考据学并结合其他方法，从发生学角度研究"汉藏语猴祖神话的谱系"，取得了研究上的突破。谈到这项研究所具有的方法论意义时，他说："凭借它（发生学），我们可以比较深入地解释中国猴祖神话的不同历史形态和不同民族文化的对应关系，解释其中各思想要素（包括主题）的源流。"所以，这项工作所研究的，"不仅是文学现象及其思想要素的平行关系和相互影响的关系，而主要是发生学上的亲缘关系。"萧兵总结了他与叶舒宪等人运用文化人类学的理论和方法，对中国上古典籍进行现代性的考据和注释的学术工作经验，认为"只有在比较文化、总体文化研究里才能达成宏微互渗、合分并重的奇妙景观"，"通过微观分析和宏观比较，"建构文化模式，"达成最大涵盖性和最优普遍性，"从而"有助于众多文化——理论难题的解决"。

"东海西海，心理攸同。南学北学，道术未裂。"人文学科在研究方法上有众多可供相互借鉴之处。而这组笔谈的初衷，如叶舒宪所说，也正是"想为世纪之交的国学、比较文学和比较文化研究提供若干参照和借鉴"。叶舒宪等几位学者关于现代考据学的观点，对于比较文学，尤其是对影响研究，确实具有启示作用。

我国的影响研究（主要是20世纪中外文学关系研究）在前期主要停留在文献学的层次上，也存在类似于"重考据而忽视义理"的现象，以证实某作家受过外国某作家影响为旨归，而较少从美学意义上进行阐释。有些个案研究文章，由于第一手资料难以找寻，或者根本上就不存在，所以根据"理应如此"的"大胆的假设"，作中外文学作品间的"乔太守"，使它们结下了面和心不和的姻缘。而对"理应如此"的"理"，则缺乏"小心求证"，为人所诟病。影响研究是否真的到了穷途末路，或者只能停留在材料汇集的层面？如果我们不囿于法国学派经验性的描述和实证性的分析方法，而是按朗松和约瑟夫·T·肖等人所界定的"影响"的特定含义，开启一条新的研究思路，就会发现，"影响研究"是个文化内涵深邃、美学意蕴丰厚，很值得继续开拓、深化的研究领域。①研究基域的揭示和研究深度要求的提出，并不意味着就拥有了相应的研究方法。随着影响研究的深入，面临的难题会越来越多，且更为复杂。如，一、在材料充足的情况下，如何从文化、接受美学角度进行阐释？二、若缺乏充分的证据，或作家本人否认受过影响，但他的作品中又确实"显示出某种外来效果，而这种效果又是他的本国文化传统和他本人的发展无法解释的"，②在这种情况下，如何从时代文化角度进行阐释？三、作品之间有不少相似之处，但缺乏影响关系发生的实证。完全纳入平行研究范畴，认为这种文学现象的发生是不谋而合，似乎又有些简单化，不完全切合实际，针对这种现象，研究又该如何进行？胡适与人讨论历史时曾说，"凡先存一个门户成见去看历史的人，都不肯实事求是，都要寻求事实来证明他的成见。"③影响研究很容易使人从一个先入之见着手来搜罗材料，从而坐实"明确的"、"直接的"影响关系存在。所以，严谨的学风和"论从史出"的治学态度在影响研究中尤为重要。

借鉴"文化考据学"的方法，就我国影响研究的实践来看，深化影响研究是不是可以有以下的几条途径？

一、尽量发掘中外文学间发生关系的第一手材料，在材料的辨识、梳理的基础上，"把作品的比较与产生作品的文化传统、社会背

---

① 参见查明建：《"影响研究"如何深入？》，《中国比较文学》，1997年第1期，第124页。

② 约瑟夫·T.肖：《文学借鉴与比较文学研究》，北京师范大学中文系比较文学研究组选编：《比较文学研究资料》，北京：北京师范大学出版社，1986年，第119页。

③ 转引自耿云志《胡适年谱》，成都：四川人民出版社，1989年，第198页。

景、时代心理和作者的个人心理等等因素综合起来加以考虑,"[①]亦即从文献学的考证出发,进而在比较文化层面上,从发生学角度,全面考察影响与接受的文化、文学情境,探讨如何影响,为什么能影响,为什么会接受,以及如何接受等问题,使影响研究从文献学层次上升到美学层次,成为真正的"文学"研究。

二、针对上面所讲的第二、三种情况,须要通过"上下左右"读书之法,获悉当时的文学风气和时代特征,将影响研究与平行研究相结合。通过对时代特征的把握,从宏观上探讨中外文化的影响关系,具体到特定的作家,则须持"了解之同情"态度,考察其文化修养、审美心理等因素,在世界文学背景下,阐释其作品中的"某种外来效果"或相似之处。这种"宏微互渗"的研究,已不是纯粹的影响研究或平行研究,而是探讨世界文化语境中文学现象发生的特点,以及"中国文学与世界文学作为人类文化整体形态的互相间联系"[②]。这样的研究所取得的学术成果,也许更有益于总体文学研究,从而更符合比较文学研究的宗旨。

[①] 张隆溪:《钱锺书谈比较文学与"文学比较"》,北京师范大学中文系比较文学研究组选编:《比较文学研究资料》,北京:北京师范大学出版社,1986年,第94页。

[②] 陈思和:《20世纪中外文学关系研究的一点想法》,《中国比较文学》,1994年第3期,第42页。

影响研究如何深入？[1]

——王富仁对中国现代文学研究模式的质疑所引起的思考

治中国现当代文学而兼治比较文学，我国有不少这样身兼二任的学者。起因可能在于，研究中国现当代文学必然要探讨20世纪中外文学关系。而"要发展我们自己的比较文学研究，重要任务之一就是清理一下中国文学与外国文学的相互关系"（钱锺书语）。20世纪中外文学关系研究无可置疑地成为比较文学"影响与接受"研究的一个重要课题。二者的具体研究方法或有差异，但各自的学术成果或某一研究的深刻结论都应彼此注意、共享。因此，王富仁从中国现代文化文学角度撰写的论文《对一种研究模式的置疑》，对比较文学处于困境中的"影响研究"当有所启示。"邻壁之光，堪借照焉。"何况这"壁"还时有时无呢？

中国近、现、当代文化研究和中国现代文学研究中，人们常运用两种基本研究模式加以操作。王富仁指出，"这种研究模式的基本特征是在中国文化与外国文化（主要是西方文化）的二元对立中考察中国近、现代文化暨文学的发展。"[2]他将其概括为"中国文化与西方文化二元对立的研究模式"。这两种模式在实际操作中又直接转化

---

[1] 本文原载《中国比较文学》，1997年第1期。
[2] 王富仁：《对一种研究模式的置疑》，《佛山大学学报》，1996年第1期，第89—96页。以下引文未具体标出来源者，均出自此篇文章。

为"新与旧的二元对立模式"。"所谓新的，就是接受了西方文化影响的；所谓旧的，就是没有接受西方影响的中国固有的文化传统。"这种"新文化"与"旧文化"的二元对立模式，由于研究者在价值取向、情感意向上的不同，又演变为三种不同的分模式。这三种研究模式虽"使用着一个共同的文化模式"，但由于各自虚设的理论前提不同，相互之间无法实现平等对话。虽有其合理的一面，但其矛盾和缺失之处也显而易见。这种二元对立研究模式在中西文化初始接触时（如从鸦片战争到"五四"运动时期），也许还可保持鲜明的确定性和典型性，但随着文化交往的频繁与加深，"这种模式的二元对立性质也就变得模糊不清了。"

作者认为，这种模式形成的原因是"对文化主体——人——的严重漠视"，它表现为一种"文化目的论"，漠视了中国近、现、当代知识分子文化选择的自由性，以及"每一个具体的人在自己的条件下需要做出怎样的选择"。

既然中国现当代文学的发展不只是中国现代作家在中国传统文化和西方文化二者之间做出的简单选择的结果，那又是在怎样的文化和文学的基础格局中发展起来的呢？作者认为，这个格局中包括三个因素：中国古代产生的各种文化成果；外国，特别是西方产生的各种文化成果；以及起关键作用的"作家个人的特点和他的文化或文学的实践活动"。正是这些因素决定了此格局的发展态势，并转化为实际的历史发展。

《置疑》一文强调，在中国现代文学史上起关键作用的，是中国现代知识分子自身创造力的发挥问题。作者认为，中国文化传统和外国文化传统的继承，不是一种集体性行为，而是一个时期中国知识分子的纯个人性的选择：

在每个个体人的文化选择中，中国文化和外国文化的界限是极不明确的，中外文化的差别只在他们的阅读活动中才是相对明确的，一旦进入实际的文学创作，它们就在创作过程中溶解了。在每一个可资分析的创造品中，都同时有个人的、中国传统的和外国的三种因素同时发挥着自己的独立作用，但三者又是不可分的。

由此，作者提出了他的"对应点重合论"。

王富仁的观点对我们比较文学研究有哪些启示呢？

自中国比较文学全面复兴以来，中外文学关系研究这块领地开垦得最早，用力也最勤，虽结了一些果实，但与付出的努力不相称，收获不能算非常丰硕。大多数研究还只是搜罗中国现代作家受过西方文学影响这种事实联系的证据，然后千方百计从作品找印证，最后得出稍加改动即可套用在其他作家身上的几句"深刻的结论"。与二元对立模式一样，这种为人诟病的"X+Y模式"研究，也是"主要停留在以主观态度评论主观态度的层次上"，结论是预设好的，所要做的只是按需引证，忽视了具体的接受主体——作家——在具体的文化语境中，根据其特有的文学文化目的所作的选择，因此也就不能考察其如何创造性地接受之过程。

影响研究需要实证，但实证不是研究的目的。更重要的是借助这些实证，探讨某一作家为什么接受了某种外国文化，其文化心理原因、美学追求是什么，以及如何将这种经过接受主体文化"期待视野"过滤后的影响，创造性地融化在创作活动之中。

接下来的一个问题是，如果找不到实证，能不能再做影响研究？实际上任何实证的搜罗都不可能是全面的。20世纪中外文化、文学交流频繁，中国现当代作家所面对的是整个世界文化和文学，并且自己也成为世界文化一分子,因此,陈思和认为,"20世纪的中国文学是一种世界性文学。"①陈思和的这一观点,实际上揭示了中外文学之间双向互动的关系。从这种意义上说,它纠正了过去单向性的影响研究,而凸现了如何与为何接受外国文化这一向性。王富仁的"对应点重合论"观点在某种程度是与之契合的。

那么,既然外来文化与中国文化在每个特定作家的视域里已混融在一起,"模糊不清",是否意味着影响研究的消亡?如果不是,又该如何研究?我们不妨重新审视一下"影响"的特定内涵,对"影响研究"作一界说。

法国文学史家朗松对"影响"的界定是:"真正的影响,较之题材选择而言,更是一种精神存在。""真正的影响,……是凭借某些国家文学精髓的渗透。"②美国比较文学家约瑟夫·T.肖表述得更详切:"一位作家和他的艺术品,如果显示出某种外来的效果,而这种效果,又是他的本国文学传统和他本人的发展无法解释的,那么我们可以说这位作家受到了外国作家的影响。"③据此分析,20世纪中国文学中有很多无法从本民族文学文化传统和作家个人因素无法解释的东西,说明影响确实存在,影响研究很有必要。但是,影响"又是一种渗透在艺术品中,成为艺术作品有机的组成部分,并通过艺术作品再现出来的东西"④。由于这种有机的渗透、吸纳,所以

---

① 参见陈思和:《20世纪中外文学关系研究的一点想法》,《中国比较文学》1994年第3期。

② 转引自大塚幸男:《比较文学原理》,西安:陕西人民出版社,1985年,第32页。

③ 约瑟夫·T.肖:《文学借鉴与比较文学研究》,北京师范大学中文系比较文学研究组选编:《比较文学研究资料》,北京:北京师范大学出版社,1986年,第119页。

④ 约瑟夫·T.肖:《文学借鉴与比较文学研究》,北京师范大学中文系比较文学研究组选编:《比较文学研究资料》,北京:北京师范大学出版社,1986年,第119页。

很难从实证的角度作出事实联系分析。但是，可以通过作品分析，探讨作家"在创作活动中如何把外来的因素和民族的传统以及自己的创造个性相结合，锻铸出崭新的艺术品"①。"影响研究的开始必然是对艺术作品发生学的研究。"②由于"世界性因素"的原因，影响研究应在比较文化层面进行，亦即梵·第根所说的"圆形研究"。③在我看来，王富仁的"对应点重合论"与陈思和"中国文学世界性因素"观点，并不是对影响研究内在地消解或否定，而是彰显了影响研究的基域和应有的研究深度要求。

反观我们影响研究的具体实践，其之所以不尽如人意，主要还是偏离了影响研究本来的要求和目标。应该说，王富仁《置疑》一文的观点针对目前影响研究有一种启迪作用，为我们提供了一条新的思路。

那么，未来的影响研究如何深入？谢天振在1994年的预期，可以说是切中时弊而仍具指导意义："未来的中外文学关系研究将不再仅仅停留在对事实关系的表面梳理与论证上，而将深入到接受者本身的接受基因、本身的世界性因素，以及产生相互影响的客观条件等的探索与揭示上。"④王富仁的文章似乎是站在中国现代文学、文化研究角度，对此意见的一种呼应。影响研究不是做得太多了，而是很不够。影响研究仍大有可为！

---

① 陈惇、刘象愚：《比较文学概论》，北京师范大学出版社，1988年，第118页。
② 陈惇、刘象愚：《比较文学概论》，北京师范大学出版社，1988年，第123页。
③ 王富仁的《鲁迅前期小说与俄罗斯小说》，就是这方面成功尝试的个案。
④ 谢天振：《中国比较文学的最新走向》，《中国比较文学》1995年第1期，第10页。

翻译文学研究

译介学:渊源、性质、内容与方法[①]

——兼评比较文学论著、教材中有关"译介学"的论述

一、问题的提出

早期的比较文学研究不甚关注翻译问题。即使涉及,也是将文学翻译、翻译作品作为追溯文学传播和影响的具体途径,或作为确认某作家受外国作家影响的依据,而没有注意文学翻译和翻译文学本身。其隐含的观念,就是认为文学翻译只不过是语言层面上的文字转换。直到在20世纪30年代,比较文学论著中才有专门论述文学翻译问题的内容。

法国比较文学家梵·第根(Paul Van Tieghem)是最早关注比较文学里翻译研究问题的学者之一。他在《比较文学》(1931)的第七章"媒介"中,讨论了"译本和译者"问题,对如何研究译本和译者提出了富有启迪性的意见。他认为,译本研究有两个方面:一、将译文与原作比较,看是否有增删,以"看出译本所给予的原文之思想和作风的面貌,是逼真到什么程度,……他所给予的(故意的或非故意的)作者的印象是什么";二、将同一作品不同时代译本进行比较,以"逐代地研究趣味之变化,以及同一位作家对于各时代发生

[①] 本文原载《中国比较文学》,2005年第1期。

的影响之不同"。关于译者研究,他最早提出了应注意译本的序言,因为它提供了"关于每个译者的个人思想以及他所采用(或自以为采用)的翻译体系"等"最可宝贵材料"。①基亚(Marius-François Guyard)在《比较文学》(1951)中也提出了译本和译者研究,并且认为,译本无论好坏,都有文学研究价值,因为"水平最差的译者也能反映一个集团或一个时代的审美观,最忠实的译者则可能为人们了解外国文化的情况作出贡献;而那些真正的创造者则在移植和改写他们认为需要的作品"。②梵·第根、基亚关于译本和译者研究的论述,已触及到比较文学领域翻译研究的重要问题,但还没有完全展开,与比较文学的联系还不是很密切。其后,布吕奈尔等人尽管对翻译比较重视,但也没有对如何在比较文学领域开展翻译研究作出比较系统、全面的论述。其他比较文学家,如法国的毕修瓦(Claude Pichois)和卢梭(André-Marie Rousseau)、意大利的梅雷加利(Franco Meregali)、德国比较文学家霍斯特·吕迪格(Host Rüdiger)、罗马尼亚的迪马(Al Dima)、斯洛伐克比较文学家杜里申(Dionýz Ďurišin)、日本比较文学家大塚幸男等,也都强调了文学翻译和文学翻译研究的重要性。

就中国的比较文学实践来说,文学翻译一直受到研究者的重视。随着比较文学研究的深入,文学译介在中外文学关系中的作用逐渐显现了出来,文学翻译/翻译文学研究成为中国比较文学研究领域中的热点。

但是,在比较文学刚刚在中国复兴的1980年代,人们对如何从比较文学的角度去做翻译研究,则有些不甚明了。比较文学的翻译研究成果,主要体现在两个方面:一是对外国作家、作品、文学思

---

① 梵·第根:《比较文学论》,戴望舒译,上海:商务印书馆,1937年,第78页。
② 基亚:《比较文学》,颜保译,北京:北京大学出版社,1983年,第20页。

潮在中国的译介情况的梳理、评述；二是译本对比研究。从翻译研究实践上看，对译介学的研究内容和目标缺乏明确的认识，更缺乏理论方法的指导。因此，外国作家、作品、文学思潮在中国译介方面的研究大多停留在史料梳理的层次，而没有从文学关系角度做进一步分析、论述，没有达到译介学应有的研究深度；①二是译本的对比研究，大多还是属于一般的翻译批评，未能体现译介学研究的特色。

实际上，比较文学复兴以来，中国比较文学学者就在不断地探讨译介学的研究对象、内容和方法。卢康华、孙景尧撰写的中国第一部比较文学论著《比较文学导论》"影响研究"中的"媒介学"部分，对译介学的研究内容和方法作了初步探讨。②乐黛云主编的《中西比较文学教程》，其中第六章专门设立了"译介学"一节。作者孙景尧对"译介学"作了界定，③介绍了中外翻译历史、翻译的性质、翻译的一般规律及其基本理论，并探讨了译介学的研究内容和方法。④与《比较文学导论》中的相关内容相比，本书对"译介学"的论述更为深入。差不多同时出版的陈惇、刘象愚合著的《比较文学概论》，⑤其中"媒介学"一节对译介学的研究内容有较详细的论述，尤其是所举的事例，有不少都是中外文学翻译史上的典型

---

① 当然也有一些很优秀的论著，如智量等著的《俄国文学与中国》、陈建华的《20世纪中俄文学关系》、孙乃修的《屠格涅夫与中国：二十世纪中外文学关系研究》、金丝燕的《文学接受与文化过滤》等，他们将文学译介、影响、接受等问题很好地结合起来讨论，就其研究对象关涉的中外文学关系问题，作了比较深入、透彻的探讨。

② 参见卢康华、孙景尧《比较文学导论》，哈尔滨：黑龙江人民出版社，1984年，第165—166页。

③ 孙景尧将译介学界定为："对翻译的媒介作用及翻译理论和翻译史的比较研究。"参见乐黛云主编《中西比较文学教程》，北京：高等教育出版社，1988年，第163页。

④ 乐黛云主编：《中西比较文学教程》，北京：高等教育出版社，1988年，第166—174页。

⑤ 该书1988年12月由北京师范大学出版；2000年又出版了修订版。

现象，既恰切，又明了。①

　　1980年代出版的比较文学教材中关于译介学的论述，在现在看来，存有不足之处，主要是对翻译在文学、文化交流方面的意义谈论得多，而对文学译介和翻译文学在译语文学中如何发挥作用论述得少；对（文学）翻译史、翻译的性质、翻译理论、翻译标准等方面的内容论述得比较全面，而对译介学本身的理论、方法和研究内容则阐述得不够系统。所提及的译介学研究对象，现在看来，有的只是与译介学相关，但还不属于译介学本身的研究范畴，比如，孙景尧提出："就译介学研究而言，首先应对中外语言的体系作一比较，小至字词，大至语言密切相关的文化背景，都应有一个基本的认识。"②但1980年代毕竟是中国译介学理论研究的探索阶段，孙景尧、刘象愚等学者对译介学的研究内容和方法的探讨，筚路蓝缕，功不可没。他们对比较文学中翻译研究如何进行作了最初的理论探讨，为此后的译介学理论研究奠定了基础。比如，孙景尧指出："文学的直接影响往往产生于译作而不是原著，因此，译本的研究具有重要意义。研究的方法是将译本与原著加以对照，发现其有无增添删削，有无更改杜撰，从而探求译本比原著有了些什么变异，是何原因，媒介者对原作了如何的介绍和传播，转译本的失真程度，通过歪曲了的翻译产生了什么样的影响，等等。"③他还从文学接受的角度，对"创造性叛逆"问题作了分析；并且指出，除译本对比研究外，"还需要对照不同语言风格的各种译本，同时要研究译者序跋

---

①　陈惇、刘象愚：《比较文学概论》，北京：北京师范大学出版社，1988年，第203—225页。

②　乐黛云主编：《中西比较文学教程》，北京：高等教育出版社，1988年，第166页。

③　卢康华、孙景尧：《比较文学导论》，哈尔滨：黑龙江人民出版社，1984年，第166页。

和注释，还需将潮流、风尚、历史、习惯、传统和文化背景等都考虑在内。如此，方能对其翻译、流传、接受与影响等各种情况作出比较全面的认识。"①这些论述对比较文学领域如何开展翻译研究有很大的启迪作用。刘象愚提出译介学的内容包括："翻译史的研究；翻译理论的研究；某些具有重要地位的译家、译品和翻译风格的研究，还有同一作品不同译本的比较研究。"他强调："两种语言、文学之间的相互关系和影响应贯穿在上述研究的过程中。"②这就保证了比较文学领域翻译研究的比较文学立场和研究性质。

1990年代末，陈惇、孙景尧、谢天振共同主编的《比较文学》，将"译介学"设为独立的一章，而不是像过去那样，只是作为影响研究下"媒介学"的一个分支。这一方面是因为，文学传播最重要的媒介者是译作和译者，其他的传播媒介处于次要地位；二是因为文学译介是中外文学关系研究的重要内容，译介学研究在比较文学中的地位和重要性日益显著。谢天振在"译介学"这一章中，阐述了翻译与译介学在比较文学中的地位，明确指出了译介学与一般翻译研究的区别，对翻译中的"创造性叛逆"现象作了比较深入的分析，探讨了翻译文学的归属以及翻译文学史的撰写问题，并介绍了翻译研究在西方的最新进展。他在此后出版的专著《译介学》中，对译介学的性质、研究内容以及翻译文学史的编写方法作了更为全面的阐述。

按照谢天振的界定："译介学最初是从比较文学中媒介学角度出发，目前则越来越多是从比较文化的角度出发对翻译（尤其是文学翻

---

① 乐黛云主编：《中西比较文学教程》，北京：高等教育出版社，1988年，第166—174页。

② 陈惇、刘象愚：《比较文学概论》，北京：北京师范大学出版社，1988年，第204—205页。

译)和翻译文学进行的研究。"①关于译介学研究的性质,他指出,译介学"是种文学研究和文化研究,它关心的不是语言层面上出发语与目的语之间如何转换的问题,它关心的是原文在这种外语和本族语转换过程中信息的失落、变形、增添、扩伸等问题,它关心的是翻译(主要是文学翻译)作为人类一种跨文化交流的实践活动所具有的独特价值和意义"②。研究内容包括翻译文学史、文学翻译的创造性叛逆(包括译者、读者和接受环境的创造性叛逆)、文化意象的传递、误译等问题的研究。③

20世纪八九十年代的比较文学论著和教材对译介学的理论探讨,为中国比较文学翻译研究的发展作出了重要贡献,其中,谢天振教授的贡献尤为突出。

进入21世纪,国内出版了数种比较文学论著和教材,主要有王向远著的《比较文学学科新论》(江西教育出版社,2002年3月)、方汉文主编的《比较文学基本原理》(苏州大学出版社,2002年4月)、杨乃乔主编的《比较文学概论》(北京大学出版社,2002年6月)、孙景尧著的《简明比较文学》(修订版,中国青年出版社,2003年7月)等。近年出版的比较文学教材和著作,基本上都设有"译介学"或"翻译文学研究"章节。

"前修未密,后出转精。"这是我们对后出的比较文学论著、教材的期望。我们期待新出的教材对译介学的性质、对象和理论方法有更系统、全面、深入的阐述。新论著和教材也确有一些新的探索,如王向远的论著中,没有用"译介学"名称,而用了"翻译文

---

① 谢天振:《译介学》,上海:上海外语教育出版社,1999年,第1页。
② 谢天振:《译介学》,上海:上海外语教育出版社,1999年,第1页。
③ 谢天振:《译介学》,上海:上海外语教育出版社,1999年,第1—22页。

学研究",虽然比"译介学"概念小,但在研究对象上则更为明确。①孙景尧的《简明比较文学》修订本的"译介学"部分,删去了旧版本中关于翻译史、一般的翻译理论等方面的内容,增添了当代西方翻译理论内容,并从"译文中心论"角度对原来的内容作了大幅度的改写,更切合译介学的研究性质。

但新出的教材也有让人感到遗憾的地方。《比较文学基本原理》中"译介学研究"这一章,分为"翻译与译介"、"译介学在比较文学中的地位和作用"、"翻译活动及译介学研究的历史与现状"三节。关于译介学的性质、内容、方法的论述,可以看出,作者也尝试有所突破,但有的地方却又退回到1980年代对译介学的认识水平。虽然作者也多次指出,译介学不同于传统的翻译研究,但是作者的论述以及所举的事例,又说明作者对译介学研究性质认识的模糊,混淆了译介学与一般翻译研究和翻译的文化研究的区别。比如作者说:"译介学是比较研究语言、文字[学]和文学性结合的部分。它的重点是从文学来研究语言差异和同一性。"②在另一地方又说:译介学的"重点是从文学性方面来研究语言差异和同一性"③。这个界定,包含了三个重要问题:译介学的研究方法(视角)、研究内容和目的。从研究方法来说,无论是从"文学"层面还是从"文学性"层面来研究(文学)翻译,都不一定就是译介学研究,还需要作进一步界定;将译介学的研究内容和目的界说为"研究语言差异和

---

① 在比较文学论著中专设"翻译文学研究"一章,也很有道理,因为比较文学的翻译研究的主要对象就是翻译文学。当然,翻译文学研究比译介学研究范围小,它只是译介学的"一个组成部分"。参见王向远:《中国比较文学研究二十年》,南昌:江西教育出版社,2003年,第273页。

② 方汉文主编:《比较文学基本原理》,苏州:苏州大学出版社,2002年,第106页。

③ 方汉文主编:《比较文学基本原理》,苏州:苏州大学出版社,2002年,第110页。

同一性",落脚点还是在语言上。这样,将译介学研究的性质又推向了语言层面(尽管是文学语言),与本章中所界说的译介学性质和任务相矛盾。作者虽然强调,比较文学的翻译研究"要避免泛化,一定要与文学有一定关系的才纳入其中"①,但所举的某些事例,又有非文学的翻译事例,与作者对译介学的界定相矛盾。

杨乃乔主编的《比较文学概论》中的"译介学"一章,傅勇林从研究范式角度,从文化层面,不仅细致梳理了中外翻译史和译论史,还深入细致地论述了中西翻译研究范式的形成、变革及现状。该章内容翔实,广征博引,评述精当,体现了作者深厚的中外文化修养和译学研究学养。但令人遗憾的是,作者论述的很多内容,实际上都是一般的译学研究范畴,而不属于译介学。作者用"译介学"来统称翻译或翻译研究,这样,"译介学"概念就过于宽泛了,导致了译介学等同于一般的翻译研究。

将译介学(比较文学的翻译研究)与一般的翻译研究相混淆,外国的比较文学论著中也有这种现象,甚至更为严重。一些欧美学者关于比较文学翻译研究的论述,有不少只是一般的翻译研究范畴,而不是译介学所要研究的课题。

意大利比较文学家梅雷加利认为:"翻译无疑是不同语种间的文学交流中最重要、最富特征的媒介,""应成为比较文学的优先研究对象。"但是他又认为:"虽然翻译的最终结果大概是属于语言,而后又属于终点文学范畴的,可是翻译行为的本质是语际性。"②可以看出,梅雷加利的译介学观点还没有脱离传统的翻译研究观,未能完全从比较文学角度来看待文学翻译问题。

---

① 方汉文主编:《比较文学基本原理》,苏州:苏州大学出版社,2002年,第107—108页。
② 梅雷加利:《论文学接受》,干永昌等编选:《比较文学研究论文集》,上海:上海译文出版社,1985年,第409页。

日本比较文学家大塚幸男对在比较文学领域如何展开翻译研究作了很深入的探讨。他在《比较文学原理》(1977)的第八章"译者与翻译"中，提出了比较文学翻译研究内容的七个方面的问题：一、翻译的创造性叛逆问题；二、翻译创造的文体问题；三、直译与转译问题；四、自由翻译、窜改及改编问题；五、同一作品的不同译本比较问题；六、译者序言及解释问题；七、初译本的评价问题。从其论述看，其中至少第二、第三和第五个方面的问题，如果不由此上升到文学关系研究，仍是一般的文学翻译研究问题。①

以上是外国比较文学探索如何开展翻译研究的前期存在的问题，不足为怪。但近些年外国出版的比较文学论著，依然存在这些问题，甚至更加偏离了比较文学的方向。

由于巴斯奈特(Susan Bassnett)本人的比较文学"翻译转向"，其《比较文学批评导论》(1993)中的第七章"从比较文学到比较文化"，虽然论述的很多内容也是译介学应该关注的问题，但她论述的立场，已经脱离了比较文学，而是从文化研究的角度来看待翻译(并不一定是文学翻译)问题。正因如此，她才得出比较文学应该从属于翻译研究这样的结论。②

加拿大比较文学家斯蒂文·托托西(Steven Tötösy de Zepetnek)的论著《比较文学：理论、方法与实践》(1998)，其中第六章虽然标题为"翻译研究与比较文学"，但完全没有论及比较文学与翻译研究的关系以及如何从比较文学角度来开展翻译研究。托托西强调方法论，用近五分之四的篇幅对"翻译研究"作分类，但其中大部分都

---

① 大塚幸男：《比较文学原理》，陈秋峰、杨国华译，太原：山西人民出版社，1985年，第100—112页。

② Susan Bassnett, *Comparative Literature: An Critical Introduction*, Oxford: Blackwell Publishers, 1993, p.161.

属于一般的翻译研究范畴。①

比较文学论著和教材中译介学(翻译研究)章节里这些非译介学范畴的内容,会使比较文学专业译介学方向的研究生感到困惑,甚至产生误解,以为只要是文学翻译研究,或者从文化角度来研究翻译,就是译介学研究。比如,如果他们依从教材的指示和范例,从比较文化角度分析非文学翻译现象,对某些语句、词汇的翻译作些(比较)文化分析,是否属于译介学研究范畴?探讨一般的翻译理论、翻译标准、文学风格、意象的翻译,是否属于译介学研究?从某个文学作品抽出孤立的语句,甚至一个典故、习语,来讨论如何翻译的问题,是否就是译介学研究?将同一作品的不同译本进行比较,评判译作的高下,是否是严格的译介学论文?将译作与原作对比,指出译作中的误译、删改、增添等,然后从中西方文化差异的宏观角度解释这种"创造性叛逆"现象,是否就符合了译介学论文的学术要求?等等。

需要说明的是,这里说某些论述或研究不属于译介学范畴,并不是画地为牢,将译介学限定在一个狭隘的范围之内,更不是否定对一般的(文学)翻译理论和翻译的文化研究的探讨价值。而只是说,既然比较文学将翻译研究作为一个专门的并且是很重要的研究领域,它就应当有其学科规定性,有其特定的研究对象、范围、方法和目的。一般的翻译史、翻译理论、乃至翻译标准、翻译方法等方面的研究,很有必要,也很重要,虽然它们不是译介学的研究内容,但是从事译介学研究的学者需具备的译学修养和知识背景。

现在学术界强调学术规范,其中也包括研究规范、学科规范。特定的研究领域有其特定的研究内容、目标和研究规范。不属于译

---

① 参见 Steven Tötösy de Zepetnek, *Comparative Literature: Theory, Method, Application*, Amsterdam; Atlanta, Ga: Rodopi, 1998, pp. 215 – 248.

介学的论文，也同样有学术价值。但如果是从比较文学角度出发来研究翻译，那么，研究对象、目的和方法，就需要符合译介学的研究范式，揭示只有从译介学角度才能看出的问题，获得独特的研究价值。

译介学的研究性质和学术要求，根源于其发展渊源。译介学的研究对象、范围、目标，离不开比较文学的学科性质和目的。

二、从译介学的渊源看其研究性质

"译介学"原是"媒介学"（mediology）研究领域的一个分支。"媒介学"的产生是因应影响研究而来，其研究目的，是探讨文学传播、影响和接受。文学传播的媒介中，翻译家、文学社团和译作是外国文学传播、交流的主要媒介。随着文学翻译和文学翻译研究在比较文学中地位的不断提高，翻译研究成为相对独立的研究领域，因此，国内出版的教材大多不再设"媒介学"章节，而专设译介学章节。在实际的研究中，译介学已基本涵盖了媒介学的研究范畴。

"译介学"作为比较文学的术语是中国学者的发明。[①]这里的"译介"，指的是文学翻译、介绍和评论，因此，"译介学"不仅包括文学翻译、翻译文学的研究，也包括对外国作家、作品的介绍和评论的研究。"译介学"概念实际上比"比较文学的翻译研究"的概念大。但在中国比较文学界，译介学与"比较文学的翻译研究"这两个概念在一般情况下通用，研究的对象、内容和方法是一致的。

---

① 西方还没有相应的对应词。如果用"Translation Studies"来对译，并不切合"译介学"概念，并且容易使人将译介学混同于一般的翻译研究。笔者认为用"translation studies in comparative literature"比较合适一些。

正如比较文学不是一般的（国别）文学研究，译介学也不是一般的翻译研究。首先，它必须是文学翻译/翻译文学研究；其次，它是从比较文学角度来研究文学译介和翻译文学，即它的研究目的和要求必须符合比较文学的学科规定性，是"跨语言、跨文学、跨文化的文学研究"。比较文学的翻译研究（译介学），离不开比较文学学科的规定性和研究目的。它由此与一般意义上的翻译研究乃至一般的文学翻译研究区分开来。

从译介学的发展渊源可以看出，译介学的学科归属是比较文学，其性质也是比较文学研究。具体说来，是文学关系研究：它以文学译介为基本研究对象，由此展开文学传播、接受、影响等方面的研究。译介学关注的是译语文化对文学译介的操纵，以及由此建构起的文学、文化关系。它要求译本的对比研究，译本的删改、增添、有意误译等现象的研究，都不能简单地停留在译文分析层面，而要探讨这些现象背后的文化原因，揭示译语文化系统中的政治、意识形态、文学观念、经济因素等对文学翻译的操纵和影响，并由此切入某个时期的文学、文化关系的分析，探讨翻译文学的文学、文化功能及其意义。

译介学的比较文学研究性质，决定了它的研究对象和研究目的，而研究对象和目的，也就决定了其理论方法。因此，一般的翻译理论，如翻译的语言哲学、直译、意译、等值等理论，不能应对译介学所要讨论的问题；一般的非文学翻译研究，即使是从文化层面来研究，也不属于译介学范畴；即使是文学翻译研究，如果不是以文学关系为研究出发点，论述仅止于翻译作品本身，没有从文化层面来分析，所得出的结论是纯粹翻译问题，那么，这样的研究也不属于严格意义上的译介学。因此，茅盾的《〈简·爱〉的两个译本》，我们可以说它是一篇优秀的文学翻译批评文章，但它并不是译介学论文，因为它的目标如文章的副标题所示，是"翻译方法研究",目的是"对翻译者提供若干意见"。①

20世纪70年代,西方翻译研究开始出现"文化转向",改变了人们对"翻译"和"翻译研究"的传统观念,研究视点从"原文为中心"转向"译本为中心",研究内容从"如何译"转向"为何译"、"为何如此译"等方面上来,注重译语文化对翻译的操纵。20世纪90年代,比较文学出现"文化转向",扩大了比较文学研究范围,很多比较文学学者开始从文化或比较文化角度来研究比较文学,相应的,他们也更注重从文化层面来研究翻译文学和文学翻译现象。与此同时,文化研究领域也开始重视翻译问题,出现了文化研究的"翻译转向"。

翻译研究的"文化转向"以及文化研究的"翻译转向",给译介学带来了新的理论活力和动力,扩大了译介学的理论视野和研究范围;特别是比较文学领域的"文化转向",促使译介学更加自觉地关注文学译介的文化方面问题。这是比较文学的发展对翻译研究的要求,也是译介学研究的深化。比如,不从译语时代文化语境的层面来研究作品翻译的选择、误译等,就不可能透彻地解释清楚文学翻译中的很多现象。

但正如比较文学的"文化转向"并不意味着其学科性质被解构和颠覆,仍是以"文学"为研究中心一样(否则就是文化研究了),②翻译研究的"文化转向"和文化研究的"翻译转向",也并不意味着译介学被消解、湮没,失去了其独特的研究领域和价值。文化研究领域的翻译研究,其目的是从翻译角度研究文化问题;翻

---

① 茅盾:《〈简·爱〉的两个译本——对于翻译方法的研究》,罗新璋编:《翻译论集》,北京:商务印书馆,1984年,第354—355页。

② Manuela Mourão,"Comparative literature in the United States,"in *Comparative Literature and Comparative Cultural Studies*, ed. Steven Tötösy de Zepetnek, West Lafayette: Indiana, 2003, p.136.

译的文化研究,其对象可以是文学翻译,也可以是非文学翻译;如果是文学翻译,则与译介学比较一致,如果研究的指向是文学、文化关系,而不仅是翻译问题,那么,这种研究也就与译介学不谋而合了。因此,勒菲弗尔(André Lefevere)的一些被归为"翻译研究"的文章,①也属于比较文学的翻译研究(译介学)论文。这不奇怪,因为翻译研究的文化转向,很大程度上得益于比较文学;是勒菲弗尔、巴斯奈特等比较文学学者为翻译研究引入了比较文学的视角和方法。但我们也并不能因此就可以说,译介学可以纳入翻译的文化研究范畴。译介学还有翻译的文化研究所包容不了的研究内容,更有自己的研究目标,否则也就没有存在的必要了。

因此,译介学若不想被翻译学、文化研究领域收编、消融,最根本的一点,就是坚持其研究的"比较文学性",不能忘记其比较文学的任务和目的。

比较文学从文学、文化角度来研究文学翻译,其前提是比较文学立场、目标和比较文学意识,即其研究的出发点和目的,都应是比较文学。如果离开了比较文学立场,译介学研究范畴就会混同于翻译的文化研究,甚或文学的翻译问题研究。

从译介学的比较文学学科性质来看,王向远教授主编的《中国比较文学索引(1980—2000)》"翻译文学"类中,篇目的收录稍过宽泛,有些文章虽然与文学翻译相关,但仍不属于译介学(翻译文学

---

① 如"Translation practice(s) and the Circulation of Cultural Capital:Some Aeneids in English,""Acculturating Bertolt Brecht,""On the Construction of Different Anne Franks,""Lifelines, Noses, Legs, Handles:the Lysistrata of Aristophanes,"等。参见 Susan Bassnett & André Lefevere, *Constructing Cultures:Essays on Literary Translation*, Clevedon:Multilingual Matters Ltd.,1998; André Lefevere, *Translation, Rewriting and the Manipulation of Literary Fame*, London:Routledge, 1992.

研究)。①我早年辑录的译介学篇目,也存在将译介学概念泛化的问题。②

　　这里强调的比较文学翻译研究的学科性质和研究规范,对研究者个人来说,似乎并无多大意义。他尽可以根据自己的研究兴趣来做(文学、文化)翻译研究,而无需考虑他的研究成果是否属于比较文学范畴,其研究内容和方法是否符合译介学研究规范,只要有学术价值就成。但对比较文学学科来说,这却是个学科理论建设的重要问题,关系到比较文学如何开展翻译研究及其学术意义问题;对于比较文学专业翻译研究(译介学)方向的研究生来说,却是他在写学位论文前需要考虑的问题。他的研究是否符合译介学的研究规范,关系到他以文学翻译研究为学位论文的比较文学价值;对译介学自身来说,更是个根本性的问题,关系到它在比较文学领域里的学术地位、意义、自身的学术规范及其独特的学术价值问题;而更为重要的是,规范译介学研究范式,并不是比较文学要与翻译研究和文化研究争得一块学术领地,而是从比较文学立场开展翻译研究,有它特殊的任务和目的。带着这种使命,译介学以它独特的研究视角,发掘、开拓了新的比较文学研究领域。这些领域还有待精耕细作,才能结出丰硕的成果。比如,谢天振从比较文学角度,指出了"文学翻译史"与"翻译文学史"的区别,并认为,理想的翻

---

① 如《文学翻译要遵循美学原则》(第478页)、《论翻译中的信息衰退》(第480页)、《论英汉翻译中的"神似"与"形似"》(第482页)、《英汉诗歌翻译等值的探讨》(第483页)、《文学翻译标准的相对性与绝对性》(第522页)、《中国古典诗歌中的叠词及其英译》(第525页)、《报刊政论文体翻译的捷径:〈翻译与意义结构评介〉》(第530页)等。见王向远主编:《中国比较文学索引(1980—2000)》,南昌:江西教育出版社,2002年。

② "中国译介学研究资料辑录(1949—1998)",见谢天振:《译介学》"附录二",上海:上海外语教育出版社,1999年,第301—332页。

译文学史应是"一部文学交流史、文学影响史、文学接受史"。[①]若有这样的翻译文学史,无疑会使我们对中外文学关系有更全面、深刻的认识。但要编写出这样一部综合性的翻译文学史,则需要更多的学者从比较文学角度就不同语种、不同国别的文学在20世纪中国各个时期的文学译介进行大量个案研究、翻译文学专题研究、断代史研究或国别翻译文学史研究;[②]在借鉴这些研究成果的基础上,方能写出这样一部翻译文学史。

三、译介学的理论与方法

法国比较文学家比修瓦和卢梭曾说过:"翻译理论问题"是"当前比较文学的中心问题"。[③]梵·第根、基亚、大塚幸男、孙景尧、刘向愚、谢天振、王向远等比较文学学者都做过富有启迪性的探讨。

在译介学研究的理论方法上,国内出版的很多比较文学论著和教材都论及了文学翻译中的"创造性叛逆"现象,并将"创造性叛逆"作为译介学的一个理论视角和研究的切入点。

应该说,"创造性叛逆"是对文学翻译特征的一个很恰切概括。文学翻译存在两个层面:一是语言转换层面。在这一层面,强调语言转换的等值,追求译作对原作在各方面的忠实,再现原作的精神风貌、文学意蕴和语言特色;二是文学再创造的层面。这一层面指译者根据原作者所创造的意象、意境、艺术风格等等,通过译者的

---

① 谢天振:《中国翻译文学史:实践与理论》,《中国比较文学》,1998年第2期,第19页。另可参见《译介学》,第20、256—294页。

② 参见王向远:《比较文学学科新论》,南昌:江西教育出版社,2002年,第217页。

③ 基亚:《比较文学》,颜保译,北京:北京大学出版社,1983年,第20页。

解读、体会再度传达出来,是在原作规定的有限范围内的再度创作。虽然译者在主观上努力追求全面再现原作,但实际上不可能完全做到。这有两个方面的原因:第一,译者的文化心理、文化价值取向、个人的审美心理、文学气质、认知能力和语言表达水平,都会影响文学翻译。特别是,如果译者出于政治、意识形态、审美或道德等方面的考虑,有意误译原作,这样,翻译的叛逆和再创造的特征就会更明显。第二,也是更重要的一点,文学翻译不是在真空中进行的,总是处于一定的文化语境之中。译语文化中的政治、意识形态、文学观念、经济等因素,不仅影响译者的翻译选择、过程和翻译策略,也影响译作的文学意义及其接受。总之,因文学翻译的"创造性叛逆"的特征,译作不等同于原作,而成了译语文化中具有独立品格的新文学作品,打上了译语时代文化的烙印。

"创造性叛逆"是文学翻译中译语文化操纵的表征,研究者可以据此现象探讨背后的文学、文化原因。但"创造性叛逆"本身还不足以成为译介学的系统理论方法,还需要研究者由此现象出发,建构一些理论方法,或者借鉴其他理论,作为研究文学翻译"创造性叛逆"现象的理论方法。

当代西方翻译研究的发展,为系统建构译介学的理论和方法,提供了很多可供借鉴的理论资源。

20世纪70年代,以色列文化理论家伊塔玛·埃文-佐哈提出了"多元系统论"(polysystem theory)。虽然埃文-佐哈此后20多年间多次修订多元系统论,将其演变成了一种文化理论,着眼的不再是翻译文学了,但埃文-佐哈早期的研究主要是以文学和翻译为中心的。他对文学系统的运作模式以及翻译文学地位的种种假说,[1]扩

---

[1] 见 Itamar Even-Zohar, "The Position of Translated Literature within the Literary Polysystem," *Polysystem Studies*, *Poetics Today* (1990) 11: 45-51.

大了翻译研究的视野,打破了传统的以语言学为导向、以原文为中心的翻译研究成规。

多元系统论在理论和研究方法上对翻译研究的开拓性意义是显而易见的。传统的翻译研究是以语言学为导向,专注于"如何译"和翻译标准等问题,以原作为中心(source-oriented),不甚关注"外部政治"(external politics)对翻译选择、翻译过程和翻译策略等方面的影响。多元系统论"将翻译研究直接置于更为广阔的文化活动领域","将翻译与更为广泛的社会文化实践和过程结合起来,使之成为更激动人心的研究对象。"①多元系统论翻译研究模式"不局限于文本,对文本的具体分析也没脱离其文化语境,""将(翻译)这门学科从先前理论的局限性解放了出来。"②不仅"为翻译研究学者开拓了不少道路",③更为重要的是,它"改变了翻译分析的性质,扩大了后来被称之为翻译研究的领域"④,促进了翻译研究的"文化转向"。

埃文-佐哈的多元系统论为"面向译语"(target-oriented)的翻译研究"提供了一个全面而又雄心勃勃的框架,研究者可据此对实际行为作出解释或分析其背景"⑤。在多元系统理论的启发下,翻译

---

① Theo Hermans, *Translation in Systems: Descriptive and System-oriented Approaches Explained*, Manchester: St. Jerome, 1999, p. 110.

② Edwin Gentzler, *Contemporary Translation Theories*, Clevedon: Multilingual Matters, 2001, p. 123.

③ Susan Bassnett, "Moving Across Cultures: Translation as Intercultural Transfer," in *Trasvases Culturals: Literatura; Cine. Traducción* 2, ed. J. M. Santamaria et al., Vitoria-Gasteiz: Universidad del Pais Vasco, 1994, p. 11.

④ Susan Bassnett, "The Meek or the Mighty: Reappraising the Role of the Translator," in *Translation, Power, Subversion*, eds. Román Álvarez and M. Carmen-África Vida, Clevedon: Multilingual Matters, 1996, p. 13.

⑤ Theo Hermans, *Translation in Systems: Descriptive and System-oriented Approaches Explained*, 1999, p. 102.

研究者对翻译的性质有了新的认识。赫曼斯(Theo Hermans)指出："所有的翻译都是出于某种目的而对源文某种程度上的操纵。"①巴斯奈特和勒菲弗尔指出："翻译当然是对原文的改写。无论出于什么意图，所有的改写都反映了某种意识形态和诗学以及在特定的社会以特定的方式对文学的操纵。改写就是操纵，为权力服务，就其积极方面来说，有助于文学和社会的变革。"②"操纵"(manipulation)和"改写"(rewriting)概念，显豁了翻译的文化性质。以此观点来观照文学翻译现象，就会认识到，文学翻译并不是简单的文字转换，而是与译语文化系统诸多因素有复杂关联的文化行为。翻译研究也不应局限在语言转换层面的探讨，而应上升到文化层面。

可见，多元系统论的翻译研究方法，与比较文学翻译研究(译介学)的研究要求有很多契合之处，它们都以译语文化为中心，以译语文化、文学作为研究的出发点和研究视点，因此，不是孤立地看待文学翻译/翻译文学现象，而是将文学翻译现象纳入译语文化语境中来分析。

系统理论不仅弥补了译介学理论建构上的缺失，也提供了新的、比较系统的研究方法。系统理论的认识论系统(多元系统观念、关于翻译的操纵、改写性质以及张南峰教授的"大多元系统论"③)能为译介学研究提供一个宏观理论框架，使研究者有意识地深入特定时代的文化语境中，来分析文学译介和翻译文学史研究涉及的主要问题。

---

① Theo Hermans, "Introduction: Translation Studies and a New Paradigm," in *The Manipulation of Literary Translation*, ed. Theo Hermans, London & Sydney: Croom Helm, 1985, p.11.

② Susan Bassnett & André Lefevere, "General Editors' Preface," in *Translation, Rewriting & Manipulation of Literary Fame*, London: Routledge, 1992, p. vii.

③ 参见张南峰：《为研究翻译而设计的多元系统论精细版》，《中外文学》，2001年第3期。

在研究内容和方法上，系统理论在文化多元系统中来考察文学翻译与译语文化系统诸多因素的复杂关联，考察翻译文学的并存系统(co-system)①如何制约翻译文本的选择，影响翻译规范和翻译文学文库的形成，决定翻译文学系统在文化多元系统中的运作方式、地位和作用。

译介学研究要求将文学译介与当时的文化语境结合起来，在这方面，系统理论更显其特长。因为多元系统论的系统观念和事物普遍联系的意识，使其最适合从整体上研究一个大的文学翻译现象或某一时期的文学翻译现象。②

按系统理论的方法，从与翻译文学的并存系统分别去考察，则能将问题分析得更透彻，更有说服力。比如，"翻译文学是民族文学的一部分"是译介学领域的一个重要命题，其重要性，不仅在于提升翻译家的地位，使翻译文学有个归属，更在于这个命题是译介学研究的一个基本理论前提和研究视点。也许仍有一些学者对这个命题不理解、不同意。我们可以从多元系统理论角度再来看这个问题，即将翻译文学看成是译语文化多元系统中的一个系统，它与译语创作文学系统是并存系统，并共同构成了译语文学多元系统。由于文学翻译和创作都受到译语文化中意识形态、文学观念等因素的影响，这两个系统形成异质同构的互文关系。从多元系统角度分析

---

① 张南峰认为，社会文化中与翻译有关的因素纵然很多，但最主要的因素是政治、意识形态、经济、语言、文学、翻译，它们是"支配翻译决定的规范的主要来源"。这六个方面的因素构成了翻译系统的并存系统，它们都在一定程度上对翻译产生制约和影响。张南峰：《为研究翻译而设计的多元系统论精细版》，《中外文学》，2001年第3期，第177—178页。

② 王宏志指出：埃文－佐哈"并不认为把个别的单一译本跟原文对比，就能得出任何有建设性的结论，而是应该对大量的译文作分析，因此，他的理论最适宜应用于探究某一时期的整体翻译面貌"。王宏志：《重释"信、达、雅"：二十世纪中国翻译研究》，上海：东方出版中心，1999年，第25页。

这个命题，其真确性也许就可以看得更清楚。

因文学翻译中文化操纵的存在，也更新了我们对文学影响和文学接受方面译语文化主体性的认识。目前的中外文学关系研究，对翻译文学中存在的文化操纵没有引起足够的重视。20世纪外国文学对中国文学的影响，其影响源文本对大多数作家来说是译作而不是原著。翻译既然是对源文的操纵，译作就不可能等同于原著，它经过了译语文化的过滤和改写。译作产生的文学影响，也就是一种"选择性影响"，由此也可看出文学译介过程中的主体性问题。

术语既是一个理论的枢纽，关节点，也是具体研究时切入研究对象的理论视点和操作工具。译介学虽然有"创造性叛逆"、"误译"等术语（或者说研究视点），但这些只是对文学翻译现象的描述和概括，如果要系统地研究一个时期的文学翻译现象/翻译文学史，还不足以应付。具体如何切入研究对象，如何分析，还需有更系统的理论和方法来支持。比如，译介学提出的"创造性叛逆"研究，至于具体考察如何"叛逆"、"叛逆"的原因、"创造性"的体现等问题，没有揭出比较系统的方法。研究者大多是散点透视式的研究，这样就有可能不能全面观照研究对象，研究也难以全面、深入。多元系统论中的关键词（术语），如"形式库"（Repertoire）、"经典化形式库"（canonized repertoire）、"经典"（canon）、"动态经典性"（dynamic canonicity）等，有助于探讨翻译文学在译语文学多元系统中的存在形式、运作状态，有助于阐释翻译文学在译语文化多元系统中的地位和意识形态、诗学功能；"意识形态"、"诗学"、"赞助人"、"操纵"、"重写"等关键词，则为对文学翻译现象的具体分析提供了切入的视角。

总之，多元系统论的很多理论方法可以运用到译介学研究上来。但必须认识到，多元系统理论并不等同于译介学理论。应该说，多元系统理论就其理论框架而言，具有很大的包容性，可以涵纳译介学的很多研究内容,但就目前为止从多元系统论的具体运用来看,研究者所注重的仍多是语言层面上的问题。运用系统理论所作的文学翻译研究,并不一定都属于译介学,关键还是看其是否具有比较文学性质。比如,吉迪恩·图里(Gideon Toury)关于"可接受性"(acceptability)和"充分性"(adequacy)的论述,关注的是语言、文学规范层面。①另外,系统理论考察的主要还是(文学)翻译的过程,对翻译选择以及翻译文学的影响和文化功能,甚少关注(就目前运用系统理论的研究现状来看)。

从总体上看,译介学的比较文学研究方法可以与多元系统理论互补。从一个完整的文学翻译/翻译文学研究过程上看,比较文学的翻译研究(译介学)刚好从系统理论研究"暂停"的地方开始。将它们互补,综合运用,就形成了一个前后相继、互为补充的比较完整的研究方法。

总之,译介学的理论方法还处于建构、发展之中。一方面,我们可以从优秀的研究成果中总结、抽象出新的理论方法;另一方面,我们可以借鉴新近的翻译理论和文化理论,整合为译介学理论。比如,除多元系统理论外,译介学还可以吸收、整合其他文化理论,如后殖民主义理论、女性主义理论、布迪厄(Pierre Bourdieu)的"文化生产场"理论、福柯(Michel Foucault)的权力话语理论等,以丰富自己的方法论系统,更好地指导译介学实践。

---

① 埃文-佐哈、图里所说的"充分性"和"可接受性"不仅包括语言、文学规范,也应包括与文学翻译系统并存系统的规范(比如意识形态规范)。图里早年也像埃文-佐哈一样,对"可接受性"和"充分性"的认识,都是局限在语言层面。但后来,图里关于规范的认识实际上已经扩大到了文化层面(参见 Gideon Toury, *Descriptive Translation Studies and Beyond*, pp.55-56),但还没有对"可接受性"和"充分性"作出新的界说。

四、译介学的研究内容

译介学是以翻译文学和文学译介为核心的文学、文化关系研究，它的研究内容与对象就是翻译文学、文学译介以及与两者密切相关的因素，如译者、翻译选择、译本、译本序跋、外国文学刊物等。

翻译文学和翻译文学史研究，无疑是译介学研究的重要内容。[①]

比较文学角度撰写的翻译文学史与一般的翻译文学史有较大不同。一般的翻译文学史重点是梳理文学翻译史的发展线索，介绍各个时期文学翻译的基本情况以及重要翻译家的贡献。从比较文学角度撰写的翻译文学史，将翻译文学的发生和发展与译语文化语境密切结合起来，探讨翻译文学在译语文化语境中的传播、接受、影响、研究的特点等问题，分析各个时期文学翻译选择的特点、价值取向、文化原因，阐述翻译文学与创作文学的关系，以此阐述翻译文学在译语文学史上的地位及其意义。

除翻译文学史外，译介学还有其他研究内容。这些内容，既是翻译文学史也是文学关系史研究的任务。这里以20世纪中国的文学译介为例，初步归纳一下译介学的研范围和基本课题。

一、外国作家、作品、文学思潮在译语国家的译介研究。这方面的研究，除了细致梳理译介情况外，还需要对译介的原因、译介的接受和影响进行分析。

二、文学翻译选择研究。文学翻译选择决定了外国文学在译语国家的精神面貌。20世纪中国的不同时期，由于时代语境不同，文

[①] 参见谢天振：《译介学》，第208—294页；王向远：《比较文学学科新论》，第206—209页。

学翻译选择规范也就不同。我们不仅要考察某一时期翻译了哪些国家、哪些作家的作品，同时还要注意，是否有意排斥了哪些作家的作品。对翻译选择规范的考察，亦即将文学译介现象纳入到具体的文化语境中来考察。这个方面的研究，最能看出某个时期中外文学关系的特质。

三、译本研究。译本研究以译本为中心，通过译本增删、改写、有意误译等现象，分析意识形态、文学观念、赞助人对文学翻译的操纵。

四、译本序跋研究。译本序跋是翻译文本之外文化操纵的主要形式。在正常的情况下，译本序跋是介绍、评述所译作家和作品，但是在特殊时期，译者会借助译本序跋来申说翻译的合法性；权力部门会借助译本序跋来引导读者的阅读取向，以达到特定的政治目的。文革时期的文学翻译就是如此。译本序跋是从整体上对所译作品的价值意义的操纵，因此，比在文本层面的操纵程度上更显著，对读者的影响更大。对译介学来说，译本序跋的研究价值不言而喻。

五、译者的主体性、意识形态、身份、翻译策略研究。译者的主体性、意识形态研究，一方面可以揭示译者的主体性，另一方面也可解释"既译介又批判"现象(如吴劳翻译约翰·巴思的《迷失在开心馆中》、张金陵翻译《这里的黎明静悄悄》以及对芥川龙之介的奇特接受[1])、"潜在翻译"[2]和译作"潜文本"现象。译者的身份、翻译策略研究，可以解释因译者的身份，导致某些作品能获得

---

[1] 参见王向远：《芥川龙之介与中国现代文学：对一种奇特的接受现象的剖析》，《国外文学》，1998年第1期。

[2] 如穆旦"文革"期间对丘特切夫诗歌的翻译。

出版，[①]而有些作家作品却受到"株连"，失去了翻译出版的"合法性"。[②]

六、文学翻译与文学创作的互动关系研究。文学翻译与文学创作的互动性有两层意思，一是指在学科层面，外国文学翻译（包括研究）界与中国文学创作（包括评论）界的相互鼓励、相互促进；二是指文本层面，翻译文学与创作文学在文学观念、思想主题、创作（翻译）题材、文学语言等方面的相互影响、相互启迪。在后一层面，最能看出文学翻译的启迪、影响作用，尤其是作家兼翻译家的文学创作。

七、翻译文学经典研究。翻译经典研究有两个层面，第一个层面，研究译语主流意识形态如何根据自己的需要，将某些作品推至经典位置，以达到特定的意识形态和诗学目的；第二个层面，从接受美学角度研究读者的"翻译文学经典"的建构。读者可能抗拒主流意识形态的经典操纵，会根据自己的意识形态、文学观和审美观，在私人阅读空间建构一套"民间"翻译文学经典。"民间"与主流意识形态的翻译文学经典库也许有相一致的情况，但接受取向已有很大不同，貌合而神离。

八、外国作家在译语文化中的形象研究。外国作家在译语文化语境中的形象变迁、文学地位的沉浮，其实质，反映的不是外国作家本身的问题，而是译语文化的问题。研究这种现象，可以揭示译语文化语境的变迁。如拜伦、王尔德、辛克莱、法斯特、劳伦斯、巴巴拉耶夫斯基等作家在20世纪中国，都经历了形象变迁的过程。考察中国不同时期对他们作品的译介及其文学评价，既可看出意识形态、文学观念的变迁，又可揭示时代文化在文学译介方面的文化

[①] 如50年代初重版郭沫若翻译的歌德的《少年维特之烦恼》、《浮士德》以及巴金翻译的王尔德的《快乐王子》。

[②] 曼斯菲尔德因是徐志摩、陈西滢喜爱的作家，故在50年代遭到冷落。

利用问题。

  九、文学期刊的外国文学译介研究。过去我们关注较多的是翻译出版的作品以及文学期刊上的译文，实际上，文学期刊上的外国文学介绍和评介文字，也是译介学的重要研究内容。外国文学的介绍和评论对作家创作的影响，虽然没有译作来得直接，是一种间接影响或氛围影响，但这种影响作用有时候并不亚于翻译作品。外国文学作品的介绍、评论往往也对作家产生创造性刺激作用。敏感的作家会从这样的介绍和评论，甚至只言片语中，获得文学创作上的启迪。其中也许不乏误读的成分，而正因如此，文学期刊的外国文学译介研究更有助于探讨文学影响的复杂性。

  当然，在具体的个案研究中，不一定只探讨以上某一方面的问题，可能需要几方面综合起来研究，才能透彻分析某种文学翻译现象。如果是研究一个时期的翻译文学，则更是如此。

译介学和中外文学关系研究的新课题[①]

互联网有可能真正营构起了共时性的世界文学语境,不同国度的作家由此获得一种世界文学"在场感",得以在共同的"世界文学场"中书写。如果说我们离那种一体化的"世界文学"前景还是关山遥迢,那么离这种"共时性的世界文学语境"则只是"盈盈一水间"了。关键是如何渡过那片迷蒙的语言水域,跨越阅读上的文字障碍。随着网络语际转换技术的发展,实现这种文学前景的可能性已见端倪。按网络技术的发展趋势,文学翻译的发展必将出现新的景观,同时也将为比较文学研究带来了新的研究课题。

一、网络对文学翻译的促动

从技术条件上说,网络可以成为超容量、高速传递世界文学的载体。如果解决了网上作品的版权和稿酬支付问题,那么新作品就可能首先在网上发表,电子版本与印刷版本并存。一旦新作品在网络上传播,外国文学的译介者也就能迅速阅读和翻译,加快了新作品翻译发表的速度。

客观上,网络对译者提出了更高的要求。过去,读者挑选译本的机会很少。一是因为一部作品在同一家书店很可能只有一种译

[①] 本文原载《中国比较文学》,2002年第2期。

本,并且也不太可能同时就能找到该作品原著,这样就无法在译著与原著、译本与译本之间作对照比较;二是因为大多数读者没有译本比较的能力。而在网上,这些问题大多能解决。不但能在网上找到原著和不同译本,也还能读到其他读者(包括翻译批评家)对译作的评价,从而作出阅读选择。因此,网络时代的译者要想赢得读者,使自己的译本能在众多译本中脱颖而出,从而赢得文学声誉和经济收益,就必须有自己的翻译追求、翻译目标,精益求精地对待文学翻译工作。

可以料想,网络文学空间相对公平的性质也必然形成文学翻译上的公平竞争。因新作品和该作品译文都能在网上获得,其他译者也能很方便地将原著和译著对照。有对译作不满者,可能会推出自己的新译本。这样,同一作品的网上复译本可能会更多。网络的文学生态环境在客观上也迫使译者设立更高的翻译目标,精益求精。过去,由于原著不易得到,无法作翻译批评。今后会很方便在网上将原著与译文对照,网络读者可以直接地发表意见,对译作进行批评。翻译理论界曾有学者,比如奈达(Eugene A. Nida),提出读者反应翻译理论,①根据读者的反应来翻译和重译。但这在纸媒文学时代操作起来殊为不易,因很难获得读者的反馈意见,重译后再出版也困难重重。但在网络上,译者能便捷地获悉读者的反馈意见。译者不但能及时地改正译文中明显的误译、错漏,还可以调整译文的文体、风格等。这样,网络的翻译批评环境将促使译文更为完善。另外,翻译文学作品要想获得自己独立的文学价值,让通晓外文的读者也还愿意读译作,像能直接阅读原著的钱锺书先生仍饶有兴味地读林译小说那样,译作就应有自己独特的文学魅力,如朱生豪译的

---

① Eugene A. Nida and Charles R. Taber, *The Theory and Practice of Translation*, Leiden: E.J. Brill, 1969.

莎剧、傅雷译的《约翰·克利斯朵夫》、杨必译的《名利场》，都赢得了自己独立的文学地位。

以上所述只是预想网络的普及对文学翻译质量、丰富翻译文学形式库(Translated Literature Repertoire)的促进作用。这是从传统的翻译观而言的，即翻译应尽可能完美地再现原著的内涵和风韵。但就网络文学生态的发展趋势看，网络时代也可能出现完全背离传统翻译观的翻译方式，即网络文学翻译。

二、网络文学翻译——解构传统翻译意识形态的翻译

直接在网上翻译、发表的作品，亦即有的学者所界说的"网络翻译文学"，现在虽然还不多，但根据近年来网络文学创作的迅猛发展势头看，网络文学翻译现象也将很普遍。网络文学翻译，有的可能仍遵循传统的翻译方式，即以原著为中心，力求完美"再现"原著；而有的则是以译者为中心，借翻译来"表现"自己。这种翻译对传统翻译观提出了挑战。

传统的文学翻译被赋予了很强的社会化功能，尤其是在特定的历史语境中，文学翻译更是承担了某种政治意识形态阐扬的重任，文学翻译，如瞿秋白所诘问的："谁能够说：这是私人的事情?!"①。因此，译者大多肩负着某种社会责任。在翻译选择上，他们需要考虑所译作品的社会文化意义；在翻译态度上，需要以原著为中心；在翻译目标上，需要向"信、达、雅"标准靠拢。因此，即使是任意增删原著的清末民初翻译家，如林纾等，也要陪着小心，为自己的

---

① 瞿秋白：《翻译——给鲁迅的信》，《瞿秋白文集·文学编》第1卷，北京：人民文学出版社，1985年，第504页。参见王宏志：《重释"信达雅"：二十世纪中国翻译研究》，上海：东方出版社，1999年，第273—291页。

删改辩护,自甘谦卑地称己之所译为"译述"。而网络译者则没有这类顾忌。网络译者可以借助网络匿名之便,逃避可能的责难,因此网络文学翻译更具有私人性特点,是一种公开的"潜在写作"。网络译者可以完全摆脱原著中心论的心理束缚,任意"操纵"(manipulation)、"改写"(rewrite)原著。原著之于他们是创作素材,是言说欲望发泄的通道,是创作灵感起飞的甲板,是创作才能搬演的场所。

传统文学翻译上的"创造性叛逆"现象,更多的是受主流意识形态和诗学观念的影响所致,那么,网络文学翻译的"创造性叛逆"所体现的,则主要是译者个人的意识形态和审美倾向。因此,网络译者创造性叛逆色彩会更为强烈,其个性化特征会更为显著。

这样,网络文学翻译就严重地冲击了我们传统的翻译意识形态——关于文学翻译的文化、美学意义的一系列界说以及"信、达、雅"之类的翻译标准。我们可以指责这种网络文学翻译不是严格意义上的翻译,而是对原著的践踏,对"翻译"之名的亵渎,但是,我们不能否认,它至少是一种文学创作。

网络翻译很大程度上类似于我们平常的作品阅读。在阅读过程中,我们有超出作品之外的想象,有非常个人化的漫无边际的联想,有不自觉地对作品东鳞西爪的改写,等等。这些不形诸文字的阅读过程,也就是对作品理解、阐释的过程,而按照英国翻译理论家乔治·斯坦纳(George Steiner)的观点,这也是一种"翻译"的过程——"理解即翻译"。从这个角度说,网络翻译就是网络译者在个人的情境中,将自己的解读过程物态化、文本化。如果我们认为对某部作品的改编、改写、缩写等形式是"合法"的文学创作和传播方式,那么,这种网络文学翻译的"文学合法性"也应得到认可。实际上,纸媒时代的译者也都或隐或显地在译本中添入了个人化的东西,只不过网络译者更为极端而已。

这种借体衍生式的半译半作的网络文本，既可视为编译之作，也完全可以看成是一种新的作品。它在与原文的差异和联系中呈现出耐人寻味的互文关系。这种文学翻译（创作）的样式，征示了网络时代文学接受、文化交流的多元性和复杂性。

网络文学翻译既解构了原著，也解构了"原著中心论"；既是文学交流、对话的新形式，也是原著意义多元释放的新途径——意义在个人情境中延异和衍生。网络文学翻译与创作文学中的后现代书写在文化姿态上很相似，形成了某种对应同构关系。网络文学翻译现象可以看成是后现代社会的一种文化症候，网络译本可以作为大众文化研究的生动材料，藉此探讨后现代社会的某些特质。

如何看待网络翻译意识形态，如何评价网络文学翻译的创造性叛逆意义，如何分析网络译本在中外文学、文化交流中的价值功能，等等，都是网络时代译介学研究将要面对的问题。

三、网络翻译功能与文学传播、接受方式的多元化

在 20 世纪大部分时间内，中国文学视野中的"世界文学"是个有限的文学空间。因原著难以获得，通晓外语的人又很少，文学译介就成了外国文学传播的最主要手段。大部分中国作家、读者都是通过翻译文学来接触外国文学的。文学翻译选择面的大小、译介的取向就决定了读者对世界文学的认识程度和价值评判。而文学翻译是"文化过滤"的一种主要方式，它总是受到特定时代的意识形态和文学观念的影响，翻译文学所营构的世界文学语境，实际上是根据中国的文学文化需要作了选择、剔除的一种自我选择的"中国化"的语境。正是由于文学翻译上的这种功利性和有限性，使得翻译文学营造的世界文学语境比自在状态的世界文学语境要狭小得

多，也使中国文学与世界文学在文学观念上出现了错位。

过去那种完全受制于主流意识形态的翻译现象在网络时代可能不复存在。网络为读者提供了接触外国文学的多种途径。在网络时代，"知识霸权"在很大程度上被解构，读者能够比较公平地接触到文本，阅读上更不会存在"内部发行"这样特殊的阅读限制。在网络上，人们只要轻击鼠标，即可搜寻出目标文本，从莎士比亚、但丁、塞万提斯、歌德、雨果、托尔斯泰，到王尔德、康拉德、劳伦斯、大江健三郎、村上春树、君特·格拉斯、米歇尔·图尼埃、雷蒙·卡佛、安妮·泰勒、萨德、V.S.奈保尔，其作品唾手可得。

网络负载的世界文学资源要远远大于纸媒传播的文学信息。读者在网上既可以阅读译作，也可以借助翻译软件和电子词典来直接阅读原著。后一种方式对那些具有中等外文水平的读者来说，更具有可行性。借助翻译软件或网络的语际转换功能，至少能帮助他们了解外国文学作品的大概。借助翻译软件或电子词典直接阅读作品，翻译和阅读同步，也是对过去翻译概念的一种冲击。"翻译"获得了更为宽泛的理解。这种借助翻译软件和电子词典进行的翻译阅读，完全是个人化的。译者（读者）的目的仅是为了自我阅读而翻译，因此，它可能不会留下译本形态，只是随译、随读、随灭。实际上，这种翻译形式类似于通晓外文的读者直接阅读原著的方式。所不同的是，网络外国文学读者经过了"翻译"程序才使阅读理解得以进行。能直接阅读原著的人毕竟不多，而通晓数种外文的更是凤毛麟角。因此，这种翻译、阅读一体化的方式，很有可能成为网络时代外国文学阅读的一种重要形式，由此也改变了传统的外国文学传播方式。

也许有人会说，非文学文本借助电子词典或翻译软件翻译可能问题不大，但针对文学文本可能就束手无策了。因为文学翻译并不是简单的语言转换，需要译者理解、阐释，挖掘文本里的艺术性和文化内涵，然后充分发挥艺术创造性，用另一种语言传达出来。文学文本的一个重要方面就是体现了语言艺术特点，通过语言来展示其审美魅力，正如俄国形式主义、美国新批评等文学批评理论家所界说的，文学语言是"陌生化"的、富有张力的、情感的、非陈述的，这些特点，使得翻译主体不仅需要具备语言解读能力，更需要情志、想象等审美感悟能力的参与。文学文本的"文学性"特质，如艺术意蕴、风格意味、语音象征意义等等，都是目前机器翻译无能为力的。这些都是事实。但是，虽然翻译软件、机器翻译在诗歌和戏剧翻译方面还困难重重，可在帮助读者阅读小说方面，则大有辅助作用。对于具有一定外文基础的读者，网上阅读外文作品，只要配备合适的翻译软件，就可以阅读。虽然不能像阅读译作那样顺畅，但如果新作品没有译本问世，这种机助阅读毕竟能帮助他们了解个大概。并且，网上直接接触原著，可以直观地获得对文本形式特征的感性认识。也就是说，机器翻译、翻译软件、汉化系统虽然不能取代人工翻译，但是，它们能在一定程度上弥补纸媒翻译文学传播方式的不足，帮助读者比较及时地获得新作品的文本特征、大概的内容等信息。

四、结语

过去人们所指称的"外国文学"实际上是指翻译文学，其原因就在于，绝大部分作家（读者）都是通过译作来接触外国文学的，这样，翻译文学才是外国文学的影响源文本。在网络时代，纸媒翻译文学不再是唯一的接受外国文学的媒介。网络技术的使用扩大了传统的"翻译"概念，翻译文学形态出现多元化特征。而随着网络翻译系统的完善，跨民族、跨文化的文学阅读会越来越便捷，中外文学关系也更趋复杂。网络既是创作、阅读、翻译、传播的文学场，也是一个川流不息、繁复无穷的文学流程。译介学研究和中外文学关系研究如何顺应文学翻译和传播方式的变化，拓展新的研究思路，这是在网络时代需要思考的新课题。

从政治的需求到文学的追求[①]

——略论 20 世纪中国文化语境中的小说翻译

如果从 1899 年林纾翻译出版《茶花女》算起,中国的小说翻译正好走过了一个世纪的历程。对于 20 世纪小说翻译研究,学术界研究得比较多的是这些翻译小说如何影响了我国本土文学(主要是小说创作)的形成和发展,但甚少研究、甚至基本忽视了小说翻译在整个 20 世纪中国所遭遇的独特经历:它所面临的中国固有文学观念的冲撞,它所受到的中国社会、政治、意识形态的制约,它所不得不作出的妥协和变形,以及在经过一个世纪的实践和探索之后,它目前为向小说翻译的本性——文学性回归所作的努力。本文拟从小说翻译与文化语境关系的角度,考察 20 世纪中国文化语境中意识形态、文学观念等因素对小说翻译的制约和影响。

20 世纪中国的小说翻译大致可以分为三个发展时期:从 1899 年到 1949 年为第一时期,1949 年到 1976 年"文革"结束为第二个时期,70 年代末至今为第三个时期。以下我们就分别对这三个时期中的小说翻译依次论述。

[①] 文本原载《翻译季刊》(香港),2000 年第 18、19 期(与谢天振教授合著)。

一

中国文学传统上小说的地位卑微,被认为是"小道",处在文化系统的边缘。19世纪末20世纪初,小说的地位一举扬升,不但成为"文学之最上乘",而且还担负起开启民智、济世救国的重任。

严复、夏曾佑在《本馆附印说部缘起》中提出,小说"其入人之深,行世之远,几出于经史之上,而天下之人心风俗,遂不免为说部之所持。"认为小说为"正史之根"。①康有为同年在《〈日本书目志〉识语》中又将小说作为"出经入史"的通俗化工具。②第二年梁启超的《译印政治小说序》中一方面解构"中土小说"的价值,认为"然自《虞初》以来,佳制盖鲜……综其大较,不出诲道诲淫两端";另一方面又在严复、夏曾佑"且闻欧、美、东瀛,其开化之时,往往得小说之助"的基础上对欧美政治小说的社会功能进行夸张性想象,虚构了欧美政治小说神话:"在昔欧洲各国变革之始,其魁儒硕学,仁人志士,往往以其身之所经历,及胸中所怀,政治之议论,一寄之于小说。于是彼中缀学之子,黉塾之暇,手之口之,下而兵丁、而市侩、而农氓、而工匠、而车夫马卒、而妇女、而童孺,靡不手之口之。往往每一书出,而全国之议论为之一变。彼美、英、德、法、奥、意、日本各国政之日进,则政治小说,为功最高焉。"③梁启超这种话语策略的文化意图显而易见:既然"中土

---

① 《本馆附印说部缘起》,《国闻报》1897年10月16日至11月18日。转引自陈平原、夏晓虹编:《二十世纪中国小说理论资料(第一卷)1897—1916》,北京:北京大学出版社,1997年。

② 康有为:《〈日本书目志〉识语》,《日本书目志》,上海:大同译书局,1897年。转引自陈平原:《20世纪中国小说史(第1卷)1897—1916》,北京:北京大学出版社,1989年。

③ 任公:《译印政治小说序》,载《二十世纪中国小说理论资料(第一卷)1897—1916》,北京:北京大学出版社,1997年,第37—38页。

小说""不出海道诲淫两端",而欧美政治小说又有如此之伟力,引入欧美政治小说就是非常合乎逻辑的选择。在梁启超的号召和带动下,政治小说的翻译成为晚清小说翻译的一个热点。梁氏的《译印政治小说序》以及1902年的《论小说与群治之关系》都是有意将小说翻译的价值取向定位在社会政治秩序的重建上,其关注点显然不在文学本身。

虽然梁启超对小说翻译的主张,本意是利用小说达到政治变革的目的,但他对传统小说的解构,为清末民初的翻译小说拓展了一个广阔的文化空间。

如果说梁启超对翻译政治小说的提倡标志着20世纪小说翻译社会政治化取向的开端,那么,林纾翻译的《巴黎茶花女遗事》则开启了小说翻译文学性追求的先河。以林纾为代表的一些翻译家,接触的外国文学作品越多,就越感到外国小说在叙事艺术上高超,觉察到中国小说的缺陷。如林纾就曾把狄更斯的《孝女耐儿传》、《块肉余生记》分别与《红楼梦》、《水浒》进行比较,比照中国小说在题材、艺术结构和人物塑造方面的不足。①至于周桂笙、徐念慈等清末民初的翻译家,在开始译介域外小说时,即"已是相当自觉地肯定域外小说的艺术价值,并以之作为中国小说创作的楷模"②。

20世纪初,文学期刊纷纷创刊,如《新小说》(1902)、《绣像小说》(1903)、《新新小说》(1904)、《小说世界》(1905)、《月月小说》(1906)、《小说林》(1907)、《小说时报》(1909)、《小说月报》(1910)等。这些文学期刊将刊载翻译小说作为刊物的一个主要内容。翻译小说逐年增多,在1902年到1907年间,翻译小说的数量甚至超过了创作文学。据研究者统计,1902年至1918年间,翻译

---

① 参见林纾:《〈孝女奈儿传〉序》、《〈块肉余生述〉前编序》。
② 陈平原:《20世纪中国小说史·第1卷(1897—1916)》,北京:北京大学出版社,1989年,第29页。

小说共有4千多种。①在1906年至1908年间，翻译小说甚至超过了创作小说。20世纪初中国翻译小说的盛况由此可见一斑。

政治小说翻译的热情在20世纪最初几年的高涨后就慢慢衰减。从小说翻译的数量上看，市民文化的兴盛为小说多元化的选择提供了读者的基础。翻译最多的作家是柯南·道尔、哈葛德、凡尔纳、大仲马和押川春浪。从国别上看，翻译小说中，翻译最多的是英国小说，近300种，远远高出其他国家。其次是法国、日本、美国和俄国等国的小说。

从文学观念上看，这一时期翻译家缺乏明确的文学意识，文学界和翻译界都没有承认小说的独立艺术价值（虽然1905年后，小说名著的翻译逐渐增多），再加上当时的译家外语水平普遍偏低，因此在小说翻译的择取上良莠混杂。译者大多根据市场的需求来选择译本，翻译的作品大多是外国三流的文学作品，外国名家名著翻译不多。当时的阅读风气和小说阅读的审美情趣还是以情节为中心，因此，译者在翻译时也迎合这种阅读风气，将原作中被认为与情节发展无关的部分删去。

意识形态对翻译方式的制约，主要表现在接受语境制约着翻译的择取和翻译的形态。顾及到政治意识形态因素及道德伦理观念等文学接受方面的原因，大多数译作对原作的情节、叙事结构等方面都存在严重的增删、改译现象。梁启超翻译的《佳人奇遇》中有关中国志士反抗清政府的言论被康有为责令删去；林纾翻译的哈葛德的《迦因小传》的足译本遭到激烈的抨击；《毒蛇圈》译本中为维护"孝道"而凭空添加文字……此类现象在清末民初的小说翻译中屡见不鲜。时代语境要求译者"务使合于我国民之思想习惯"，因此

---

① 见樽本照雄：《清末民初的翻译小说》，王宏志编：《翻译与创作——中国近代翻译小说论》，北京：北京大学出版社，2000年。

"凡删者删之，益者益之，窜易者窜易之"①。

意识形态因素对翻译的影响还表现在对翻译小说的社会价值意义阐释。尽管侦探小说、言情小说、科幻小说等被大量翻译过来，但在说明翻译小说价值的时候，译者都还是强调其社会教化作用。②虽然译者并不都是真的这样认为，但似乎不将译作与社会教化意义相联系，翻译小说就失去了真正的价值。小说（包括翻译小说）被当时的意识形态看成是作为社会教化最通俗、最便利的工具。③

"五四"新文学时期对小说的"文学性"价值的认识明显增强。纷纷创建的有着不同文学主张的文学社团及其机关刊物，促使了新的小说翻译多元化时代的到来。《小说月报》以及《创造》、《创造周刊》等新文学社团的刊物增强了小说翻译领域里的文学意识因素，在争夺读者阅读空间的斗争中，逐渐迫使言情小说、侦探小说、科幻小说向边缘位移。

文学研究会有计划、有重点翻译介了俄国、法国以及北欧和东欧的现实主义和浪漫主义文学名著，及时介绍外国文学动态。成立于1921年7月的创造社从1922年至1929年译介了浪漫主义、象征主义、未来派、表现派等，特别是在西方浪漫主义文学的译介方面尤为突出。鲁迅领导组织的未名社以译介外国文学为己任，尤其是

---

① 海天独啸子：《〈空中飞艇〉弁言》，民权社，1903年。
② 刘半农在中华书局1916年出版的《福尔摩斯侦探案全集》的"跋"中极力突出侦探小说的教育意义："……此种书籍，又为社会与世界之所必需……则惟有改变其法……托诸小说家言……启发民智之宏愿，乃得大伸"。并说："此是科南道尔最初宗旨之所在。"
③ 这一点倾向在康有为的《〈日本书目志〉识语》就很明显："仅识字之人，有不读经，无有不读小说者。故六经不能教，当以小说教之；正史不能入，当以小说入之；语录不能喻，当以小说喻之；律例不能治，当以小说治之。"梁启超随后在其著名的《论小说与群治之关系》提出的"小说界革命"主张其核心观念就是利用小说用来"改良群治"、"开启民智"。

注重俄苏文学的译介。

正如有学者提出的,这是个以"科学、提倡民主与科学"为主题的"共名"时期。①小说翻译自然也依从了时代主题的需要。"文学的启蒙"让位于"启蒙的文学"。"为人生"成为小说翻译的价值取向。因此,"弱小民族"的文学作品以及俄苏文学作品成为译介择取的重要目标。著名小说家屠格涅夫、列夫·托尔斯泰、陀思妥耶夫斯基、契诃夫、高尔基、安特列夫、阿尔志绥夫、果戈理、法捷耶夫等人的小说都陆续翻译过来,并笼统地以"为人生"的阐释模式将其纳入主流话语系统中。

二三十年代除大量翻译俄国、法国、日本、英国等国家的文学作品外,还翻译了希腊、美国、丹麦、意大利、波兰、西班牙、比利时、印度、瑞典等国的文学作品。邓南遮、安徒生、辛克莱、杰克·伦敦、霍桑、显克微支等著名作家的作品都有不同程度的译介。

1937年"七七"事变爆发。抗战军兴,大批作家、翻译家投身于民族救亡运动。抗日战争进一步强化了中国传统、特别是20世纪初开始的社会政治关怀的情结。因此,从抗战开始的反映战争和反法西斯题材的小说翻译以及随后的俄苏文学翻译的主导性地位得到了进一步强化,成为小说翻译的主流。

总体上看,从20年代末到抗日战争爆发之前,还是一个"无名"的时代,没有一个主导性的时代主题,也没有形成一元化的意识形态和文学观念,因此文化语境对翻译小说的择取存在多元化的价值取向。在小说翻译的择取上,也出现了多元化选择的特征。二三十年代对心理分析小说、新感觉派等现代主义小说的翻译,以及

---

① 陈思和:《共名与无名》,《陈思和自选集》,桂林:广西师范大学出版社,1997年。

三四十年代的言情小说、通俗小说的翻译①可以看成是小说翻译以文学性为本的这条线索的延续。虽然是多元化选择，但只有那些反映了时代主题的作品，才被主流文化和主流文学所认同。30年代以后，很多译者追求与主流意识形态的认同而放弃自己的文学追求，因此，在翻译择取上尽量挑选贴近时代主题的作品。从译介的热情和翻译出版的数量上看，与社会现实密切相关的作品，特别是俄苏小说翻译逐渐占据主导地位。

辛克莱作品的翻译就是时代翻译择取准则的一个典型事例。从1928年开始，辛克莱成为最受翻译界青睐的作家。从1928年到1937年，对辛克莱作品的翻译达到高潮，除报刊刊译外，辛克莱作品中译达30余种作品，其中有些再版、重印了多次。郭沫若一人就翻译了《石炭王》、《屠场》、《煤油》。辛克莱的作品没有很强的文学性，其文学声誉也并不很高，辛氏之所以在红色30年代获得了这样高的文学地位，还是因为其作品中的革命话语契合了时代的需求，被认为表现了"时代精神"，而"没有时代精神的作品是没有伟大性的"。②

针对20世纪中国文化语境来说，理想的翻译小说是既要符合"启蒙的文学"的社会内涵，又要满足"文学的启蒙"这种审美建构，即政治需求和文学追求相一致。但往往这两种需求并不能调和。更多的时候政治需求和文学追求形成的是两种反向作用力，二者必居其一。小说翻译就是在这两种张力中权衡、徘徊，往往时代

---

① 例如美国通俗小说家玛格丽特·密切尔：《飘》自从1943年10月傅东华翻译过来后(上海龙门联合书局，1948年10月8版)，多次再版，并出了几种节译本，美国通俗小说家巴罗斯的《野人记》（泰山历险记）从1925年到1948年巴罗斯泰山系列作品中译本达43种之多，其中还有不少译本再版和重印了多次，通俗小说家范·戴恩(S. S. Van Dine)的侦探小说有14部翻译成中文，程小青一人就翻译了10部。

② 麦克昂(郭沫若)：《桌子的跳舞》，《文学运动史料选》(第2册)，上海：上海教育出版社，1979年，第99页。

的政治需求成为小说翻译择取的首要准则,即"外国文学作品的思想性是决定介绍与否的一个重要的条件"①,小说翻译的文学性追求只能退居其次。

二

如果说 20 世纪上半期外国小说翻译主要是对文学规范的形成起到了刺激、借鉴作用,那么在 20 世纪下半期②的前 30 年时间左右,即从 50 年代到 70 年代,外国文学翻译也被纳入到建构和加强文学规范的系统之中。1949 年中华人民共和国建立,马克思主义政治意识形态得以强化,在文艺上则是进一步巩固延安文艺座谈会后形成的新的文学规范。政治意识形态强有力地操控着文学艺术的生产,而文学艺术也逐渐迎合政治意识形态的需要,成为强化意识形态话语系统的工具。与 20 世纪上半期不同的是,1949 年之后,中国已逐渐建立起比较稳固的一元化意识形态,在文化系统中占据了支配和统治地位。小说翻译不仅在整个文化系统建构中处于边缘位置,即使在文学系统中也只能处于次要的位置。③翻译小说作为服务于政治意识形态价值取向的工具性地位进一步加强。因此,从 1949 年到 1976 年"文革"结束,小说翻译文学的政治意识形态化色彩日趋浓重。那些被认为无助于意识形态建构和丰富自身话语空间的外国小

---

① 卞之琳、叶水夫、袁可嘉、陈燊:《十年来的外国文学翻译和研究工作》,《文学评论》,1959 年第 5 期,第 42 页。

② 由于政治意识形态方面的原因,中国大陆和港台文学翻译的文化语境不同,因此在翻译择取上有相当程度的差异。因此本文 20 世纪下半期的小说翻译讨论仅以中国内地的小说翻译为对象。

③ 1949 年之前的文学史著作中,都辟有专章论述翻译文学,而 1949 年之后各种文学史教材则不提翻译文学。其中的一个深层原因,就是认为中国新文学已经基本确立,翻译文学其实就是外国文学,自然不能在其中占一席之地。

说就被抛掷在翻译视域之外。文化过滤表现为由政治意识形态来进行择取,成为20世纪小说翻译第二个时期最主要的翻译准则。

1949年后,政治上"一边倒"的政策使中国在意识形态上与苏联具有较大的趋同性。因此1949年之后俄苏小说的翻译种类和数量远远超过其他国家。除重印新中国成立以前的俄苏文学旧译之外,俄国古典文学作品又出了新译本和修订本。有的名家名著,如《战争与和平》、《死魂灵》、《静静的顿河》等出版了数种新译本。重要小说家的多卷本作品集也开始翻译出版。从1949年10月到1958年12月止,我国翻译出版的俄苏文学作品共3526种,占这一时期翻译出版外国文学艺术作品总数65.8%强。[1]俄苏小说占据了文学翻译的中心位置。

基于类似的原因,亚非拉国家的小说翻译得到了加强。朝鲜、越南、阿尔巴尼亚、罗马尼亚、印度、印度尼西亚、埃及、黎巴嫩、约旦、巴西、阿根廷、墨西哥、古巴、埃塞俄比亚、马达加斯加、南非等国家的小说也有了中译。虽然这些国家小说翻译的数量和品种上不及欧美翻译小说,但这并不说明五六十年代对欧美小说的更为重视,而是以上这些国家小说实在不发达,难以提供更多值得翻译的作品。

至于欧美小说的翻译,关注点则集中在古典名家的作品,如塞万提斯、拉伯雷、巴尔扎克、雨果、司汤达、狄更斯、哈代等人的作品。日本文学的翻译主要是小林多喜二、德永直、宫本百合子等日本无产阶级作家以及志贺直哉、井上靖、夏目漱石等人的小说。这些作家之所以具有译介的合法性不在于他们的作品表现出的艺术性,而关键在于他们的作品在具有高度艺术性的同时更具有可供译者作出符合时代翻译准则解说的空间,即具有"反封建"或"揭露

---

[1] 卞之琳等:《十年来的外国文学翻译和研究工作》,《文学评论》,1959年第5期,第47页。

了资本主义制度的残酷和罪恶"等等内容。

五六十年代的美国小说翻译更充分征示了政治意识形态对翻译择取的决定性意义。马克·吐温、杰克·伦敦、德莱塞、马尔兹、法斯特这样几位被认为是进步的、批判现实主义的作家的小说成为美国小说翻译的重点。他们的作品翻译得最全面,品种和数量也是其他美国小说家难以望其项背。马尔兹、法斯特的小说还曾一度出现"抢译"现象。与此形成对照的是霍桑、海明威、亨利·詹姆斯、菲茨杰拉德、福克纳等著名小说家的作品遭到了极大的冷落。

五六十年代小说翻译的一个突出的现象就是一方面重视苏联和其他社会主义国家现当代小说的翻译。五六十年代中国保持了对苏联当代小说追踪式的翻译,其中也不乏三四流的小说;而另一方面,极为丰富的欧美现当代小说却遭到了有意的忽视。西方现当代小说不仅在意识形态上与主流意识形态相冲突,其现代主义的创作手法也与主流文学观念相抵触,因此理所当然地被时代翻译准则排斥在译介的边缘,甚至完全处在译介视野之外。二战后出现的如荒诞派、存在主义、垮掉的一代等现代派文学作品的译作,总共有十几种,由作家出版社和中国戏剧出版社以"内部发行"的形式出版(因这类书封面均为黄色,世称"黄皮书")。①

---

① 在"左倾"思潮愈演愈烈的60年代居然出现了以上这些现代派文学的译介,尽管带有浓厚的批判色彩,还是令人颇感意外。深入了解一下当时的社会文化背景,就明白了个中的缘由。从1959年后期,周恩来、陈毅等党中央领导人针对文坛的极左倾向召开了一系列文艺工作会议,强调要尊重艺术规律,正确理解文艺与政治的关系,反对动辄上纲上线,乱扣帽子,主张给作家题材选择的自由和艺术问题探讨的自由。虽然这些意见不可能被全面理解和落实,但在一定程度上还是起到了纠偏的作用。特别是在1962年4月中共中央批转了文化部党组和全国文联党组共同提出的《关于当前文学艺术工作若干问题的意见》(草案)(即"文艺八条"),其中提出,"西方资产阶级的反动文学艺术和现代修正主义的文艺思潮"也"应该有条件地向专业文学艺术工作者介绍"。正是因为有了这样稍稍宽松的文艺政策才有对加缪、克鲁亚克、塞林格、萨特、贝克特、艾特玛托夫、卡夫卡、艾略特等"英美帝国主义"和"苏修"现当代作家和文学理论家的译介。

与欧美现当代小说相比,亚非拉国家的小说在世界文学系统中只是处于边缘和"弱势"地位。五六十年代中国没有选取艺术性强的欧美现当代小说,而是热心翻译那些处于边缘和"弱势"地位的外国文学,这明显不是出于文学的需要。热情翻译苏联、越南、阿尔巴尼亚、朝鲜、罗马尼亚、古巴等社会主义国家作家作品以及欧美被判定为"具有进步性、革命性"作家的小说,一方面是表示政治意识形态的一种亲和关系,另一方面是对自我意识形态的肯定,强化意识形态话语。

同时值得注意的是,大量译介的俄苏小说,依然经过了政治意识形态准则的过滤和筛选。在古典小说方面,以陀思妥耶夫斯基为例,《穷人》、《被侮辱与被损害的》的再版、新译远较《卡拉马佐夫兄弟》、《罪与罚》多。穆木天在《关于外国文学名著翻译》中就曾说:"我们要清理市场上的那些有反动性的文艺作品的译本(譬如纪德、罗狄等等译本①)当然一切的黄色文艺译本是一包在内的。……出版家应当自动地停印对人民有害的文艺作品的译本。就如陀斯陀也夫斯基的'兄弟们',也应在停印之列。"②在当代小说方面,帕斯捷尔纳克的《日瓦戈医生》、邦达列夫、扎米亚金等作家作品,要么译本只能内部发行,要么完全排除在译介视野之外。

从50年代末开始,文艺政策愈来愈"左倾",文学艺术逐渐被纳入"以阶级斗争为纲"的政治轨道,成为政策宣传和政治意识形态利用的工具。外国作家的阶级出身和作品的政治思想倾向性成为文学翻译择取的重要标准。文学翻译政治化的择取标准使外国文学翻译的范围越来越小。

---

① 穆木天本人曾翻译过纪德的《窄门》(北新书局1928年出版),另一个译本是卞之琳1944年翻译的。

② 穆木天:《关于外国文学名著翻译》,《翻译通报》第3卷第1期,1951年7月15日。

60年代,政治斗争形势日益严峻,文学文艺越来越受到政治意识形态的控制,文学翻译的数量也逐渐减少,1965年译介外国文学的专业性刊物《世界文学》也被迫停刊。"文革"爆发后,一切文学艺术活动几乎完全停止。1970年4月,在姚文元的策划下,上海的写作班子抛出了《鼓吹资产阶级文艺就是复辟资本主义》的文章,宣扬:"古的和洋的艺术,就其思想内容来说,是古代和外国的剥削阶级的政治愿望和思想感情的表现,是必须彻底批判和与之彻底决裂的东西"。这篇文章的观点实际上代表了整个"文革"时期极左意识形态对一切中外文学遗产的否定态度。从上面文革时期翻译出版的考察可以看出,直到1972年才开始出版外国翻译作品,尽管大多是内部发行。主要是因为毛泽东对当时的文艺状况不满,表示"希望有更多的好作品出世"①,在周恩来等人的努力下,对文艺的极左意识形态控制有所松动,另外"四人帮"集团觉得可以利用外国作品来做武器,变相地为自己政治阴谋服务。

70年代前期公开出版了6部苏联当代著名作家的作品,其中有高尔基的《人间》、《母亲》、法捷耶夫的《青年近卫军》、尼·奥斯特罗夫斯基的《钢铁是怎样炼成的》②、绥拉菲莫维奇的《铁流》。日本著名无产阶级作家小林多喜二的小说受到特别重视,翻译了《沼尾村》、《蟹工船》和《在外地主》。这些作品都被认为是真正的无产阶级革命文学。此外还翻译了阿尔巴尼亚、朝鲜、越南等社会主义国家的小说集,其中有《老挝短篇小说集》、《阿尔巴尼亚短篇小说集》、朝鲜《朝鲜短篇小说选》、《越南南方短篇小说集》以及《越南短篇小说集》等。

---

① 参见《人民日报》1971年12月16日。
② 《钢铁是怎样炼成的》人民文学出版社在1976年出了两种译本,一是梅益旧译本,二是由黑龙江大学俄语系翻译组和俄语系72级工农兵学员翻译的新译本。

"文革"后期开始以"内部发行"的形式有限制地出版翻译作品。①苏联小说方面有《人世间》(谢苗·巴巴耶夫斯基著)、《你到底要什么?》(弗·阿·科切托夫著)、《多雪的冬天》、《他们为祖国而战》(肖洛霍夫著)、《白轮船》(钦吉斯·艾特玛托夫著)、《普隆恰托夫经理的故事》(维·利帕托夫著)、《绝对辨音力》(谢苗·拉什金著)、《苏修短篇小说集》、《热的雪》(尤里·邦达列夫著)等。所选的都是苏联当代文学作品,这种在表面上与50年代相似的跟踪式翻译,不是为了文学,而是将苏联小说作为反面教材,为了政治批判提供最新的、生动批判材料,因此有论者称之为"逆向对应"现象。②

1949年后一直受到冷遇的日本文学"内部发行"发行了11部。③1974年以后,以内部发行的形式开始出版美国小说,共翻译出版了5种美国小说。④除此之外,1973年11月创刊的内部发行刊物《摘译》到1976年12月也发表了苏联、日本、美国中长篇小说梗概和短篇小说。从内部发行量看,苏联文学作品占第一位(24部),其次是日本文学(11部),再次是美国文学5种7部。从总体

---

① "内部发行"是对作品的一种政治定位标签,是在特殊年代对外国文学既否定又利用的一种特殊现象。相对于大量没有译介的作品,内部发行翻译作品之所以能够被翻译过来,说明作品本身具有现实批判和政治利用的价值。

② 参见陈建华:《20世纪中俄文学关系》,上海:学林出版社,1998年,第234—238页。

③ 小说方面有三岛由纪夫《忧国》、《丰饶之海》四部曲之《天人五衰》、《晓寺》、《奔马》、《春雪》;户川猪佐武的《党人山脉》、有吉佐和子的《恍惚的人》;小松左京的《日本的沉没》;堺屋太一《油断》等。

④ 其中包括《美国小说两篇》(理查德·贝奇:《海鸥乔纳森·利文斯顿》和埃里奇·西格尔:《爱情的故事》)(上海人民出版社,1974年3月)、尤多拉·韦尔蒂:《乐观者的女儿》(叶亮译,上海人民出版社,1974年11月)、内德·卡尔默:《阿维尔马事件》(馥芝译,上海人民出版社,1975年4月)、赫尔曼·沃克:《战争风云》(石韧译,人民文学出版社,1975年11月)以及詹姆斯·A·米切纳:《百年》(《摘译》增刊,庞渤译,上海人民出版社,1976年6月)。

上看苏联文学依然占据译介的首位,在17年间翻译数量少的日本和美国小说却成为翻译的重要对象。

除对越南、朝鲜等社会主义国家的作品是正面译介接受外(主要是表示政治意识形态和国家间的亲和关系,并没有多大文学借鉴和交流意义),对苏联、美国和日本小说的翻译则是为了达到政治目的,是政治化利用。这从翻译择取特点可以看出来。

"文革"时期翻译出版的外国文学作品基本上都是外国现当代作品,因为择取的目的是为当下的政治斗争服务,古典文学很难达到这个目的。政治化的文学翻译有一个显著的特点,即所译皆有导读文字。当然不是引导读者作文学欣赏,而是引导他们作政治化的读解,防止读者产生文学化的"误读",作文学欣赏。几乎所有重点翻译过来的作品,都配有措辞激烈、政治色彩浓重的编译者前言或评论。

"文革"时期苏联小说翻译在数量上之所以超出其他国家,主要是它满足了两方面的需要,一是批判苏联社会现实,二是借"批苏联修正主义"作影射"批走资派"。这也就构成了对苏联当代文学译介择取的标准,只要能满足其中一条就翻译过来。70年代初翻译过来的苏联当代作品,还有肖洛霍夫的《他们为祖国而战》、艾特玛托夫的《白轮船》、利帕托夫的《普隆恰托夫经理的故事》、邦达列夫的《热的雪》等在思想和艺术上堪属上乘的作品。这并不是译者在高压政策下作出的"偷渡",而是出于统治集团的政治需要。对译介决定者来说,作品具有较高的艺术性,也就意味着它具有更多的政治可利用性。如《白轮船》的出版前言就指出,这部小说宣扬了资产阶级的人性论和人道主义,点明其翻译意义在于"透过现象看本质,我们在'善'与'恶'的背后,却看到苏修社会的极其尖锐的阶级矛盾和阶级斗争"。①

当时不明个中隐情的文学青年对这种译介作品的范围、种类表示不满,希望《摘译》译介一些"在苏修、美国和日本有代表性的作品"。《摘译》的编者在《答读者——关于〈摘译〉的编译方针》中明确表示:《摘译》的"主要任务是通过文艺揭示苏、美、日等国的社会思想、政治和经济状况,为反帝和批判资产阶级提供材料;所发表的作品主要是根据这个原则选定的"。所以,"《摘译》所发表的作品除少数属于进步和革命文艺外,大部分是毒草,是帝国主义的文艺、资产阶级的文艺"。②

安德列·勒菲弗尔(André Lefevere)指出:"意识形态经常是由赞助人,即委托和出版译作的人和机构,而得以强化。"③文革时期的文学翻译是极端政治意识形态化的翻译行为,译者已没有了翻译选择的权利,无论是译介苏联文学还是西方资本主义国家的文学,其文化动机和指导倾向都是政治利用,所以从主观上说,谈不上文学审美的成分。但是,文学文本自身所内含的审美价值和具有的多重阐释性阐释空间并不是动用国家机器就可以彻底清除和改变的。用政治意识形态话语扭曲和遮蔽的译作中的某些意蕴在个体的解读过程中会出现与主导意识形态不尽相符或者完全背离的东西,尽管翻译决策者由于只关注其政治可利用性而忽视了其可能的文学潜在效应。正是这一个"疏忽",使得读者有可能进行创造性背叛,作出自己的解读。因此,虽然这些"内部发行"的翻译出版物的目的是为政治批判用,但由于读者的叛逆性接受,这些供政治批判用内部

---

① 任犊:《在"善"与"恶"的背后——代出版前言》,载《白轮船》("内部发行"),雷延中译,上海:上海人民出版社,1973年7月,第1页。

② 《摘译》,1976年第1期,第171—173页。

③ André Lefevere, ed. *Translation/History/Culture: A Source Book*, London: Routledge, 1992, p.14.

发行出版物客观上为读者追踪、了解苏联等国当代文学的发展提供了信息，成为80年代文学变革的参照对象和文学积淀。

三

任何时代的文学翻译总是受到译入语文化系统各元素的影响和制约。因此，文学翻译就像一个风向标，译介择取视点的转移标志着译入语文化系统内部的变化。八九十年代是中国大陆结束"文革"、社会发生深刻变革的历史转型新时期。[①] 从文学翻译上看，这一时期，外国现当代文学从译介的边缘进入翻译视野，逐渐取代了俄苏文学翻译的主导性地位，跃居文学翻译的中心，成为文革后对中国大陆最有影响的翻译文学类型。20世纪最后20年中国内地的小说翻译，不仅反映了意识形态和文学观念对外国文学接纳空间的大小和迎拒、取舍的态度，也生动地征示了整个20世纪的小说翻译从政治需要向文学性追求回归的努力。

70年代末中国社会进入到一个新的转型时期。"文革"十年对人性的残酷扭曲，对文学价值的彻底异化，促使了新时期文学对"人"的反思和"文学"的反思。"文学是人学"的命题重新得到阐扬。"文学是人学"在新时期是在两个维度上展开。一是对人的生存状态的关注，对人性的探索，对人道主义的呼唤。"伤痕文学"、"反思文学"的出现就是这种文学主体意识的表现。二是在创作反思文学同时，也开始了对文学的反思。新时期作家逆反于极左文学观念和"伪现实主义和伪浪漫主义"的创作方法，试图突破陈旧的文学观念和滞重的叙述模式，从而将文学的灵魂"文学性"招回。卢卡

[①] 新时期是指中国大陆结束"文革"而开始的文化转型的时期。新时期既是个时间概念，也是一个文化概念，具有特定的历史内涵。为了论述方便，本文沿用这个术语。

契曾说:"一旦文学发现自身出现危机,它就会有意识或下意识地寻求一条出路。"①这也正是埃文-佐哈(Itamar Even-Zohar)所指出的一个文学转型和感到自身存在危机的时期。②外国现当代小说之所以能在新时期短短20年里从文学译介的视野之外进入翻译视野,并进而占据翻译文学的中心位置,正是这些小说中的文学因素契合了新时期文学变革的发展需求。

但在"文革"后的最初几年,极左意识形态依然导控着思想文化界,陈旧、僵化的文学观念和创作模式依然盛行。现实主义被认为是文学创作的唯一正确的创作方法,同时也是衡量外国文学价值标准的一个尺度,因此也成为制约翻译择取范围的"翻译规范"(translational norms)。刚刚复苏的国内外国文学研究界的研究视域还小心翼翼地局限在莎士比亚、托尔斯泰、巴尔扎克、罗曼·罗兰这些经典作家的作品上。现当代小说,特别是现代主义作品,与中国读者暌隔了三十多年。这不仅是时间上的距离,更征示着文化心理和文学观念上的隔阂。现当代小说中的现代意识、对传统价值观念的怀疑、对人性黑暗一面的揭示以及"新、奇、怪"的现代主义创作手法,③不仅与时代文化心理相悖逆,也与受政治意识形态强化并上升到政治意识形态意义的现实主义创作原则和读解模式形成极大反差。外国现当代小说的译者与其他现代主义文学的译者一样,都面临着意识形态和文学观念两方面的问题:一是如何避免与当时还比较僵化的政治意识形态发生直接的冲突,以免遭政治上的险祸;

---

① 卢卡契:《卢卡契文学论文集》(二),北京:社会科学文献出版社,1981年,第453页。

② Itanar Even-Zohar,"The Position of Translated Literature within the Literary Polysystem,"in *Literature and Translation:New Perspectives in Literary Studies*, eds. Holmes, Lambert & Broeck,1978,p.121.

③ 新时期初期文学界大多以"新、奇、怪"来概括外国现代主义文学的特点。

二是采取何种手段来消解文学读解层面的审美距离,从而使现代主义文学进入读者的阅读视野。译者普遍采取了两种翻译策略,即在作品的社会认识价值层面,强调其对美国资本主义社会"黑暗、腐朽"的揭露和批判意义,突出其现实主义意蕴;①在美学层面突出现代派作品的创作手法对现实主义创作的借鉴意义。通过灵活采取这两种翻译策略使翻译合法化,取得时代翻译准则的认同。新时期初期还常常有这样一种奇特的现象:译者在译作前言、题记之类的文字里,对所译的作品进行批判或否定。②这让人迷惑不解:既然否定翻译对象的价值,那翻译的意义又何在?实际上这也是特定的时代语境下,译者为了不与主流意识形态或主流文化发生尖锐冲突而采取的一种自我保护的翻译策略。原因在于,所译作品既没有可供译者作现实批判意义阐释的成分,而其创作手法之新奇、怪异,又很难纳入现实主义框架,也就谈不上为现实主义提供借鉴。针对这种情况,译者就采取既译介又批判的方式,以对翻译对象的批判来掩饰自己与主流文学观不相符的具有超前性的审美倾向,作审美偷渡。在严峻的意识形态和僵化的文学观念占主导地位的文化语境下,译者总是根据所译作品的具体情况,灵活采取不同的翻译策略

---

① 赫尔曼·沃克的长篇小说《战争风云》"文革"后转为公开发行,畅销一时。当时有论者表示不满,认为该作品不是现实主义的作品,而是新型传奇。《战争风云》的译者之一施咸荣先生特地撰文与之辩论,肯定其为现实主义作品。之所以将这部小说作这样定位,主要是因为作品有了"现实主义"的品质才符合译入语的时代翻译准则,因而也就具有了翻译合法性。这些在现在看来似乎没有必要的争论却生动地征示了当时文学翻译的时代语境特征。参见《读书》1979 年第 5 期,1980 年第 2 期,1980 年第 7 期各期上面施咸荣和何满子的争鸣、商榷文章。

② 1979 年《外国文艺》刊登了约翰·巴思的《迷失在开心馆中》。译者吴劳在题记中就否定巴思的"实验"方法,认为这部作品文风晦涩,内容空虚,是"只不过以弗洛伊德的精神分析学为基础,颇为枯燥地写一个少年的青春期觉醒"的"文字游戏"。

使文学翻译合法化,①并根据意识形态和文学观念的变化不断调整翻译策略和评介态度。

  以《这里的黎明静悄悄》为例。《世界文学》在被迫停刊的 11 年后,于 1977 年以内部发行的形式重新与读者见面,主要还是翻译朝鲜、罗马尼亚、日本、印度、巴勒斯坦、巴西等国家文学作品。但也引人注目地在第一、二期上连载了苏联鲍·瓦西里耶夫的《这里的黎明静悄悄》。因为在苏共二十五大上勃列日涅夫在大会报告中不点名地称赞了《热雪》、《生者与死者》《这里的黎明静悄悄》这三部作品,所以,翻译刊载这部作品是把它作为"为社会帝国主义效劳的""修正主义文学标本"供批判用的。译者王金陵在同期

---

① 《世界文学》恢复公开发行的第一期(1978 年 10 月),编者在《致读者》中,就运用了多重策略,来申说译介的合法性:

  "现代资本主义世界的文学是一种数量众多、情况复杂的现象,六十年代以来西方文学又有了新的变化和发展,情况更为复杂。从总体和本质来看,西方现代资本主义文学是资本主义没落时期的产物,它的总的趋势是衰微、没落,但是具体分析,情况就不那么简单。西方现代文学中确实有着大量颓废、反动、海盗海淫、低级下流的东西。但是也还有着不少作家保持着民主主义和欧洲古典文学的传统,在创作中对资本主义社会和资产阶级生活方式采取了揭露和批判的态度,反映了人民要求改变现状、要求进步的愿望。还有些作家,他们在思想上和艺术上受到了现代资产阶级的颓废倾向和反动思潮的影响,在创作上有着这样那样的毛病,但是却从不同的角度暴露了资本主义社会的矛盾,表现了对现实的不满和反抗,其中有些作品的艺术形式新颖独特,还有值得借鉴的地方。就是那些思想颓废、甚至反动,艺术形式荒唐奇特的作品,其中有些是反映了资本主义社会的不合理的病态的现象,有些也多多少少表现了对于资本主义制度的不满。为了认识西方世界资本主义没落的趋势和某些阶层的没落的心理状态和精神危机,为了增长世界文学的知识和了解西方文学的发展的状况,这一类文学也可以适当地让我国读者见识见识,开开眼界。"

  这段精心措辞的文字很生动地表征了 20 年前译介者的世界文学视野与当时的文化语境之间存在着错位和潜在冲突。译介者只能将译介世界文学的急迫心情化解在人们谙熟的政治惯用话语之中,左支右绌、曲达其意。只要深入了解当时的并未完全解冻的政治气候,就可明白这一段文字充分表现了编者的文学识见和学术胆识,也可体察编者的良苦用心。

也囿于形势,发表了对《这里的黎明静悄悄》的批评文章《评〈这儿的黎明静悄悄〉》,认为瓦西里耶夫的这部中篇小说充斥着"双料的思想毒素:既有和平主义的陈词滥调,又有军国主义的思想渗透;既有人性论的说教,又有战争的鼓吹",是"适应勃列日涅夫集团奉行的社会帝国主义政策需要的一株毒草"。而在 1980 年湖南人民出版社出版的《这里的黎明静悄悄》①单行本的译后记中,译者也悄悄地调整了对这部作品的评价,认为这部作品是"严格按照生活本身的逻辑来构建小说的骨架,塑造人物的性格",缺点是有弥漫着的"感伤主义的情绪","给人以悒郁和压抑的感觉","至于苏修统治集团的表彰,那又当别论。"从中可以看出文化语境的逐渐变化。

新时期外国小说翻译最突出的特点,就是译介视野真正具有了世界性,展现了世界文学的广阔图景。与50—70年代的小说翻译相比,八九十年代的外国小说翻译呈现出以下几个特点。

一、小说翻译选择的全方位性。五六十年代小说翻译主要集中在俄苏等社会主义国家小说和欧洲经典作家作品上。翻译选题在面上虽然显得较广,但实际上有很大的局限性,即翻译选题以意识形态为潜在标准,致使大量欧美现当代文学的经典之作付之阙如。70年代末开始的小说翻译首先表现了在地区国家和小说题材、风格、流派上的多元化选择。20世纪最后的20年间,世界重要的当代小说几乎都有了中译本。20世纪前70年译介较少或完全忽视了的外国现当代文学名家,如卡夫卡、海明威、福克纳、萨特、川端康成、索尔·贝娄、赫勒、尤金·奥尼尔、普鲁斯特、伍尔芙、乔伊斯、劳伦斯、艾特玛托夫、邦达列夫、托马斯·曼、加缪、冯尼格、艾·巴·辛格、契弗、罗伯·格里耶、加西亚·马尔克斯、巴尔加斯·

---

① 刊载时的译名为"这儿的黎明静悄悄"。1980年出单行本时,改为"这里的黎明静悄悄"。

略萨、米·安·阿斯图里亚斯、博尔赫斯等作家的小说成为这一时期译介的热点，很多作品都有数种译本。

二、注重以文学性和审美价值为翻译择取标准。新时期的美国小说翻译的文化语境在意识形态方面比五六十年代要宽松得多。在翻译准则上，翻译的政治化标准为审美原则所取代。译介择取具有开放性特点，不惟是否是现实主义作品，各种小说流派的作品都有译介。

三、从文学影响上来看，海明威、福克纳、索尔·贝娄、契弗、约翰·巴思取代了马克·吐温、斯坦贝克、辛克莱、杰克·伦敦等作家；陀思妥耶夫斯基、艾特玛托夫、瓦西里耶夫、邦达列夫、雷巴科夫取代了托尔斯泰、高尔基、肖洛霍夫、奥斯特洛夫、法捷耶夫；卡夫卡、黑塞取代了歌德；吴尔芙、劳伦斯、乔伊斯、萨特、加缪、新小说派作家等现代小说家取代了巴尔扎克、狄更斯、雨果、司汤达、罗曼·罗兰等经典现实主义小说家；拉美当代小说取代了越南、朝鲜等其他亚非拉国家的小说。

外国现当代小说之所以在八九十年代产生重大的影响，一方面是因为外国现当代小说，特别是现代主义小说，在关注人的心理层次、探索心灵世界方面，契合了时代的反思主题；另一方面，外国现当代小说的叙述结构方式给新时期作家以新的启示，为新时期开始的文学本体的反思提供了参照，因而从文体革新上回应"文学是人学"的命题。时代文学的内在要求成为促动美国小说翻译的"休耕的土壤"。

20世纪中国文学在很长的一个历史时期与世界文学形成一种错位现象。这种错位现象反映在小说翻译方面，就是以社会政治需求为翻译标准，而有意无意地冷落文学性的追求。

20世纪中国文化语境中的小说翻译在社会政治需求和文学追求所营构的坐标中不断地调整着自己的位置。这两条轴线构成了两股无形的牵制力量,左右着翻译的选择和翻译文学的发展形态。

文化翻译与翻译文化[①]

英国作家吉卜林曾说:"东方是东方,西方是西方,二者永不相遇。"如今,东西方不仅相遇了,而且随着经济全球化程度的加深,东西方的经济、文化等方面的交往日益频繁。翻译在其中担当了重要的文化沟通作用。稍稍驻足打量一下我们的当代生活,从国际化视野的形成到生活方式的转变,从国外讯息的及时传播到书刊的翻译出版,从商务谈判到商品标牌译名,从外文影片的字幕翻译到日常生活的外来语,翻译无所不在。

当代译学研究的发展,加深了人们对翻译的认识。翻译并非仅是两种语言文字的转换,其背后潜含着两种文化的遇合际会、冲突协商。中国历史上出现过四次外来文化翻译高潮,即汉唐时期的佛经翻译、明末清初的科技翻译、近现代的西学翻译和20世纪80年代后出现的前所未有的大规模翻译活动。这四次翻译高潮对中国文化发展的影响自不待言。从翻译的选择、翻译的策略以及翻译的影响可以看出,翻译是异质文化间交流汇通的变压器,更是本土文化更新的驱动器。翻译,印刻了文化碰撞、冲突、协商、吸纳的轨迹,记录了中外文化相激相荡的悠远回响,见证了一代代志士仁人冲破封闭文化圈、担当民族伟大复兴重任的艰苦努力,蕴含了一代代译者的人文情怀,寄托了中国走向世界、世界走向中国的文化

---

① 本文原载《中国社会科学报》2010年4月20日第8版。

宏愿。

翻译与文化紧密相关。语言是文化的载体。语言的文化特性，以及翻译的文化作用，构成"文化翻译"研究的重要内容。文化翻译，从翻译角度涉及异质文化间沟通的可能性，关注文本层面的文化内涵以及典故、习俗、习语等文化专有项的翻译问题，考察本土文化对外来文化翻译的制约和影响，以及翻译对本土文化所产生的影响作用，等等。

语言的文化特性、文化的独特性以及翻译活动的文化性质，决定了翻译不可能是透明的，无法做到绝对忠实的翻译。翻译总是会受到译者所处的特定时代文化语境中诸多因素的影响和制约。也正因有这些影响和制约，翻译过来的文化，已不再是纯粹意义上的外来文化，而总是会打上译入语文化的印迹。即如上文提到的四次大规模的外来文化输入，并非简单、直接的文化移植，而都是处在中国文化主体意识的统摄之下，经过了中国特定时代文化的过滤、选择和加工改造，而形成了具有文化主体间性性质的"翻译文化"。

这里提出的"翻译文化"（translated culture）概念，指的是经由翻译而为译入语带来的新的文化元素。这种翻译过来的文化，之所以不再是原本的外来文化，是因为翻译过程中自觉不自觉地附加了中国化改造的成分，渗入了译入语特定时代的文化意蕴。外来文化与本土文化在翻译中碰撞、冲突、对话、协商，而生成一种具有新质意义的新型文化样态，其融入到本土多元文化系统中，成为其一个组成部分。

"翻译文化"研究关注的是翻译所带来的两种文化碰撞、交融后产生的文化新质，是从译入语文化角度考察新思想、新观念、新话语、新词汇的本土化阐释、挪用、加工、改造，而进入本土文化话语系统。如中国的佛教文化，就是中国翻译史上最为典型的翻译文化事例。佛教从东汉永平十年（公元67年）正式传入中国，逐渐与中国本土的道家和儒家文化相融合,其后不断演变和发展,形成了具有中国特色的佛教文化。

中国20世纪更是翻译文化兴盛的世纪,从清末民初的进化论学说,到20世纪80年代的存在主义、异化观念;从五四时期的科学、民主理念,到当代的"现代性"概念;从清末的"来是'康姆'(come)去是'谷'(go)"式的洋泾浜英语,到"五四"时期的"德谟克拉西"、"赛因思"、"普罗"等外来新概念的音译,再到今天白领、超市、克隆、因特网等词汇,翻译既参与又见证了中国社会各个层面文化新质的生成过程。

翻译文化与我们息息相关,成为我们日常物质和文化消费一部分,而化入了我们生命体验之中。日常生活中的外来语,是最直接、最能为人所感知、体会的翻译文化。如果说"葡萄"、"菠菜"、"铁路"、"沙发"、"咖啡"、"俱乐部"、"啤酒"、"吉他"、"巧克力"、"歇斯底里"、"蜜月"、"幽默"、"逻辑"、"模特"等词汇,早已在日常生活中普遍使用,人们习焉不察其外来渊源,那么,当下生活中的外来新词汇,则让人充分感受到翻译文化的无所不在。从意识形态、文化观念层面的"乌托邦"(Utopia)、"存在主义"(Existentialism)、"异化"(alienation)、"意识流"(Stream of Consciousness)、"白领"(white collar)、"脱口秀"(talk show)等新词汇,到"必胜客"(Pizza Hut)、"星巴克"(Starbucks)、"可口可乐"(Coca Cola)、"百事可乐"(Pepsicola)、"乐口福"(Lacove)等饮食文化外来语;从"奔驰"(Benz)、"宝马"(BMW)、"万事得"(Mazda)、"捷安特"(Giant)、"美利达"(Merida)等交通工具,到"诗芬"(Sifone)、"雅倩"(Arche)、"海飞丝"(head-shoulders)、"百爱神"(Poison)、"舒肤佳"(Safeguard)等洗浴化妆用品用语,从"格力"(Gree)、"康佳"(Konka)等家用电器,到"家乐福"(Carrefour)、"宜家"(Ikea)、"格林豪泰"(Green Hotel)等商店旅馆译名,不一而足。这些日常流行的译名,无论是音译、意译,还是音兼意合译,都充分发挥中文译名能指内涵的文化寓意和联想意,体现了一个时代的文化特征、生活方式和审美心理。如果说"诗芬"、"雅倩"等译名富有中国传统美学的联想意义,那么,"格林豪泰"、"宝马"、"万事得"、"高尔夫"等,则透露出这个时代求富、炫富的消费欲望和大众文化心理。

当代中国层出不穷、新颖别致的外来语词汇,只是经由翻译体现的全球本土化(glocalization)现象的具体而微的例证。随着全球化的进程日益加深,政治、经济、文化等方面交往的日益频繁,翻译文化中的中外文化杂糅与融通现象也将越来越普遍。

翻译文化为我们反思一个世纪以来中国现代性的追求,提供了丰富而鲜活的思想材料,我们不仅可以从中考察中外文化碰撞、协商、对话、选择性接受过程中的诸种复杂性,更能帮助我们更深刻地认识全球化语境中中国当代文化的内涵和特质。

论译者主体性[①]

——从译者文化地位的边缘化谈起

翻译对中国文化发展的建设性意义毋庸赘言。但让人感到不解的是，我们在承认翻译的巨大作用的同时，对翻译文化的创造者——译者却评价甚低，译者在中国文化多元系统中并没有获得他们应有的文化地位，而出现了译者文化地位的边缘化现象。如果说"局外人"因对译者的任务和工作性质不够了解，因此对译者的评价容或有偏见，但让人更为困惑的是，翻译界自身对翻译主体也没有给予足够的重视，其表现就是翻译主体研究的薄弱。本文试图对译者文化地位的边缘化现象作一理论分析，以阐扬译者的文化创造者身份及其翻译主体的地位。针对目前翻译主体研究的现状，本文提出了译者主体性研究的问题，并从翻译过程、译者的译入语文化意识和读者意识、译作与原作和译入语文学的互文关系、译者与原作者的主体间性四个方面，分析译者主体性的内涵及其表现，以期拓展和深化翻译主体研究。

---

① 本文原载《中国翻译》，2003年第1期（与穆雷教授[田雨]合著）。

一、译者文化地位边缘化的原因

1. 中国文化的自我中心意识对翻译主体的遮蔽

翻译是两种文化的交流和协商。译出语文化和译入语文化应是两个对等的文化主体。但如果译入语文化只是将译出语文化作为文化利用的"他者",那么就很难将翻译也看成是自我主体文化建构的一种方式。我们可以从多元系统理论角度,探讨中国文化语境中译者文化边缘化的原因。

从世界文化多元系统来看,中国文化历史悠久,大部分时间在区内处于强势地位,一向自给自足,不假外求。历史上,中国文化影响别人多于受别人影响。外来文化很少参与"一级模式"的建构。[①]中国文化的强势地位使它形成了强烈的自我中心意识。中国历史上出现过三次外来文化翻译高潮,即汉唐时期的佛经翻译、明末清初的科技翻译和近现代的西学翻译。众所周知,这三次翻译高潮对中国文化的发展产生了非常重要的影响。这三次大规模的外来文化输入都是处于中国文化主体意识的统摄之下进行的。中国以强烈的文化主体姿态将外来文化作为文化利用的"他者"而加以文化过滤和加工改造(cultural filtering and appropriation)。佛教在进入中国时,中国文化采取"格义"之法,以老庄哲学来诠释佛教义理。经过一系列文化过滤、消化和变形的"中国化"过程,佛教才进入了中国文化体系中。但此时的佛教已不是原初意义上的佛教,而是中国化的佛教。明末清初的科技翻译,虽然中国没有相应的科技文化

---

① 张南峰:《从边缘走向中心(?)——从多元系统论的角度看中国翻译研究的过去与未来》,《外国语》,2001年第4期,第63页。

对其"格义",但古代中国对科技知识和原理并不重视,输入的科技文化知识只是停留在"器用"层面。中国近现代对西学文化的翻译也是如此,其目的是"师夷长技以制夷"。在"中学为体、西学为用"的主流意识形态影响下,西方文化也只是中国文化"致用"的客体。虽然客观上说,翻译文化确实极大丰富了中国文化,并在某种程度上参与了主体文化的建构,但过于强烈的自我中心意识,中国文化势难将翻译提升到主体文化建构的高度来认识,而译者对中国文化的贡献及其文化创造者的身份,也就难以得到自觉而深刻地认同。

2. 传统翻译观对翻译主体的遮蔽

两千多年来,中外出现了诸多关于译者的比喻说法,诸如"舌人"、"媒婆"、"译匠"、"一仆二主"之"仆人"、"叛逆者"、"戴着镣铐的舞者"、"文化搬用工"、"翻译机器"等等,构成了丰富的译者形象谱系。这些关于译者形象的比喻,既在一定程度上喻指了翻译的特点和困难,同时也隐含了对翻译和译者的价值评判。

译者的形象谱系,是传统翻译观的一种反映。这种翻译观的核心观点,就是认为,翻译只是语际之间的转换,翻译研究就是探讨怎样译、怎样译得好。①如果将翻译只是看成是语言层面的转换,那么,译者就成了语言转换的"技术工人"、"译匠",是"翻译机器"和"文化工具"。因此,我们的译者/翻译家研究就只局限在语言层面上评价其译作的得失,而不能从文学、文化层面来评析他们的文学和文化贡献。

传统翻译观中有诸多关于翻译的理想标准,除了"信达雅"

---

① 谢天振:《国内翻译界在翻译研究和翻译理论认识上的误区》,《中国翻译》,2001年第4期,第2—5页。

外，影响较大的就是"化境论"，即译作读起来与原作别无二致而达致"化境"，即"不因语言语文习惯的差异而露出生硬牵强的痕迹，又能完全保存原有的风味"①。"化境论"在西方的表述就是译者/译作"隐形论"（invisibility of translator/translated text）。"隐形论"认为，理想的译文应该透明得像一块玻璃，让读者感觉不到他是在读翻译作品。②无论是"化境论"还是"隐形论"，都是译者难以达到的目标，因此，译者就成了求工不得而又欲罢不能的尴尬角色，而译作则被看成当不得真的仿制品和权宜性的替代品。高悬这种难以企及的理想标准来评判译者，任何译者都会被置于尴尬、负疚的境地。

传统翻译观的另一个重要观点，就是认为翻译价值低于创作。这种观点认为，翻译就是模仿，译作依赖于原作，缺乏创造性。即使承认翻译也是一种创作，但也只是认为它是"寄生的艺术"（parasitical art），其艺术创造性和文学价值都不能与原作相提并论。多年前，曾有人将翻译与创作分别比喻为"媒婆"和"处子"，而提出"处女应当尊重，媒婆应当稍加遏抑"③。这种观点正是传统翻译价值观的表现。即使是以"著名翻译家"身份著作于世的林纾，他本人心里对翻译也深不以为然，自认自己诗的成就最高，画次之，其次再是翻译。④林纾有意贬低自己的翻译成就，不是自谦，而是真实地反映了一种比较普遍的翻译价值观。

传统翻译观，一方面认为翻译没有创造性，无法与创作相提并论，而另一方面，又反对提倡发挥译者的主体性和创造性，要求译

---

① 见钱锺书等著：《林纾的翻译》，北京：商务印书馆，1981年，第18页。
② Lawrence Venuti, *The Translator's Invisibility: A History of Translation*, London & New York: Routledge, 1995, pp. 1 – 42.
③ 郭沫若：《致李石岑信》，《时事新灯·学灯》，1920年第12期。
④ 见钱锺书等著《林纾的翻译》，北京：商务印书馆，1981年，第46—51页。

者顶礼膜拜于原作者,亦步亦趋于原文,对译文中的"创造性叛逆"不加分析地加以贬斥。这种翻译观无形中成了译者的"第二十二条军规"。

以原著中心论和语言转换观为核心的传统翻译观还导致了文学史著作中对翻译和翻译家的忽视,将翻译文学排斥在文学史叙述之外。20世纪翻译文学对中国文学的影响毋庸置疑,但翻译的实际影响作用是一回事,中国文化主体、主流意识形态是否给予深切的认同是另外一回事。1949年以后,中国的文学史著作甚少提及翻译文学的作用,更没有将翻译文学辟为单独的章节加以论述。中国现代文学史上一些著名作家,如鲁迅、周作人、郭沫若、茅盾、巴金、冰心等,不仅是著名作家,也是卓有成就的翻译家,但当代出版的中国文学史著作只评述他们的文学创作,对他们的翻译成就则鲜有论及。70年代末中国的比较文学开始复兴,中外文学关系研究成为最热门的研究课题,而中外文学关系研究离不开对外国文学译介的探讨。研究者认识到,翻译文学,无论是在文学观念的变革、文学思潮的兴起,还是创作主题、叙事结构、创作技巧等方面,都对20世纪中国文学产生了重大影响。翻译文学丰富了中国文学系统,并在特定的时代发挥了创作文学所没有的意识形态和诗学功能,与文学创作呈现出互动、互文的关系。但是,一旦有论者提出"翻译文学是民族文学的一个有机组成部分"的命题,①还是引来不少的争议和质疑。之所以不能认同这一命题,关键原因还是囿于传统翻译观,认为翻译仅是转换了一下语言而已,翻译过来的文学作品本质上还是外国文学作品,不能算是译入语文学作品,自然不能进入译入语文学史中。

---

① 谢天振:《为"弃儿"寻找归宿——论翻译在中国现代文学史上的地位》,《上海文化》,1989年第6期。

从上文的分析可以看出，中国传统文化的自我中心意识和翻译观遮蔽了翻译的主体，导致了译者文化地位的边缘化，也造成了翻译研究中对译者研究的忽视。只有重新认识翻译的性质和文化功能，才能将翻译主体从文化遮蔽状态中彰显出来，才能将翻译主体提到翻译研究的重要日程上来。

我们听到对译作的最高评价，不外是"该译作忠实于原著，做到了'信达雅'"，或者"该译作生动地再现了原作的意蕴和神韵"。这样的评语一直被看成是对译者的最高评价，能得到这样评价的，也只有朱生豪、傅雷、杨必等少数翻译名家。但我们赞美翻译家译文之忠实、译笔之优美、风格之传神，是否就真的完全彻底地道出了译者的文化功绩？显然不是。传统翻译观一方面要赞美"忠实"，另一方面又无法否认那些"不忠实"或"不够忠实"译作的价值，如严复、林纾、苏曼殊、伍光建等人的译著（即使是朱生豪、傅雷等翻译名家译本中的"不忠"之处也不难发现）。传统翻译观以"忠实"为评判译作的唯一标准，但又无法否认那些产生了重要影响的"不忠实"译本的价值。传统翻译观导致的翻译研究中出现的方枘圆凿现象，正说明传统翻译观所固守的语言学视角无法全面观照所有翻译现象，也无法对翻译涉及的译入语文化问题作出合理的阐释。

需要说明的是，我们以上指出传统翻译观的偏颇，并不是说应一概否定传统翻译观。传统翻译观里也有不少合理的学说，是上千年来翻译智慧的结晶，益人心智，也需在当代获得新的阐扬。我们只是想说明，仅从语言视角和"忠实"尺度来研究翻译，必然导致翻译主体的遮蔽，无法真正彰显译者的文化创造性。翻译研究必须有不同的研究层面，翻译主体和翻译主体性也需从新的角度来观照。

二、翻译研究的文化转向：译者文化身份和主体性的彰显

20世纪70年代，西方出现了翻译研究的"文化转向"，形成了面向译入语文化的文化学派翻译理论，其中影响较大的，是埃文-佐哈(Itamar Even-Zohar)、图里(Gideon Toury)的多元系统论与描述翻译学理论以及以安德烈·勒菲弗尔(André Lefevere)、苏珊·巴斯奈特(Susan Bassnett)、西奥·赫曼斯(Theo Hermans)为代表的"操纵学派"(manipulation school)理论。多元系统理论为面向译入语的翻译研究提供了理论框架；操纵学派的"翻译就是文化改写"、也就是操纵的观点，[①]为我们提供了认识翻译的全新视角。翻译研究的译入语文化取向，不可避免要涉及翻译主体问题。因此，翻译研究的文化转向，不仅开拓了翻译研究的新空间，也将翻译主体研究提上了译学研究的重要日程，而译者的文化身份及其主体性问题也自然成为其中重要的研究课题。

从"改写"、"操纵"的观点来看待翻译，就更可看出，"翻译从来就不是透明的，""翻译告诉我们更多的是译者的情况而不是所译作品的情况。"[②]翻译研究的文化视角发现了很多在传统翻译观下被"搁置"了的问题，也照现了此前看似语言问题实则是文化问题的翻译现象。从译入语文化角度来研究翻译，过去的一些备受争议的问题也因此获得了新的理论阐释。以上文提及的对翻译文学归属的

---

① Susan Bassnett and André Lefevere, "General Editors' Preface," in *Translation, Rewriting & Manipulation of Literary Fame*, London & New York: Routledge, 1992, p. vii; Theo Hermans, "Introduction: Translation Studies and a New Paradigm," in *The Manipulation of Literary Translation*, ed. Theo Hermans, London & Sydney: Croom Helm, 1985, p. 11.

② 赫曼斯：《翻译的再现》，谢天振主编：《翻译的理论建构与文化透视》，上海：上海外语教育出版社，2000年，第12—13页。

争议为例。当我们将文学翻译纳入到译入语文化语境中来考察,就会发现,文学翻译并不是简单的语言转换。文学翻译,无论是选材、翻译方式、翻译策略,还是措辞、格律韵式,都会受到译入语意识形态、诗学等多方面因素的影响和制约。翻译中的有意误译、删改等"创造性叛逆"现象,往往正是为了适应译入语文化的要求。外国文学作品经过译者的创造性转换,不仅改变了原来的外在形态,也因翻译的文化目的,而打上了译入语文化的烙印,从而成为译入语文化中的一分子,融入到译入语文化和文学系统中。如果从多元系统论角度来看,翻译文学是译入语文学多元系统中的一元,与创作文学是并存系统(co-systems)关系,自然统属于译入语文学多元系统。

过去,如果有人提出翻译的创造性和译者的主体性,就会被指责是对误译、滥译的怂恿。这实际上是将主体性理解为任意性,将创造性误认为是不负责任的杜撰。但是在传统翻译观统治的时代,进行译者主体性研究无疑要遭到翻译研究系统权力话语的种种责难。因此,翻译研究的文化转向,不仅拓展了新的翻译研究领域,也为翻译主体研究提供了理论声援,支持了翻译主体研究的学术"合法性"。

近十年来,翻译主体研究的成果不断出现。这里需提及一下1995年约翰·本杰明出版公司出版的《历史上的翻译家》一书。这部以翻译家为中心的论著涉及了翻译家研究的多方面议题,如翻译家与民族语言的发展、翻译家与民族文学的兴起、翻译家与知识的产生与传播、翻译家与权利控制、翻译家与宗教传布、翻译家与价值观念的播衍、翻译家与历史形成等。[①]这部著作比较全面地探讨了

---

① Jean Delisle & Judith Woodsworth, eds. *Translators Through History*, Amsterdam: John Benjamins, 1995.

翻译家在人类文化发展和建设方面的重要贡献，我们可以根据以上涉及的议题，结合我国历史上翻译家的文化贡献情况作系列的个案研究。

我国近几年也出现了一些翻译主体研究的成果，它们表彰翻译家在翻译上的业绩，彰显翻译家对中国文学、文化的贡献。如果说，探讨译者/翻译家对译入语文学、文化的贡献是翻译主体研究的"外部研究"，那么，译者主体性研究就是"内部研究"，内外结合，才能完全揭示翻译主体研究的全部基域。也有学者开始研究译者主体性问题，但主要集中在翻译过程中译者主体性的探讨。翻译过程中译者主体性的表现自然是译者主体性研究的重要内容，但还不是译者主体性研究的全部内容。下面，我们尝试分析一下译者主体性的内涵以及译者主体性表现的方面，以期探讨译者主体性研究深入展开的研究层面。

三、译者主体性的内涵及其表现

在探讨译者主体性内涵前，首先需要说明一下"翻译主体性"和"译者主体性"这两个概念。译者是翻译的主体，因此，"翻译主体性"理应就是指"译者主体性"。但目前翻译研究界对"翻译主体性"还没有比较统一的认识。这里面涉及如何理解"翻译主体性"中的"翻译"概念，也涉及如何理解"翻译主体"之所指。如果"翻译主体性"中的"翻译"是专指翻译行为本身，那么，这个翻译行为主体无疑是译者，原作、原作者和读者都是译者翻译实践活动的对象——原作是他理解、阐释、再创造的对象，原作者是他理解、阐释、再创造活动所需参考、借助的研究对象，而读者则是他翻译实践的目的对象。如果这样来理解"翻译"，翻译主体性就是指译者主体性。如果"翻译主体性"中的"翻译"不是专指翻译行为本身,而是指涉与翻译活动全过程所有相关因素,那么这些因素中,除译者外还有两个主体,即原作者和读者。这样来理解"翻译"概念,那么,译者、原作者和读者都是翻译的主体,翻译主体性就是指译者、原作者和读者的主体性和他们的主体间性。考虑到翻译活动的复杂性和各因素间的相关性,本文赞同后一种理解。需要指出的是,译者的主体性体现于翻译的全过程,而原作者和读者的主体性只是体现于翻译过程中的某些相关环节。因本文重点是研究译者主体性,因此,本文中的"翻译主体"只指称译者。为了指称明确,谈主体性时,本文用"译者主体性"概念。至于原作者和读者的主体性问题暂不详加阐述,只在翻译主体间性部分简要涉及。

那么,什么是"主体性"?所谓主体性是指主体的本质特性,这种本质特性在主体的对象性活动中表现出来。"具体地说,主体性是主体在对象性活动中本质力量的外化,能动地改造客体、影响客体、控制客体,使客体为主体服务的特性。"[①]主体性包括目的性、自主性、主动性、创造性等,简言之,主观能动性。能动性是主体性最为突出的特征。但主观能动性的发挥并不是没有任何规限和制约的。主体的对象性活动作用于客体,必然要受到客体的制约和限制,同时能动性发挥还受到客观环境和条件的制约,因此,主体性同时还包含着受动性。受动性是能动性的内在基础,是主体之所以要发挥主观能动性的客观依据。"它既表现为人对客体对象的依赖性,又表现为客体对象对人的制约性。"[②]"能动性以受动性为前

---

① 王玉樑:《论主体性的基本内涵与特点》,《天府新论》,1995年第6期,第35页。

② 魏小萍:《"主体性"涵义辨析》,《哲学研究》,1998年第2期,第24页。

提，改造客体、影响客体以受客体制约、尊重客观规律为前提。"①因此，主体性如果只强调主观能动性而不讲受动性，就会出现任意性和盲目性，导致对象性实践活动的失败。主体性的另一个重要特征是"为我性"。"为我性"体现了主观能动性发挥的方向性和目的性。能动性、受动性和为我性辩证统一于主体性之中。

我们从哲学层面理解了主体性概念，就比较容易分析译者主体性的内涵及其特征了。译者作为翻译主体，他的对象性活动的客体是原作，要完成翻译的任务，他要充分发挥自己的主观能动性。译者对象性活动的任务是将作品从译出语转化为译入语。语言转换只是文学翻译活动的外在形式，而不是其根本目的。其根本的目的，从文学层面上说，是为译入语读者提供新的文学文本；从文化层面上说，是借助翻译文本为译入语提供新的话语，支持或颠覆主流意识形态；从生产模式层面上说，是支持和强化或变革和破除译入语固有的文学或意识形态话语生产模式。译者主体性中的"受动性"因素，包括两种语言的特点、习惯，语言转换的客观规律，原作的语言、文化和审美的特征，译者所处的时代语境，特定时代的翻译观，等等。译者主体性中的"受动性"说明，译者主观能动性并不意味着可以毫无约束地任意发挥。这就将严肃翻译与不负责任的胡翻乱译区别了开来。译者主体性中的"为我性"，即翻译目的性。任何文化翻译活动都有自己目的，并且任何译入语方的翻译都是面向自身的文学、文化。

结合以上分析，我们可以尝试为"译者主体性"作这样一个界定：译者主体性是指作为翻译主体的译者在尊重翻译对象的前提下，为实现翻译目的而在翻译活动中表现出的主观能动性，其基本

---

① 王玉樑：《论主体性的基本内涵与特点》，《天府新论》，1995年第6期，第38页。

特征是翻译主体自觉的文化意识、人文品格和文化、审美创造性。

译者主体性贯穿于翻译活动的全过程,具体地说,译者主体性不仅体现在译者对作品的理解、阐释和语言层面上的艺术再创造,也体现在对翻译文本的选择、翻译的文化目的、翻译策略和在译本序跋中对译作预期文化效应的操纵等方面。下面我们从翻译过程、译者的译入语文化意识、译作与原作和译入语文学的互文关系、翻译主体间性四个方面具体探讨译者主体性的表现方式和特征。

1. 从翻译过程看译者主体性

具体的翻译过程是翻译活动的重要环节,也是译者主体性表现得最为显著的层面。以文学翻译为例。翻译过程中译者需要表现出三种文学身份的能力,即读者、阐释者和作者(文学再创造者)。作为读者,译者需要调动自己的情感、意志、审美、想象等文学能力,将作品"召唤结构"中的"未定点"、"空白点"具体化,与文本对话,调整自己的"先结构",与作品达致"视界融合",从而实现文本意义的完整构建。译者对作品的读解,还只是完成了翻译准备的第一个步骤,他还需要对作品进行阐释,这个阶段,他需要发挥文学鉴赏和文学批评的能力,发掘作品的思想内涵和美学意蕴,分析作品的文学价值和社会意义。当他完成了这个过程,就转入到语言转换阶段。这个过程,他更多的是注重如何再现原作的思想信息、审美信息和语言风格特征。同时,他需要调动作为读者和阐释者阶段所获得的对作品的理解和审美感悟,使之有机地融入到语言转换中。如果说对作品的读解、阐释是一般性的文学活动的话,那么在语言转换的过程中,译者的文学创造性则达到最大峰值。译者不仅要传达原作内容的基本信息,而且还要传达原作的审美意蕴。"诗无达诂"。越是优秀的文学作品,其审美信息、文化意蕴也越就丰富,翻译的难度就越大,这就更需发挥译者的创造性。翻译过程中体现的译者主体性最为明显,也是目前翻译界在译者主体性方面探讨的最多的问题。① 但翻译过程并不是译者主体性研究的全部内容,我们还可以从其他方面来考察译者主体性的表现。

2. 从译者的译入语文化意识和读者意识看译者主体性

译者主体性中的"为我性",在翻译理论上的表述,就是汉斯·弗美尔(Hans J. Vermeer)的翻译"目的论"(Skopos theory)。"目的论"认为,翻译是一种行为,既然任何行为都有一定的目的,那么翻译也有其目的,译者最为关注的是目的能否达到。② 虽然"目的论"主要是探讨翻译目的与翻译具体方式——如"翻译"、"意译"、"编译"等——的关系,没有从文化层面上作出更深入的探讨,但它启发了我们从文化视角来进一步认识翻译:任何翻译都是出于某种文化目的。译者总是按自己所意识到的译入语文化需要,确定自己的文化议程(cultural agenda),决定其翻译选择和翻译策略。

翻译是两种文化遇合际会的重要场所,因此翻译过程就是两种文化的协商过程。在这个意义上,我们可以说译者是两种文化的中介。但这并不是说译者是文化中立者。他的文化身份和文化取向不可避免地会体现在他的翻译选择、翻译方式等方面。这里说的译者的文化身份和文化取向,并不是说译者一定是以译入语文化为价值

---

① 例如高宁:《论译者的主体性地位——兼论翻译标准的设立原则》,《上海科技翻译》,1997年第1期,第6—9页;袁莉:《也谈文学翻译之主体意识》,《中国翻译》,1996年第3期,第4—8页;袁莉:《关于翻译主体研究的构想》,见许钧、张柏然主编《面向21世纪的译学研究》,北京:商务印书馆,2002年;舒奇志、杨华:《互文性理论与文学翻译中译者的主体性》,《湘潭大学社会科学院学报》,1999年第6期,第115—118页;宋志平:《论翻译过程中的主体性意识》,《东北师大学报》(哲学社会科学院学报),2000年第6期,第84—88页。

② Hans J. Vermeer, "Skopos and Commission in Translational Action," in *The Translation Studies Reader*, ed. Lawrence Venuti, London and New York: Routledge, 2000, pp. 221-232.

取向。译者的文化价值取向既可以是对译入语主流文化的认同,通过翻译来强化某种意识形态和文学观(如中国20世纪五六十年代对苏联社会主义现实主义文学的翻译),也可以是对现存文化的否定,通过翻译来颠覆现行的文化、文学模式而达到变革的目的(如梁启超的政治小说)。对译入语文化无论是认同还是反动,都是译者的译入语文化意识的表现,并都会在译文中留下其文化价值取向的痕迹。

读者意识是译者的译入语文化意识的另一个表现。"读者"在接受美学理论中有着极为重要的意义。埃尔文·沃尔夫(Erwin Wolff)提出了"意向读者"(intended reader)概念,即作者对其作品所设想的读者。①特雷·伊格尔顿(Terry Eagleton)也提出了类似的"潜在读者"(implied reader)概念。伊格尔顿解释说,"接受是作品自身的构成部分,每部文学作品的构成都出于对其潜在可能的读者的意识,都包含着它所写给的人的形象……,作品的每一种姿态里都含蓄地暗示着它所期待的那种接受者。"②翻译既然也是一种创作,那么译者就也有他的"意向读者"或"潜在读者"。译者为了充分实现其翻译的价值,使译作在本土文化语境中得到认同或发挥特定的作用,他在原文选择和翻译过程中,就必须关注其潜在读者的"期待视野"(horizon of expectation),从而决定相应的翻译策略。这里说的读者的"期待视野"分为三种情况。第一种情况,译者根据主流读者的意识形态来选择翻译作品,并根据他们的意识形态和阅读趣味采取相应的翻译方式(如清末民初的小说翻译);第二种情况,译者试图通过翻译来颠覆主流意识形态,这时,所翻译的作品可能与大多数读者的"期待视野"相去甚远,因此,译者需要采取某些翻译策

---

① 姚斯、霍拉勃:《接受美学与接受理论》,周宁、金元浦译,沈阳:辽宁人民出版社,1987年,第442页。
② 伊格尔顿:《二十世纪西方文学理论》,伍晓明译,西安:陕西师范大学出版社,1986年,第105页。

略，以引导读者接受。如严复用典奥雅致的文言来翻译西学典籍，以便"招徕"其意向读者。第三种情况，译入语中已萌动了某种文化、文学变革意识，但还相当微弱，译者敏锐地捕捉到这种新的文化信息，选择有关作品来翻译，为具有变革意识的读者提供声援，并培养更多读者，为实现变革准备更多文化力量（如20世纪80年代中国的西方社会文化著作翻译和现代主义文学翻译）。

勒菲弗尔指出，意识形态、诗学和赞助人是操纵文学翻译的三种主要力量。①译入语文化多元系统中制约文学翻译的种种因素往往都聚集到译者的身上，由译者作出文化或审美的判断和抉择。这种判断和抉择的结果都体现在他的翻译选择、翻译策略和对作品的阐释（通过译本序跋方式）等方面。因此，撇开译本生成的文化语境和译者主体性来研究翻译，往往只能在字栉句比的层面上得出忠实与不忠实、好与不好的价值评判，其结论只能是肤浅、表面的，遮蔽了译本背后深层次的文化问题。如果从译者的译入语文化意识和读者意识角度来分析译作，就不再会简单地将翻译中出现的有意误译、删改等现象斥之为"劣译"。实际上，那些"合乎译文内在逻辑的翻译误差"，正体现了译者负责的精神和严谨的翻译态度。②尤其是在文化、文学转型时期，译者为了接近潜在读者的道德、文化、文学等方面的"期待视野"而有意无意地"误译"，以赢得读者对译作的认同。因此，翻译中的"创造性叛逆"现象往往是研究译者的译入语文化意识和读者意识的切入点。

---

① André Lefevere, *Translation, Rewriting & the Manipulation of Literary Fame*, London and New York: Routledge, 1992.
② 孔慧怡：《还以背景，还以公道——论清末民初英语侦探小说中译》，见王宏志编：《翻译与创作——中国近代翻译小说论》，北京：北京大学出版社，2000年，第104页。

3. 从译作与原作和译入语文学的互文关系看译者的主体性

从原作与译作的关系看，原作进入译入语中，除外在语言形态上异化为译入语语言外，更因上文说的译者的文化意识和价值取向而打上了译入语文化的烙印，负载着译入语时代文化的意蕴，译作不再是原来意义上的外国文学作品。它既与原作有着某种联系，是原作在"完全没有预料到的参照系里"①的生命延续和衍生，又是具有自己独立的生命和价值的"来生"（afterlife），②成为译入语文化中的新作，与新的读者"进行一次崭新的文学交流"③。

译作的生命是译者赋予的，"译者不仅能赋予原作以生命，他们还能决定赋予他们以何种生命，以及决定如何使他们融入到译入语文学中。"④译者主体性决定了译作的审美独立品格和译入语文化特征。从译作的生命独立性看，译作和原作不是从属关系，而是互文关系。从译作在译入语中的影响看，它与受其影响的创作文学也构成了互文关系。⑤这两种互文关系，充分说明了译者的创造性，也充分体现了译者的译入语文化意识。认识到译作生命的独立性，就能理解，所谓"翻译是二度创作"之"二度"，只是指作品生产的时间先后顺序，而并不意味着译作文学地位比原作低，译作的文学、文

---

① 埃斯卡皮：《文学社会学》，王美华、于沛译，合肥：安徽文艺出版社，1987年，第139页。

② 本雅明：《译者的任务》，张旭东译，陈德鸿、张南峰编：《西方翻译理论精选》，香港：城市大学出版社，2000年，第197—224页。

③ 埃斯卡皮：《文学社会学》，王美华、于沛译，合肥：安徽文艺出版社，1987年，第139页。

④ André Lefevere,"Introduction：Comparative Literature and Translation," *Comparative Literature*,1995(1):7.

⑤ 查明建：《从互文性角度重新审视20世纪中外文学关系——兼论影响研究》，《中国比较文学》，2000年第2期，第33—49页；查明建：《试论新时期翻译文学与创作文学的关系》，吴友富主编：《外语与文化研究》，上海：上海外语教育出版社，2001年。

化意义比原作小。①

4. 从翻译主体间性看译者的主体性

译者与原作者的关系是译者主体性表现的另一个重要方面。关于译者与原作者的关系,以前的翻译研究文章也有所涉及,但基本上是从文学风格以及人格气质角度来谈的,出现了"译者应依循原作风格"和"译者应有自己的风格"两种主要观点。"风格即人。"风格与作者的人格气质、审美能力和修养息息相关。从这个角度看,前一种观点强调的是对原作者主体性的尊重,后一种观点强调的是译者主体性的体现。这里不拟探讨风格问题,而想就由风格问题引出的译者和原作者关系问题作一些探讨。上文说过,在某些翻译环节上,译者和原作者都是翻译的主体,因此,我们可以从主体间性理论视角,来探讨一下他们之间的关系。"主体间性"(intersubjectivity)也称为"交互主体性",指的是主体与主体间相互交往的特性,是人的主体性的重要组成部分,"主体既是以主体间的方式存在,其本质又是个体性的,主体间性就是个性间的共在。"②从主体间性理论角度来看,"翻译"既是原作者与译者主体间共在的场所,也是他们主体间相互交往的方式。原作是他们对话的契机,也是他们对话交流的平台。从对话的角度看,原作是作者和译者对话的议题,翻译是他们的对话过程,译作就是他们交谈的结果。正是从这种意义上说,译者和原作者都是翻译的主体,他们共同完成了翻译的任务。因此,原作者与译者之间,就不应是主次/主仆关系,而是平等的主体间对话关系。既然是对话关系,翻译就不是某一方垄断

---

① 许钧:《试论译作与原作的关系》,《外语教学与研究》,2002年第1期,第15—21页。

② 杨春时:《文学理论:从主体性到主体间性》,《厦门大学学报》,2002年第1期,第20页。

了话语权的独白，也不是译者对原作者的"如影随形、如响应声"般的机械应和，而是双方都各自发出自己的声音，这样，译本就隐含了一种"复调结构"。译本中既有原作者的声音，也有译者的声音；既有译者与原作者的共鸣部分，也有译者不同意原作者的地方。翻译中的"创造性叛逆"，就是译者根据自身的时代文化语境对原作者的"反驳"。正是因为译本中存在这种复调结构，译本就内在地拥有了双重意义：一是文化、文学交流意义，读者可以凭借译作了解外国文化、文学、风俗习惯和世态人情等；二是在译入语社会中的时代文化意义。如果译者的主要目的是介绍外国作家作品或外国文化，他与原作者的对话就会采取赞同态度，译本里主要是这种共鸣之声。如果译者怀有特定的译入语文化目的来翻译，译本中译者的声音就较强，复调的特征就更明显。当然，这种区别仅是从宏观上而言，就具体的译作来说，这两种意义、两种声音往往交错并存。

译者与读者的关系也是翻译主体间性研究的重要内容。原作者之于译者与译者之于译文读者的不同在于，译者不是原作者的意向读者，而译文读者则可能是译者的意向读者。从意向读者的角度看，译者与读者的对话，并不始于读者对译作的解读，而在译者进行翻译选择、思考翻译策略时就已开始，其表现就是上文所分析的译者的"读者意识"。读者的阅读活动是翻译活动的最后环节，也是翻译目的最终能否实现的关键。如果说译者的文化创造性物化在译本中，那么，读者的文化创造性就体现在译本的读解和实际的文化行动中。译者在译本中隐含的文化意图，以及译者在译本序跋中对作品的阐释，期待着读者去读解、领悟、共鸣，甚或继而转化为实际的文化行动。译作实际的文化意义和效应，取决于译者对读者的把握程度和读者对译者的认同程度，简言之，取决于他们主体间性关系和对话质量。

四、结语

译者主体性研究是翻译主体研究的新课题。译者主体性研究不仅对翻译研究,同时对中外文学关系研究和翻译文学史的撰写,都具有重要意义。以上对译者主体性内涵和表现的初步分析,试图揭示译者主体性研究进一步展开的研究层面。希望本文能起到抛砖引玉的作用,以深化翻译主体研究课题。

论译文之外的文化操纵①

西奥·赫曼斯指出,所有的翻译都是出于某种目的而对原文某种程度上的操纵。②苏珊·巴斯奈特和勒菲弗尔也提出,翻译是对原文的改写,而所有的改写都是特定社会中的某种意识形态和诗学以某种方式对原文的操纵。③"操纵"和"改写"概念深刻地揭示了译语文化对文学翻译的文化利用性质。

随着翻译研究的"文化转向",译语文化对原文的操纵已引起翻译研究者注意,并作为翻译文学研究的主要理论视点,但此类论文研究的关注点大多集中在译文层面的操纵,即通过与原文的对比,分析译文增删、改写现象,以此说明译语文化对原文的操纵。

从译文层面分析译语文化如何干预了翻译过程以及译文的形成,这自然是很必要的,但还不够全面。译语文化对翻译的操纵并不只是体现在译文形态层面。完整的翻译研究包括翻译选材、译文生产(翻译策略、文本的具体翻译过程)、译作在译语中的接受、评价等这些前后相继的环节。译语文化对原文的操纵,并不只在译文

---

① 本文原载罗选民主编:《文化批评与翻译研究》,北京:外文出版社,2005年。
② Theo Hermans, "Introduction: Translation Studies and a New Paradigm," in *The Manipulation of Literary Translation*, ed. Theo Hermans, London & Sydney: Croom Helm, 1985, p. 11.
③ Susan Bassnett and André Lefevere, "General Editors' Preface," in *Translation, Rewriting & Manipulation of Literary Fame*, London & New York: Routledge, 1992, p. vii.

生产过程中(即译文层面),也对选材、译作在译语中的传播和接受进行干预和控制,其表现形式就是翻译的选择策略、译作的序跋、前言、注释、按语、评论等。这些操纵形式可以称之为"译文之外的操纵"。译文之外的操纵,与译文层面的操纵一样,都影响了翻译作品在译语里的意义,因此,也应该纳入翻译研究的范围内,并作为翻译文学史研究的主要内容。

我们以当代中国翻译文学为例来探讨这个问题。当代中国的文学翻译,不像清末民初时期那样,直接地对原文进行增删、改写,大多数译作都比较忠实于原文。这是否意味着当代文学翻译就不存在文化操纵了呢?显然不是。实际上,当代文学翻译,特别是文革时期的文学翻译,意识形态对翻译的控制更为严格,只是操纵的策略和方式有了改变,不是在译文层面进行操纵,而是通过译文之外的手段,如翻译选择,译者在译作序跋、前言、注释中对作品的解说,文学评论等等。

一、翻译选择

翻译选择是译文之外文化操纵最严厉的方式。当代中国形成了一套不成文的翻译选择规范,如"优秀"、"进步"这样含糊的标准。凡是符合主流意识形态话语和文学观的外国文学作品,即属"优秀"和"进步"作品,凡不符合的,即打入另册,被排除在翻译选择范围之外。[①]

50年代初,由于中国实行向苏联"一边倒"的政策,文艺上也依循了苏联文艺路线,苏联文学作为文学创作的典范,被大量翻译

[①] 参见查明建:《意识形态、翻译选择规范与翻译文学形式库——从多元系统角度透视中国五十—七十年代的外国文学翻译》,《中外文学》,2001年第3期,第65—70页。

了过来。苏联的文艺政策、文学观等等，中国文学界都视为权力话语的体现。在文学翻译领域，不仅把苏联文学作为重点翻译对象，"即使是西欧和其他国家的文学，介绍与否，也是一看苏联有没有译本，二看苏联怎么说。"①为了增强翻译的合法性，不少英、法、西等语种的文学作品，也是从俄译本转译；有些不是从俄译本转译的译本，则采用苏联学者的评论文章作为序言、前言。

除俄苏文学外，朝鲜、越南、东欧社会主义国家以及拉美国家的文学作品是五六十年代文学翻译的另一个重点。热情翻译这些国家的文学作品，其目的，一方面是增进与这些国家的政治友谊；另一方面，是借助对这些国家文学作品的翻译，来丰富自身的意识形态话语，增强政治权力的合法性和权威性。

现在的翻译文学和翻译文学史研究，一般只关注已翻译过来的作品，而没有将同时期有意排斥了哪些重要作家、作品也纳入研究范围。实际上，对某个时期的翻译文学研究，考察此时期有意排斥哪些重要作家，拒绝翻译他们的作品，能更全面、深入地分析这个时期翻译文学的特点。

赫曼斯指出："改写与社会文化有着极为重要的关联，因为在不能直接读到某部文学作品或该作品不存在的时候，改写就决定了这部作品的'形象'。"②五六十年代，中国为了维护主流意识形态的权威地位，防止其他意识形态话语对其颠覆、损害，因此，严格控制对欧美国家资本主义国家的文学，特别是现当代文学的翻译选择，一般只允许翻译"无产阶级"、"共产党员"或认定为"进步"

---

① 吴岩：《放出眼光来拿》，《读书》，1979年第7期，第6—7页。

② Theo Hermans, *Translation in Systems: Descriptive and System-oriented Approaches Explained*, Manchester: St. Jerome, 1999, p.128.

作家的作品。①

对于某些"政治不够正确"的作家,其作品得到翻译许可的,只是其次要作品,而其代表作或主要作品却不允许翻译过来。如五六十年代中国,王尔德的作品,只重印了巴金翻译的童话故事《快乐王子集》旧译本,他的名著《道林·格雷的画像》、《真诚的重要性》、《莎乐美》等都被排斥在翻译选择之外;W. B. 叶芝的作品,只翻译出版了他的《爱尔兰民间故事》,真正奠定他文学地位的象征主义诗歌却未获翻译出版;茨威格的作品,只翻译出版了一本他的历史小品集《历史的刹那间》以及短篇小说《看不见的收藏》和《家庭女教师》(《世界文学》1963年第3期),而他的著名小说《一个陌生女人的来信》、《象棋的故事》等中译,则付之阙如;托马斯·曼的作品,翻译过来的是被视为"批判现实主义"的《布登勃洛克一家》,而具有现代主义倾向的《魔山》和《威尼斯之死》,则无缘与中国读者见面;福克纳的作品,只翻译了他的两篇被认为是"反战"和"反种族歧视"的短篇小说《胜利》和《拖死狗》(《译文》1958年第4期),而他的名著《喧哗与骚动》、《我弥留之际》、《去吧,摩西》、《圣殿》则不为读者所知。

至于西方现代主义文学,更被视为贬斥为"颓废文艺"、"彻头彻尾的形式主义",②而失去了翻译出版的资格。

60年代以后,政治意识形态对文学翻译选择的操纵更为严重。权力话语将绝大部分外国文学都斥为"封、资、修"。"文革"期间

---

① 如阿拉贡、巴比塞、小林多喜二、德永直、宫本百合子、法斯特、尼克索等人作品。

② 茅盾:《夜读偶记》,天津:百花文艺出版社,1958年,第50—64页。

公开出版或以"内部发行"的形式出版的"供批判用"的翻译作品,①都是充当政治权力话语的工具,体现了政治权力对文学翻译的极端干预和操纵。

二、译本序跋、前言

通常情况下,译本序跋、前言的作用,是对作家、作品作评介,以帮助读者更好地解读作品。但是在当代中国,翻译文学作品的序跋、前言,或译文的题记、译后记,却负载了非文学的任务。主要有两种情况:一是阐说翻译该作品的目的和意义,即阐释翻译的合法性;二是借助译本前言、序跋达到文学翻译之外的特定政治目的。

先讨论第一种情况。

在当代中国翻译文学中,译本序跋、前言(或译文"题记")是译者申述翻译合法性的重要场所。一般的作法是,挖掘作品中符合主流意识形态的内容,以此说明翻译的意义。50年代后,凡是翻译资本主义国家文学作品,译者一般都要在译本序跋、前言等场合,按当时主流意识形态和诗学的框架,来解释所译作品的意义。出于这种翻译合法化的考虑,因此,对作品的阐释就出现了文努提所说的"非历史化"②的"(有意)误读"现象。

《呼啸山庄》的译者对作家、作品的解释就是如此。《呼啸山

---

① 公开出版的翻译作品,主要是高尔基、法捷耶夫、奥斯特洛夫斯基、小林多喜二等少数作家作品以及朝鲜、越南、阿尔巴尼亚短篇小说选集等。"内部发行"的翻译作品比公开发行的多,除《摘译》上刊载的作品外,"内部发行"的译作单行本有40多种,主要是苏联、美国和日本当代文学作品。

② Lawrence Venuti, *The Scandals of Translation: Towards An Ethics of Difference*, London & New York: Routledge, 1998, p.67.

庄》虽然是 19 世纪的小说，但就其对人性复杂性揭示的深度而言，已具有了某些现代主义的因素。但这些，正是译者所刻意要回避的，否则就会被批判为"宣扬人性论"。《呼啸山庄》1955 年翻译过来时，其主题被阐释为："反映了十九世纪英国资本主义社会中人们的虚伪和种种不公平现象。"①1980 年，该译本修订重版时，译者杨苡在《译后记》中，有意"拔高"了作者艾米莉（Emily Brontë）的"政治觉悟"。《译后记》中说，艾米莉"表面上沉默寡言，内心却热情奔放，虽不懂政治，却十分关心政治"。她"同情手工业者的反抗和斗争。这就为《呼啸山庄》的诞生创造了条件"。②关于《呼啸山庄》的主题思想，杨苡引述了英国"进步评论家"阿诺德·凯特尔（Arnold Kettle）观点："《呼啸山庄》以艺术的想象形式表达了十九世纪资本主义社会中的人的精神上的压迫、紧张与矛盾的冲突。""希斯克利夫的反抗是一种特殊的反抗，是那些在肉体上和精神上被同一社会（指维多利亚时期的社会）的条件与社会关系贬低了的工人的反抗。……在凯瑟琳与希刺克厉夫的关系中所包含的一切，在人类的需要和希望中所代表的一切，只有通过被压迫[者]的积极反抗才能实现。"③借助凯特尔的阐释，《呼啸山庄》的内容也就符合了当时中国的主流话语，因此也就符合了翻译选择规范。

---

① 中国版本图书馆编：《1949—1979 翻译出版外国文学著作目录提要》，南京：江苏人民出版社，1984 年，第 1089 页。

② 杨苡：《译后记》，《呼啸山庄》，杨苡译，北京：人民文学出版社，1980 年，第 334 页。

③ 杨苡：《译后记》，《呼啸山庄》，杨苡译，北京：人民文学出版社，1980 年，第 338—339 页。杨周翰、吴达元、赵萝蕤主编的《欧洲文学史》，对希斯克利夫的出走和复仇，作了这样的解释："这件事曲折地反映出随着工业的发展和社会的变动，连英国北部偏僻的地主阶级也不能再像以前那样生活下去了。希斯克利夫和嘉瑟琳的爱情是向传统势力的挑战。"杨周翰、吴达元、赵萝蕤主编：《欧洲文学史》，北京：人民文学出版社，1979 年，第 166 页。

从以上事例可以看出,翻译的"合法性"需要译者去争取。如果译者能按主流意识形态话语,发掘出作品的"进步性"和"思想意义",那么,作品也就符合了翻译选择规范。

如果作品内容有不尽符合主流意识形态的内容,译者就需在序跋里事先"批判"一番,从而体现自己的"政治正确",以此达到"审美偷渡"的目的。

翻译家吴劳在翻译发表美国后现代主义小说家约翰·巴思(John Barth)的代表作《迷失在开心馆中》(《外国文艺》1979年第1期)时,就采取了这样的策略。吴劳在译文前对巴思和这篇小说作了较详细的评析。吴劳说,巴思在这篇小说中"不但把故事的情节同安布罗斯(小说的少年主人公。——引者)的幻想交织在一起,大量采用了意识流和内心独白的手法,而且在故事中穿插了他对戏剧性叙事文的作法、性格刻画、细节描写和标点符号使用的意见。他在有些地方重复某些从句、短句,在有些地方句子没有写完就用上句号,在有些并列的从句和词组之间省略逗号"。吴劳说:"尽管巴思在文字上玩弄了许多花招,把文章写得迂回曲折,扑朔迷离,他不过是以弗洛伊德的精神分析学为基础,颇为枯燥地写一个少年的青春期觉醒罢了。"他还以揶揄的口吻评价道:"近年来,巴思的'试验'在西方的文坛上受到一些人的吹捧。以《洛利泰》一书著称于西方的纳波科夫甚至公开宣称,《迷失在开心馆中》是他认为六篇最伟大的短篇小说之一。但是晦涩的文风掩饰不了内容的空虚,文字游戏毕竟不能代替文学创作。即使在他的这篇小说中,读者也不难看出,他的'试验'成绩实在是非常'枯竭'的。"[①]

这种"既批判又译介"的矛盾现象在中国当代翻译文学史上并

[①] 吴劳:《〈迷失在开心馆中〉译文题记》,《外国文艺》,1979年第4期,第155页。

不鲜见。很多不尽符合当下意识形态或文学观的作品，就是在这种"批判"的掩护下翻译过来的。表面上看，是译者对原作的操纵，实际上则是文化语境使然。

再看第二种情况。

文努提（Lawrence Venuti）指出，译语在做翻译选择时，常常不顾及所译作品的意义赖以形成的外国文学传统，而将作品作"非历史化"处理，对它们进行"改写以符合译语文学当下流行的风格和主题"。①

"非历史化"是语境化翻译策略的重要特征，它不仅表现在对原作形式的改写，也体现在对作品意义的操纵，以达到翻译的目的。如文革时期的文学翻译就是如此。

"文革"时期文学翻译的一个主要特征，就是凡所译都有序跋、前言等文字。因为那时翻译的目的及其预期的效果，主要就是靠这些前言和序言来实现。1976年出现的作为内部资料的"黄皮书"《现代外国文学》第2辑（1976年8月）②上，出人意料地摘译了约瑟夫·赫勒（Joseph Heller）的《烦恼无穷》及其"黑色幽默"名著《第二十二条军规》。《第二十二条军规》之所以能在此时翻译过来，自然不是因为它是"黑色幽默"小说的代表性作品，而是因为该小说有可供借题发挥作政治批判的内容。编者在前言《油干草尽 夕阳残照》中说，《第二十二条军规》这一类的作品，"象一种古怪的镜子那样曲折地照出了当代美国社会五花八门的影子，"看到"'每个毛孔都滴着血和肮脏的东西'的社会制度"和"腐朽发臭的资本主义躯体"。前言中所说的"古怪的镜子"，显然指的是对当时读者还很陌生的荒诞手法。编者还结合当时的国

---

① Lawrence Venuti, *The Scandals of Translation: Towards An Ethics of Difference*, London & New York: Routledge, 1998, p.67.

② 复旦大学外语系外国文学教研组编，封面上标明为"［英美］内部资料"。

际政治关系,由作品引申到对苏联修正主义的批判:"我们合上书本一想,这样的现象在勃列日涅夫叛徒集团统治下的今日苏联不是也到处可见吗?"①

"文革"结束后现代主义文学刚刚进入中国的时候,译者还存有政治意识形态和现实主义文学观方面的顾忌,因此,译本序跋或译文题记中,译者多是按主流政治意识形态话语对作品进行阐释。

不少现代主义、后现代主义作品,都揭示了社会异化现象。在作者看来,异化是现代人普遍的生存困境,是现代社会本质的必然反映。异化不只为资本主义社会所独有,而是存在于不同社会制度的现代国家里。但80年代的译者都刻意消解作品的普遍寓意,强调这只是资本主义社会的精神危机表现。

1979年,《世界文学》第1期刊译了弗朗茨·卡夫卡的代表作《变形记》。这是"文革"结束后首次翻译卡夫卡作品,也是1949年后中国首次翻译发表卡夫卡的作品。译者李文俊为译文撰写了很详切的"题记"。李文俊指出,《变形记》"是二十世纪西方资产阶级文学中一篇颇为重要的作品。它之所以重要,是因为它尖锐地接触到现代资本主义社会若干带本质性的问题"②,即"异化"现象、人的灾难感、孤独感。译者在对这些问题作具体分析时,首先界定其背景是"资本主义社会",并且不厌其烦地一再重复"在资本主义社会里"这个限定语。其用意很明显,因为《变形记》所揭示的社会现象,很容易让读者联想到刚刚结束的文革,甚而对社会主义制度也产生怀疑。将《变形记》所揭示的人的异化、灾难感、孤独感和生存的荒诞性等社会问题限定在"资本主义社会",《变形记》就

---

① 复旦大学外语系外国文学教研组:《油干草尽 夕阳残照》,《现代外国文学》第2辑,1976年,第5页。

② 李文俊:《〈变形记〉译文题记》,《世界文学》,1979年第1期,第191页。

成了既具有揭露资本主义社会本质而又具有现实主义品格的作品——尽管它运用的是荒诞手法，是公认的现代主义典范之作。

三、注释、按语的操纵

除译本序跋、前言之类的操纵方式外，嵌入在文本中的注释和按语，也是翻译操纵的重要方式。例如，李文俊在翻译时《喧哗与骚动》时，增加了大量的注释。借助注释，译者不仅介绍文化背景、人物和典故，还解释小说中的时空转换、人物的意识流轨迹，填补了小说叙述上的空白点。这些注释固然可以起到帮助读者理解当时还比较陌生的意识流小说形式，但同时也极大地削弱了原著的意识流小说特征，①"有损原著所特有的那种由于时空混乱、情节交错而获得的扑朔迷离的艺术美，""取消了读者积极参与的必要，""损害了原著的艺术效果。"②

《喧哗与骚动》中的注释是对这部意识流名著明晰化、逻辑化的操纵。但如果回到当时的文化语境中考察，就不难理解译者添加如此详细注释的用心。由于中国读者长期与现代主义文学隔绝，其期待视野和审美能力与现代主义文学不相符。当时正值"现代派文学争论"的高潮，而"意识流"又是论争的焦点。译文如果不采取大量的注释，读者就看不懂，就更成了"现代派文学"译介反对者的攻击依据，意识流小说就无法输入中国，同时，译者也有遭受批判之虞。

---

① 出于这种担心，李文俊在译本序中建议："读者初次阅读时可以不看注，以免破坏自己的第一印象。"见李文俊：《序》，《喧哗与骚动》，李文俊译，上海：上海译文出版社，1984年，第15页。

② 肖明瀚：《文学作品翻译的忠实问题——谈〈喧哗与骚动〉的李译本的明晰化倾向》，《中国翻译》，1992年第3期，第38—42页。

"文革"期间,为了达到翻译的政治目的,防止读者出现超出预设目的的"误读",编译者甚至在译文中直接加入评点和按语。

　　创刊于 1973 年的《摘译》,是"文革"期间唯一的一种专门译介外国文学的刊物,而这个刊物的宗旨,即翻译为政治斗争服务。①《摘译》1976 年第 8 期刊载了署名为"万山红"翻译的苏联话剧《金色的篝火》②,编者不仅在译文前写了"编者的话",从总体上对该剧作进行批判,在译文中还不时插入按语,"供读者阅读、批判时参考。"这些按语,或反驳剧中人物的观点,或借题发挥,与苏联社会政治现实相联系,相机批判。《金色的篝火》译文是"文革"时期政治意识形态操纵文学翻译的典型例证。

四、外国文学史、文学批评等形式的操纵

　　根据勒菲弗尔的界说,除直接的翻译外,文学史撰写、文集编纂、批评、编辑等也是对原文的操纵③。

　　作为大学教材和参考书的外国文学史、外国文学作品选、外国文学参考资料以及外国文学参考书目等,也是翻译文本之外操纵的重要方式,并且是"最明显也最有效的经典构成形式"④。1959

---

① 《摘译》的编者在《答读者——关于〈摘译〉的编译方针》中明确表示:《摘译》的"主要任务是通过文艺揭示苏、美、日等国的社会思想、政治和经济状况,为反帝和批判资产阶级提供材料,所发表的作品主要是根据这个原则选定的"。所以,"《摘译》所发表的作品除少数属于进步和革命文艺外,大部分是毒草,是帝国主义的文艺、资产阶级的文艺"。见《摘译》,1976 年第 1 期,第 171—173 页。

② 伊西多尔·什托克著,原载苏联《戏剧生活》杂志,1974 年第 21 期。

③ André Lefevere, *Translation, Rewriting & the Manipulation of Literary Fame*, London and New York: Routledge, 1992, p. 8.

④ André Lefevere, *Translation, Rewriting & the Manipulation of Literary Fame*, London and New York: Routledge, 1992, p. 22.

年，人民文学出版社翻译出版了苏联学者阿尼克斯特著的《英国文学史纲》，该著作在第 7 章第 5 节中，将王尔德作为"颓废主义"的代表，在第 8 章"现代文学"一节中，将詹姆斯·乔伊斯、劳伦斯、艾略特、赫胥黎视为"颓废派文学"的代表性作家。①这些评论，导致了以上作家的作品被排除在翻译选择之外。

文学批评也是对作品操纵的重要策略。它一方面影响了翻译选材的决定，另一方面又影响了翻译作品在译语中意义的生成和读者的接受取向。

1950—70 年代，中国对外国现代主义文学作品采取了彻底否定的态度。1960 年代初，作家出版社和中国戏剧出版社翻译出版了十几种外国现代主义文学作品，②这些翻译作品都是以"内部发行"形式出版。在当时，"内部发行"形式，就是对作品政治鉴定的标签，说明出版的目的是只是"供批判用"。为引导读者批判，此类"内部发行"出版物都附有"出版说明"之类的文字。

例如，《局外人》译本的"出版说明"中说："亚尔培·加缪是法国反动的存在主义哲学思潮的主要代表人物之一。……写于一九四二年的《局外人》是一部能够充分体现加缪的反动哲学思想的中篇小说。""出版说明"最后说：

---

① 阿尼克斯特：《英国文学史纲》，戴镏龄等译，北京：人民文学出版社，1959 年，第 619—625 页。

② 其中包括加缪的《局外人》（孟安译，上海：上海文艺出版社，1961 年 12 月）、克鲁亚克的《在路上》（黄雨石等译，北京：作家出版社，1962 年 12 月）、尤琴·尤奈斯库的荒诞派戏剧《椅子》（黄雨石译，北京：中国戏剧出版社，1962）、塞林格的《麦田里的守望者》（施咸荣译，上海：作家出版社，1963 年 9 月）、让－保尔·萨特的《厌恶及其他》（郑永慧译，上海：作家出版社上海编译所，1965 年 4 月）、贝克特的《等待戈多》（施咸荣译，北京：中国戏剧出版社，1965 年）、弗·迪伦马特的《老妇还乡》（黄雨石译，北京：中国戏剧出版社，1965 年 12 月）、卡夫卡的《审判及其他》（李文俊、曹庸译，上海：作家出版社上海编译所，1966 年 1 月）等。

就是这样一部小说，西欧资产阶级却说它'深刻而严肃地阐明了人类良心上今天所遇到的问题'；书出版之后，销售量很大。我们这次介绍所根据的原书便是一九五八年第二百五十三版。这些都充分说明了西欧文化反动腐朽贫乏已到了怎样的程度。为了使我国文学工作者能够具体认识存在主义小说的真貌，为了配合反对资产阶级反动文艺思潮的斗争，我们特将本书译出出版。①

该译本还附录了苏联学者叶芙尼娜写的《关于加缪》，以"帮助读者进一步了解加缪究竟是怎样一个作家"。叶芙尼娜的文章说："加缪把他在接受诺贝尔奖金时所作的演说变成了对社会主义、对社会主义文学的欲盖弥彰的进攻。……亚尔培·加缪是当今确定现代颓废主义性质的最最典型的人物。"②

艾略特的作品在三四十年代曾有过一些译介，但1949年后，他的作品就被禁止翻译出版。60年代初，外国文学研究专家袁可嘉、王佐良等发表文章，批判艾略特，称艾略特是"美英帝国主义的御用文人"③、"美国性的法西斯文化的祭师"④，但是在1963年，却出版了《托·史·艾略特论文选》。该书为何能得以出版？"出版说明"说得很清楚：

艾略特在我国未形成什么"气候"，但在四十年代间，国内

---

① 上海文艺出版社：《出版说明》，《局外人》，孟安译，上海：上海文艺出版社，1961年，第3—4页。
② 叶芙尼娜：《关于加缪》，《局外人》，孟安译，上海：上海文艺出版社，1961年，第120页。
③ 袁可嘉：《托·史·艾略特——美英帝国主义的御用文人》，《文学评论》，1960年第4期，第14页。
④ 王佐良：《艾略特何许人?》，《文艺报》，1962年第2期，第42页。

报刊上曾介绍过他的一些作品。为了配合我们当前反对资产阶级反动文艺思潮和现代修正主义文艺思潮的斗争，我们选了他的有关文化思想和文学理论的一些主要文章，编成这个文选，为国内文学艺术研究者、批评工作者提供一点对立面的材料，以便彻底批判与揭露艾略特的反动的政治面目。①

可见，当时翻译出版艾略特的论文选集，并不是为了学习和借鉴艾略特的文学理论，而是为配合当时的文艺斗争，为批判提供"反面教材"。

五、结语

文本层面的操纵，是对原文直接的改写和增删，看似对原文的影响颇大，但毕竟只是零星、分散的，只在语句层面；而翻译选择、译本序跋、评价等，则是从宏观上对原文意义整体上的控制，决定了翻译作品在译语文学、文化系统中的价值大小，因此，其影响力度更大，操纵程度也更深刻。因此，我们对翻译文学中操纵现象的研究，不能仅局限在文本层面，应扩大研究范围——不仅要研究特定时期哪些作品被翻译了过来，翻译过来是出于什么目的；为了符合翻译目的，又通过译本序跋等形式对作品作了何种"改写"；作品翻译过来之后，又是如何通过文学批评对其进行定位的，等等。将译文层面和译文之外的文化操纵结合起来，才能比较全面地分析特定时期翻译文学的性质，从而对翻译文学与译语文化的关系有更深刻的认识。

---

① 上海文艺出版社：《出版说明》，《托·史·艾略特论文选》，上海：上海文艺出版社，1963年，第V页。

文化操纵与利用：意识形态与翻译文学经典的建构①

——以 20 世纪五六十年代中国的翻译文学为研究中心

翻译研究的文化学派认为，翻译是一种文化改写（cultural rewriting），也是一种文化操纵（cultural manipulation），② "所有的翻译都意味着出于某种目的而对原文某种程度上的操纵。"③ "改写"和"操纵"的观点揭示了译入语文化对于文学翻译的制约和利用的文化性质。

学术界目前还没有一个普遍认同的关于"经典"的界定。从一般意义上来理解，"经典"就是指具有典范意义的作品。翻译文学"经典"有三种含义，一是指翻译文学史上杰出的译作，如朱生豪译的莎剧、傅雷译的《约翰·克利斯朵夫》、杨必译的《名利场》等；二是指翻译过来的世界文学名著；三是指在译入语特定文化语境中被"经典化"（canonized）了的外国文学（翻译文学）④作品。本文所探讨的是第三种含义上的"经典"。因此，本文不是采用某个

---

① 本文原载《中国比较文学》，2004 年第 2 期。
② Susan Bassnett and André Lefevere. "General Editors' Preface." *Translation, Rewriting & Manipulation of Literary Fame*. London & New York：Routledge. 1992，p. vii.
③ Theo Hermans. "Introduction：Translation Studies and a New Paradigm." Theo Hermans，ed. *The Manipulation of Literary Translation*. London & Sydney：Croom Helm. 1985，p. 11.
④ 本文不用"外国文学经典"而用"翻译文学经典"，是因为中国大部分读者接触的"外国文学"实际上是翻译作品，"外国文学"很多时候指的就是翻译文学。并且，文学翻译的选择和翻译方式本身就是经典形成的重要方面。

"经典"标准来判定哪些作品是"经典",而只是从历史的角度,分析哪些作品在译入语文化的操纵下成为"经典化"的文本。本文以五六十年代中国的翻译文学为中心,从文学经典的角度,考察当意识形态处于文化多元系统主导地位的情况下,意识形态与翻译文学经典形成的关系。通过分析翻译文学经典的形成及其文化功能,揭示五六十年代中国对文学翻译的操纵及政治利用的文化性质。

一、意识形态与文学翻译选择

美国翻译理论家安德烈·勒菲弗尔(André Lefevere)将操纵文学翻译的基本力量归纳为三种,即意识形态[①]、诗学[②]和赞助人[③](Ideology, Poetics, Patronage)。纵观20世纪翻译文学史,意识形态对文学翻译的操纵更为明显。

20世纪中国文学从一开始就具有很强的政治功利化色彩。近代资产阶级改良派、革命家大多将文学作为政治改良和社会变革的手段。梁启超在《译印政治小说序》和《小说与群治之关系》中,更是突出强调了文学之于社会变革的重要性,鲜明体现了文学的社会

[①] "意识形态"是个涵义广泛的名词,学术界还没有一个普遍认同的界定。一般意义上,"意识形态"是指在特定文化语境中占据主导地位的思想系统,即某一阶级或社会集团的世界观或普遍观念。"这套思想观念使他们所拥有的占主导地位的政治权力合法化。"(Adanan K. Abdulla. "Aspects of Ideology in Translating Literature." Babel(1999): 45: 1—16)。本文中的"意识形态"主要指的是50—70年代中的政治意识形态。

[②] 勒菲弗尔的"诗学"概念比较含混,既可指文学意义上的"诗学"(literary poetics)(文学观念),又可指"翻译诗学"(translational poetics)。本文采用第一种理解,即指文学观念、创作原则和文学范式。

[③] 所谓"赞助人",是指"足以促进或阻碍文学的阅读、书写或重写的力量"。"赞助人"可以是个人,也可能是宗教组织、政党、阶级、官廷、出版社、大众传播机构等等。"赞助人"分为文学体制内的诗学因素和文学体制外的意识形态因素。归纳起来,实际上控制文学翻译的因素主要是意识形态和诗学两种。

功利性思想。这种文学的政治功利化取向成为 20 世纪中国文学的一条基本发展线索。

　　文学翻译也是如此。20 世纪中国的文学翻译存在两种价值取向：一是满足政治的诉求，二是满足文学发展的需要。这两种取向在大多数情况下并不能协调，因为能满足时代政治诉求的作品并不一定具有很高的文学价值，而能为创作文学提供借鉴的作品，其思想性又不一定符合时代主题的要求和意识形态的规范。文学翻译常常就处于这种两难选择中。但从总体上看，20 世纪中国的文学翻译基本上都是以满足时代政治的诉求为翻译价值取向，[①]尤其是在社会文化处于"共名"[②]状态，如"五四"、抗日战争和新中国成立后三个时期，"外国文学作品的思想性"成为"决定介绍与否的一个重要的条件"，[③]有时则是翻译选择的首要甚或唯一的条件。意识形态对文学翻译的制约、操纵，在中国 50—70 年代表现得最为突出。

　　1949 年后，中国逐渐建立起以马列主义为理论基础的社会主义政治意识形态。政治意识形态处于文化多元系统的主导地位。

　　政治意识形态为了自身的建设和巩固，对文学艺术提出了新的规范要求。50 年代初，我国文艺界从苏联引入了"社会主义现实主义"文学观念。社会主义现实主义"从产生之日起便主要是作为一种政策概念存在的。它并没有得到严格的科学解释，却又始终保持

---

　　① 参见谢天振、查明建：《从政治的需求到文学的追求——略论 20 世纪中国文化语境中的小说翻译》，《翻译季刊》，2000 年第 18、19 期，第 48—73 页。

　　② 所谓"共名"，即"当时代含有重大而统一的主题时，知识分子思考问题和探索问题的材料都来自时代的主题，个人的独立性被掩盖在时代主题之下。"在"共名"状态下，"文化工作和文学创造都成了'共名'的派生。"陈思和：《共名与无名》，《上海文学》，1996 年第 10 期，第 71 页。另载《陈思和自选集》，桂林：广西师范大学出版社，1997 年，第 139—152 页。

　　③ 卞之琳、叶水夫、袁可嘉、陈燊：《十年来的外国文学翻译和研究工作》，《文学评论》，1959 年第 5 期，第 42 页。

着规范和评价作品的意义"①。可见,社会主义现实主义文艺理论原本就带有政治诗学的意味,它与毛泽东《在延安文艺座谈会上的讲话》中提出的"无产阶级文学"概念以及"政治标准第一,艺术标准第二"的文艺批评标准相结合后,在五六十年代中国就更具有了政治意识形态色彩。50年代,社会主义现实主义文艺理论成了政治意识形态操纵文学艺术的权威话语,文学艺术被逐渐纳入到为政治服务的轨道。文学翻译也不例外,同样受到这种政治诗学观的制约和影响,从而成为政治意识形态话语生产的一种方式。

50年代,国家对民营出版机构进行了整顿,后又对其进行公私合营改造,合并了一些出版机构,并限定翻译文学作品只能由新成立的人民文学版社、上海文艺联合出版社(后改为上海新文艺出版社、上海文艺出版社)、中国戏剧出版社等少数出版社出版。②通过对翻译出版机构的调整,文学翻译的"赞助"系统完全统一到国家手里,改变了20世纪上半期"把译书当作自己的私事"③的现象。文学翻译已上升到国家行为层次,并且完全体制化,从而在体制上保证了文学翻译不再是"私人的事"④。

五六十年代中国虽然没有制定明确的翻译政策和翻译选择标准,但当时的政治意识形态和一些文艺政策同样对文学翻译起到了制约、规范作用。主流意识形态对翻译提出的要求是翻译介绍"优秀"和"进步"的外国文学作品。"优秀"和"进步"似乎是翻译的

---

① 柳鸣九:《二十世纪现实主义》,北京:社会科学文献出版社,1992年,第124页。
② 参见孙致礼:《1949—1966:我国英美文学翻译概论》,南京:译林出版社,1996年,第185—189页。
③ 沈志远:《翻译通报》"发刊词",《翻译通报》,1950年7月第1期。转引自孙致礼:《1949—1966:我国英美文学翻译概论》,南京:译林出版社,1996年,第185页。
④ 1931年,瞿秋白写信给鲁迅先生,信中就翻译世界无产阶级文学名著问题,说道:"谁能够说:这是私人的事??!谁?!"(瞿秋白:《论翻译——给鲁迅的信》,《瞿秋白文集·文学编》第1卷,北京:人民文学出版社,1985年,第504页。)

选择标准,但这两个词涵义模糊,指向不明。政治意识形态掌控着"优秀"和"进步"的阐释权,决定了哪些作品属于"优秀"和"进步"。因此,随着政治意识形态的变化,"优秀"和"进步"所指涉的作品对象也相应跟着变化。一些50年代初还被视为"优秀"和"进步"的作品,如《简·爱》、《红与黑》、《约翰·克里斯多夫》等,等到了60年代,由于"极左"思潮的盛行,就又成了批判的对象,不再属于"优秀"、"进步"作品之列了。按50年代政治意识形态尺度,大致说来,所谓"优秀"和"进步"的作品,就是指在思想性上符合社会主义、共产主义意识形态,在创作方法上体现了现实主义、尤其是社会主义现实主义创作原则。

虽然勒菲威尔提出的制约文学翻译的"三因素"中,诗学也是其中的一种主要操纵力量。但在政治意识形态处于文化系统主导性地位的情况下,诗学本身也受制于政治意识形态,成为政治意识形态的附庸。因社会主义现实主义的政治诗学性质,中国五六十年代的政治意识形态和诗学在文学翻译选择上实际上是一种合谋关系,共同维护和强化着政治意识形态权力话语。政治意识形态以"优秀"和"进步"为名操纵着翻译选择范围、对象,实际上就将文学翻译牢牢地控制在为政治意识形态服务的运行轨道。

苏联社会主义现实主义文学当时被视为中国文学界学习的典范,最符合"优秀"和"进步"的翻译选择标准,因此成为文学翻译的重点和热点。从1949年10月到1958年12月,中国翻译出版的俄苏文学作品达3526种,占这一时期翻译出版外国文学艺术作品品种总数65.8%以上,而总印数更高达8千多万册,占整个外国文学译本总数74.4%强。[①]其中苏联文学又占了俄苏文学翻译出版总量

[①] 卞之琳、叶水夫、袁可嘉、陈燊:《十年来的外国文学翻译和研究工作》,《文学评论》,1959年第5期,第47页。

的9成以上。可见苏联文学在当时受重视的程度。受这种政治意识形态环境的影响，翻译界热情地保持着对苏联当代文学的跟踪翻译，苏联一有文学新作发表，很短时间内即有中译本问世，甚至还出现了抢译现象。

五六十年代中国文学翻译的另一个重点是对人民民主国家和亚非拉国家文学的翻译。从世界文学角度来看，其中有些国家的文学不甚或很不发达，处于世界文学多元系统的边缘。但正如50年代末的一篇文章所指出的："我们现在翻译人民民主国家的文学作品……主要为了增进我们兄弟国家人民之间的友好团结，在我们新的社会建设中互相鼓舞，在我们新的文学创造中交流经验。……我们的优良传统的这一个方面，现在在一定意义上，就发挥在我国翻译界对亚、非、拉丁美洲文学的重视上。"①因此，它们成为翻译的重点对象。很明显，五六十年代中国热情翻译东欧、东德以及越南、阿尔巴尼亚、朝鲜、罗马尼亚、古巴等国家的文学作品，其目的不是在"文学"，而是将翻译作为增进友谊、加强国家之间亲和关系的手段。同时，借助对这些国家文学的翻译，来丰富自身的政治意识形态话语，增强政治权力的合法性和权威性。

五六十年代对欧美国家文学的翻译主要是古典名家作品（主要是20世纪上半期旧译重版、重印），如莎士比亚、塞万提斯、拉伯雷、巴尔扎克、雨果、司汤达、左拉、狄更斯、哈代、海涅等人的作品。它们大多是作为"批判继承"的对象而翻译过来的。这些作家作品，有的曾得到马克思、恩格斯的赞扬，有的是运用了现实主义创作方法，在思想内容方面，有的具有"反封建的进步意义"，有的"揭露了资本主义制度的腐朽和残酷"，因此对这些作品的译介也就

---

① 卞之琳、叶水夫、袁可嘉、陈燊：《十年来的外国文学翻译和研究工作》，《文学评论》，1959年第5期，第47页。

具有了的政治合法性。

至于欧美现当代文学,只有少数作家作品符合"优秀"和"进步"的标准。50年代前期为中国所允许译介的资本主义国家当代作家,有英国的萧伯纳、高尔斯华绥,法国的罗曼·罗兰、阿拉贡、巴比塞、保尔·艾吕雅、安·斯梯,德国的托马斯·曼、史·海姆,丹麦的尼克索、汉斯·基亚克,美国的德莱塞、斯坦贝克、杰克·伦敦、法斯特、马尔兹、休斯,日本的小林多喜二、德永直、宫本百合子等。这些作家中,如阿拉贡、巴比塞、小林多喜二、德永直、宫本百合子、法斯特、尼克索等,出身于"无产阶级"或为"共产党员"作家,"天然"具备了被译介的政治条件;①其他作家或因其作品"揭露了资本主义制度的腐朽本质",或因描写了"下层劳动人民的苦难生活",因而被视为"进步"作家,也就获得了被译介的政治资格。而20世纪文学史上的一些著名作家,如艾略特、叶芝、乔伊斯、卡夫卡、D.H.劳伦斯②、萨特③、加缪、黑塞、菲茨杰

---

① 资本主义国家当代作家的阶级出身和政治背景也是五六十年代政治意识形态对其作品决定"译还是不译"的重要考量。法斯特是美国当代作家中中国50年代翻译其作品最多的作家。他脱离美国共产党之前的所有作品几乎全部翻译过来。而他1956年脱党,就失去了"进步"作家的身份,因而也就失去了被译介的资格。不仅如此,1958年作家出版社还编辑出版了曹禺、袁水拍等人撰写的批判小册子《斥叛徒法斯特》。

② D.H.劳伦斯"是英国矿工家庭出身",本应获得译介的资格。其作品之所以受排斥,是因为其作品内容中的"极端腐朽思想",而"他那极端腐朽的思想""使他完全背叛了自己的阶级"。参见袁可嘉:《略论美英"现代派"诗歌》,《文学评论》,1963年第3期。

③ 萨特对中国非常友好。1955年萨特来华访问,并在《人民日报》上发表了《我对新中国的观感》,文中热情赞颂新中国,并说"对这个曾经遭受过多少苦难,而且今天又能够不计较旧日仇恨的伟大国家,法国人民只能抱有一种情感,那就是:友谊。"(萨特:《我对新中国的观感》,《人民日报》1955年11月2日)但他的存在主义戏剧和小说与中国当时的意识形态相冲突,也不符合主流文学观念,因此他的作品还是不被允许公开翻译出版,而只能采取"内部发行"的形式。

拉德、奥尼尔、海明威、福克纳等,他们的作品,或与社会主义意识形态相冲突、或不符合现实主义规范,总之,不符合"优秀"和"进步"的标准,因而遭到了冷落和拒绝。

50年代末开始,"左倾"意识形态愈演愈烈,政治意识形态加剧了对文学翻译的控制,符合翻译选择标准的作品也越来越少。60年代初,由于中苏关系的恶化,苏联文学作品的翻译也大幅度减少,1964年后就基本停止;而欧美资本主义国家文学的译介受到了最高当局的批评①,外国文学界对欧洲批判现实主义文学也提出了质疑和批判②。60年代,朝鲜、越南、阿尔巴尼亚、古巴、智利等国家文学成为文学翻译的重点。文革开始后,文学翻译完全停止,到了"文革"后期的1972年,才开始有限度地恢复。公开翻译出版的有高尔基、法捷耶夫、奥斯特洛夫斯基、小林多喜二等少数作家作品以及朝鲜、越南、阿尔巴尼亚短篇小说选集等,总共20余种。更多的翻译作品是以"内部发行"形式出版,除"内部发行"刊物《摘译》上译载的作品外,出版的译作单行本有40多种,主要是苏联、美国和日本当代文学作品。但无论是"供批判用"的"内部发行"翻译作品,还是公开出版发行的《钢铁是怎样炼成的》等作品,此时都是被用

---

① 毛泽东在1963年12月12日的一份文件上作了这样的批示:"许多共产党人热心提倡封建主义和资本主义文艺,却不热心提倡社会主义的文艺,岂非咄咄怪事。"见毛泽东:《关于文学艺术的两个批示》,《人民日报》1967年5月28日;另载冯牧主编《中国新文学大系1949—1976·文艺理论卷》第1集,上海:上海文艺出版社,1997年,第70页。

② 因政治意识形态的原因,外国文学界对欧洲19世纪批判现实主义文学的态度出现逆转,批判它们"是以个人主义为中心的形形色色资产阶级思想的总汇,"里面"普遍存在"着"悲观主义、虚无主义、个人至上主义等思想"。参见冯至:《外国文学工作者在毛泽东思想的旗帜下前进》,《世界文学》,1966年第1期,第182—194页。

来作为国内和国际政治斗争的工具。①文革时期的文学翻译，更是体现了政治意识形态对文学翻译的极端操纵和利用。②

二、意识形态的操纵与翻译文学经典的形成

从上文分析的五六十年代文学翻译情况可以看出，中国当时的文学翻译目的不是在文学方面，而主要是在政治意识形态方面。

政治意识形态通过对翻译选择标准的操纵，建构了一个翻译文学形式库(repertoire of translated literature)。这个形式库中的作品，尽管都是经过了政治意识形态的检测，与政治意识形态不相违背，但它们的地位并不是平等的。如埃文－佐哈(Itamar Even-Zohar)所说，"翻译文学本身也有层次之分……在某部分翻译文学占据中心位置的同时，另一些部分的翻译文学可能处于边缘位置。"③处于中心的就有可能被经典化，成为翻译文学的经典。埃文－佐哈还提出了"静态经典"(static canons)和"动态经典"(dynamic canons)概念。他指出，"静态经典"的意义只停留在文本层面，即译入语只是因其在世界文学史上的文学声誉而把它们看成是经典，但它们的"文学

---

① 1976年人民文学出版社出版的《钢铁是怎样炼成的》新译本(黑龙江大学俄语系翻译组和俄语系72级工农兵学员译)"前言"中说："这部小说形象地告诉我们，为捍卫和巩固无产阶级专政必须进行艰苦卓绝的斗争"，"今天，在产生这部小说的苏联，保尔·柯察金用鲜血捍卫的红旗，已被苏修叛徒集团践踏在地。"因此，"今天阅读这部小说，会使我们更加珍爱无产阶级专政，更加憎恨苏修叛徒集团，更加坚定把反修防修斗争进行到底的决心。"见奥斯特洛夫斯基：《钢铁是怎样炼成的》，北京：人民文学出版社，1976年，第1—12页。

② 参见谢天振、查明建：《从政治的需求到文学的追求——略论20世纪中国文化语境中的小说翻译》，《翻译季刊》，2000年第18、19期，第58—61页。

③ 伊塔马·埃文－佐哈：《翻译文学在文学多元系统中的位置》，庄柔玉译，陈德鸿、张南峰编：《西方翻译理论精选》，香港：香港城市大学出版社，2000年，第121页。

能产性已经终结","缺乏影响力和效率"①,说得更明确点,就是"它们既不能满足当下流行的文学规范,又不能提供新文本创作的有效范式"②。"动态经典"的意义是在模式层面,即能为译入语文学文化、文学系统提供一个"能产(productive)的原则",起创作典范作用。"对于系统进程来说,第二种经典化(即动态经典化——笔者)才是最关键的。"③

那么,中国五六十年代哪些作品会处于翻译文学系统的中心,哪些处于边缘?或者说,翻译文学"经典化"和"动态经典化"的形式库是如何确立、形成的呢?

在政治意识形态的操纵下,五六十年代中国形成了一套文学"等级"观念。这套观念认为,狄更斯、萨克雷、夏洛特·勃朗蒂、巴尔扎克的文学地位要高于左拉,因为前者体现了马克思、恩格斯总结和赞扬的"典型化"的现实主义创作原则,而后者有"自然主义"倾向;小林多喜二、尼克索高于高尔斯华绥、托马斯·曼,虽然后者是"批判现实主义作家",但前者是无产阶级作家,更具有"进步性";拜伦、雪莱高于华兹华斯、济慈,因为根据高尔基对"积极浪漫主义"和"消极浪漫主义"的界说,④前者属于"积极浪漫主义"诗人,后者属于"消极浪漫主义"诗人。⑤简要概括起来,即现实主义文学高于非现实主义文学;批判现实主义文学和积极浪漫主义文学高于一般现实主义和浪漫主义文学;社会主义现实

---

① 伊塔马·埃文-佐哈:《多元系统论》,张南峰译,《中外文学》,2001年第3期,第28页。

② Rakefet Sheffy,"The Concept of Canonicity in Polysystem Theory," Poetics Today,1990(3):517.

③ 伊塔马·埃文-佐哈:《多元系统论》,张南峰译,《中外文学》,2001年第3期,第27页。

④ 高尔基:《我怎样学习写作》,戈宝权译,北京:三联书店,1951年,第11—12页。

⑤ 洪子诚:《中国当代文学史》,北京:北京大学出版社,1999年,第21页。

主义以及无产阶级文学又高于批判现实主义文学和积极浪漫主义文学，处于文学金字塔的顶端。明显可以看出，这套文学等级模式与政治意识形态的关系，作品地位的高低实际上取决于它们对意识形态的可利用程度。因此，处于文学等级金字塔顶端的社会主义现实主义和无产阶级文学作品，最有可能被经典化，成为当时的"动态经典"。

"动态经典"最能体现意识形态对文学翻译操纵的价值。"动态经典"不仅能丰富意识形态话语，还能提供一种话语生产模式，成为中国自身意识形态话语生产的典范。因此，那些具有较高意识形态利用价值的作品就被推向了"动态经典"的位置。

意识形态和文艺部门对翻译作品的宣传和表彰是操纵"动态经典"形成的重要方式。

1949年后，中国政治、外交上向苏联"一边倒"，文艺政策和理论也仿效苏联。社会主义现实主义被宣扬成世界上"最先进"的创作方法，因而苏联文学也就成了世界上"最先进"的文学，是中国作家"学习的最好范本"。[①]在这种宣传、鼓动下，苏联文学被普遍"经典化"。而那些当时获得斯大林文学奖的作品，则更是受到推崇。兹举两例。

谢苗·巴巴耶夫斯基的小说《金星英雄》及其续篇《光明普照大地》（又译为《光明照耀大地》、《地上的光明》）分别于1948、1950年获得斯大林文学奖。中国在1949—1953年出版了《金星英雄》的4种中译本，其续篇也出版有2种译本。当时文艺界还召开座谈会，高度评价该作品。报刊上也大量发表了诸如《社会主义现实主义剧作的典范》、《向〈金星英雄〉学习表现人民和生活》等赞

[①] 参见周扬：《社会主义现实主义——中国文学的道路》、《为创造更多的优秀的文学艺术作品而奋斗》等。《周扬文集》第2卷，北京：人民文学出版社，1985年。

扬文章。苏洛夫的四幕剧《莫斯科的黎明》，1951年获得斯大林文学奖。这部剧作在1951、1952年短短两年间出现了6种中译本！以上三部作品都是体现了"无冲突论"创作原则的歌功颂德之作。这些作品之所以受到如此推崇，一方面是因其获得斯大林文学奖而加以迎合；另一方面，也是更重要的，是希望中国作家据以仿效。

在政治意识形态的推许下，高尔基的《母亲》、《海燕》，奥斯特洛夫斯基的《钢铁是怎样炼成的》①，科斯莫捷米扬斯卡娅的《卓娅和舒拉的故事》②，法捷耶夫的《青年近卫军》、马雅可夫斯基的《列宁！》、《好！》，比留柯夫的《海鸥》③，巴巴耶夫斯基的《金星英雄》、《光明普照大地》，潘菲洛夫的《磨刀石农庄》，尼古拉耶娃的《拖拉机站站长和总农艺师的故事》以及英国伏尼契的《牛虻》④，捷克尤·伏契克的《绞刑架下的报告》⑤，日本小林多喜二的《蟹工船》、《党生活者》，德永直的《静静的群山》、《没有太阳的街》等，都先后成为五六十年代中国翻译文学的"动态经典"。

外国文学参考书目的编制和作为大学教材的外国文学作品选编选，也是翻译文学经典操纵的方式，并且是"最明显也最有效的经

---

① 梅益译的《钢铁是怎样炼成的》译本新中国成立后分别由三联书店、人民文学、少年儿童出版社出版，1949—1965年间重印了48次，总印数达150多万册。

② 《卓娅和舒拉的故事》出版有3种译本（其中2种是节译本），1952—1958年期间的总印数达206万册。

③ 1954年中国青年出版社翻译出版，各种报刊发表了30多篇赞扬该小说文章，上海人民出版社还出版了《向〈海鸥〉学习》一书。

④ 该译本由李俍民译，中国青年出版社1953年出版。此后多次重印，到1979年为止，总印数高达130多万册，成为50—70年代出版发行量最高的英国文学中译本。

⑤ 《绞刑架下的报告》在五六十年代中国与《钢铁是怎样炼成的》、《牛虻》齐名，也是作为青少年政治思想教育的经典读物。刘辽逸的俄文转译本、陈敬容的法文转译本和冯至的德文转译本出版总印数达60万册。另外，1955年中国青年出版社还出版了《伏契克文集》，印数也达4千册。

典构成形式"①。

1957年7月,中国作家协会主席团第7次扩大会议通过了"文艺工作者学习政治理论和古典文学的参考书目","书目说明"中指出,编制该书的目的,"是为了帮助文艺工作者选择读物,以便有系统有计划地进行自修而开列的。"其选目原则是"只开列了最有社会影响的一些作家的代表作品"。书目中外国文学部分共开列了102种,其中"俄罗斯和苏联部分"开列的作品最多,达34种。耐人寻味的是,"书目说明"中明确说明"所开列的文学作品,只限于古典作品"②,但高尔基、马雅可夫斯基、罗曼·罗兰(开列的作品为《约翰·克利斯朵夫》)、巴比塞(开列的作品为《火线下》)、萧伯纳、杰克·伦敦(开列的作品为《铁蹄》)等现代作家的作品,也豁然列入其中。书目中开列的莎士比亚、巴尔扎克、莫里哀、雨果等经典名家作品,如以上分析,在五六十年代只具有"静态经典"的意义,中国文学系统真正期许的,是高尔基、马雅可夫斯基等当代作家的作品,将这些作家作品列入"古典文学名著"书目,明显是将它们作为"动态经典",为当下的文学树立创作典范。

我们再来看一下60年代初编选出版的《外国文学作品选》③选目。该《作品选》当时是高校试用教材。《作品选》分为4卷,前3卷是古代和近代文学部分,第4卷是"现代部分"。作为教材,《外国文学作品选》选收作品自然有限,但其选目还是比较充分地反映了当时中国文化视野中的世界文学经典情况。如第4卷入选的作

---

① André Lefevere, *Translation, Rewriting & the Manipulation of Literary Fame*. London: Routledge. 1992, p.22.

② 《文艺工作者学习政治理论和古典文学的参考书目》,《文艺学习》,1954年第5期,第3—6页。

③ 周煦良主编:《外国文学作品选》(1—4卷),上海:上海文艺出版社,1961—1963年。

品，主要就是朝鲜、阿尔巴尼亚、南斯拉夫、罗马尼亚、保加利亚、捷克斯洛伐克、古巴、巴西、加纳等家国的文学作品，可以明显看出选目背后意识形态的倾向。

如果将50年代的"参考书目"和60年代的"作品选"选目作一下对照，可以清楚地看出意识形态与经典构成的关系。50年代初曾被"破格"列入"古典文学参考书目"的罗曼·罗兰、法朗士、巴比塞、萧伯纳等作家作品，到了60年代，这些作品受到了评判或排斥，因此《作品选》不再选入。①选目的变化，表面上看，似乎只是选择标准的嬗变，而实际上则是意识形态操纵的结果。

那么五六十年代中国如何看待那些世界古典文学名著？它们在翻译文学系统中又处于什么样位置？

五六十年代中国也翻译出版（或20世纪上半期的旧译重版、重印）了但丁、莎士比亚、塞万提斯、雨果、斯丹达尔、狄更斯、哈代、勃朗特姐妹等欧洲古典名家的一些作品，并拥有不少读者。但从当时政治意识形态角度看，它们虽然在反封建和揭露资本主义社会制度的黑暗等方面有一定的进步意义，但对当下的政治意识形态和文学创作并无大的建设性意义，既不能满足当下意识形态话语的需要，也不能为文学创作起到典范作用——中国已在苏联文学中找到了"最先进的"文学创作方法。因此，这些作品只具有"静态经典"的意义，只能作为"批判地继承"的对象。所谓"批判地继承"，在当时，实际上是批判多于继承，或者只作批判不谈继承。这种文学的政治功利观导致了当时出现了"托尔斯泰没得用"之类的言论。论者的理由是："托尔斯泰不会反映我们的时代。如果让托尔斯泰来到今天，他不见得能把我们的时代反映好，更谈不到准确和

---

① 1979年出版的《作品选》新1版中，阿尔巴尼亚、捷克斯洛伐克、加纳等国四篇作品被删去，增加了罗曼·罗兰、法朗士、萧伯纳、高尔斯华绥、托马斯·曼、卡夫卡、安德力奇等作家14篇作品（片断）。

成为'艺术精品'了。"①见微知著,从这种观点可以看出当时中国对待外国古典文学的态度和文学的政治功利化倾向。

勒菲弗尔指出:"体制总是强化或试图强化某一时期的主流诗学,其方式就是将这种主流诗学作为当下创作的衡量标准。因此,某些文学作品在出版后不长的时间内会被提升为'经典',而别的作品就遭到拒绝。"②中国五六十年代在建构世界文学(翻译文学)经典的同时,还建构了一个"供评判"的"反面经典"文库。

"文革"前,作家出版社和中国戏剧出版社以"内部发行"的形式翻译出版了二战后出现的荒诞派、存在主义、垮掉的一代等现代派文学作品,总共十几种。③ 这些作品按现在的文学标准,几乎都是当代外国文学名著。但它们与五六十年代中国的意识形态和诗学规范相背离,因而被视为意识形态和诗学的颠覆者。将它们也翻译过来,其用意是把它们作为"优秀"、"进步"文学相对照的"另类"(the others)和"反面教材",以衬托和维护已确立的翻译文学"经典"的典范性和合法性。

三、翻译文学"经典"的文化功能

上文在论及意识形态对翻译选择和经典形成的操纵时,已分析意识形态操纵的目的。而翻译文学"经典"的文化功能,实际上就

---

① 谭微:《托尔斯泰没得用》,《新民晚报》1958年10月6日。

② André Lefevere, *Translation, Rewriting & the Manipulation of Literary Fame*, London: Routledge, 1992, p.19.

③ 如加缪的《局外人》、奥斯本的《愤怒的回顾》、克鲁亚克的《在路上》、尤琴·尤奈斯库的《椅子》、J.D.塞林格的《麦田里的守望者》、萨特的《厌恶及其他》、萨缪尔·贝克特的《等待戈多》、弗·迪伦马特的《老妇还乡》、艾特玛托夫的《艾特玛托夫小说集》、卡夫卡的《审判及其他》。因这些"内部发行"的作品封面均为淡黄色,世称"黄皮书"。

是意识形态操纵目的的具体实现。勒菲威尔指出:"意识形态经常是由赞助人,即委托和出版译作的人和机构,而得到强化。"①意识形态将那些具有政治利用潜质的翻译作品操纵为"经典",其目的就是希望这些经典能发挥典范作用,使文学创作能"紧守由它[们]经典化的性质",②从而强化意识形态话语,巩固其在文化多元系统中的主导性地位。

因此,五六十年代的翻译文学经典具有了双重功能。一方面是借助这些"经典",丰富意识形态话语空间,强化意识形态权力话语的合法性和权威性;另一方面是为文学创作树立典范。翻译文学"经典"的意识形态和诗学功能相互为用,互为一体,难以决然分开。上文提及的高尔基、马雅可夫斯基、奥斯特洛夫斯基、法捷耶夫、科斯莫捷米扬斯卡娅、巴巴耶夫斯基、比留柯夫、潘菲洛夫、伏尼契、伏契克、小林多喜二、德永直等作家的作品,在当时的文化语境中,不仅是文学创作的典范,对文学创作产生了影响,同时也是政治意识形态的经典。有的翻译文学"经典",如《钢铁是怎样炼成的》、《牛虻》、《绞刑架下的报告》等,就是作为对青少年进行"共产主义思想教育的很好的教材",③而被选入了中学文学(语文)课本。

佛克马在考察了1949年后中国的文学经典构成情况后,认为可以从中国的经典形成和重构现象,得出"一个看来是非常重要的结论",即"只有当一政治或宗教机构决定对文学的社会作用较少表示担忧时,它才会在经典的构成方面允许某种自由"。并指出,"意识

---

① André Lefevere, ed. *Translation/History/Culture: A Source Book*, London: Routlege, 1992, p.14.

② 伊塔马·埃文-佐哈:《多元系统论》,张南峰译,《中外文学》,2001年第3期,第25页。

③ 如《1955年初级中学文学教学大纲(草案)》就明确指出:"苏联文学是世界上最先进的文学,是社会主义现实主义创作的范例,是对我国青年进行共产主义思想教育的很好的教材。"

形态的灌输使得一种严格的经典成为必要,而且只有放弃进行意识形态控制的目的,文学经典才能获得解放。"①80年代由于政治意识形态和文学观念的变化,形成了新的翻译选择规范和新的翻译文学经典库(canonized repertoire),与五六十年代的翻译文学"经典"出现了戏剧性的换位:原来处于边缘状态的外国现当代文学走向翻译文学多元系统的中心位置,而原来处于中心地位的社会主义文学、无产阶级文学以及越南、朝鲜等社会主义国家的文学,则被挤向边缘。五六十年代备受推崇的作家作品基本上都受到冷落,②而当年作为"供批判用"的"反面经典",如卡夫卡、加缪、萨特、海勒等人

---

① 佛克马、蚁布思:《文学研究与文化参与》,俞国强译,北京:北京大学出版社,1996年,第47、49页。

② 比如,日本文学方面,小林多喜二的作品只是在70年代末、80年代初出版了几种中译本,如《为党生活的人》(卡立强译,北京:人民文学出版社,1979)、《蟹工船》(日汉对照,李思敬译注,北京:北京出版社,1981)、《小林多喜二小说选》(文洁若译,北京:人民文学出版社,1983)等,1983年到90年代中期这期间,未出版新译本;德永直的作品在80年代只出版了《最初的记忆》(日汉对照本,朱金和译注,上海:上海译文出版社,1984)、小说选《没有太阳的街》(从五六十年代出版的《德永直选集》中编选重版,李芒等译,北京:人民文学出版社,1985),宫本百合子的作品则没有任何译介。苏联文学方面,巴巴耶夫斯基的作品只翻译出版了《野茫茫》(力冈译,杭州:浙江文艺出版社,1983),其后就未有译介,苏洛夫的作品没有任何译介;无产阶级文学的经典、奥斯特洛夫斯基的《钢铁是怎样炼成的》只是在80年代初重版、重印了梅益译本,此后直至90年代中期一直遭到冷落,柳博芙·科斯莫杰米扬斯卡娅的《卓娅和舒拉的故事》,只是在1980年重印了尤侠译本。丹麦共产党员作家尼克索的作品,只在80年代初重版了《普通人狄蒂》和《蒂特:人的女儿》的50年代译本,而汉斯·基亚克的作品则不再见有中译,法国巴比塞、保尔·艾吕雅、德国安娜·西格斯的作品,在80年代都未有新译问世。德莱塞、杰克·伦敦、阿尔伯特·马尔兹的作品在五六十年代翻译得非常全面,而在80年代,他们作品的中译出版数量大为减少;五六十年代"战斗的美国黑人文学"(参见施咸荣:《战斗的美国黑人文学》,《世界文学》,1965年第5期)的代表作家兰斯顿·休斯,其诗歌在80年代也无甚译介。90年代中期以后,有些五六十年代的经典又获得重新出版。比如《钢铁是怎样炼成的》,在1995年后的短短三四年间,出现了近30种新译本。《卓娅和舒拉的故事》在90年代中后期也出版了3种新译本。五六十年代翻译文学经典的重译是另外一个话题,本文这里不展开讨论。

的作品，则从翻译文学系统的边缘走向了中心。①除此之外，五六十年代译介较少或受到排斥的外国现代文学名家，如尤金·奥尼尔、海明威、福克纳、索尔·贝娄、赫勒、波德莱尔、普鲁斯特、伍尔芙、乔伊斯、劳伦斯、托马斯·曼、帕斯捷尔纳克、叶赛宁、阿赫玛托娃、博尔赫斯、米·安·阿斯图里亚斯、川端康成，60年代之后出现的重要作家，如艾特玛托夫、邦达列夫、冯尼格、艾·巴·辛格、约翰·契弗、罗伯·格里耶、加西亚·马尔克斯、巴尔加斯·略萨等，也迅速成为八九十年代文学翻译的热点，中国不仅对他们译介得比较全面，而且其主要作品还出现了复译本。《变形记》、《死无葬身之地》、《局外人》、《等待戈多》、《老人与海》、《丧钟为谁而鸣》、《喧哗与骚动》、《墙上的斑点》、《达洛维夫人》、《追忆逝水年华》、《尤利西斯》、《第二十二条军规》、《百年孤独》、《小径分岔的花园》、《白轮船》等等，成了80年代翻译文学的"动态经典"。

"文变染乎世情，兴废系乎时序。"一个时代有一个时代的文学，一个时代也有一个时代的翻译文学和翻译文学经典。五六十年代中国出于意识形态的需要，解构了20世纪上半期建立的翻译文学经典库，而重建一套翻译文学"经典"，与共时性的世界文学经典库形成了明显的错位。正如赫曼斯所说："翻译史给我们提供了文化自我界定的独特的、第一手证据。"②中国五六十年代对翻译文学经典的重构，深刻地体现了中国的政治文化语境对文学翻译的制约，充分说明，语言层面上的转换只是文学翻译的外在形式，其实质是译入语文化对外国文学的文化操纵和利用。

---

① 这种戏剧性的换位现象，也验证了埃文-佐哈的假说："任何经典化文本都随时有可能被回收进形式库，再次成为经典化模式。"见伊塔玛·埃文-佐哈：《多元系统论》，张南峰译，《中外文学》，2001年第3期，第28页。

② 西奥·赫曼斯：《翻译的再现》，谢天振主编：《翻译的理论建构与文化透视》，上海：上海外语教育出版社，2000年，第12—13页。

权力话语、文学翻译选择与文化利用[①]

——从文学翻译角度看中国20世纪50—70年代的跨文化对话

一、福柯的权力话语理论与勒菲弗尔的"三因素"论

美国翻译理论家安德烈·勒菲弗尔(André Lefevere)认为,译入语文化中,意识形态、诗学和赞助人(Ideology, Poetics, Patronage)是操纵文学翻译的三种基本力量。[②]如果从法国思想家米歇尔·福柯(Michel Foucault)的权力和话语理论角度看,勒菲弗尔的"三因素论"揭示了翻译中的权力关系,意识形态、诗学和赞助人也就是译入语文化多元系统中操纵翻译活动的话语和权力。

米歇尔·福柯(Michel Foucault)认为,一个社会秩序的建立和维护,有赖于一套话语机制,这套话语机制由权力支配和维持。为了维护某种话语的权威地位和"真理效果",权力制定某种话语规范,以压制和排斥与权力话语相对立的、具有危害性和

[①] 本文原载《跨文化对话》,2004年总第15期。
[②] André Lefevere, *Translation, Rewriting and the Manipulation of Literary Fame*, London: Routledge, 1992, p.28.

颠覆性的话语。①

50—70年代，政治意识形态和诗学是以权力话语的形式来操纵文学翻译的。它们支配、控制了文学翻译的选材、翻译策略以及对译作的阐释和接受，因而也就决定了跨文化对话的规模、形式和目的。

二、50年代后文学翻译领域里的权力话语

1949年后，中国逐渐建立起以马列主义为核心的社会主义政治意识形态。政治意识形态处于中国当代文化多元系统的主导性地位。政治意识形态为了自身的建设和巩固，对文学艺术提出了新的要求。

中国新建立的文学规范，"一方面把毛泽东的《讲话》作为思想原则和指导方针予以发挥，一方面把解放区文艺作为新中国文学的雏形和楷模予以推广，由此形成它同解放区文艺和文学理论的直接继承关系。"②这种继承关系的核心，按当时文艺理论家的阐释，就是"革命的现实主义"，或称为"无产阶级现实主义"。

50年代初，由于中国实行向苏联"一边倒"的政策，文艺上也依循了苏联文艺路线，苏联社会主义现实主义的原则受到推崇。社会主义现实主义文艺观"从产生之日起便主要是作为一种政策概念

---

① 本文对福柯关于权力和话语的引述，综合参考了福柯的 *Madness and Civilization*: *A History of Insanity in the Age of Reason* (trans. by Richard Howard, New York: Vintage Books, 1973), *Discipline and Punish*: *The Birth of the Prison* (trans. by Alan Sheridan, New York: Random House, 1977), *Power/Knowledge* (ed. by Colin Gordon, New York: Pantheon Books, 1980),《权力的眼睛——福柯访谈录》(严锋译，上海：上海人民出版社，1997年)以及《20世纪西方美学》(周宪著，南京：南京大学出版社，1999年，第394—411页)。

② 冯牧、王又平:《新文学大系1949—1976·文学理论卷·序》，上海：上海文艺出版社，1997年，第3页。

存在的。它并没有得到严格的科学解释,却又始终保持着规范和评价作品的意义"①。可见,社会主义现实主义文艺理论原本就带有政治诗学意味。中国文艺理论家将毛泽东《讲话》中提出的"无产阶级社会主义"理论、解放区的工农兵文学和五四以来的革命文学的实践,与苏联的社会主义现实主义原则加以整合,作为中国文艺创作和批评的指导原则。这种文艺原则,在1953年秋季召开的第二次文代会上,"被正式确立为新中国文艺创作和批评的'基本方向'和'最高准则'"②。

50年代,社会主义现实主义文艺理论成了政治意识形态操纵文学艺术的权威话语,文学艺术被逐渐纳入到为政治服务的轨道。文学翻译也不例外,同样受到这种文艺观念的制约和影响,成为政治意识形态话语生产的工具。

福柯认为,权力不是给定的,而是在运作中得以实现的。权力与话语之间存在一种互相依赖、互相生产的关系。政治权力需要文艺来维护,同时,权力又支持了文艺系统的主流话语。在文学翻译系统中,政治意识形态话语和主流诗学话语都是支配文学翻译选择的权力话语,它们相互为用,异口同声,形成一种合谋关系,共同维护和强化着政治权力和社会秩序规范。

五六十年代,中国虽然没有具体制定翻译选择规范,但提出了一个基本原则,即要求翻译介绍"优秀"和"进步"的外国文学作品。"优秀"和"进步"就成了文学翻译选择的标准。但"优秀"和"进步"是涵义模糊的,带有很强的主观判断色彩,即所指和能指之间并没有客观规定性,不同的主体理解中,"优秀"和"进

---

① 柳鸣九:《二十世纪现实主义》,北京:社会科学文献出版社,1992年,第124页。

② 冯牧、王又平:《新文学大系1949—1976:文学理论卷·序》,上海:上海文艺出版社,1997年,第15页。

步"文学作品的能指是不同的。但当时对"优秀"和"进步"的解释权掌握在意识形态和文艺权力部门手里,这样,它们就可以根据政治形势的需要,来变更"优秀"、"进步"的能指。因此,一些50年代初还被视为"优秀"和"进步"的作品,如《简·爱》、《红与黑》、《约翰·克里斯多夫》等,到了60年代,由于"极左"思潮的兴起,就又成了批判的对象,不再属于"优秀"和"进步"作品之列了。

三、权力话语支配下的文学翻译选择规范

50年代,中国逐渐建立、完善了一套文学体制。① 文学体制实际上是文学生产的监控机制,它保证文艺政策、规范得以遵守和实施,并对违规者进行处罚。文学体制是文学领域里的一套话语机制,它由政治意识形态支持,在文学领域中获得话语权力。文学体制控制了(翻译)文学的生产、组织、出版、传播、阅读、评价等活动。作家(翻译家)和文学生产活动都被机构化、体制化了。翻译也不再是"私人的事",而是一种政治权力话语行为。译者要想使自己的译作获得发表、出版,其翻译选择就必须遵守权力话语的规范,即福柯所说的"规训"(discipline)。

五六十年代的文学体制,其功能类似于福柯所借用的杰雷米·本瑟姆提出的"圆形监狱"概念,是一个"中央监视点",全面监控文学生产和传播的各个环节。在这种文学的"观看系统"网络中,作家和翻译家也自觉、不自觉地逐渐变成了自己的监视者,比如当

---

① 就中国当代文学系统来说,文学体制包括以下环节:一、文学机构——文学社团和作家组织;二、文学杂志、文学报刊、出版社;三、作家的身份和存在方式;四、文学评价机制,包括文学的阅读和消费方式。参见洪子诚《问题与方法——中国当代文学史研究讲稿》,北京:三联书店,2002年,第193页。

时有的翻译家就表达了对主流意识形态认同的"自觉"。①

在政治意识形态的操纵下,五六十年代中国形成了一套关于文学"等级"的权力话语。这套话语认为,现实主义文学高于非现实主义文学;批判现实主义文学和积极浪漫主义文学高于一般现实主义和浪漫主义文学;社会主义现实主义以及无产阶级文学又高于批判现实主义文学和积极浪漫主义文学,处于文学金字塔的顶端。依据这种文学权力话语,苏联社会主义现实主义文学就自然成为中国文学界学习的典范,因而成为文学翻译的重点和热点。为了迎合这种权力话语,翻译界保持着对苏联当代文学的跟踪翻译。苏联那边一有文学新作发表,中国这边很短时间内即有中译本问世,甚至还出现了抢译的现象。

50年代,苏联的文艺政策、文学观等等,中国文学界都视为权力话语的体现。在文学翻译领域,不仅把苏联文学作为重点翻译对象,"即使是西欧和其他国家的文学,介绍与否,也是一看苏联有没有译本,二看苏联怎么说。"②

除俄苏文学外,人民民主国家和亚非拉国家的文学作品是五六十年代文学翻译的另一个重点。热情翻译这些国家的文学作品,其目的,主要是为了增进与这些国家的政治友谊;同时,借助对这些国家文学的翻译,来丰富自身的权力话语,增强政治权力的合法性和权威性。

福柯指出,权力关系通过对正确/错误、真实/虚假/、理性/疯狂等规则的规定,将不符合权力关系的话语斥为"疯狂"、"错误"、"异端",而加以排斥。排斥(exclusion)是话语控制的一种重要方

---

① 参见金人《论翻译工作的思想性》(《翻译通报》第2卷第1期,1951年1月15日)、穆木天《关于外国文学名著翻译》(《翻译通报》第3卷第1期,1951年7月15日)。

② 吴岩:《放出眼光来拿》,《读书》,1979年第7期,第6—7页。

式。为了维护主流意识形态的权威地位,防止其他话语对其颠覆、损害,五六十年代中国严格控制对欧美国家资本主义国家的文学,特别是现当代文学的翻译选择,一般只允许翻译"无产阶级"、"共产党员"或认定为"进步"作家的作品。①至于西方现代主义文学,更是被贬斥为"颓废主义"、"反动"文学,②如奥尼尔被斥为"美国文学界的腐化分子",③艾略特被看成"美英帝国主义的御用文人",④王尔德、乔伊斯、劳伦斯、艾略特、赫胥黎(T. H. Huxley)等划为"颓废派文学"作家,⑤法国新小说"是反动、腐朽的现代资产阶级文学又一次'死亡的挣扎'"。⑥中国的文学话语系统中,西方现代主义文学政治上反动、思想上颓废,艺术上是形式主义,因此是反现实主义的反动文学。对现代主义文学这些贴标签式的批判,⑦就是为了剥夺现代主义文学在翻译文学生产场中的话语权力,使其完

---

① 如阿拉贡、巴比塞、小林多喜二、德永直、宫本百合子、法斯特、尼克索等人作品。

② 茅盾:《夜读偶记——关于现实主义现实主义及其他》,《文艺报》,1958年第1、2、8、9、10期。

③ 北京师范学院中文系编:《外国文学参考资料》(1957),转引自刘海平、朱栋霖《中美文化在戏剧中交流——奥尼尔与中国》,南京:南京大学出版社,1988年,第144页。

④ 参见袁可嘉《托·史·艾略特——美英帝国主义的御用文人》,《文学评论》,1960年第4期。

⑤ 阿尼克斯特(A. A. Anikst):《英国文学史纲》,戴镏龄等译,北京:人民文学出版社,1959年,第517—526,619—624页。

⑥ 柳鸣九、朱虹:《法国"新小说派"剖析》,《世界文学》,1963年第6期,第111页。

⑦ 需要指出的是,袁可嘉、柳鸣九等对现代主义文学彻底否定的态度,只是大势所趋,并非完全是他们的真实想法。"文革"结束后,他们成了现代主义文学译介的积极倡导者,贡献甚巨,并且在当时对现代主义文学的译介几乎是一片空白的情况下,他们的评述文章,虽然政治批判色彩较浓,但其评述、分析比较具体,客观上为人们对现代主义文学的了解起到了一些作用。

全丧失生存条件,从而从根本上维护社会主义文学话语的权威地位,强化其"真理效果"。

60年代以后,政治意识形态对文学翻译的操纵更为极端。如同福柯所揭示的以"疯狂"的名义,排斥非主流和边缘话语一样,权力话语将绝大部分外国文学都斥为"封、资、修"。"文革"期间公开出版或以"内部发行"的形式出版的"供批判用"的翻译作品,①都是充当政治权力话语的工具,体现了政治权力对文学翻译的极端干预和操纵。②

四、操纵与翻译文学的话语功能

50—70年代,译者的翻译选择权力相当有限,只被允许在意识形态和诗学话语规范的范围内来选材。所翻译的作品是否具有翻译"合法性",除了作家的出身、作品内容等因素外,还要看译者如何按权力话语来解说所译作品。

50年代后,凡是资本主义国家文学作品的翻译,译者一般都要在译本序跋、前言中,按政治意识形态和主流诗学权力话语来解释所译作品的意义。因此,译者对作品的阐释出现了比较普遍的"非历史化"③的"(有意)误读"现象。比如,对《傲慢与偏见》主题的解释就是如此。

---

① 公开出版的翻译作品,主要是高尔基、法捷耶夫、奥斯特洛夫斯基、小林多喜二等少数作家作品以及朝鲜、越南、阿尔巴尼亚短篇小说选集等。"内部发行"的翻译作品比公开发行的多,除《摘译》上刊载的作品外,"内部发行"的译作单行本有40多种,主要是苏联、美国和日本当代文学作品。

② 参见谢天振、查明建《从政治的需求到文学的追求——略论20世纪中国文化语境中的小说翻译》,《翻译季刊》,2000年第18、19期,第58—61页。

③ Lawrence Venuti, *The Scandals of Translation: Towards An Ethics of Difference*, London & New York: Routledge, 1998, p.67.

50年代,苏联文学界对奥斯丁的评价甚低,①按照当时中国的翻译惯例,受到苏联批评的作品,在中国也就失去了被翻译的资格。为了使《傲慢与偏见》获得翻译出版的合法资格,译者王科一在《译者前记》中,按主流话语来为奥斯丁和《傲慢与偏见》的主题——同时,也是为自己翻译的合法化——进行了辩护。他说,奥斯丁"写得那样精确细致,可以说明她的观察力的敏锐,她的唯物主义的世界观"。经王科一这样一阐释,奥斯丁不但是现实主义作家,而属于"进步的"现实主义作家了。不仅如此,他还进一步说:"伊丽莎白向达西的挑战,实在是当时妇女对当时的婚姻制度、门第观念等一系列腐朽的社会现象的强烈抗议,是当时的妇女要求自己的人格独立、争取平等的呼声!"②这样,《傲慢与偏见》的主题也就符合了中国当时关于妇女解放、与男性平等——"妇女能顶半边天"——的主流话语。如此一来,《傲慢与偏见》就完全符合了翻译选择规范,其本人也就获得了翻译的话语权力。③类似王科一这样的事例,在五六十年代相当普遍。译者往往借助权力话语来申说翻译的"合法性",这样,翻译过来的作品也就不同程度地支持和强化了权力话语。

政治权力对文学翻译的利用,突出地表现在对翻译文学经典建构的操纵上。翻译文学经典化有两种主要方式,一是通过意识形态和文艺权力部门对意欲树为经典的作品进行宣传和表彰,二是将意

---

① 吴岩:《放出眼光来拿》,《读书》,1979年第7期,第6—7页。
② 王科一:《译者前记》,《傲慢与偏见》,上海:新文艺出版社,1956年,第8、10页。
③ 香港翻译家林以亮(宋淇)批评王科一"误读",说王科一在序言中"处处在为作者和原作寻找借口,非但牵强,而且可笑"。(林以亮:《文学与翻译》,台北:皇冠出版社,1984年,第49、50页)但如果设身处地考虑王科一当时所处的文化语境,就不难理解他"误读"的用心。

欲经典化的作品编入外国文学参考书目和外国文学作品选之中。①

在权力话语的推许下,高尔基的《母亲》、《海燕》,奥斯特洛夫斯基的《钢铁是怎样炼成的》、科斯莫捷米扬斯卡娅的《卓娅和舒拉的故事》、法捷耶夫的《青年近卫军》、马雅可夫斯基的《列宁!》、《好!》,比留柯夫的《海鸥》、巴巴耶夫斯基的《金星英雄》、《光明照耀大地》、潘菲洛夫的《磨刀石农庄》、尼古拉耶娃的《拖拉机站站长和总农艺师的故事》以及捷克伏契克的《绞刑架下的报告》、日本小林多喜二的《蟹工船》、《党生活者》,德永直的《静静的群山》、《没有太阳的街》等,都先后成为五六十年代中国翻译文学的"经典"。

50 年代受到推崇的翻译经典,不仅作为文学创作的典范,也被看成是政治意识形态经典,因此它们具有了双重话语功能。一方面,这些"经典"丰富了政治意识形态话语空间,强化了权力话语;另一方面,这些"经典"增强了社会主义诗学话语的权威性和合法性,同时为文学的意识形态写作提供了话语生产模式。

如果说 50 年代对翻译文学的阐释,除意识形态意义外,还或多或少会关注一下作品的文学意义,那么 60 年代以后,对所译作品意义的阐释,几乎完全集中在意识形态意义上了。"文革"期间的文学翻译在这方面表现得尤为突出。如 1976 年出版的《钢铁是怎样炼成的》译本"前言"中,这样解释翻译的意义:"这部小说形象地告诉我们,为捍卫和巩固无产阶级专政必须进行艰苦卓绝的斗争。""今天,在产生这部小说的苏联,保尔·柯察金用鲜血捍卫的红旗,已被苏修叛徒集团践踏在地。"因此,"今天阅读这部小说,会使我

---

① 如 1957 年 7 月中国作家协会主席团第 7 次扩大会议通过的"文艺工作者学习政治理论和古典文学的参考书目"、60 年代初编选高校文科教材《外国文学作品选》(1—4 卷,周煦良主编,1961—1963 年上海文艺出版社出版)等。参见查明建《文化操纵与利用:意识形态与翻译文学经典的建构》,《中国比较文学》,2004 年第 2 期。

们更加珍爱无产阶级专政,更加憎恨苏修叛徒集团,更加坚定把反修防修斗争进行到底的决心。"①"文革"期间翻译发表的其他国家文学作品,如约瑟夫·赫勒的"黑色幽默"名著《第二十二条军规》、艾利奇·西格尔(Erich Segal)的《爱情故事》、艾特玛托夫的《白轮船》等,也都是按照政治目的来解读,翻译作品完全成了权力话语的注脚。

五、文化主体性与跨文化对话的局限性

文学翻译是文学交流和文化对话的重要方式和途径。50—70年代,中国读者一般都是通过译作来接触外国文学、文化的,但权力机制决定了知识范式(episteme),控制了外国文学的"知识"和文化资本,因此,50—70年代翻译文学的出版数量虽然很大,但文学交流的面比较狭小。权力话语将很多文学作品排斥在翻译选择范围之外,并且对翻译过来的作品,又通过译本序跋、评论等形式按权力话语进行加工,这样就限制了中国读者的外国文学视野,同时也限制了中外跨文化对话的深度和广度。

50—70年代翻译的权力话语背后体现的,是中国文化的主体性及其文化利用性质。权力话语突出强调中国作风、中国气派,将原来所认同的,外国文学在"源"与"流"的辩证关系中"流"的地位也逐渐被淡化掉,中国文学史著作不再设立"翻译文学"章节,即使间或涉及外国文学的影响,也只提俄苏文学和"弱小民族文学"。同时,权力关系按需所取,对1949年前的翻译文学"文化资

---

① 奥斯特洛夫斯基:《钢铁是怎样炼成的》,北京:人民文学出版社,1976年,第1—12页。

本"进行检讨、清理,①对"翻译文学史"按"文学是阶级斗争的武器","翻译文学是为政治斗争服务的"②这一思路进行改写。

我们从中国文化主体性角度再来回顾五六十年代的翻译情况,可以发现,尽管当时中国强调向苏联"一边倒",但根本目的,还是为了强化自己的权力关系,证明自身政治权力的合法性。1953年3月斯大林去世后,苏联文学界出现了"解冻"思潮,但中国对此却持保留态度,并随着此后文艺政策的越来越"左倾",文学交流的规模日渐缩小。中国的文学政治功利化倾向,与苏联文学相比,有过之而无不及,"在简单化、庸俗化方面,大大超过了苏联文学理论,而且自成体系。"③

中国50—70年代的文学翻译选择的背后体现了中国权力话语对外国文学的文化利用,无论是50年代对苏联文学的热情称赞,还是六七十年代的批判,都反映出中国是按照自身的文化需要来选择跨文化对话的立场。在一定意义上说,50—70年代以翻译文学为主要中介的跨文化对话,很大程度上是中国权力话语的独白。

---

① 这方面代表性的文章有:茅盾的《为发展文学翻译事业和提高翻译质量而奋斗——一九五四年八月十九日在全国文学翻译工作会议上的报告》(1954)(载《翻译论集》,罗新璋编,北京:商务印书馆,1984年),卞之琳、叶水夫、袁可嘉、陈燊:《十年来的外国文学翻译和研究工作》(《文学评论》,1959年第5期),冯至、陈祚敏、罗业森的《五四时期俄罗斯文学和其他欧洲国家文学的翻译和介绍》(《北京大学学报》,1959年第2期)等。

② 北京大学西语系法文专业57级全体同学集体编著:《中国翻译文学简史》(未刊稿),1960年,第1页。

③ 钱中文:《文学原理·发展论》,北京:社会科学文献出版社,1989年,第79页。

意识形态、翻译选择规范与翻译文学形式库[①]

——从多元系统理论角度透视中国 50—70 年代的外国文学翻译

前　言

以色列文化理论家伊塔玛·埃文-佐哈(Itamar Even-Zohar)的多元系统理论拓展了当代翻译研究的视野,促成了翻译研究从语言学向文化研究层面的转变。从多元系统角度重新观照文学翻译现象,就会深刻地认识到,文学翻译不是简单的文字转换,而是与译语文化系统诸多因素有着复杂关联的文化行为。翻译文学的并存系统(co-systems)制约着翻译文本的选择,影响着翻译规范和翻译文学文库的形成,决定着翻译文学系统在文化多元系统中的运作方式、地位和作用。

埃文-佐哈的多元系统理论特别有助于为"面向译语文化"(target-oriented approach)的翻译研究提供一个整体观照翻译现象的理论框架。不仅如此,多元系统理论的一些关键概念,如"形式库"(repertoire)、"经典化形式库"(canonized repertoire)、"经典"(canon)、"动态经典性"(dynamic canonicity)等,以及关于翻译文学系统

[①] 本文原载《中外文学》,2001 年第 3 期。本文所探讨的翻译现象,空间上仅限于中国大陆(为行文方便,文中的"中国"均指中国大陆),时间上是从 1949 年至 1976 年"文革"结束。

及其翻译文学形式库的运作状态、嬗变方式和特征等理论假说,都可以作为具体翻译现象分析时的理论视点。但是,由于多元系统理论本身存在自相矛盾之处,①对一些"规律"的假说有着简单化、抽象化、绝对化的倾向,②完全依从多元系统理论模式进行研究,就有可能以理论来框范丰富、复杂的翻译现象,方枘圆凿,导致现象分析的片面性和结论的似是而非。实际上,完全按照多元系统理论模式来研究翻译也不可能做到,因为多元系统理论在对多元系统运作的理论推演上存在很多断带和空白点,如翻译文学系统与多元系统中哪些系统关系最为密切?它们之间又是如何运作从而影响了翻译文学系统在多元系统中的地位?又如何影响了翻译文学文库和经典形式库的形成和嬗变?其原因何在?其意义如何?等等这些关键问题,埃文-佐哈没有作出详细阐发,因此,多元系统理论在具体研究中无法系统操作。而埃文-佐哈本人以及多元系统理论的另一位重要人物吉迪恩·图里(Gideon Toury)的个案研究,也基本上局限在语言和文学层面,③没能提供比较系统地运用多元系统理论的范例。

虽然多元系统理论存在着某些缺失,具体运用上也难以操作,但并不是说它对我们没有借鉴和运用价值。就多元系统理论的缺失而言,近年来一些翻译学者的理论探索正可以用来作为对多元系统理论的修正和补充。

西奥·赫曼斯(Theo Hermans)将翻译行为界说为"操纵"(manipulation),指出所有的翻译都是为了某种目的而对原文在某种程度

---

① 参见庄柔玉《用多元系统理论研究翻译的意识形态的局限》,《翻译季刊》,2000年第16、17期,第122—133页。

② 参见 Edwin Gentzler, *Contemporary Translation Theories*, London: Routledge, 1993: 121 – 124; Theo Hermans, *Translation in Systems: Descriptive and System-Oriented Approaches Explained*, Manchester: St. Jerome, 1999, pp. 110 – 118.

③ 参见 Edwin Gentzler, *Contemporary Translation Theories*, London: Routledge, 1993, p. 133.

上的操纵。①安德烈·勒菲弗尔(André Lefevere)从文化层面来界说翻译行为,指出翻译是一种文化改写(rewrite),也就是一种文化操纵。②"操纵"、"改写"概念揭示了多元系统对翻译施加影响的行为特征。在具体研究过程中,对译语文化"操纵"、"改写"的方式、目的作出历史分析,就可以避免运用多元系统理论可能导致的简单化、抽象化的倾向。至于影响翻译的因素主要有哪些,勒菲弗尔的"三因素"论指出,意识形态、诗学和赞助人(Ideology, Poetics, Patronage)是操纵文学翻译的三种主要力量。③张南峰的"大多元系统"(macro-polysystem)的理论假说则对文化多元系统中与翻译关系最密切的并存系统作出了具体的分类。④他认为,意识形态、政治、经济、语言、文学等系统是影响翻译的主要并存系统,⑤并阐述了它们对翻译规范的形成可能施加的影响。

  以上学者的理论探索,不但可以填补多元系统理论关于系统运作理论推演上的缺失,提高多元系统理论的可操作性,而且也对借鉴和运用多元系统理论给予了理论启示。

  本文就是尝试将以上学者的理论整合到多元系统理论之中,以多元系统理论作为观照50—70年代中国文学翻译的基本理论框架,在中国当代文化多元系统动态演进的时空中,考察翻译文学的并存

---

① Theo Hermans,"Introduction:Translation Studies and a New Paradigm,"*The Manipulation of Literary Translation*,ed.,Theo Hermans,London & Sydney:Croom Helm,1985,p.11.

② Susan Bassnett and André Lefevere,"General Editors' Preface," *Translation, Rewriting & Manipulation of Literary Fame*,London & New York:Routledge,1992, p. vii.

③ André Lefevere,"That Structure in the Dialect of Men Interpreted,"*Comparative Criticism*,1984(6):87 – 100; André Lefevere, *Translation, Rewriting & the Manipulation of Literary Fame*,London:Routledge,1992.

④ Chang Nam Fung, "Towards A Macro-Polysystem Hypothesis," *Perspectives: Studies in Translatology* 2000(2):109 – 123.

⑤ Chang Nam Fung. "Towards A Macro-Polysystem Hypothesis," *Perspectives: Studies in Translatology* 2000(2):118.

系统——政治意识形态以及政治意识形态制导下的诗学——如何历时性地制约了翻译选择规范，影响了翻译文学文库的形成特点，分析政治意识形态操纵翻译文学形式库和动态经典的文化意图。最后，从本个案研究角度来反观多元系统理论的优长和缺失。

一、50—70年代中国意识形态①制导下的诗学和翻译选择规范②

1949年后，中国大陆开始建立以马克思列宁主义、毛泽东思想为理论基础的社会主义政治意识形态。随着政权的巩固，政治意识形态在中国当代文化多元系统中逐渐占据了统治地位。"文化大多元系统处于稳定状态时，政治与意识形态多元系统会比其他多元系统处于较为中心的位置（极权国家尤其如此），而占主导地位的政治和意识形态规范会共同影响其他类型的规范。"③

政治意识形态为了自身的建设和巩固，对文学艺术提出了新的规范要求。早在1942年，毛泽东在《在延安文艺座谈会上的讲话》

---

① "意识形态"是个涵义广泛的名词，学术界还没有一个普遍认同的界定（参见庄柔玉：《用多元系统理论研究翻译的意识形态的局限》，《翻译季刊》，2000年第16、17期，第122—123页）。本文中的"意识形态"指在特定文化语境中占据主导地位的思想系统，即"某一社群的一套思想观念，这套思想观念使他们所拥有的占主导地位的政治权力合法化"（Adnan K. Abdulla, "Aspects of Ideology in Translating Literature," Babel, 1999, 45: 1）。具体而言，就是指50—70年代占统治地位的政治（官方）意识形态。

② 勒菲弗尔的"诗学"（poetics）概念比较含混，既可指文学意义上的"诗学"（literary poetics）（文学观念），又可指"翻译诗学"（translational poetics）（参见Chang Nam-fung, "Towards A Macro-Polysystem Hypothesis," Perspectives: Studies in Translatology 2000. 8. 2: 114–115）。本文中的"诗学"概念，是指文学观念（对文学的本质、功能的认识）、创作原则和文学范式。本文中所指的"翻译选择规范"即图里所说的"预备规范"（preliminary norms）。

③ 张南峰：《为研究翻译而设计的多元系统论精细版》，《中外文学》，2001年第3期，第180页。

（以下简称《讲话》）中就提出，无产阶级文艺的发展方向应为人民大众服务，为工农兵服务；文艺批评的标准应该是"政治标准第一，文艺标准第二"。① 毛泽东的《讲话》与50年代初文艺界提出的社会主义现实主义原则，通过文艺理论家的整合，成为中国文学艺术创作和批评的最高规范。

社会主义现实主义诗学理论来源于苏联。它"从产生之日起便主要是作为一种政策概念存在的。它并没有得到严格的科学解释，却又始终保持着规范和评价作品的意义"②。可见，社会主义现实主义理论本来就带有政治诗学意味，它与中国的"政治标准第一，艺术标准第二"的文艺批评标准结合后，更具有浓厚的政治色彩。50年代，社会主义现实主义诗学理论成了政治意识形态对文学系统操纵的有效的话语策略，从而将文学艺术系统纳入政治功利化的运行轨道。文学系统中的文学翻译，自然也处在了政治意识形态的操纵之下。

"如果发现决定因素是有系统或有规律而不是偶然的，我们就可以说有政策（即受规范支配的选择）的存在。"③五六十年代，中国虽然没有制定明确的翻译政策，但是政治意识形态的宣传以及文艺界一系列方针、政策无疑也对翻译选择起到了规范作用。如果说当时有具体的翻译选择标准，那么只有两个概念含糊的两个词："优秀"和"进步"。

当时论及外国文学翻译的文章，在谈到翻译取向时，都提出要

---

① 毛泽东：《在延安文艺座谈会上的讲话》（1942），《延安文艺丛书·文艺理论卷》，长沙：湖南人民出版社，1984年，第7—19页。

② 柳鸣九主编《二十世纪现实主义》，北京：社会科学文献出版社，1992年，第124页。

③ 图里：《文学翻译规范的本质和功用》，翁均志译，陈德鸿、张南峰编：《西方翻译理论精选》，香港：香港城市大学出版社，2000年，第130页。

译介"优秀"、"进步"的世界文学。"优秀"、"进步"似乎应是翻译选择的具体标准。但"优秀"、"进步"也是按某种标准价值判断的结果，并不是标准本身。五六十年代中国文化多元系统是根据意识形态和诗学标准来判断作品是否"优秀"和"进步"的，即作品在意识形态上有利于社会主义意识形态的建立和巩固，在创作方法上体现了现实主义创作原则，尤其是社会主义现实主义创作原则。因此，社会主义意识形态和现实主义诗学规范才是五六十年代实际的翻译选择标准。

以"优秀"、"进步"命名的翻译选择规范规导着50—70年代的翻译价值取向，从而也就决定了这一时期翻译文学的基本特点。

1949年后，中国政治、外交上向苏联"一边倒"，文学艺术自然也以苏联为榜样。周扬在50年代初的文章中就提出："摆在中国人民，特别是文艺工作者面前的任务，就是积极地使苏联文学、艺术、电影更广泛地普及到中国人民中去，而文艺工作者则应当更加努力地学习苏联作家的创作经验和艺术技巧，特别是深刻地去研究作为他们创作基础的社会主义现实主义。"①

苏联社会主义现实主义文学被认为既"进步"又"优秀"，最符合当时的翻译选择规范，同时又是中国文学界"学习苏联作家的创作经验和艺术技巧"、"深刻地去研究作为他们创作基础的社会主义现实主义"的模板，因此成为文学翻译的重点和热点。从1949年10月到1958年12月止，中国翻译出版的外国文学作品是5356种，其中俄苏文学作品就有3526种，占这一时期翻译出版外国文学艺术作品品种总数65.8%强。而总印数达82,005,000册，占整个外国文学译本总数74.4%强。②其中，苏联文学译作占全部俄苏文学译作的

---

① 周扬：《社会主义现实主义——中国文学的道路》，《人民日报》1953年1月11日。
② 卞之琳、叶水夫、袁可嘉、陈燊：《十年来的外国文学翻译和研究工作》，《文学评论》，1959年第5期，第47页。

九成以上。苏联文学占据了翻译文学多元系统的中心位置。文学翻译对政治意识形态的追随导致了抢译苏联当代文学作品的现象。文学翻译界追踪着苏联当代文学的发展,新作一出,很短时间内即有中译本问世。这样,一些文学性不强的作品也被抢译了过来,并作为学习的榜样。①

除俄苏文学外,五六十年代中国文学翻译的另一个重点是人民民主国家和亚非拉国家文学的翻译。从世界文学多元系统角度看,这些国家的文学与欧洲文学相比,处于边缘和"弱势"地位。翻译东欧、东德以及越南、阿尔巴尼亚、朝鲜、罗马尼亚、古巴等人民民主国家和社会主义国家的文学,其翻译目的自然不在"文学",而是为了对同一类型的政治意识形态表示亲和关系,同时也可以借助译本丰富自我政治意识形态的话语系统。

对于欧美资本主义国家的文学,翻译界在文本选择上表现出了审慎的态度,翻译出版(包括20世纪上半期旧译重版、重印)的主要是欧美古典名家的作品,如莎士比亚(William Shakespeare)、塞万提斯(Miguel de Cervantes Saavedra)、拉伯雷(Francois Rabelais)、巴尔扎克(H. Balzac)、雨果(V. Hugo)、司汤达(Stendhal)、佐拉(Emile Zola)、狄更斯(Charles Dickens)、哈代(Thomas Hardy)、海涅(Heinrich Heine)等作家的作品。这些作家的作品之所以具有译介的合法性,关键在于它们体现了现实主义创作方法。而更为重要的是,它们还具有可供译者作出符合政治意识形态话语阐释的空间,即具有

---

① 如对谢苗·巴巴耶夫斯基(S. P. Babayevsky)作品的翻译就是如此。他1948年发表的小说《金星英雄》,中国在1949—1953年先后出版了四种中译本。《金星英雄》的姊妹篇《光明普照大地》(又译为《地上的光明》)也出版了两种译本。当时文艺界还专门召开学习座谈会,其他类似如《社会主义现实主义剧作的典范》、《向〈金星英雄〉学习表现人民和生活》等赞扬的文章也纷纷出现在报刊上。苏联剧作家苏洛夫体现了"无冲突论"创作原则的四幕剧《莫斯科的黎明》,1951年获得斯大林文学奖。这部作品很快被中国文学界视为创作的典范,1951、1952两年间出版了6种中译本。

"反封建的进步意义",或有"揭露了资本主义制度的腐朽和残酷"等内容。

至于欧美现当代文学,只有少数作家作品符合"优秀"和"进步"的标准。50年代前期为中国所允许译介的资本主义国家当代作家有英国的萧伯纳(Bernard Shaw)、高尔斯华绥(John Galsworthy),法国的罗曼·罗兰(Romain Rolland)、阿拉贡(Louis Aragon)、巴比塞(Henri Barbusse)、保尔·艾吕雅(Paul Éluard)、安·斯梯(André Stil)、德国的托马斯·曼(Thomas Mann)、史·海姆(Stefan Heym)、美国的德莱塞(Theodore Dreiser)、斯坦贝克(John Steinbeck)、杰克·伦敦(Jack London)、法斯特(Howard Fast)、马尔兹(Albert Maltz)、休斯(Langston Hughes),日本的小林多喜二(Kobayashi Takiji)、德永直(Tokunaga Shinao)、宫本百合子(Miyamoto Yuriko),丹麦的尼克索(Martin Anderson Nexö)、汉斯·基亚克(Hans Kirke)等。这些作家中,如阿拉贡、巴比塞、小林多喜二、德永直、宫本百合子、法斯特、尼克索、汉斯·基亚克等,出身于"无产阶级"或为"共产党员"作家;①其他作家或因作品"揭露了资本主义制度的腐朽本质",或描写了"下层人民的艰难生活",具有一定的"进步性",因此也获得了进入文学翻译系统的政治资格。而20世纪文学史上的一些著名作家,如艾略特(T. S. Eliot)、叶芝(W. B. Yeats)、乔伊斯(James Joyce)、卡夫卡(Franz Kafka)、D. H. 劳伦斯(D. H.

---

① 资本主义国家当代作家的阶级出身和政治背景也是五六十年代政治意识形态对其作品决定"译还是不译"、"多译还是少译"的考虑之一。如果作家出身于"无产阶级"("工人阶级")或是共产党员,那么他们就属于"进步作家"之列,被允许译介的可能性就较大。法斯特是美国当代作家中国50年代翻译其作品最多的作家。他1956年脱离美国共产党之前的所有作品中国几乎全部译出。而他一旦脱党就失去了"进步"作家的身份,作品不仅不被允许翻译,1958年作家出版社还编辑出版了曹禺、袁水拍等人撰写的批判小册子《斥叛徒法斯特》。

Lawrence)①、萨特(Jean-Paul Sartre)、加缪(Albert Camus)、黑塞(Hermann Hesse)、菲茨杰拉德(F. Scott Fitzgerald)、奥尼尔(Eugene O'neill)、海明威(Ernest Hemingway)、福克纳(William Faulkner)等，他们的作品，或与社会主义意识形态相冲突、或不符合现实主义诗学规范，总之，不符合"优秀"和"进步"的标准，因而遭到了翻译文学系统的冷落和拒绝。

如果说20世纪上半期，中国新文学对处于共时性时空的现代主义文学采取了漠然的态度，那么从50—70年代的中国对现代主义则采取了完全敌视的态度。现代主义文学在哲学上的非理性主义倾向，在意识形态上对社会的反叛、对人类前途的怀疑绝望、对人异化现象的揭示等等，这些都与当时中国政治意识形态所致力向人民灌输的社会主义、共产主义世界观相悖逆。现代主义的文学观念和创作方法与社会主义诗学规范大相径庭，其艺术形式也与"人民大众"的审美期待视野相去甚远。另外，苏联文学界，特别是日丹诺夫对西方现代主义文学的彻底否定也强化了中国文学界对现代主义文学的否定意识。②现代主义文学被看成是社会主义意识形态和现实主义文学的颠覆者。1949年后中国出版的文学史教材以及外国文学评

---

① D. H. 劳伦斯"是英国矿工家庭出身"，其作品本应得到译介，但之所以被排斥，是因为"他那极端腐朽的思想却使他完全背叛了自己的阶级"（袁可嘉：《略论美英"现代派"诗歌》，《文学评论》，1963年第3期，第75页）。

② 1934年在苏联第一次全苏作家代表大会上，负责联共（布）中央意识形态文艺工作的日丹诺夫代表联共（布）和苏联人民委员会出席致辞。他在讲演中对欧美现当代文学作了激烈的抨击。日丹诺夫这篇讲话以及他在1946年所作的《关于〈星〉和〈列宁格勒〉两杂志的报告》后收入《论文学、艺术与哲学诸问题》一书，1949年1月由上海时代书报出版社翻译出版。该书后成为中国文学界的重要理论读物。

论文章中,都将现代主义文学称为"颓废文学"和"反动文学"。① 60年代初,作家出版社和中国戏剧出版社虽然翻译出版了十几种荒诞派、存在主义、垮掉的一代等现代主义文学作品,但都是作为"内部发行",其翻译目的是通过对它们的分析研究,"揭露所谓'自由世界'腐朽的文化生活和丑恶的精神面貌,证明'敌人一天天烂下去'。"②这样,现代主义文学虽然也进入到了翻译系统之中,但只是作为与"优秀"、"进步"文学对立的"另类"(the other)存在着。

60年代以后,中国极左政治愈演愈烈,政治意识形态进一步加剧对文学翻译的操纵。符合翻译选择规范的作品也越来越少。由于中苏关系的恶化,50年代曾占据中国翻译系统中心位置的苏联文学,逐渐从中心走向边缘,1964年以后甚至被排斥在译介视野之外。60年代初,欧美资本主义国家文学的译介受到了最高当局的批评。③符合翻译选择规范的只有朝鲜、越南、阿尔巴尼亚、古巴、智利等少数"友好"国家的文学。文革(1966—1976)开始后的五年内,文学翻译完全停止。到了1972年,才开始有限度地恢复。

---

① 1959年人民文学出版社翻译出版了苏联学者阿尼克斯特(A. A. Anikst)的《英国文学史纲》。该书在第7章第5节将王尔德(Oscar Wilde)视为"颓废主义"文学的代表;在"现代文学"一节,将詹姆斯·乔伊斯、劳伦斯、艾略特、赫胥黎(T. H. Huxley)都列入"颓废派文学"作家(参见阿尼克斯特:《英国文学史纲》,戴镏龄等译,北京:人民文学出版社,1959年,第517—526;619—624页)。著名的现代主义文学研究专家袁可嘉受当时意识形态的影响,在60年代初发表了多篇批判现代主义文学的文章(参见袁可嘉:《托·史·艾略特——美英帝国主义的御用文人》,《文学评论》,1960年第4期,《新批评派述评》,《文学评论》,1962年第2期,《当代英美资产阶级文学理论的三个流派》,《光明日报》1962年8月15日,《略论美英"现代派"诗歌》,《文学评论》,1963年第3期)。

② 冯至:《外国文学工作者在毛泽东思想的旗帜下前进》,《世界文学》,1966年第1期,第193页。

③ 毛泽东在1963年12月12日的一份文件上作了这样的批示:"许多共产党人热心提倡封建主义和资本主义文艺,却不热心提倡社会主义的文艺,岂非咄咄怪事。"毛泽东:《关于文学艺术的两个批示》(1963),《人民日报》1967年5月28日。

文革后期以"内部发行"形式翻译出版的作品要远远多于公开翻译出版的作品数量,并且所选译的都是苏联、美国、日本的当代文学作品。之所以选择苏、美、日当代作品来翻译,是因为这些文本一方面可以为国内的政治斗争提供借题发挥的话语,另一方面可以"揭示苏、美、日等国的社会思想、政治和经济状况,为反帝和批判资产阶级提供材料"①。"文革"期间的文学翻译体现了政治意识形态对文学翻译的极端操纵。②

50—70年代,中国的文学翻译选择规范随着政治意识形态的变化而不断发生改变,也因此决定了翻译文学文库和文学形式库的变化。

二、50—70年代翻译文学文库和文学形式库的格局

埃文-佐哈指出:

> 翻译作品之间至少在两方面互有关联的,它们有以下的共通点:其一,选择原文的原则必定在某种程度上跟译语文学的本国"并存系统"(co-systems)相关。其二,翻译作品采取的规范、行为模式和政策——简单地说,即"文学形式库"(literary repertoire)的应用——必定跟其他的本国并存系统息息相关。这些关系并不局限在语言的层面上,还在其他一切选择的层面上显示出来。因此,翻译文学可能有自己的文学形式库,甚至有颇为独特的文学形式库。③

---

① 《摘译》编辑部:《答读者——关于〈摘译〉的编译方针》,《摘译》,1976年第1期,第171页。

② 参见谢天振、查明建:《从政治的需求到文学的追求——略论20世纪中国文化语境中的小说翻译》,《翻译季刊》,2000年第18、19期,第58—61页。

③ 埃文-佐哈:《翻译文学在文学多元系统中的位置》,庄柔玉译,陈德鸿、张南峰编:《西方翻译理论精选》,香港:香港城市大学出版社,2000年,第117页。

50—70年代中国的文学翻译都是围绕着意识形态和诗学所制约的翻译规范"轴心"而展开，由此形成了这一时期的翻译文学文库和形式库。

从上文对50—70年代中国文学翻译选择规范的分析和基本发展状况的描述可以看出，"优秀"和"进步"的含义随着政治意识形态的变化而改变，翻译选择规范的调整导致了翻译文学文库格局的变化。总的趋势是，符合"优秀"和"进步"标准的作品越来越少，翻译文学文库的规模逐渐缩小。

1949—1957年，是中国50—70年代翻译文学文库最为丰富的时期。1949—1957年，除大量翻译出版俄苏文学作品外，也重版、重印了20世纪上半期欧美古典名著的旧译，并有一定数量的欧美文学新译出版。这一时期的翻译文学库中，出现了不少世界文学史上著名作家的重要作品，除上文提及的外，还有普希金（A. S. Pushkin）、果戈理（N. V. Gogol）、屠格涅夫（I. S. Turgenev）、契诃夫（Anton Chekhov）、托尔斯泰（Leo Tolstoy）、笛福（D. Defoe）、雪莱（P. B. Shelley）、夏洛特·勃朗特（Charlotte Brontë）、艾米莉·勃朗特（Emily Brontë）、莫里哀（Moliére）、梅里美（P. Mérimée）、歌德（J. W. Goethe）、雷马克（E. M. Remargue）、但丁（A. Dante）、霍桑（Nanthaniel Hawthorne）、麦尔维尔（Herman Melville）、马克·吐温（Mark Twain）、德莱塞、杰克·伦敦、海明威、易卜生（H. Ibsen）、显克微支（H. Sienliewicz）、裴多菲（Petöfi Sándor）、伽梨陀娑（Kalidasa）、泰戈尔（R. Tagore）、聂鲁达（Pablo Neruda）等著名作家作品。甚至不太为主流意识形态和文学界欢迎的作家作品，如陀思妥耶夫斯基（F. M. Dostoyevsky）的《卡拉玛佐夫兄弟》、《罪与罚》，福楼拜（Gustave Flaubert）的《包法利夫人》，莫泊桑（Guy de Maupassant）的《漂亮的朋友》，法朗士（Anatole France）的《诸神渴了》，缪塞（Alfred de Musset）的《中篇小说集》，波德莱尔（Charles Baudelaire）

的诗歌①等,也出现在这一时期的翻译文学文库中。与1957年后的文学翻译相比,这一时期的翻译选择范围最为广泛。其原因是多方面的。其一,政治意识形态对文学翻译的控制相对比较宽松。1954年之前,还有不少私营出版机构。由于政治意识形态对文学翻译的控制还比较宽松,没有形成严格、统一的翻译选择规范,文学翻译界有着一定的自由选择空间。其二,虽然50年代中期,受到批胡适、批胡风"反革命集团"的波及,文学翻译也曾一度出现滞缓,但1956—1957年间,当局提出"百花齐放、百家争鸣"文艺方针,翻译界从中受到鼓励,文学翻译恢复了兴旺的景象。其三,这个时期译介的作家,其中有的作家,如莎士比亚、巴尔扎克等,是被马克思、恩格斯称赞过的"经典"作家;有的作家作品,苏联曾经或者当时正在译介,②因此它们也进入了中国文学翻译"合法"选择的范围之内。

从翻译选择的种类上看,苏联社会主义现实主义文学和欧美古

---

① 1957年《译文》杂志7月号上刊登了九叶派诗人之一陈敬容翻译的波德莱尔诗歌选。

② 中苏关系恶化之前,不但苏联的文艺政策对中国产生了影响,苏联的文学翻译选择也成为中国文学翻译选择的重要参照,"甚至很多西方作品直接从俄译本翻译过来。"(Wolfgang Bauer. *Western Literature and Translation Work in Communist China*, Frankfurt am Main: Metzner,1964, p.6.)对译者来说,从俄译本转译就能使其所译"合法化"。有些受到中国排斥的作家作品,因苏联有了译介,翻译界也就得到了走入"禁区"的某种安全保证。对海明威作品的翻译就是如此。海明威在1949年后受到中国翻译界的冷落。1956年《译文》杂志在12月号上出人意料地发表了海观翻译的《老人与海》,第二年新文艺出版社还出版了林疑今1940年代的旧译《永别了,武器》的修订本,同年新文艺出版社出版了海观翻译的《老人与海》的单行本。海明威作品的翻译突然出现不是偶然的。除"百花齐放,百家争鸣"的氛围外,还有一个重要原因就是,1956年7月,苏联发表了称赞海明威《老人与海》的文章。中国翻译界由此获得了一份译介海明威的"政治保险"。1961年,海明威逝世,《世界文学》在7月号上还刊载了海观翻译的海明威短篇小说《打不败的人》,《文汇报》在8月22日发表了赵家璧的短文《永别了,海明威——有关海明威的二三事》。1962年,《文学评论》在第6期发表了董衡巽的《海明威浅论》。其后,中苏关系恶化,中国的政治形势也日益严峻,海明威的译介就出现了一片空白。

典名著构成了这一时期翻译文学文库的主体。在翻译文学形式库方面,19 世纪以前的主要文学范式都输入了过来。

1957 年夏开始的"反右"运动标志着文学翻译的大转折。翻译文学文库格局出现了大的转变。如果说 1957 年之前,文学翻译选择的侧重点在俄苏、东欧文学和欧美古典文学,那么 1957 年后,文学翻译选择的视点更多地偏向了亚洲、非洲和拉美文学的当代文学,具体地说,偏向了日本、印度、朝鲜、越南、埃及、土耳其、古巴、巴西、智利、阿根廷等国家的文学。这些国家的文学样式大多属于世界文学系统中的"二级模式"。中国翻译这类文学,目的不是为本国文学系统输入新的创作模式,而主要是起"文化交流"作用。

50 年代末中苏关系出现裂隙,苏联现当代文学翻译热开始降温。与此同时,欧美古典文学也遭到冷落和排斥。《简·爱》、《呼啸山庄》、《苔丝》、《红与黑》等古典名著受到了批判。① 到了 60 年代,上文提到的那些欧美古典作家作品大多不再重版、重印,更谈不上有新译本问世了。曾在 50 年代前期受到赞扬的 19 世纪批判现实主义文学,也受到质疑。外国文学界的一位权威学者就认为:"新中国成立以来文艺战线上一系列的批判斗争,其中所批判的资产阶级文艺思想几乎都和欧洲 19 世纪批判现实主义文学有着血缘关系。""欧洲 19 世纪批判现实主义文学可以说是以个人主义为中心的形形色色资产阶级思想的总汇。"批判现实主义作家的作品中"普遍存在的"是"悲观主义、虚无主义、个人至上主义等思想"。因此,"现在应该是给欧洲 19 世纪批判现实主义文学重新评价的时刻了。"②

---

① 参见叶水夫:《我国文学名著翻译中的一项奠基性工程》,《中国翻译》,2001 年第 1 期,第 54 页。

② 冯至:《外国文学工作者在毛泽东思想的旗帜下前进》,《世界文学》,1966 年第 1 期,第 182—194 页。

从50年代末到1966年"文革"爆发这段时间，日本、印度、越南、朝鲜、埃及、伊拉克、古巴、智利等亚、非、拉国家的文学作品浮升至翻译文学文库的"前景"地位，而苏联文学和欧美古典文学则退至次要地位。

"文革"前期的翻译文学文库是一片空白。到了"文革"后期，当局表示了对文艺状况的不满。因为"任何文学系统，如果连'最低'容量的形式库也没有，就根本不能运作"①，所以，在政治意识形态严格的筛选之后，公开翻译出版（大多是重版、重印）了十几种外国文学作品，其中包括高尔基（M. Gorky）的《人间》、《母亲》、法捷耶夫（A. A. Fadeyev）的《青年近卫军》、尼·奥斯特洛夫斯基（A. N. Ostrovsky）的《钢铁是怎样炼成的》②、绥拉菲莫维奇（A. S. Serafimovich）的《铁流》；日本作家小林多喜二的《沼尾村》、《蟹工船》、《在外地主》以及阿尔巴尼亚、朝鲜、越南等社会主义国家的若干小说选集。

文革时期是50—70年代翻译文学文库最为萎缩的时期，文学形式库也最为狭隘、单一。

值得注意的是，50—70年代还存在着一个由那些"内部发行"的译本构成的特殊的翻译文学文库。其形成可分为两个阶段，第一阶段是50年代中后期到60年代中期，"内部发行"的译本主要是欧美现代主义文学作品和苏联有争议的小说，其中包括卡夫卡的《审判及其他》、加缪的《局外人》、让－保尔·萨特的《厌恶及其他》、克鲁亚克的（Jack Kerouac）的《在路上》、尤琴·尤奈斯库（Eugene Ionesco）的荒诞派戏剧《椅子》、贝克特（Samuel Beckett）的

---

① 埃文－佐哈：《多元系统论》，张南峰译，《中外文学》，2001年第3期，第32页。

② 《钢铁是怎样炼成的》人民文学出版社在1976年出了两种译本，一是梅益旧译本；二是由黑龙江大学俄语系翻译组和俄语系72级工农兵学员翻译的新译本。

《等待戈多》、奥斯本(John Osbourne)的《愤怒的回顾》、约翰·勃莱恩(John Braine)的《往上爬》、弗·杜伦马特(Friedrich Dürrenmatt)的《老妇还乡》、肖洛霍夫(M. A. Sholokhov)的《被开垦的处女地》、西蒙诺夫(K. M. Simonov)的《生者与死者》、爱伦堡(I. G. Ehrenburg)的《解冻》、索尔仁尼琴(Aleksandr Solzhenitsyn)的《伊凡·杰尼索维奇的一天》、《索尔仁尼琴短篇小说集》等。第二个阶段是"文革"后期。这个时期"内部发行"的译本主要是苏联、日本、美国当代小说，其中包括艾特玛托夫(Chingiz Aytmatov)的《白轮船》、邦达列夫的《热的雪》、三岛由纪夫(Mishima Yukio)的《丰饶之海》四部曲、理查德德·贝奇(Richard Bach)的《海鸥乔纳森·利文斯顿》、埃里奇·西格尔(Erich Segal)的《爱情的故事》、尤多拉·韦尔蒂(Eudora Welty)的《乐观者的女儿》、赫尔曼·沃克(Herman Wouk)的《战争风云》、詹姆斯·米切纳(James A. Mitchner)的《百年》、约瑟夫·赫勒(Joseph Heller)的《第二十二条军规》等。它们不符合翻译选择规范，只是因为有"供批判用"的价值才被翻译过来。"内部发行"文本受到了政治意识形态更为严厉的操纵。

这两个阶段"内部发行"的文本构成了中国当代翻译文学多元系统中的"边缘系统"。这个"另类"文库中的不少文本都是20世纪世界文学中的经典化作品。但是在50—70年代，它们只是作为与"优秀"、"进步"文学对立的"反动"、"颓废"文学的典型，远离翻译文学系统中心，更不可能进入翻译文学经典形式库。[①]

从上文对50—70年代翻译文学的选择的描述和翻译文学文库格

---

① 在80年代初中国文学转型之际，这个"另类"系统中的一些作品，如卡夫卡、萨特、加缪、艾特玛托夫等人作品，因曾"内部发行"过，它们在迅速转换成"公开"身份后，得以率先进入翻译文学"动态经典形式库"。由此，它们在一定程度上也促成了翻译文学中心和边缘系统的戏剧性换位。

局变化的分析可以看出，50—70年代的中国翻译文学有着自己的形式库和经典形式库。正是因为文学翻译"选择原文的原则必定在某种程度上跟译文学的本国'并存系统'相关"，因此，翻译系统的"文学形式库"也与"本国并存系统息息相关"。①意识形态和诗学极大地影响了翻译文学形式库的建构模式和变化。

外国文学参考书目和翻译文学（中国通常所称的外国文学）作品选本反映了中国文化多元系统视野中"世界文学经典"的构成，也征示着某个时期中国翻译文学形式库的基本格局。

1954年7月，中国作家协会主席团第七次扩大会议通过的"文艺工作者学习政治理论和古典文学的参考书目"中，外国文学部分共开列书目101种。从国别上看，"俄罗斯和苏联部分"开列的作品最多，达34种。其他国家文学开列的书目有67种。俄苏文学方面，高尔基作品获选数量居第一位，达7种，果戈理4种，普希金、托尔斯泰、屠格涅夫各占3种，马雅可夫斯基（V. V. Mayakovsky）、契诃夫各2种。其他国家作品获选两种以上的作家有：莎士比亚7种②、巴尔扎克六种、莫里哀3种，雨果4种、狄更斯2种。"关于本书目的几点说明"中说："本书目的是为了帮助文艺工作者选择读物，以便有系统有计划地进行自修而开列的。"该书目"中外古典文学名著部分只开列了最有社会影响的一些作家的代表作品"，"所开列的文学作品，只限于古典作品。现代的中外文学作品，特别是苏联文学作品，当然也是文艺工作者必须阅读的，但因为这些作品，同志们自己能够选择，所以没有列入。"（《文艺工作者学习政治理论和古典文学的参考书目》，1954）但值得注意的是，高尔基、

---

① 埃文-佐哈：《翻译文学在文学多元系统中的位置》（庄柔玉译），陈德鸿、张南峰编：《西方翻译理论精选》，香港：香港城市大学出版社，2000年，第117页。

② 开列的书目为《莎士比亚戏剧集》，收入朱生豪译的《罗密欧与朱丽叶》、《汉姆莱脱》、《奥瑟罗》、《李尔王》、《麦克佩斯》、《威尼斯商人》、《暴风雨》。

马雅可夫斯基、罗曼·罗兰(开列的作品为《约翰·克利斯朵夫》)、巴比塞(开列的作品为《火线下》)、萧伯纳①、杰克·伦敦(开列的作品为《铁蹄》)都是现代作家,将他们的作品列入"古典文学名著"之列,明显有"经典化"的用意。

我们再来看一下一套 60 年代初(1961—1963)编选出版的《外国文学作品选》的选目。由周煦良主编、上海文艺出版社出版的这套《外国文学作品选》是高校试用教材。《作品选》分为四卷,前三卷是古代和近代文学部分,第四卷是"现代部分"。作为教材,《外国文学作品选》选收作品自然有限,但四卷本的作品选目还是能比较充分地反映当时翻译文学经典库的构成情况。以现当代作品为例。《外国文学作品选》在"近现代部分"体现了对社会主义国家文学和其他"进步"文学的关注,朝鲜、阿尔巴尼亚、南斯拉夫、罗马尼亚、保加利亚、捷克斯洛伐克、古巴、巴西、加纳等国都有作品入选,②而作品曾被"破格"列入 50 年代初"古典文学参考书目"的罗曼·罗兰、法朗士、巴比塞、萧伯纳等作家,他们的作品未被《外国文学作品选》选入。另外,肖洛霍夫的作品也被排除在外。以上 50 年代的"参考书目"和 60 年代的"作品选"选目,比较直观地反映出不同时期翻译文学形式库构成的不同特点,可以看出其中政治意识形态的操纵作用。

文学形式库中各元素的地位并不是平等的,而是有着等级之分,处于中心地位的就成为"经典形式库"。但"形式库本身并没有

---

① 书目上开列的书名为《萧伯纳戏剧选》,但当时还没有合适的中译本。1956 年人民文学出版社出版了 3 卷《萧伯纳戏剧集》(朱光潜、张谷若等译)。之后,人民文学出版社又分别在 1959 年和 1963 年出版了潘家洵译的 2 种萧伯纳戏剧选集。

② 1979 年上海译文出版社出版新一版时,删去了阿尔巴尼亚、捷克斯洛伐克、加纳等国的四篇作品而增加了法国罗曼·罗兰、法朗士、英国萧伯纳、高尔斯华绥、德国托马斯·曼、奥地利卡夫卡、南斯拉夫安德力奇(Ivo Andrić)等作家 14 篇作品(片断)。从 60 年代和 1979 年所选篇目的调整,可以看出中国文学系统文学价值取向的某些变化。

任何机制能够决定其中的哪个部分可以得到经典化"①。50—70年代中国翻译文学的经典和经典形式库不是由作品本身的文学价值或在世界文学中的地位所决定的,而是由不同时期的政治意识形态和诗学规范所决定的。意识形态和诗学出于自身的目的,可以通过种种阐释策略将某些作品树为"经典",而出于同样目的,它们又可以贬低和排斥世界文学史上某些经典化的作品。②

三、50—70年代的翻译文学经典、经典形式库及其意识形态和诗学功能

埃文-佐哈将"经典性"分为两种,一种是文本层面,另一种是模式层面。他指出:"第一种情况可称为静态经典性,即一个文本被接受为制成品并且被加插进文学(文化)希望保存的认可文本群中。第二种情况可称为动态经典性,即一个文学模式得以进入系统的形式库,从而被确立为该系统的一个能产(productive)的原则。对

---

① 埃文-佐哈:《多元系统论》,张南峰译,《中外文学》,2001年第3期,第25页。

② 五六十年代的中国文学语境中形成了一套文学"等级"观念。这套观念认为,狄更斯、萨克雷、夏洛特·勃朗蒂、巴尔扎克的文学地位要高于佐拉,因为前者体现了马克思、恩格斯总结和赞扬的"典型化"现实主义创作原则,而后者具有"自然主义"倾向;20世纪"批判现实主义作家"高尔斯华绥、托马斯·曼低于小林多喜二、尼克索,因为后者是无产阶级作家,更具有"进步性";拜伦、雪莱高于华兹华斯、济慈,因为根据高尔基对"积极浪漫主义"和"消极浪漫主义"的界说(高尔基:《我怎样学习写作》,戈宝权译,北京:三联书店,1951年,第11—12页),前者属于"积极浪漫主义"诗人,后者属于"消极浪漫主义"诗人。(参见洪子诚:《中国当代文学史》,北京:北京大学出版社,1999年,第21页)简括地说来,在意识形态的操纵下,五六十年代形成了这样的文学等级金字塔格局:现实主义文学高于非现实主义文学,批判现实主义文学和积极浪漫主义文学高于一般现实主义和浪漫主义文学,社会主义现实主义以及无产阶级文学又高于批判现实主义文学和积极浪漫主义文学,处于文学金字塔的顶端。

于系统的进程来说,第二种经典化才是最关键的。"①

世界文学史上一些经典作家,如荷马、埃斯库罗斯、但丁、薄伽丘、莎士比亚、塞万提斯、拉伯雷、弥尔顿(John Milton)、歌德、雨果、普希金、巴尔扎克、狄更斯、托尔斯泰、佐拉等,虽然他们的重要作品也进入了五六十年代的翻译文学文库中,但它们在翻译文学形式库中只具有静态经典意义。即在文化多元系统中,它们的"文学能产性已经终结","缺乏影响力和效率",亦即拉克菲特·谢菲(Rakefet Sheffy)所说的,它们只是因其知名度和文学声誉而被看成是经典,"它们不能处于中心位置,因为它们既不能满足当下流行的文学规范,又不能提供新文本创作的有效范式。"②

五六十年代中国文化多元系统只是将以上作家看成是古代著名作家,但不把他们视为"当代文学的楷模"③。虽然文学界声称对外国古典文学要"批判地继承",实际上是批判多于继承,甚至是只批判不继承。由于政治意识形态的原因,中国文学系统对自己当下的创作文学和外国文学了实行双重价值批判标准,使得"批判地继承"云云,只成了貌似辩证的理论空谈。对待资本主义国家的文学作品,文学批评的标准是看它是否有社会批判意识。因此,19世纪批判现实主义作品,如巴尔扎克、狄更斯、萨克雷、马克·吐温等

---

① 埃文-佐哈:《多元系统论》,张南峰译,《中外文学》,2001年第3期,第26页。

② Rakefet Sheffy, "The Concept of Canonicity in Polysystem Theory," *Poetics Today* 1990 (3):517. 但是这些"静态经典"以及那些"内部发行"的"另类"经典,在特定的时期又可能重新成为译语文学系统中的"动态经典",作为创作借鉴的对象,如70年代末、80年代初中国作家对这些经典作家作品的欢迎和借鉴。这也验证了埃文-佐哈的假说:"任何经典化文本都随时有可能被回收进形式库,再次成为经典化模式。"见埃文-佐哈:《多元系统论》,张南峰译,《中外文学》,2001年第3期,第26页。

③ 埃文-佐哈:《多元系统论》,张南峰译,《中外文学》,2001年第3期,第26页。

人的小说受到了褒扬,因此,它在翻译文学系统中有着较高的地位。但是,批判现实主义作品中被认为最有价值的现实批判精神和"真实地再现典型环境中的典型人物"方法却又不为政治意识形态允许"继承"过来。文学界提倡的是苏联"无冲突论"原则的创作方法,不允许作家涉及社会生活的阴暗面。这样,即使是在世界古典文学中被认为是最高典范的19世纪批判现实主义文学,对其价值的认定也只局限在对资本主义社会的批判意义,其创作精神和创作方法遭到了故意漠视,更谈不上"继承"。更有甚者,在某些翻译界人士看来,翻译外国名著的目的就是提供译本以便更好地对其批判。50年代初,一位著名翻译家撰文,呼吁建立一套外国文学名著翻译计划。他认为,"有一套很完善的外国文学名著译本出现,那么,在西欧文学的研究中,才可以很方便地把帝国主义文艺理论的虚伪揭穿的。"①正因为当时中国对待外国文学古典名著这种批评向度,所以当时有人撰文,认为"托尔斯泰没得用"。作者的主要理由是:"托尔斯泰不会反映我们的时代。如果让托尔斯泰来到今天,他不见得能把我们的时代反映好,更谈不到正确和成为'艺术精品'了。"②这篇文章虽然偏激,但从中也可看出,在当时的文化语境中,外国古典文学名著也只能是"静态经典",而不能进入动态经典形式库。有资格进入"动态经典形式库"的只有苏联社会主义现实主义文学。

1949年后,中国文学系统出于政治意识形态方面的目的,将社会主义现实主义作为文学创作规范。这种新的文学样式对大多数作家来说相当陌生。既然连"社会主义现实主义"这个概念也是从苏联输入的,那么苏联的社会主义现实主义文学自然成了"学习的最

---

① 穆木天:《关于外国文学名著翻译》,《翻译通报》第3卷第1期,第12—13页。
② 谭微:《托尔斯泰没得用》,《新民晚报》1958年10月6日。

好范本"①。因此,高尔基、马雅可夫斯基、奥斯特洛夫斯基、伏尼契(E. L. Voynich)、肖洛霍夫、法捷耶夫、尼古拉耶娃(Nikolayeva)、巴巴耶夫斯基等众多苏联现当代作家的作品就是作为"动态经典"而被大量翻译了过来。

政治意识形态和政治诗学合谋下的中国当代翻译文学经典库具有意识形态和诗学上的双重功能。五六十年代文学界所推崇的经典文本在文化多元系统中的功用,我们可以将它们粗略地分为两类。一类是作为意识形态的经典,另一类是作为文学的经典。属于前者的有奥斯特洛夫斯基的《钢铁是怎样炼成的》②、伏尼契的《牛虻》③、科斯莫捷米扬斯卡娅的《卓娅和舒拉的故事》、尤·伏契克(J. Fucík)的《绞刑架下的报告》④、马雅可夫斯基的《列宁》、《好!》、比留柯夫的小说《海鸥》⑤、日本小林多喜二的《蟹工船》、《党生活者》、德永直的《静静的群山》、《没有太阳的街》等,属于后者的有高尔基的《母亲》、《海燕》、《静静的顿河》、法捷耶夫的《青年近卫军》、巴巴耶夫斯基的《金星英雄》、《光明照耀大地》、潘菲洛夫的《磨刀石农庄》、尼古拉耶娃的《收

---

① 周扬:《为创造更多的优秀的文学艺术作品而奋斗》,《周扬文集》第2卷,北京:人民文学出版社,1985年,第248页。

② 梅益译本分别为三联书店、人民文学出版社、少年儿童出版社出版,1949—1965年间重印了48次,总印数达150多万册。

③ 李俍民译,中国青年出版社,1953年出版,多次重印,到1979年为止,总印数高达130多万册,成为50—70年代发行量最高的英国文学中译本。

④ 《绞刑架下的报告》在中国大陆与《钢铁是怎样炼成的》、《牛虻》齐名,也是作为青少年政治思想教育的经典读物。1952年,新文艺出版社出版了刘辽逸从俄文转译的《绞索套在脖子时的报告》。同年,人民文学出版社又出版了陈敬容从法文转译、冯至从德文本校订的译本《绞刑架下的报告》,先后印刷了10次,印数达60万册。1955年,中国青年出版社还出版了《伏契克文集》,印数也达4千册。

⑤ 1954年中国青年出版社翻译出版,各种报刊发表了30多篇赞扬该小说文章,上海人民出版社还出版了《向〈海鸥〉学习》一书。

获》、《拖拉机站站长和总农艺师的故事》。①后者作为文学创作的典范,具有文学经典形式库的功能。而前者则具有维护政治意识形态的功能,可以直接用于政治意识形态话语的建构。《钢铁是怎样炼成的》、《牛虻》、《绞刑架下的报告》等被当作进行共产主义思想教育的最好文本,并被选入中学语文课本。因此,它们从翻译系统进入了文化多元系统的中心系统——政治意识形态系统,也成为这个系统的动态经典,由此还衍生出《把一切献给党》、《高玉宝》等自身系统中的共产主义思想教育文本。虽然五六十年代翻译文学系统不一定处于中国文化多元系统中心,但这些作品倒是能够越过自身所属系统,而成为意识形态系统的经典。②

"经典性并非文本活动在任何层次上的内在特征,也不是用来判别文学'优劣'的委婉语。某些特征在某些时期往往享有某种地位,并不等于这些特征的'本质'决定了它们必然享有这种地位。"③正是因为当时的意识形态关注的不是文学作品的艺术性而是其"思想性",因此,五六十年代有不少被推崇为"经典"的作品文学性不强。其曾经产生的阅读效应在很大程度上也不是由于其艺术魅力,而是源于政治意识形态鼓励下孕育的革命激情。五六十年代被推为"经典"的作品,如高尔基的《母亲》、马雅可夫斯基的《列

---

① 《拖拉机站站长与总农艺师的故事》(草婴译)1955年中国青年出版社出版后,中国共青团中央特发文推荐,成为一时的读书热点,并发出版了50篇(本)《向娜斯佳学习》(娜斯佳为该小说女主人公)之类的文章和小册子。参见陈建华:《二十世纪中俄文学关系》,上海:学林出版社,1998年,第191页。

② 这种情形也正好验证了埃文-佐哈对多元系统运作的假说,即系统之间"互相交叉,部分重叠,在同一时间内各有不同的选择,却又互相依存,并作为一个有组织的整体而运作"。参见埃文-佐哈:《多元系统论》,张南峰译,《中外文学》,2001年第3期,第18页。

③ 埃文-佐哈:《多元系统论》,张南峰译,《中外文学》,2001年第3期,第22—23页。

宁》、法捷耶夫的《青年近卫军》、奥斯特洛夫斯基的《钢铁是怎样炼成的》、尼古拉耶娃的《收获》、《拖拉机站站长与总农艺师的故事》、巴巴耶夫斯基的《金星英雄》、《光明照耀大地》、苏洛夫的《莫斯科的黎明》、伏尼契的《牛虻》等等，在八九十年代的中国由于意识形态环境的改变而失去了其"文学"经典地位。

文化多元系统确立经典性形式库的意义是为了使文学系统"紧守由它经典化的性质（从而得以控制多元系统）"①。如果在中国当代文学系统中将翻译文学和创作文学同时期的"经典化"文本进行比照，可以发现它们在思想内容或创作方法上形成了某种程度上的对应关系：《钢铁是怎样炼成的》、《卓娅和舒拉的故事》、《海鸥》、《把一切献给党》、《高玉宝》、《青春之歌》、《青春万岁》；《母亲》、《夏伯阳》、《铁流》、《青年近卫军》、《红岩》、《林海雪原》、《铁道游击队》；《静静的顿河》、《未开垦的处女地》、《磨刀石农庄》、《太阳照在桑干河上》、《暴风骤雨》、《创业史》、《山乡巨变》、《艳阳天》、《金光大道》；《士敏土》、《百炼成钢》、《乘风浪风》；《收获》、《拖拉机站站长与总农艺师的故事》、《区里的日常生活》、《组织部新来的年轻人》、《在桥梁工地上》、《光明照耀大地》、《莫斯科的黎明》、《明朗的天》、《十三陵畅想曲》、杨朔"开头设悬念，卒彰显其志"之类的散文……。这些相对列的作品，有些是前者对后者的影响，有些则是因处于相近似的政治意识形态环境和在同一种诗学规范影响下而出现的"文学类型学"上的类似。无论是哪种情况，当它们共处于50年代中国文学多元系统之中，就呈现出一种深刻的互文关系，既反映了这一时期中国文学的基本特征，同时也征示了翻译文学形式库在中国文

---

① 埃文-佐哈：《多元系统论》，张南峰译，《中外文学》，2001年第3期，第24页。

学多元系统中的意义。

政治意识形态为了维护自身的合法性和权力地位，为文艺系统确立了苏联的某些社会主义现实主义文学"代表作"作为"经典形式库"，从而开启维护和丰富自身话语的作用。而随着文化语境的改变，旧有的文学形式库一旦不再符合自身的需要，文化多元系统"又会更改经典化性质的形式库，以维持控制权"[①]。因此，50年代末，中国为了适应"大跃进"形势的需要，同时也是有意与苏联的文艺政策拉开距离，而提出了"革命的现实主义和革命的浪漫主义相结合"的文艺创作原则，此后又衍生出"主题先行"、"三突出"等文艺理论主张。这种理论指导下产生的经典作品，就是"文革"期间树立的八个"样板戏"。这八个"红色经典"既是文艺创作系统中的"革命样板"（经典形式库），也是对五六十年代翻译文学经典形式库提出了挑战。"两结合"和"三突出"的文学创作规范，是当代中国极左政治思潮下的产物，文学翻译无法依据这些新的诗学规范在外国文学中找到经典文本。因此，"文革"期间翻译文学系统的"经典形式库"出现空缺。文革后期被允许公开出版的高尔基、法捷耶夫、奥斯特洛夫斯基、小林多喜二等少数几位作家的作品，此时也不再具有动态经典的意义。相对于那些"内部发行"的译本，它们主要是从"正面"发挥政治意识形态话语作用。[②]

[①] 埃文－佐哈：《多元系统论》，张南峰译，《中外文学》，2001年第3期，第23页。

[②] 1976年人民文学出版社出版的《钢铁是怎样炼成的》新译本（黑龙江大学俄语系翻译组和俄语系72级工农兵学员译）《前言》中说，"这部小说形象地告诉我们，为捍卫和巩固无产阶级专政必须进行艰苦卓绝地斗争。""今天，在产生这部小说的苏联，保尔·柯察金用鲜血捍卫的红旗，已被苏修叛徒集团践踏在地。"因此，"今天阅读这部小说，会使我们更加珍爱无产阶级专政，更加憎恨苏修叛徒集团，更加坚定把反修防修斗争进行到底的决心。"奥斯特洛夫斯基：《钢铁是怎样炼成的》，黑龙江大学俄语系翻译组和俄语系72级工农兵学员译，北京：人民文学出版社，1976年，第1—12页。

政治意识形态对文学翻译操纵导致翻译文学形式库的萎缩和僵化。有些论及五六十年代文学翻译的著述，认为五六十年代的文学翻译无论在翻译出版数量和选择面上，其成就都比 20 世纪上半期大。①但如果从文学形式库意义的角度看，五六十年代的文学翻译选择比 20 世纪上半期要狭隘得多。就欧美著名作家作品翻译的选择来看，他们的主要作品受到故意的冷落。②即使出版的一些名著中译本大多也是 20 世纪上半期的旧译重版、重印。20 世纪上半期翻译文学文库中的一些重要作家作品，如鲁索（J. Rousseau）、波德莱尔、纪德（André Gide）、康拉德（Joseph Konrad）、施托姆（Theodor Storm）、茨威格、劳伦斯、艾略特、伍尔芙（Virginia Woolf）、王尔德、曼姝菲尔德（K. Mansfield）、爱伦坡（Allan Poe）、赛珍珠（Pearl

---

① 参见卞之琳、叶水夫、袁可嘉、陈燊：《十年来的外国文学翻译和研究工作》，《文学评论》，1959 年第 5 期，第 45—50 页；袁可嘉：《欧美文学在中国》，《世界文学》，1959 年第 9 期，第 85—89 页；北京大学西语系法文专业 57 级全体同学：《中国翻译文学简史》（油印本），1960 年，第 171—172 页；陈玉刚：《中国翻译文学史稿》，北京：中国对外翻译出版公司，1988 年，第 346—348 页。

② 如果细心考察一下当时选择翻译了他们的哪些作品，就可以看出当时的翻译价值取向的狭窄。五六十年代对著名作家王尔德、叶芝、斯·茨威格（Stefan Zweig）、托马斯·曼、福克纳作品的翻译选择就可以说明这个问题。王尔德的作品只在 50 年代重印了巴金翻译的他的童话故事《快乐王子集》旧译本。他的名著《道林·格雷的画像》、《温德米尔夫人的扇子》、《莎乐美》等被排斥在译介之外。叶芝（W. B. Yeats）的作品只翻译出版了他的《爱尔兰民间故事》，真正奠定他文学地位的诗歌却未翻译出版；茨威格的作品只翻译出版了一本他的历史小品集《历史的刹那间》，另外，《世界文学》1963 年第 3 期刊登了短篇小说《看不见的收藏》和《家庭女教师》，而他的著名小说《一个陌生女人的来信》、《象棋的故事》等中译都付之阙如。托马斯·曼的作品翻译过来的只有以现实主义手法创作的《布登勃洛克一家》，而不能体现中国对他认定的"批判现实主义作家"身份的《魔山》、《威尼斯之死》，则无缘与中国读者见面。福克纳的作品只是在 1958 年《译文》第 4 期上译载了他的两篇反战主题的短篇小说《胜利》和《拖死狗》（李文俊译），而他的名著《喧哗与骚动》、《我弥留之际》、《去吧，摩西》、《圣殿》都不为中国读者知晓。

S. Buck)、邓南遮(Gabriele D'Anunzio)、斯特林堡(J. A. Strindberg)、梅特林克(M. Maeterlinck)、芥川龙之介(Akutagawa Ryūnosuke)等人的作品,只有少数得到了重版,而大部分则被完全排斥在翻译视野之外。

中国当代文化多元系统按政治意识形态的要求来建构自己的"世界文学经典"。这些"经典"在出版时大多又受到译本序跋等评介文字对其意义的操纵,这样就进一步规限了翻译文学形式库的作用,造成文学系统的僵化。

四、依据本个案研究对多元系统理论的缺失及其运用上的一点思考

埃文-佐哈假定,译语文学处于"强势"地位时,翻译文学就处于边缘地位;译语文学处于"弱势"地位时,翻译文学则会在译语多元系统中占据中心位置。而处于中心地位的翻译文学将会为译语文学带来新的创作模式。1949年后,中国对20世纪上半期的现代文学基本上采取了否定态度,摒弃新文学传统,试图建立起符合社会主义意识形态的新的文学规范。社会主义现实主义诗学在中国当代文学系统中是个"缺类",缺乏自己的经典形式库。从这种意义上说,由于政治意识形态拒绝继承20世纪上半期的文学资源,自我边缘化,因而与苏联社会主义现实主义"强势"文学相比,处于"弱势"地位,文学系统出现了"危机"。将苏联的社会主义现实主义引入中国文学系统本应为文学创作带来生机,但结果恰恰相反,它反而引发了更为深重的危机。究其原因,不难看出,社会主义现实主义本身带有很浓重的政治意识形态色彩,它所要求的创作原则等等都是苏联在特定时期政治意识形态对文学要求的反映。今天看来,无论是苏联还是中国,很多当时被视为"社会主义现实主义"的作

品，在很大程度上都已偏离了"现实主义"文学的基本要求。苏联的当代文学中也有一些体现了现实主义创作精神并富有艺术感染力的作品，如帕斯捷尔纳克（Boris Pasternak）的《日瓦戈医生》、阿·托尔斯泰（A. Tolstoy）的《苦难的历程》、肖洛霍夫的《一个人的遭遇》、爱伦堡的《解冻》、艾特玛托夫的《查密莉雅》、索尔仁尼琴的《伊凡·杰尼索维奇的一天》等。但在政治意识形态制约下，这些作品没能成为中国文学系统中的动态经典，有的甚至被视为"另类"。中国当代文学政治功利化性倾向与苏联文学相比有过之而无不及，"在简单化、庸俗化方面，大大超过了苏联文学理论，而且自成体系。"①文学庸俗社会学化的极端表现就是在"主题先行"、"三突出"创作原则指导下的"文革文学"。

实际上，苏联文学界在斯大林去世之后，就出现了"解冻"文学思潮。1954年第二次苏联作家代表大会之后，社会主义现实主义越来越多地遭到质疑和抵制，此后，苏联的社会主义现实主义文学就日趋衰落。60年代苏联文学界对欧美现代（主义）文学的态度也开始转变，并出现了多元化的创作倾向。但此时，中苏关系由紧张转为恶化，中国斥苏联文艺为"修正主义文艺"，指责其背离了社会主义现实主义创作原则。由此可以看出，五六十年代中国翻译文学文库中备受推重的经典形式库文本所代表的只是苏联文学系统中的"二级模式"，已是苏联文学系统的"保守的力量"，将这种苏联文学界本身就感到不满意的文学模式作为自己的经典形式库，并排斥

---

① 钱中文：《文学原理·发展论》，北京：社会科学文献出版社，1989年，第79页。

其他文学样式，不容许有任何革新，①其结果自然不会增强本民族文学系统的活力，只会造成文学系统"熵量"增加，逐渐僵化。

佛克马指出："意识形态的灌输使得一种严格的经典成为必要，而且只有放弃进行意识形态的控制的目的，文学经典才能获得解放。"②针对50—70年代中国文学翻译现象，我们可以进一步申说：只有放弃进行政治意识形态的控制目的，文学翻译才能为创作文学引入多元化的、能真正激发文学创造活力的经典形式库。这一点实际上已为以文学性为价值取向、以多元化选择为特征的80年代文学翻译的影响效应所证明。

从以上分析可以看出，50—70年代中国翻译文学系统的运作状况在很大程度上验证了埃文－佐哈关于翻译文学在"弱势"文学多元系统中的地位和作用的假说，进一步说明埃文－佐哈这个假说具有较高的可验证性。③但我们必须认识到，即使埃文－佐哈的某些假说为大多数个案研究所验证，富有某种"规律"性质，我们在具体个案研究时，也不能按图索骥，以埃文－佐哈的假说来框套翻译现

---

① 1956—1957年上半年，中国出现了短暂的"百花齐放，百花齐鸣"时期，在苏联解冻文学思潮的鼓舞下，何直（秦兆阳）、周勃、陈涌、巴人、钱谷融、刘绍棠等文艺理论家和作家对"无冲突论"、"干预生活"、文学与政治的关系、文学与人性等一系列关涉社会主义现实主义创作原则的问题提出了新的见解。在"积极干预生活"口号下，苏联出现了真实反映现实，揭露生活中矛盾和冲突的作品，如尼古拉耶娃《拖拉机站站长和总农艺师》、奥维奇金的农村特写《区里的日常生活》等。这些作品直接影响了刘宾雁的《在桥梁工地上》和王蒙的《组织部新来的年轻人》。但1957年夏开始的反右运动时，以上文艺理论家和作家都受到了批判，有的还被划为右派，发配到边远地区劳动改造。

② 佛克马、蚁布思：《文学研究与文化参与》，俞国强译，北京：北京大学出版社，1997年，第49页。

③ 根茨勒已指出，所有关于翻译文学在"弱势"文化多元系统中的地位和作用的个案研究，其结论几乎都支持了埃文－佐哈的假说（Gentzler. "Translation, Counter-Culture, and *The Fifties* in the USA." Ed. Roman Álvarez and M. Carmen-África Vidal. *Translation, Power, Subversion*. Clevedon: Multilingual Matters. 1996, p. 118.）。

象。如果那样就会被引入翻译研究的歧途——为验证"规律"而忽视在具体研究中的价值判断，其结果就大大减损了翻译研究的意义和学术价值，会"窒碍……翻译学作为一门学科的发展"①。

虽然埃文－佐哈竭力为其深受影响的俄国形式主义和捷克结构主义理论模式的动态性质进行辩护，②尽管他特别强调多元系统之间是一种动态的交互关系，但他的很多假说因缺乏价值判断还是存在明显的非历史主义倾向。埃文－佐哈为了寻找到一个普遍的规律，在对多元文化系统运作模式作理论假说时，基本上只是在现象层面运作，就现象而现象，剔除了文化（文学）现象本身所蕴涵的历史内涵和价值意义。多元系统理论中的一些术语，如"一级模式"、"二级模式"、"中心"、"边缘"、"革新"、"保守"、"经典"等等，实际上都不是价值判断，而只是对事物状态的能指和描述。

就以本文探讨的50—70年代文学翻译现象为例，我们可以按照埃文－佐哈的理论方式做这样简要的描述和概括：1949年后，中国文化多元文化系统为了打破传统文学模式而输入了社会主义现实主义这种新的文学范式。社会主义现实主义成为中国文学系统中的"一级模式"，在文学（文化）多元系统中处于中心位置，对中国当代文学的重要进程产生了重要影响。社会主义现实主义这一"一级模式"，一旦得以进入经典化形式库的中心并且持久化，过一段时间就变成了"二级模式"③，因此文学系统出现了僵化。

---

① 参见庄柔玉：《用多元系统理论研究翻译的意识形态的局限》，《翻译季刊》，2000年第16、17期，第128页，Lawrence Venuti, "Unequal Developments: Current Trends in Translation Studies," *Comparative Literature*, 1994(4): 361–362.

② Itamar Even-Zohar. "Polysystem Theory." *Polysystem Studies*, *Poetics Today*, 1990(1): 9–12.

③ 埃文－佐哈：《多元系统论》（张南峰译），《中外文学》，2001年第3期，第28页。

我们不能说这样的描述不符合实际,但它只是对"实际"现象表面化的梳理和解说,即它回答了50—70年代中国文学翻译"是如何"的问题,而没能深刻回答"为何是"等问题。我们不禁要问:为什么要引入社会主义现实主义文学作为创新模式而不是引入现代主义文学?社会主义现实主义难道仅仅是因为它是新的文学范式就自然成了动态经典吗?是哪些并存系统促成了它进入翻译文学系统的中心位置?说社会主义现实主义文学模式"对中国当代文学的重要进程产生了重要影响",是好的影响还是坏的影响?由此,我们还会追问:译语文化为何又如何操纵文学翻译?在译语文化的操纵下,翻译文学经典形式库会负载什么样的功能?某种翻译文学处于"弱势"文学(文化)多元系统中心地位是否一定就会提升译语文学的地位和"文学"质量?等等。

由于偏执于"绝对客观"的立场,多元系统理论将翻译文学的历史演变描述成了似乎总是在同一历史平面上自动化的、机械的循环往复过程。①因考察翻译系统与其并存系统之间的关系不可避免要作出价值判断,摒弃了价值判断也就无法真正分析它们之间的互动性质。因此,虽然埃文-佐哈强调系统之间的动态关系,但为了避免价值判断,"在实际研究中,往往对文学或文化(包括翻译)发展的动因不作探究。""忽视实际的政治和社会权力关系……只关注模式和形式库,依然完全停留在文本层面。"②这样,埃文-佐哈在理论和实践上就出现了自相矛盾。

---

① Theo Hermans. *Translation in Systems*: *Descriptive and System-Oriented Approaches Explained*. Manchester: St. Jerome. 1999, p.118;庄柔玉:《用多元系统理论研究翻译的意识形态的局限》,《翻译季刊》,2000年第16、17期,第126—131页。

② Theo Hermans. *Translation in Systems*: *Descriptive and System-Oriented Approaches Explained*. Manchester: St. Jerome. 1999, p.118.

多元系统理论"试图用共时性的定律来绝对化历时性的现象"①，就必然放弃历史维度，取消价值评判，这样就造成了它的某些假说似是而非的现象。如埃文-佐哈关于翻译文学在多元系统中心占据中心位置的三种情况的假说，由于视点只局限在文学系统本身，因此将翻译文学地位变化的动因解释成文学系统自身的觉醒和危机意识，即文学系统内部的原因。如果切入具体的文化语境，比如五四时期文学翻译的文化语境，就会看出这个假说的简单化倾向。五四时期翻译文学进入了中国文学（甚至文化）多元系统的中心，其根本原因显然不是出于文学自身的觉醒和危机感，而是出于民族生存危机意识，即出于意识形态原因。"五四"时期的翻译文学在当时的意义，首先是"启蒙的文学"，其次才是"文学的启蒙"。

当然，从理论存在形态的一般性特征来看，对多元系统理论价值判断缺失的指责是一种苛求。理论的品格是抽象的、概念化的，而价值判断总是历史的、具体的。我们不能要求多元系统理论对纷繁复杂的翻译现象作出具体的价值判断，或者提供一个价值判断理论模式。因此，从这个意义上说，以上所述与其说是检讨多元系统理论在价值判断上的缺失，不如说是申说我们在运用多元系统理论时价值判断的必要性。

总之，我们需要辩证地对待和运用多元系统理论模式。一方面，我们可以借助其视野广阔的理论框架，将其关注事物之间普遍联系的理论主张贯彻到具体研究中，以此来"探询实际[翻译]行为发生的语境并作出解释"②。在对现象分析、归纳时，将其某些相关

---

① 庄柔玉：《用多元系统理论研究翻译的意识形态的局限》，《翻译季刊》，2000年第16、17期，第128页。

② Theo Hermans, *Translation in Systems: Descriptive and System-Oriented Approaches Explained*, Manchester: St. Jerome, 1999, p. 102.

的理论判断(假说)作为有价值的参照；另一方面，我们要警惕它在"规律性"假说上的主观色彩和对系统运作样态概括上的简单化和纯客观化的倾向，既要避免以它的假说来框范复杂的翻译现象，又要注重具体现象分析时的历史价值判断。在充分借鉴其他翻译理论的基础上，通过理论与现象之间宏微互参，循环阐释，庶几获得对具体翻译现象较圆满的历史阐释，并且有可能从中得出某些理论启示，用以完善翻译系统理论，贡献于翻译学理论建构。

试论新时期翻译文学与创作文学的关系[①]

研究新时期文学的流变，不可避免要探讨新时期中外文学关系。关于外国文学对新时期作家的影响，从 80 年代初开始就有文章论述，不乏精辟独到之处。但论者大多从新时期文化语境和新时期文学自身发展角度来切入，谈及外国文学的影响一般也是笼统地称"翻译了大量外国现当代文学作品"，所注重探讨的是新时期作家如何借鉴西方现当代文学，似乎新时期作家一开始面对的就是完整的世界文学图景，新时期作家所需做的就是择取、吸纳。他们将新时期文学相与比较的对象，或者说"影响源"文本，是原生态的外国文学。这样就忽视了两个重要的因素：作为真正影响源文本的翻译文学的意义和外国文学译介者对新时期文学的参与建构作用。缺乏对译介的文学语境的探讨，不对译介阶段性特点及原因进行分析阐释，不对译介择取向度、特点进行探究，考察新时期文学的流变就缺乏必要的参照，所谓外国文学的"影响"云云就不能完全切合新时期文学发展的实际，就不能确切地言说新时期文学究竟受到哪些影响以及影响的形态等等关涉新时期中外文学关系特质的问题。

本文以分析新时期最初十年翻译文学发展的特点为切入点，探讨翻译文学与创作文学的关系，在此基础上从"影响源"角度对翻

[①] 本文原载吴友富主编：《外语与文化研究》，上海：上海外语教育出版社，2001年。

译文学在新时期文学史上的意义作一界说。

一、从新时期文学翻译的特点看翻译文学与创作文学的关系

新时期外国文学翻译有几个阶段性的特点。第一阶段(1978—1982)是萌动阶段。外国文学期刊上开始译载的现当代文学作品,主要是19世纪末至第二次大战前的作品,开始填补新中国成立后对现当代文学译介的空白。古典文学作品开始大量再版。在这一阶段,对现代派文学由介绍转向论争开始,亦即由1979年开始的"什么是现代派?"转向1982年开始的"我们要不要现代派?"的争论。第二阶段(1982—1986)是补缺阶段。出版界在再版外国古典名著的同时,也开始积极翻译出版现当代外国文学名著。外国文学期刊上大量译载外国当代文学作品,积极报道外国文学动态。举凡从19世纪末到六七十年代外国现代主义文学,如象征派诗歌、表现主义文学、意识流小说、荒诞派戏剧、存在主义文学、黑色幽默、魔幻现实主义、法国新小说等都有了全译本和节译本。这种异常迅猛的译介态势逐渐填补上了现当代翻译文学史上现代主义文学的缺块,世界文学版图趋渐完整。第三阶段(1986年至今)是世界文学全面译介阶段。有了前两个阶段的翻译积累,翻译界主要是进一步完善外国文学译介,翻译出版主要作家的全集和跟踪译介当代文学作品。世界文学的完整图景在新时期十几年中次第展开。如果历时性地将翻译文学的演进与新时期文学的嬗变加以参照分析,新时期翻译文学与创作文学的关系以及对创作文学的意义就会彰显出来。

1. 译介与创作的同步对应

新时期前期翻译文学与新时期创作文学的同一性关系,既表现在译介的择取向度与新时期文学希求的"心照不宣"式的默契,也

体现在翻译文学(外国文学)对新时期作家的创造性刺激和人文精神的呼应上。

新时期初期的"伤痕文学"、"反思文学",以其冷峻的历史眼光,透视我们当代的历史,包涵了深刻的人道主义反思。与这种文学反思思潮相映衬,从1978年开始,译介领域出现了大规模的对存在主义作家萨特的译介。《外国文艺》1978年的创刊号上刊载了萨特的剧作《肮脏的手》,占据了本期的三分之一篇幅。1980年《外国文艺》第5期又发表了萨特的著名论文《存在主义是一种人道主义》,1981年柳鸣九编的《萨特研究》出版,成为当时文学文化界极为轰动的现象,形成了一股"萨特热"。对卡夫卡的译介是伴随着现代派文学的绍介开始的。卡夫卡也是新时期初期现代派作家中作品译介最多的作家之一。几乎每谈到现代派文学,举例分析时一般都要提及卡夫卡的作品,特别是《变形记》和《城堡》。《世界文学》1979年第1期发表了《变形记》,译者李文俊还特意撰写了较为详细的题记,介绍卡夫卡及其创作。《外国文艺》、《外国文学》、《当代外国文学》等杂志在80年代初译介了不少卡夫卡的短篇小说和书信。上海译文出版社1980年1月出版了《城堡》(汤永宽译),湖南人民出版社1982年4月出版了《审判》(钱满素、袁华清译),另外还出版了《卡夫卡短篇小说选》(孙坤荣选编)。萨特和卡夫卡更是外国文学研究界的研究热点。萨特作品中对异化的社会现实、对人性的扭曲和摧残,对人的价值、尊严和权利的关注思考,卡夫卡作品中反映出的"异化"现象、人的灾难感、孤独感和荒诞的社会现实,这些在经受了十年噩梦般肉体和精神磨难的中国读者的心灵深处引起了强烈的共鸣。对萨特和卡夫卡的译介与同期的伤痕文学、反思文学相呼应,涌动鼓荡起文化反思的思潮,将"人"从文化废墟里找回。新时期现代派文学翻译的另一个热点是意识流文学的译介。如果说萨特的译介契合了文化反思和新时期文学"写什么"的思考,那么,卡夫卡作品和意识流文学的译介就为新时期作家"怎么写"提供了借鉴和参照。意识流、象征、超现实主义等手法很快就出现在新时期作家的作品中。王蒙的意识流小说,宗璞的荒诞变形小说,如《我是谁》、《泥沼中的头颅》等就是其中优秀之作,开拓了新时期小说美学的新层面。

2. 翻译文学的超前性

翻译文学在呈现与新时期创作文学同步对应的总体特征外,还表现出较强的前卫性。也就是说,译介的作品、流派在国内文学还没有出现某种文艺思潮和文学需求之前,就将国外的这种文艺思潮译介进来,而先期译介进来的这种文艺思潮,又应和了创作文学后来的发展趋势,为创作文学预备了借鉴、参照的对象。文学翻译在新时期初期率先突破了极左意识形态对文学文化的禁锢。

从新时期翻译文学的恢复期看,新时期开始的最初几年,全国文学界还处于左右徘徊的阶段,思想上的顾虑和禁忌滞碍了文学创作的发展。外国文学界从1978年开始绍介外国现代文学作品,成为突破文化文学禁区的先锋。以上海译文出版社1978年创办的《外国文艺》杂志为例(当时《外国文艺》还是作为"内部发行")。在其创刊后的两年内,就重点译介了一大批我国从未介绍过、当时仍有争议的当代著名作家,如美国的索尔·贝娄、约瑟夫·赫勒、纳博科夫,英国的乔伊斯、劳伦斯、艾米斯、韦恩,法国的图尼埃、杜拉、罗布—格里耶、萨罗特,日本的川端康成、太宰治、安部公房,拉丁美洲的马尔克斯、博尔赫斯、略萨,苏联的艾特玛托夫、阿斯塔菲耶夫、拉斯普京,等等。《外国文艺》编辑部还编辑出版了一套"外国文艺丛书",如《当代美国短篇小说集》、《当代英国短篇小说集》、《荒诞派戏剧集》、卡夫卡的《城堡》、约瑟夫·赫勒的《第二十二条军规》、加缪的《鼠疫》、纳博科夫的《普宁》、罗伯·格里耶的《橡皮》、卡尔维诺的《一个分成两半的子爵》，等等。从中我们可以看出外国文学译介者译介世界当代文学的急迫心情、令人钦佩的学术胆识和敏锐的艺术感受力。从后来新时期文学的发展来看，外国文学界译介的很多作品切合了新时期文学的发展走向，并成为作家文学创化的积淀。

1984年前后，中国文学界掀起"文化寻根热"，其外在的原因就是1982年哥伦比亚作家马尔克斯获得诺贝尔文学奖。而在1982年之前，马尔克斯及其他拉美作家的魔幻现实主义小说就已译介了过来。1979年，《外国文学动态》登载了两条关于拉美当代文学的报道，一则是《1977年拉丁美洲文学概况》，另一则是介绍魔幻现实主义之父、墨西哥作家胡安·鲁尔弗的作品《佩法罗·帕拉莫》，《世界文学》1979年第6期选译了危地马拉作家阿斯图里亚斯的代表作《玉米人》，并在本期的"作家小传"栏目中专门介绍阿斯图里亚斯。这是新时期译介拉美魔幻现实主义的开始。随后，关于拉美当代文学动态的报道和作品译介就大量的出现在《世界文学》、《外国文艺》等外国文学期刊上。《外国文艺》1980年第3期译载了马尔克斯四篇短篇小说。随后《世界文学》和《外国文艺》又刊登了他的《一件事先张扬的人命案》（《外国文艺》1981年第6期）、《没人给上校写信》（《外国文学》1982年第12期），1982年10月上海译文出版社出版了赵德明译的《加西亚·马尔克斯中短篇小说集》，《世界文学》1982年第6期摘译了他的获奖作品《百年孤独》。这些译介都是在马尔克斯获奖之前，体现了译介者的文学眼光。

中国新时期结构现实主义和先锋派小说与阿根廷作家博尔赫斯和秘鲁结构现实主义文学大师巴尔加斯·略萨有着密切的关系。他们的影响效应在1985年之后充分显示了出来。在此之前，对这两位作家的作品就有大量的译介。《外国文艺》1979年第1期译载了博尔赫斯的几篇短篇小说，这是最早翻译博尔赫斯的作品。《世界文学》

1981年第6期还专门出了"博尔赫斯作品小辑",并在"作家小传"栏目中专门介绍了博尔赫斯。此后,《当代外国文学》、《外国文学》和《外国文学报道》也译载了博尔赫斯的诗歌和短篇小说。上海译文出版社1983年6月出版了王央乐译的《博尔赫斯短篇小说集》。秘鲁作家马里奥·阿尔加斯·略萨的作品译介从1981年开始。《外国文艺》1981年第3期选译了他的结构主义小说名篇《胡莉娅姨妈和作家》。1981年11月外国文学出版社出版了赵绍夫译的《城市与狗》。他的另一部名著《绿房子》,云南人民出版社和外国文学出版社分别在1982年和1983年翻译出版(云南版由韦平、韦拓译,译名为《青楼》,外文版由孙家孟、马林春译)。除此之外,《外国文学》和《译林》等杂志也翻译了略萨的作品。

再以黑色幽默小说为例。1985年被有的评论家称为中国现代派小说真正出现的一年。这一年,刘索拉发表了被称为中国的黑色幽默小说《你别无选择》,徐星发表了《无主题变奏》。他们的创作与美国作家赫勒和冯尼格等人的作品影响有很大关系。新时期初期,赫勒等人的作品也是译介的热点。《外国文艺》1978年第1期最早选译了《第二十二条军规》,1981年上海译文出版社出版了南文等人的全译本。"黑色幽默"另一位代表作家库尔特·冯尼格的作品也有大量的译介。《世界文学》1979年第3期译载了他的《无法管教的孩子》,在1980年第3期又登载了冯尼格的作品小辑,翻译了他的3篇小说:《这次我扮演什么角色》、《哈里逊·贝杰龙》和《艾皮凯克》。《当代外国文学》1980年第2期上节译了他的名篇《第五号屠场》。《花城》杂志1983年第2期也节译了(代姑译)这部作品。《十月》1983年第3期发表了施咸荣选译的《顶呱呱的早餐》。福建人民出版社1983年5月出版了有老翻译家冯亦代、傅惟慈编译的冯尼格短篇黑色幽默小说选《回到你老婆孩子身边去吧》。浙江文艺出版社1984年5月出版了《茫茫黑夜》(艾莹译)。

从新时期文学发展史的角度来反观翻译文学的译介特点，可以看出，翻译文学的超前性为新时期文学的发展和流变作了充分的先期文学积淀，为新时期作家的创作预先提供一种参照，又为他们以后创作的隐含读者的接受预先作了审美铺垫，扩大读者的阅读经验。

3.翻译文学与创作文学的互动性

翻译文学与创作文学的同步对应在新时期文学时空中呈现互动关系。就翻译文学超前性而言，当创作文学的发展逐渐消弭了翻译文学的这种超前性时，翻译文学又与创作文学呈现出一种互动性的关系。上文提到的魔幻现实主义文学的译介就是如此。

1982年马尔克斯获诺贝尔文学奖。这一消息对中国当代文学界来说，不啻是一注兴奋剂。拉美作家的成功给予新时期作家一个深刻的启示：要走向世界文学，就要纳外来于本土传统，将民族审美方式与现代意识相融合。文学界掀起了"文化寻根热"，文学翻译界也迅速涌起了一股"马尔克斯译介热"。马尔克斯短篇小说的译作纷纷出现在各种外国文学期刊上。除此前的马尔克斯的译介，上海译文出版社1984年8月和北京十月文艺出版社1984年9月相继推出了黄锦炎和高长荣的两个译本。同年11月，张国培编的《加西亚·马尔克斯研究资料》也由南开大学出版社。1987年，黑龙江人民出版社和漓江出版社又先后推出了马尔克斯的新著《霍乱时期的爱情》。这期间还有多种节译。译介之迅速、完备令人惊讶。马尔克斯的译介激发了正在寻求新的探索的新时期文学家的探索激情。1984年前后出现的文化寻根小说又激励了文学翻译界译介马尔克斯的热情。译介与创作形成一种互动的关系。对于文化寻根小说家来说，福克纳、马尔克斯作品就成为他们创作的先结构，影响或超越影响，都是这种先结构文学作用的表现。

译介的超前性显示出译介者的世界文学视野,他们急迫地希望把世界各国优秀的文学作品译介进来,而译介与文学创作的同步对应和互动,则充分说明翻译文学的价值目标和译介指归——为民族文学的发展有效地提供更多的参照和借鉴的对象,促使中国文学尽快进入世界文学的格局之中,与世界文学同步发展。

二、从"影响源文本"角度看新时期翻译文学对创作文学的意义

与"五四"时期和三四十年代的作家不同,新时期作家基本上都是通过阅读翻译文学而不是直接阅读原著来了解和认识外国文学的。从以上在新时期文学语境中翻译文学发展特点的分析中可以看出,新时期作家并不是一开始面对的就是完整的世界文学图景,他们的世界文学意识是随着翻译文学的发展而逐渐形成和强化的。译介的倾向和择取范围决定了作家的外国文学视野。对新时期作家而言,外国文学实际上就是翻译文学。从这种意义上说,新时期外国文学影响的实质就是翻译文学的影响。翻译文学与新时期文学的关系才是新时期中外文学关系的实质。外来文学之所以能发生即刻文学影响效应,其关键原因就是,文学影响在大多数情况下是翻译文学带来的。

新时期前期,在创作文学的参照系中,翻译文学之所以呈现出对应性、超前性和互动性的特点,能取得即刻影响效应,并不是偶然的。从译介的发生来看,文学译介并不仅是译者个体审美行为,更不是随意性的文化行为。作为两种文学文化的中介者,外国文学研究者和译介者敏锐地捕捉到时代文学文化变革的要求和需求。作为与新时期作家处于同一文化语境中译介者,他们译介的对象、译介的目的都受到当时文化语境的作用。德国接受美学创始人之一沃

夫冈·伊瑟尔(Wolfgang Iser)认为，每一个作家的创作都有隐含的读者。英国文艺理论家特雷·伊格尔顿(Terry Eagleton)解释说，"作品接受是作品自身的构成部分，每部文学作品的构成都出于对其潜在可能的读者的意识，都包含着它写作对象的形象：每一部作品都把伊瑟尔所称之的'隐含读者'编码进自身中，作品的每一种姿态里都暗示着它所期待的那种接受者。"[①]作为"文学作品的一种存在形式"——译作和另一种意义上创作者——译介者，也有其隐含的读者。尤其是在文化转型时期，译介者对就更加关注隐含读者的文化渴求和审美期待，从而充分实现译介的价值。在这一时期，隐含读者的"期待视野"对译者的译介择取起主导性作用。译介者择取的影响源文本总是与本民族文学发展的要求和当时的文学风气相关，或是引进负影响源文本，改变文学成规，或是输入正影响的文学因素，推动其发展。从新时期译介的选择上，明显可以看出译介者对新时期文学界逐渐变化的"期待视野"和文学接受能力的了解和把握。[②]处于同一文化语境中的译介者与新时期作家有着共同的内在文化渴求和对文学观念和审美观念变革的时代意识。因此，作为外来文学文化第一时间的接受者——译者，他们所作出的译介择取就具有了直接针对性，与整个新时代对文学观念变革的要求相契合，翻译文学影响源文本效应也就更为直接、显著。译介择取上的特点实际上已先在地为作家的"创造性借鉴"提供了便利。

以意识流文学翻译为例。新时期初期对意识流译介、理论评述多于具体作品的翻译，乔伊斯、普鲁斯特、伍尔芙的经典意识流作

[①] Terry Eagleton, *Literary Theory: An Introduction*, Oxford: Basil Blackwell, 1983, p. 84.

[②] 新时期文学译介的一个突出的特点，就是译者非常重视对译介的作家作品的分析介绍。译本序往往对作品的表现手法、在西方文学史上的地位都有比较详切的分析。而文学期刊上除译者或编者题记外，还常在同期发表所译介的作家作品的评论文章，指出其优长和应否弃之处。这些对读者(作家)的阅读鉴赏和借鉴起到了较大导引作用。

品翻译滞后,所翻译的"意识流小说"大多是间或运用了意识流手法而非纯粹意识流作品。另外,译介意识流文学时译介者都突出了对现实主义创作方法的借鉴作用,而对意识流作品中的性意识心理和朦胧、晦涩意绪的描写作出删节或提出批评。这些对新时期作家对意识流文学的借鉴都潜在地产生了作用,译介者为新时期作家的"创造性借鉴"先期进行了文化过滤,规导了价值取向。译介者实际上也参与进了"东方意识流"构建的过程。正如美国学者约瑟夫·T·肖所说:"翻译不仅属于某一外国作家在某种文学中被接受情形的研究范畴,而且也属于文学本身的研究范畴。他们提供了外国作品与本国作品之间最好的媒介,外国作品的形式和内容往往要经过更改和翻译,对本国文学才能发挥最大的影响,因为只有这种文学形式才能被文学传统直接吸收,其实,它本身就已经成了这个文学传统的一部分。"①

从新时期译介择取的对象及其对创作的影响效应上看,俄苏文学方面,陀思妥耶夫斯基、艾特玛托夫、帕斯捷尔纳克取代了托尔斯泰、高尔基的影响地位;英国文学方面,劳伦斯、伍尔芙、乔伊斯的影响超过了过去备受推崇的批判现实主义的作家,如狄更斯、夏洛特·勃朗特、萨克雷等人;美国文学方面,马克·吐温、德莱塞、斯坦贝克等让位给了海明威、福克纳、索尔·贝娄及约瑟夫·赫勒;卡夫卡、黑塞、普鲁斯特、萨特、加缪及新小说派的影响与歌德、巴尔扎克、雨果、斯丹达尔、罗曼·罗兰的影响并驾齐驱;当代拉美文学的文学地位日益提升……翻译择取上的重心转移,征示着文化语境的变化,更表征着文学观念的嬗变。新时期文学界对当代文学译介的欢迎,也印证了约瑟夫·T·肖对"文学影响"的经

---

① 北京师范大学中文学比较文学研究组选编:《文学借鉴与比较文学研究》,《比较文学研究资料》,北京:北京师范大学出版社,1986年,第117页。

典表述:"文学影响的种子必须落在休耕的土地上。作家与传统必须准备接受、转化这种影响,并作出反应。各种影响的种子都可能降落,然而只有那些落在条件具备的土地上的种子才能够发芽,每一粒种子又将受到它扎根在那里的土壤和气候的影响。"①但通过新时期翻译文学和创作文学关系的个案分析,我们应该为这段话作出这样的补充:在条件具备的土地上发芽的种子,往往首先得益于外来文学、文化译介者有心的采撷和播撒。

通过译介的沟通,世界文学的真实图景展示在新时期作家面前,成为他们创作的价值参照系,激发了他们文学变革的热情,促使了传统的文学观念和对生活观照方式的转变。新时期翻译文学在完成了文学转型时期刺激性作用之后,它的文学意义就是保持互文的动态持续性。互文性的世界文学语境强化了中国作家的世界文学意识和文学的当代意识。世界文学语境的形成,才使作家有可能以世界文学的眼光来透视当代人的生存状态和生活,在作品中渗透当代性的思考。这样,他们的创作也织入当代世界文学图景之中,新时期文学中的世界性因素也因此而催生。也正是从这种意义上说,中国当代文学已融入了"世界性因素",成为世界文学的一个不可分割的组成部分。翻译文学与创作文学异质同构,共同构建了新时期文学的景观。翻译文学因而成为新时期文学的一个有机组成部分。

---

① 北京师范大学中文学比较文学研究组选编:《文学借鉴与比较文学研究》,《比较文学研究资料》,北京:北京师范大学出版社,1986年,第119页。

外国现代派文学在新时期译介的文化语境与译介策略[①]

一、现代派文学在新中国成立后的文化命运

现代派文学在我国现代文坛上曾有过两次译介高潮,一是在"五四"新文学时期,主要译介当时称为"新浪漫主义"的唯美主义、印象主义、象征主义、未来主义等早期的现代主义文学;二是三四十年代,突出的特点是对象征主义和现代主义诗歌、表现主义戏剧、弗洛伊德精神心理分析学说的译介。从译介的总体特征上看,我国当时文学界外国文学翻译的力量还比较薄弱,没有形成一支比较稳定的外国文学研究群体。无论是在"五四"新文学时期还是三四十年代,现代派文学译介都不够系统、完备,评价也大多是从国外的评论文字转述,自己的独特发现不太多。评介文章借助于国外的评论,缺乏对第一手资料的分析研究,因此难免有一些郢书燕说的成分。这些都说明现代文坛对西方现代派文学还显得有些隔膜。我国文坛对外国文学的接受取向主要是现实主义和浪漫主义,现代派文学译介只是一个支流,没有占据主导性地位。这条支流蜿

---

① 本文原载谢天振主编:《翻译的理论建构与文化透视》,上海:上海外语教育出版社,2000年。

蜒曲折，时断时续，乃至后来出现了长达近30年的断流枯竭期。外国现代派文学在新中国成立后的文化命运成为新时期译介现代派文学文化语境的重要构成部分。

新中国成立后至"文革"前17年我国译介了大量俄苏文学和欧洲古典文学作品，但对外国现代主义文学作品译介甚少，更缺乏有学术价值的研究。新中国成立后，政治上的一边倒也使得我国文艺政策、文学观念、文学研究方法与苏联文学界趋同。苏联文学界，特别是日丹诺夫对西方现代主义文学的全面否定也极大地影响了我国文学界对西方现代主义文学的客观评价。

1934年在苏联第一次全苏作家代表大会上，负责联共（布）中央意识形态文艺工作的日丹诺夫代表联共（布）和苏联人民委员会出席致辞。他在讲演中对现当代资产阶级文学作了激烈的抨击：

> 由于资本主义制度的颓废与腐朽而产生的资产阶级文学的衰颓与腐朽，这就是现在资产阶级文化与资产阶级文学状况的特色和特点。资产阶级文学曾经反映资产阶级制度战胜封建主义，并创造出资本主义繁荣时期的伟大作品，但这样的时代是一去不复返了。现在，无论题材和才能，无论作者和主人公，都是普遍地在堕落……沉湎于神秘主义和僧侣主义，迷醉于色情文学和春宫画片，这就是资产阶级文化颓废和腐朽的特征。资产阶级文学家把自己的笔出卖给资本家和资产阶级政府，他的著名人物，现在是盗贼、侦探、娼妓和流氓。[①]

日丹诺夫这篇讲话以及他在1946年所作的《关于〈星〉和〈列

---

① 转引自柳鸣九：《现当代资产阶级文学评价的几个问题》，《外国文学研究》，1979年第1期，第12页。

宁格勒〉两杂志的报告》后收入《论文学、艺术与哲学诸问题》一书，1949年1月在上海由时代书报出版社翻译出版。这本书新中国成立后又在1959年重版。当时的读者和文学工作者，特别是外国文学研究者，都把日丹诺夫对西方现代文学的论断理解为苏联社会主义的文艺方针，因此也是"我们必须遵循的文艺路线和方针政策"，"实际上成为了我们外国文学研究工作的一个指导思想，日丹诺夫的基本论点和基本语言，一直得到广泛的引用。"①因此，我们对西方现代派文学的认识和评价也是：西方现代派文学政治上反动、思想上颓废、艺术上是形式主义，是反现实主义的反动文学。

1949年以后，革命的现实主义和革命的浪漫主义成为主导性的创作方法，"五四"时期和30年代曾出现过的现代主义创作手法为新中国作家所摒弃。现代主义在新中国成立后的文坛上已无迹可寻。与创作界处于同一文化语境中的外国文学研究界和翻译界自然也趋从这种文学潮流。译介主要集中在俄苏文学和被马克思称赞过的"批判现实主义"经典作家，如狄更斯、萨克雷、夏洛特·勃朗特、巴尔扎克等古典作家的作品。"文革"前，在外国现当代文学译介择取范围方面，对苏联和其他社会主义国家现当代文学作品译介择取范围比较广泛，而对英美现当代文学作品的译介对象则要严格地经过政治意识形态过滤器的过滤，因此，译介择取的范围极为有限，主要集中在被认为具有"进步性"的作家，如马克·吐温、德莱塞、马丁·伊登等。另一个译介的重点，就是揭露英美社会现实黑暗和反对种族歧视的具有"战斗性"的美国黑人文学作品。二战后西方现代主义文学，如荒诞派、存在主义、垮掉的一代等作品译介总共只有十几种，由作家出版社和中国戏剧出版社出版，都是作为"内部发行"，以黄色封面为其标志，世称"黄皮书"。翻译文学

---

① 徐迟：《日丹诺夫研究》，《外国文学研究》，1981年第1期，第23页。

作品作为"内部发行",实际上就是对原作的一种政治鉴定,只能作为"批判用",且受众面限定在一定级别的干部、专业研究人员和政治意识形态机构,广大读者一般无缘寓目。

早年深受外国现代派文学影响的九叶诗人之一,后来成为外国现代派文学研究专家的袁可嘉,新中国成立后仍然继续从事英美现代派文学研究,并在60年代初期引人注目地连续在《文学评论》上发表了几篇评述西方现代派文学的长篇论文。在当时的文化语境下,文学研究是以是否与我们的政治意识形态相符、是否具有"进步性"作为对作家作品的价值评判标准。作为深谙现代派文学个中意蕴的专家如袁可嘉等,对西方现代派的评价也只能持彻底否定的批判态度。因此,判定托·史·艾略是"美英帝国主义的御用文人",认为现代主义文学是"颓废文学",而"新批评"则是"当受到全面的、严格的批判的""帝国主义没落时期资产阶级的反动理论流派"。①文学研究几同于政治批判。

在当时对现代派文学的介绍几乎是一片空白的情况下,袁可嘉的评述文章尽管政治批判色彩很浓,但评述、分析比较具体,不是流行的标语口号式的政治批判,客观上为人们了解现代派文学起到了一定的作用。值得注意的是,1962年,中国科学院文学研究所编选了一部两卷本的《现代美英资产阶级文艺理论文选》,由作家出版社作为内部发行图书出版发行。这应算是新中国成立后较为全面地评述英美现代主义文学的著作。同年,上海文艺出版社内部发行了周煦良等人翻译的《托·史·艾略特论文选》,这是新中国成立

---

① 袁可嘉:《托·史·艾略特——美英帝国主义的御用文人》,《文学评论》,1960年第4期,《新批评派述评》,《文学评论》,1962年第2期,《当代英美资产阶级文学理论的三个流派》,《光明日报》1962年8月15日,《略论美英"现代派"诗歌》,《文学评论》,1963年第3期,《英美"意识流小说"述评》,《文学研究集刊》第1册,1964年6月。

后翻译出版的唯一的一部西方现代主义作家的文论集。就在同一年，当时的中国社会科学院哲学社会科学部还编印了一本仅供内部交流的"内部参考资料"《美国文学近况》，介绍了美国现当代的一些"资产阶级作家"，如福克纳、海明威、斯坦贝克等人的作品。对这些作家的评价自然带上阶级分析的观点。尽管如此，这仍然可算是新中国成立后对美国当代文学的一次认真的关注。但此书仅供内部交流，所以并没有起到译介应有的作用。①在"左倾"思潮愈演愈烈的60年代居然出现了以上这些现代派文学的译介，尽管带有浓厚的批判色彩，还是令人颇感意外。深入了解一下当时的社会文化背景，就明白了个中的缘由。

从1959年后期，周恩来、陈毅等党中央领导人针对文坛的极左倾向召开了一系列文艺工作会议，强调要尊重艺术规律，正确理解文艺与政治的关系，反对动辄上纲上线，乱扣帽子，主张给作家题材选择的自由和艺术问题探讨的自由。虽然这些意见不可能被全面理解和落实，但在一定程度上还是起到了纠偏的作用。特别是在1962年4月中共中央批转了文化部党组和全国文联党组共同提出的《关于当前文学艺术工作若干问题的意见》（草案）（即"文艺八条"），其中提出，"西方资产阶级的反动文学艺术和现代修正主义的文艺思潮"也"应该有条件地向专业文学艺术工作者介绍"。正是因有了这样稍稍宽松的文艺政策才有对加缪、克鲁亚克、塞林格、萨特、贝克特、艾特玛托夫、卡夫卡、艾略特等"英美帝国主义"和"苏修"现当代作家和文学理论家的译介。

十年"文革"是文化上的枯竭期。文革前期，外国文学翻译完全停顿了下来。但在文革后期的1973年11月，在上海创刊了译介外国当代文学作品的内部发行刊物《摘译》。译介最多的是当代苏

---

① 参见陶洁：《福克纳在中国》，《中国比较文学》，1991年第2期。

联文学作品。当然译介的目的不是为了追踪苏联文学的发展，而是为了以文学作品作为政治批判的依据和反面教材来揭露苏修帝国主义的种种罪行。其深藏的用意则是"四人帮"一伙借助翻译作品影射、诬陷老干部，因此，在译介的选择上就颇具用心。几乎所有重点翻译过来的作品都配有措辞激烈、政治色彩浓重的编译者前言或评论。有的译文还通过夹注的办法，将批判直接插入译文中。文学作品的译介完全是出于政治目的，文学翻译演变为一种政治行为。在文学沦为"阶级斗争的工具"的年代，文学翻译自然也难逃此命运。当时不明个中隐情的文学青年对这种译介作品的范围、种类表示不满，希望《摘译》译介一些"在苏修、美国和日本有代表性的作品"。《摘译》的编者在《答读者——关于〈摘译〉的编译方针》中明确表示：《摘译》的"主要任务是通过文艺揭示苏、美、日等国的社会思想、政治和经济状况，为反帝和批判资产阶级提供材料；所发表的作品主要是根据这个原则选定的"。所以，"《摘译》所发表的作品除少数属于进步和革命文艺外，大部分是毒草，是帝国主义的文艺、资产阶级的文艺。"[①]按当时的标准，欧美现代派文学更是属于"反动、没落的资产阶级的文艺"，更是株"大毒草"。既然它不能为现行政治直接提供批判材料，因此连"供批判用"的价值都没有。

在文学政治意识形态化的时代，客观地评价西方现当代文学作品已是不可能的事，更谈不上对现代主义文学的译介和借鉴。

新中国成立后到新时期长达 27 年的时间，我们对西方现代主义文学的译介极为缺乏，即使有零星的作品翻译和评论，也都是采取否定性态度。因此，现当代翻译文学史上我们对西方现代主义文学的译介存在一个明显的缺漏和断层。有学者说："'文化大革命'时

---

① 《摘译》，1976 年第 1 期，第 171—173 页。

期，一切'封资修'文化全在扫荡之列，十年间却未见认真批判现代派的文字，可能是姚文元之流批评德彪西之后对现代派不再感兴趣。"①其根本原因可能还不在此。现代派文学的译介少而又少，且作为"内部发行"，人们普遍缺乏现代派文学的阅读经验，没有具体的批判对象。另外，日丹诺夫对现代派文学的批判，新中国成立后已有力地强化了人们对现代派文学彻底否定的认知心理，已没有对现代派再作缺席审判的必要。

新中国成立后的文艺政策随着历次政治运动，愈来愈"左倾"，文学逐渐被纳入"以阶级斗争为纲"的政治轨道，文艺成为宣传政策的手段和阶级斗争的工具。这里面，既有封建时期文学观念的遗传因素，又有苏联文学观念的影响，但是，"作为最基本的文学观念都是我们自己的，在简单化、庸俗化方面，大大超过了苏联文学理论，而且自成体系。"②在60年代初期，苏联的文艺政策有了松动，文艺界对西方现代派文学的评价有了改变，翻译出版了大量西方文学古典和现当代名著。③但那时中苏关系已恶化，意识形态上敌对的情绪也必然波及文学界。中国文坛对现代派的拒绝与诋毁既是自我对现代派认识程度的表现，同时也是在文学领域对"苏修"向资本主义投降的批判和蔑视。

新中国成立后几十年，现代派虽然缺席，但对其政治判决已深入人心。这种先验的价值判断成为新时期现代派文学译介的巨大文化心理。因此，新时期现代派文学译介开始不久就引发了全国性的大争论。

---

① 袁可嘉：《西方现代主义文学在中国》，《文学评论》，1992年第4期，第28页。
② 钱中文：《文学原理·发展论》，北京：社会科学文献出版社，1989年，第79页。
③ 参见夏仲翼：《当代苏联现代派的评价简况》，《文艺报》，1983年第10期；陈建华：《20世纪中俄文学关系》，上海：学林出版社，1998年，第231—232页。

二、 新时期外国现代派文学的论争

新时期文学是在十年"文化大革命"满目疮痍的废墟上慢慢萌生起来的。十年"文革"中的"极左"思潮和文化专制主义致使"瞒"与"骗"的文学肆虐文坛,"三突出"成为作家必须恪守的创作原则,文学沦为政治和各种政策图解的工具。内容上的"假大空",人物形象的"高大全",艺术形式的刻板单一,是这一时期文学的主导性特征。而这种毫无"文学性"可言的文学被阐释为"社会主义现实主义"和"革命的浪漫主义和革命的现实主义相结合"的唯一正确的文学形式,是"最好的创作方法"。因此"文革"结束后人们期盼着真正的现实主义传统的回归。但"文革"结束后的最初几年,文化思想上还没有真正解冻,文艺价值观依然是以极左政治为导向,创作上的僵化的模式依然在一片"繁荣"的诗歌和戏剧创作领域盛行。1978 年 5 月开始的真理问题的大讨论才真正拉开新时期思想解放的序幕。十年的文化禁锢,"极左"思潮的长期盛行使得中国当代文化思想史上的"第三次思想解放"浪潮意义极为深远,而其进程也显得尤为艰难。十年的文化禁锢及其后遗症成为文化启动上的思想和文化心理严重障碍。每一次的冲击都在文化界激起波澜。外国现代派文学的译介也就是在这种"乍暖还寒"的文化语境下开始进行的。

"文革"结束以后,外国文学研究界的讨论主要集中在两个方面:一是对古典文学中人道主义和人性论的重新认识;二是如何看待西方现代主义文学。这两大问题的讨论并不是孤立地在外国文学研究领域进行,而是完全融入新时期文学文化的深度展开之中,成为新时期文学发展和文化构建的一个重要组成部分。

1978 年 11 月全国外国文学规划会议在广州召开。这是新中国成立以来外国文学研究界的第一次盛会。与会专家学者深感外国文学研究必须肃清极左思想的影响，实事求是地评价外国文学作品，提出："对于外国作家，只要他在一定程度上批判了资本主义社会，艺术上有可取的，值得借鉴之处，就应介绍。"认为，"我们对现当代外国文学特别缺乏了解，必须迅速补课。"[①]柳鸣九在会议上就现当代西方资产阶级文学评价问题作了长篇发言。这是"文革"后第一篇对西方现当代文学作出中肯评价的学术论文。虽然对外国作家的评价还是以其政治倾向和阶级地位来判定，带有当时政治气候作用下的历史痕迹，但在当时应当说是振聋发聩之作，引起了广泛的关注。

在1978年下半年，如何评价西方现代文学问题已成为外国文学研究界的一个热点问题。与全国外国文学研究八年规划广州会议差不多同时，中国社会科学院连续组织了多次座谈会，专门讨论外国现当代文学的评价问题。卞之琳、陈燊、李文俊、朱虹、董衡巽、吕同六等专家学者从不同角度发表了自己的见解和意见。1979年创刊的《外国文学研究集刊》特辟专栏刊登了他们的发言，在全国文学界引起了极大反响。新一代的作家和文学评论家对西方现代主义文学最初的概念和认识基本上都有赖于这些带有介绍性的讨论。也正是顾及到国内读者对西方现代派文学的隔膜，外国文学研究者的发言和文章常列举具体的作品实例或节译某些作品的片段来说明问题。因此，在当时中国文学界和读者对西方现代派文学普遍都很陌生的情况下，外国文学研究界的讨论本身就具有介绍和传播的价值，带有对西方现代派文学"启蒙"的性质。

现代派文学自1978年译介开始就一直伴随着争议和论争。1980

[①] 中国社会科学院外国文学研究所科研处：《全国外国文学研究工作规划会议在广州召开》，《外国文学研究》，1979年第1期，第106页。

年以前,现代派文学的讨论主要是在外国文学研究界内部,且意见较为一致,都认为现代派文学应该译介,其区别仅在于如何借鉴上。而从1980年《外国文学研究》第4期开辟"关于西方现代派文学的讨论"专栏,论争渐渐扩大到整个文学界。论争大致可以划分为三个阶段。第一阶段(1980年—1982年)是现代派文学启蒙阶段,主要是外国文学研究者对"什么是现代派文学"的介绍。当然,他们在述评的同时都不可避免地表露了自己的价值取向。1982年《外国文学研究》发表诗人徐迟的《现代化与现代派》(1982年第1期),本是作为讨论的总结,岂料因徐迟文中提出的"我们将实现社会主义的四个现代化,并且到时候将出现我们现代派思想感情的文学艺术"以及"应当有马克思主义的现代主义"等观点,在文学界产生了争议,而引发了新一轮更大范围、更为激烈的论争。1981年年初,高行健出版的《现代小说技巧》一书以及叶君健为该书写的序言,引起了创作界和文学评论界的兴趣和争议。同年8月,《上海文学》发表了冯骥才、李陀、刘心武被称之为"几只小风筝"的关于现代派文学的通信。西方现代派文学的评价问题就扩大到文学创作应否借鉴的问题,现代派文学论争随之转入第二阶段,外国文学研究界和文学创作、评论界都加入了这场论争。《文艺报》特地开辟现代派文学讨论的专栏,其他报刊也不断登载争鸣文章。1983年《当代文艺思潮》第1期发表徐敬亚的《崛起的诗群》一文,把现代派文学的讨论推向高潮。1983年3月,周扬发表了《关于马克思主义的几个理论问题的讨论》一文,提出马克思主义"异化"观问题,在文化思想界引起争议。现代派文学的讨论很快就与异化问题的争议交织在一起,政治色彩趋渐浓厚。第二阶段的现代派文学争论大致到1984年全国开展"清除精神污染"结束。第三阶段从1985年开始,断断续续一直到1989年政治风波时结束。其间,《北京文学》1988年辟专栏讨论新时期文学"伪现代派"问题,形成又一次高潮。这三次论争的主题可以简略地概括为:"什么是现代派?""我们要不要现代派?""我们文学中的现代派好不好?""我们有没有真正的现代派?"从论争主题的变化,不仅可以看出文学界对现代派的认识程度在不断加深,也可以看出其间对现代派态度的变化。许子东对此曾作过一个比较精辟简洁的概括:1985年以前是力图"批评现代主义",1985年之后则是力图作"现代主义批评"。①这些论争就构成了新时期现代派文学译介的文化背景,新时期现代派文学的译介就是在这样的文化语境中进行的。

三、 译介者的文学视野和译介策略

我国对现代派文学的译介至30年代中后期基本上结束了。虽然40年代西南联大的新诗诗人们还在继续现代派诗歌的研究和实践,但因其基本上是拘囿在大学里,其影响的渗透力和范围都非常有限。到新时期再次兴起现代派文学译介高潮,中间已间隔了40年。这40年不仅意味着时间上的距离,更征示着思想和文学观念上的鸿沟。由于"极左"思潮泛滥的年代对现代派文学政治缺席审判,深固了人们对其敌视的心理,因此,现代派文学在新时期之初仍被视为是潜在的政治颠覆性的"文学他者"。现代派文学作品中所负载的文化观念、对人性的揭示、对人类前途的绝望,等等,不仅与我们的传统文学"接受屏幕"形成反差,也与长期的政治化的文学思维方式和接受方式大相径庭,更与人们在打倒"四人帮"之后对未来充满美好憧憬的心态形成一种情感上的悖逆。因此,新时期的现代派文学译介面临着多重困难。译介者需要解决两个最大的难题:一

---

① 许子东:《现代主义与中国新时期文学》,《文学评论》,1989年第4期,第21页。

是如何避免与当时还比较僵化的政治思维方式发生明显的冲突，不至于招致政治上的险祸；二是就文学读解本身来说，如果译介的作品与读者的审美经验距离太大，阅读就会搁浅、受阻，译介的意义也就无从谈起。既要避却可能的政治上的麻烦，又要打破读者固守的既有阅读模式，使新的文学样式的文本进入读者的阅读视域，从而达到译介的文学和文化目的。因此，对现代派文学的重新界说和阐述就显得非常重要。这种两难的心态在初期的译介者文章中明显地表露出来。译介者在他们的评介文章以及编者按和编后记中，对现代派文学一直努力保持着客观的立场。褒扬不过分，贬斥有分寸。点明现代派文学的革新之处，一定紧接着指出其不足乃至反动之处。这种一分为二的辩证文字也为后来对现代派文学陌生但政治责任感强烈的译介反对者从其中的"二分之一"找到了反对的材料和根据。译介合法化的策略首先是解构长期以来作为一个抽象整体、"完全反动"的现代派。具体操作时，基本上是在两个层面上实施：一是在内容、认识价值层面，将具有"进步意义"和"对资本主义认识批判意义"的作品从作为整体意义上的现代派剥离，并将其与现实主义联系；二是在创作技巧层面，将技巧与内容剥离。这主要是针对内容上"反动"、"颓废"的现代派作品采取的策略。

《世界文学》恢复公开发行的第1期（1978年10月），编者在《致读者》中，就运用了多重策略，来申说译介的合法性：

> 现代资本主义世界的文学是一种数量众多、情况复杂的现象，六十年代以来西方文学又有了新的变化和发展，情况更为复杂。从总体和本质来看，西方现代资本主义文学是资本主义没落时期的产物，它的总的趋势是衰微、没落，但是具体分析，情况就不那么简单。西方现代文学中确实有着大量颓废、反动、诲盗诲淫、低级下流的东西。但是也还有着不少作家保

持着民主主义和欧洲古典文学的传统，在创作中对资本主义社会和资产阶级生活方式采取了揭露和批判的态度，反映了人民要求改变现状、要求进步的愿望。还有些作家，他们在思想上和艺术上受到了现代资产阶级的颓废倾向和反动思潮的影响，在创作上有着这样那样的毛病，但是却从不同的角度暴露了资本主义社会的矛盾，表现了对现实的不满和反抗，其中有些作品的艺术形式新颖独特，还有值得借鉴的地方。就是那些思想颓废、甚至反动，艺术形式荒唐奇特的作品，其中有些是反映了资本主义社会的不合理的病态的现象，有些也多多少少表现了对于资本主义制度的不满。为了认识西方世界资本主义没落的趋势和某些阶层的没落的心理状态和精神危机，为了增长世界文学的知识和了解西方文学的发展的状况，这一类文学也可以适当地让我国读者见识见识，开开眼界。

这段精心措辞的文字很生动地表征了20年前译介者的世界文学视野与当时的文化语境之间存在着错位和潜在冲突。译介者只能将译介世界文学的急迫心情化解在人们谙熟的政治惯用话语之中，左支右绌、曲达其意。实际上，这篇文字包括了新时期初期译介者将现代派文学译介合法化的所有策略，即突出现代派作品中的批判认识价值、与古典文学的联系以及技巧的借鉴作用。

1. 强调现代派文学对资本主义社会的批判认识价值

既然以现代派文学具有批判认识价值作为译介的合法性、必要性的理由，译介者首先需要阐释这种"批判认识价值"生成的原因，因此，他们采取了当时通用、"规范"的阶级分析方法对现代派作家进行阶级区分。这最易于赢得人们对译介行为的认同，同时也是政治意识形态上最保险的策略。新时期初期，几乎所有的译介者都采取这种策略。

袁可嘉在为其主编的《外国现代派作品选》写的前言中，也是采取现代派作家阶级成分划分的方法：

> 大多数现代派作家是中小资产阶级的知识分子，处于低下的，被剥削的经济地位，政治上既没有权利，也极少影响。他们对垄断资产阶级一般是鄙视的。无论从他们的实际阶级地位或表达的政治思想（以个人为中心的无政府主义、民主主义）来看，他们都不是垄断资本的喉舌。

这种阐释也与新中国成立后一贯的译介标准相符，即以作家作品的政治倾向为译介择取标准。以美国文学为例，上文提到，新中国成立后出版界翻译出版的主要是马克·吐温、杰克·伦敦、约翰·斯坦贝克和德莱塞等被判定为进步作家的作品。主要译介外国文学的专业性刊物《世界文学》上更是刊载了不少资本主义国家当代作家具有"进步性"、"战斗性"的作品，特别是黑人文学。甚至在"文革"期间内部发行的《摘译》上也登载了美国黑人诗人休斯的战斗诗篇。这种以作家的政治倾向作为译介标准的思维方式，在新时期初期依然延续。所不同的是，译介者所要译介的是一直被认为是反动、颓废、堕落的现代派作品。以旧有的话语方式对现代派文学进行解说，有助于解释译介的合法性和译介的顺利进行。

2. 与现实主义联系的策略

虽然人们当时对西方现代派文学还很隔膜、陌生，但他们认定一条：现代派文学是对现实主义文学的叛逆和反动。在新时期之初，文学界急迫地要恢复现实主义的传统，拨乱反正，而译介和引进现代派文学，在当时很多人看来，无疑阻碍了现实主义传统的恢复和发展。有论者义愤填膺地指出:"若就推举现代派——无论'抽象的、荒诞的方法'还是所谓的'意识流'——来反对现实主义而言,也早在20年代就有了它的前奏。……当十年'文化大革命'的狂涛平定下来不久,简直可说是从血泊里方才又站立起来的文艺界,在激动的亢奋中'心有余悸',然而从中有一个清醒而庄严的呼声发出来了,那就是'恢复现实主义传统'。可是就在'恢复现实主义传统'的呼声才刚得到最初的点滴响应,就有一阵嘻嘻嘻嘻伴奏的言词从斜刺里传出来了,说是:人家都已经说的是卡夫卡、贝娄、乔伊斯、辛格了,你们还在讲什么巴尔扎克和托尔斯泰。未必需要讲出这正就是推举现代派来反对现实主义的议论。"①现实主义是马克思主义经典作家直接肯定过的创作方法,且经过新中国成立后二十几年的舆论强化,已具有了浓厚的政治意识形态意义。在人们的概念中,现实主义文学就是社会主义现实主义、革命的现实主义文学、无产阶级现实主义文学。虽然当时不再提"革命的现实主义"这样的名词,但现实主义在人们心里已积淀成一种神圣的情结,不少人认为现实主义是唯一可行也是作家必须遵从的创作手法。因此,在新时期最初的几年,人们在讨论如何认识现代派时,就有意识地把现代派作为现实主义的对立面,认为提倡新的创作方法就是与"现实主义对抗","反现实主义"。一些文章提出一个非此即彼的价值选择问题:在我国,是要现代派文学,还是要社会主义文学?②循此绝对一元化的文学观念,译介现代派文学就意味着反对现实主义,反对现实主义就无异于反革命、反社会主义,与现行意识形态相对立。有的论者从现代派文学的哲学基础来论证现代派的

---

① 耿庸:《现代派怎样和现实主义"对抗"》,《社会科学》,1982年第9期,第63页。

② 参见钱中文:《论当前文艺理论中的现代主义思潮—评〈崛起的诗群〉兼论现实主义创作原则》,《文学评论》,1984年第1期,第6—23页。

反动和没落。在稍稍肯定现代派文学对资本主义社会的认识价值之后,紧接着就指出其危害性:"即使是有一定社会意义的作品,我们也分明可以看到,一方面它们固然从某种特殊的角度对资本主义社会的丑恶作了一定的揭露,另一方面却又常常是以欣赏的态度去描写腐朽没落的资产阶级生活方式,带有浓厚的颓废色彩。更为有害的是,它们还以富于刺激性的表现手法,使人强烈地感到生活的混乱、怪诞、空虚和悲观绝望、茫然无措或玩世不恭的思想情绪。……由此可见,现代派作品就其总的倾向而言,是在把人们引向悲观厌世、神秘主义和不可知论的绝境。它模糊了人们的视线,瓦解群众的斗志,客观上起着维护资本主义制度的作用,对于无产阶级和广大群众按照客观世界的规律改造客观世界的历史活动是有害的。"①对引进现代派文学,论者表示出极大的忧虑:如果"深中现代派流毒"就会"脱离人民和民族的土壤,否定古典文学的艺术成就,摈弃无产阶级的创作经验"。②按当时人们的文学观念,现实主义是最好的创作方法,任何其他的创作方法,更不用说现代派,都是无法与之比拟的。人们对现实主义渗入了浓厚的情感因素,这样就有意无意把现实主义推向了文学极致。有论者断言:"除了现实主义的艺术之外也有其他的艺术,不过严格地说那些作品若不是多少含有现实主义的要素,也难称为优秀的艺术,而现实主义的或含有现实主义要素的艺术才是真正的优秀艺术。"③把"现实主义"等同于"优秀艺术",其他艺术如果"优秀",也是因为有了"现实主义要素"。论者的价值取向非常明了,非现实主义的文学都不可能是"优秀艺术"。这样的文学观念,实际上是将现实主义重新推向定于一尊的地位,排斥其他的文学样式。在这种语境下,对译介者来

---

① 嵇山:《关于现代派和现实主义》,《华东师范大学学报》,1981年第6期。
② 陈燊:《也谈现代派文学》,《文艺报》,1983年第9期。
③ 蔡仪:《现实主义艺术论》,北京:作家出版社,1985年,第135页。

说，译介现代派文学无疑是闯入一个极其危险的政治雷区。因此，译介者们对现代派文学的阐释都有意无意地将其与现实主义联系起来，寻找并强调它们的交合点。袁可嘉就指出："现代派文学在观察事物角度上的主观性、内向性，当然有非理性主义的基础，但如果用得适当，也可以作为现实主义文学客观性、外向性的重要补充，是有其积极的、创造性的一面的。"①在阐释现代派文学重要的创作手法之一——象征手法——时，袁可嘉指出：象征手法"与浪漫主义、现实主义手法并不是截然相反的或毫无联系的。事实上有些浪漫主义作家（如布莱克、雪莱）和现实主义作家（如福楼拜和易卜生）也在某些作品中大量运用象征手法，只是他们不以此为主要手段。同时，大多数现代派作家虽以象征手法为主，但他们生活在社会中，无法完全摆脱现实生活，只是侧重从内心世界来写。过去有些评论家贬低现代主义，把它笼统地斥之为反浪漫主义或反现实主义，这是很不全面的"。②实际上，当时现代派文学的译介者本人也认为进步的文学都属于现实主义文学。袁可嘉在《西方现代派文学三题》一文中论及现代派文学的划分时说："从文学史的纵向系统来说，现代派文学在欧美近代资产阶级文学的范围内是继新古典主义、浪漫主义、现实主义而起的第四个大的流派。"他作了一个注释："现代资产阶级进步文学一般可以纳入现实主义文学。"③可见袁可嘉对现实主义的认识与当时的共同意识并不相左。之所以将现代派文学与现实主义攀上关系，还是出于译介的策略。朱虹也用现实主义的"典型论"来阐释西方现当代文学："恩格斯从19世纪现实主义小说中总结出来的'典型环境中的典型人物'作为文艺反映

---

① 袁可嘉：《我所认识的西方现代派文学》，《光明日报》，1982年12月30日。
② 袁可嘉：《欧美现代派文学概述》（1980），《现代派论·英美诗论》，北京：社会科学文献出版社，1985年。
③ 袁可嘉：《西方现代派文学三题》，《文艺报》，1983年第1期。

现实根本规律,如果用来评价当代文学,显然是同样适用的。""如果以反映现实、典型化这些根本原则为标准,那么西方现当代文学的许多作品是经得起检验的。"①虽然朱虹没点明西方现代派文学,但其意指是明显的。针对人们指责现代派文学违反真实的观点,柳鸣九在阐释西方现代派文学中"荒诞"的手法时说:"这种手法看来违反真实,实际上抓住了现实的某些本质,加以集中的、夸张的表现,不仅没有违反艺术创作的规律,而且,利用了艺术创作的特点,更足以造成深刻的印象,造成强烈的效果。这种手法也可以有不同程度的运用,也可以与现实主义手法结合起来。""荒诞的手法与进步的主题结合起来,完全可以产生优秀的作品。"②现实主义强调本质、真实,柳鸣九通过借用现实主义的分析方法,突出荒诞手法对现实本质的揭示作用来消解荒诞派文学的"荒诞性"。

"正如在每一实际经验的状况中,对于一部鲜为人知的作品,文学体验也需要一种体验自身因素的先在知识。在此基础上,我们遇到的所有东西才能为经验所接受,即在经验背景中具有可读性。"③将现代派文学与现实主义相联系,既是在政治层面消解现代派文学译介的政治危险性,也是将现代派文学"熟悉化"的一种途径,使得现代派文学能进入读者的阅读视域。

---

① 《开辟社会主义文艺繁荣的新时期》,成都:四川人民出版社,1980年,第181页。

② 柳鸣九:《现当代资产阶级文学评价的几个问题(续篇)》,《外国文学研究》,1979年第2期,第86页。

③ 姚斯:《文学史作为向文学理论的挑战》,《接受美学与接受理论》,沈阳:辽宁人民出版社,1987年,第29页。

3. 内容与技巧剥离的阐释策略

以上两条阐释策略更多的是在政治层面消解现代派文学译介的政治危险性，而内容与技巧的剥离则主要是在阅读审美层面的意义。很多对现代派持肯定态度的文章都提出，我们应批判、抛弃现代派文学的唯心主义的理论来源以及作品中消极、颓废的内容，但可以借鉴其新的艺术形式，以丰富我们的创作方法。1981年高行健出版的轰动文学界的小册子就叫《现代小说技巧初探》。书名实际上就表露了作者的主张：可以剥离现代派文学技巧而为我们所效法、借鉴。后来，冯骥才、李陀、刘心武关于现代派的通信，都强调了形式技巧的"超阶级性"，形式美的"相对独立性"。实际上，大多数肯定现代派文学的文章都突出了现代派文学在技巧上对我们的借鉴意义。内容与技巧是不是真的可以剥离？有学者对这种剥离说表示怀疑。夏仲翼就认为，把艺术形式技巧从思想观念上剥离实际上很难做到。一是因为"有些现代派作品的'新颖'，与其说取决于它的形式技巧的独特，不如说更多的是决定于它的思想观念"。二是因为"现代派文学主张中的艺术本体论倾向'使形式和思想的混合达到前所未有的境地。形式已经不止是艺术表现的手段，很大程度上成了艺术本体的构成部分'"[①]。在所有现代主义文学流派中，论者谈及的技巧借鉴主要集中在对意识流技巧的分析借鉴上。其他文学流派，其思想内容与其表现手法相互融会贯通，无论从理论上还是从实践上，都难以将其内容与形式剥离。意识流小说在形式技巧层面给人印象最深，似乎最容易将其内容与形式剥离。这也许就是意识流小说是现代派文学中最早被译介和接受过来的原因之一。

---

① 夏仲翼：《谈现代派艺术形式和技巧的借鉴》，《文艺报》，1984年第6期。

将意识流小说的内容与技巧剥离，不仅是译介者的译介策略，也是王蒙等接受者的接受方式。

新时期外国文学的译介者通过以上或多或少有意"误读"的阐释策略，将现代派文学的译介合法化，消解对现代派文学的抗拒情绪，剥刮长期涂抹在现代派文学上的政治色彩，彰显其作为文学的价值意义。在校准认识视角的同时，更有一些外国文学研究者深感作品翻译的滞后，亲自动手翻译。所以，在新时期的初期出现了令人感奋不已的外国文学译介景观：一方面文学理论界热火朝天地讨论如何评价西方现代派文学，中国要不要接受和借鉴西方现代派文学；而另一方面，西方现代派文学作品源源不断地出版发行，刊登在各种文学杂志上。

现代派文学在新时期的译介的种种曲折说明，文学翻译并不是简单的文字转换，不是单纯的文学性行为，其中掺入了时代文化的因素。译者一方面受制于文化语境的牵制，另一方面又试图输入新的文学样式，这种矛盾决定了特定时期外国文学译介的方式，从而也影响了译作的形态特征。

意识流小说在新时期的译介及其"影响源文本"意义①

一、意识流小说译介的文学语境与策略

从 1920 年代开始,我国现代文坛对意识流就有过陆陆续续的介绍和评论。鲁迅、郭沫若、郁达夫、徐志摩、林徽因、林如稷等人都不同程度地尝试过意识流的手法。30 年代"新感觉派"作家刘呐鸥、穆时英、施蛰存更是比较集中地运用意识流手法。新中国成立后,我国的文艺政策受苏联的影响,尤其是日丹诺夫对现代派的彻底否定,极大地影响了我们对西方现代派文学的认识。新中国成立后 27 年间虽翻译出版过十几部现代派作品,但都是作为"内部发行","供批判用"。②因此,新时期之前的当代翻译文学史上对西方现代主义文学的译介存在一个明显的缺漏,人们普遍缺乏现代派文学的阅读经验和感性认识。现代派虽然缺席,但对其政治判决已深入人心。这种先验的价值判断成为新时期现代派文学译介的巨大文化心理。

现代派文学自 1978 年译介开始一直伴随着争议和论争。虽然人们当时对西方现代派文学很隔膜,但认定现代派文学的哲学和思想

---

① 本文原载《中国比较文学》,1999 年第 4 期。
② 这些"内部发行"的翻译作品里面没有一部是意识流作品。袁可嘉 1964 年 6 月发表在《文学研究集刊》上的《英美"意识流小说"述评》,是新时期之前唯一一篇评述意识流文学的文章,但受当时文学语境的影响,也是采取批判的态度。

基础是反动和没落的,认为"现代派作品就其总的倾向而言,是在把人们引向悲观厌世、神秘主义和不可知论的绝境。它模糊了人们的视线,瓦解群众的斗志,客观上起着维护资本主义制度的作用,对于无产阶级和广大群众按照客观世界的规律改造客观世界的历史活动是有害的"①。对引进现代派文学,论者表示出极大的忧虑:如果"深中现代派流毒"就会"脱离人民和民族的土壤,否定古典文学的艺术成就,摈弃无产阶级的创作经验"。②十年"文革"中的"极左"思潮和文化专制主义致使"瞒"与"骗"的文学肆虐文坛,在新时期之初,人们急迫地要恢复现实主义的传统,拨乱反正。译介和引进现代派文学,在当时很多人看来,无疑阻碍了现实主义传统的恢复和发展。因此,作为最早译介的西方现代派文学之一的意识流小说在当时成了一个热点话题。

意识流作家的小说观念与传统现实主义作家大相径庭。意识流小说主要作家弗吉尼亚·伍尔芙对此有比较明确的阐述。她在其著名的论文《现代小说》中就指出传统小说对表现生活的缺陷和不足,认为过于追求故事情节,追求表象的逼真和外部环境的描摹,其结果是"让生活跑掉了","把我们寻求的东西真正抓住得少,放跑错过的时候多,"所以她认为,小说应该表现另一种真实——心灵的真实。意识流小说就是"在那万千微尘纷坠心田的时候,按照落下的顺序把它们记录下来,描出每一事每一景给意识印上的(不管表面看来多么互无关系、互不连贯)痕迹"。③伍尔芙推崇乔伊斯的创作手法,认为他代表着"唯灵论者",认为现实主义作家高尔斯华绥、韦尔斯、班奈特等作家是"唯物论者",已经过时了。她在题为《班奈特先生和勃朗太太》的演说中,对传统的写实手法给予了嘲讽和

---

① 嵇山:《关于现代派和现实主义》,《华东师范大学学报》,1981年第6期。
② 陈桑:《也谈现代派文学》,《文艺报》,1983年第9期。
③ 伍尔夫:《现代小说》,《外国文艺》,1981年第3期。

抨击。

正因为意识流文学在创作方法上是以现实主义文学反叛者的姿态出现的,它进入中国这样一个经过半个多世纪现实主义创作原则高度强化的国度,注定它的旅途不会平坦。意识流文学虽然与存在主义、荒诞派等文学相比,不会直接地与现行政治意识形态发生冲突,但意识流文学首先与传统的审美观念相悖逆。中国传统的审美观念中,情节因素是小说构成的核心要素。从中国小说发展演变来看,从最初魏晋南北朝时期的志人志怪小说,到唐传奇、宋元话本小说、明清长篇小说,一直到20世纪的各类小说,特别是新中国成立后战争题材的长篇小说,扣人心弦的动人情节一直是吸引读者的核心因素。虽然传统戏剧强调虚实相生,情节的演绎不如小说那样缜密,但很多戏剧都是取材于流传的小说故事,观众对故事情节已烂熟于心。观众的戏剧审美视点主要集中在演员的唱念做打上,而不是故事情节的演绎上。对小说这种文学样式,人们的审美期待中,情节是第一位的。另外,小说评点派,如金圣叹等,都激赏通过人物行为来外化人物复杂心理活动的描写。这种心理外化手法在戏剧舞台上常常还是观众审美期待的"戏眼"。中国传统文学艺术的审美模式形成了中国读者的审美定势,对小说新的形态产生审美排拒心理。

意识流小说进入新的文学时空的另一个关卡就是当代文学观念。

意识流所标举的与传统创作手法相悖的创作手法自然引起人们思想情感上的抵触和义愤,认为这是对现实主义文学的叛逆和反动,是同现实主义"对抗"。有论者义愤填膺地指出:"若就推举现代派——无论'抽象的、荒诞的方法'还是所谓的'意识流'——来反对现实主义而言,也早在20年代就有了它的前奏。……当十年'文化大革命'的狂涛平定下来不久,简直可说是从血泊里方才又站立起来的文艺界,在激动的亢奋中'心有余悸',然而从中有一个清醒而庄严的呼声发出来了,那就是'恢复现实主义传统'。可是就在'恢复现实主义传统'的呼声才刚得到最初的点滴响应,就有一阵嘻嘻嘻嘻伴奏的言词从斜刺里传出来了,说是:人家都已经说的是卡夫卡、贝娄、乔伊斯、辛格了,你们还在讲什么巴尔扎克和托尔斯泰。未必需要讲出这正就是推举现代派来反对现实主义的议论。"①有论者认为,意识流文学不遵循现实主义创作方法,强调"非理性、直觉性,反对形象、追求抽象,不描写客观事物的真实,只是表现主观的幻觉、潜意识、下意识等等,这是违反一般艺术规律的"。②有些论者的论争方式和论证逻辑更为简单、直接,他们诘问:"没有哪一个现代派作品,超过了现实主义大师们。在英国有超过狄更斯的吗?在法国有超过巴尔扎克、司汤达的吗?在俄国有超过托尔斯泰的吗?在美国有超过德莱塞的吗?没有。"③

在当时的文化语境下,现代派文学的译介者对现代派文学的阐释都有意无意地突出了现代派文学在对社会批判和认识价值方面的意义,将其与现实主义联系起来,寻找并强调它们的交合点。袁可嘉就指出:"现代派文学在观察事物角度上的主观性、内向性,当然有非理性主义的基础,但如果用得适当,也可以作为现实主义文学客观性、外向性的重要补充,是有其积极的、创造性的一面的。"④将现代派文学与现实主义相联系,既是在政治层面消解现代派文学译介的政治危险性,也是将现代派文学"熟悉化"的一种途径,减少现代派文学与传统"期待视野"的反差。如果说针对存在主义、荒诞派、黑色幽默等现代派文学作品译介者可以在内容、认识价值

---

① 耿庸:《现代派怎样和现实主义"对抗"》,《社会科学》,1982年第9期,第63页。
② 李基凯:《塑造艺术典型的原则不能动摇》,《人民日报》1982年10月13日。
③ 李正:《未来决不属于现代派》,《外国文学研究》,1981年第1期,第118页。
④ 袁可嘉:《我所认识的西方现代派文学》,《光明日报》1982年12月30日。

层面将具有"进步意义"和"对资本主义认识批判意义"的作品从作为整体意义上的现代派剥离,并将其与现实主义联系,在政治层面消解现代派文学译介的政治危险性,那么针对意识流译介来说,最好的译介策略就是运用内容与技巧剥离的阐释策略,突出意识流小说在审美和艺术技巧层面对我们的借鉴意义。意识流小说在形式技巧层面给人印象最深,似乎最容易将其内容与形式剥离。内容与技巧是不是真的可以剥离?有学者对这种剥离说表示怀疑。夏仲翼就认为,把艺术形式技巧从思想观念上剥离实际上很难做到。一是因为"有些现代派作品的'新颖',与其说取决于它的形式技巧的独特,不如说更多的是决定于它的思想观念"。二是因为现代派文学主张中的艺术本体论倾向"使形式和思想的混合达到前所未有的境地。形式已经不止是艺术表现的手段,很大程度上成了艺术本体的构成部分"。①但不管怎么说,译介者比较成功地使对意识流小说心怀戒心或敌对情绪的人们逐渐认同,意识流小说技巧对现实主义可以起到借鉴和补充的作用。这也许就是意识流小说是现代派文学中最早、也是最为成功地被译介和接受过来的原因之一。

二、意识流文学译介择取特点

在新时期最初的几年里,意识流一直是文学界议论的重要话题。1978年下半年外国文学研究界在讨论"外国现当代资产阶级评价问题"以及1978年底在广州召开的全国外国文学研究工作规划会议时,学者们在发言中对作为现代主义文学之一的意识流都间或有所涉及。

外国文学研究界对意识流研究最深、评介最多的是陈焜、袁可

---

① 夏仲翼:《谈现代派艺术形式和技巧的借鉴》,《文艺报》,1984年第6期。

嘉两位专家。从1979年起，袁可嘉在报刊上发表了多篇谈论现代派文学的文章，如《意识流》（1979）、《欧美现代派文学漫议》（1979）、《象征派诗歌·意识流·荒诞派戏剧——欧美现代派文学述评》（1979年）、《意识流是什么？》（1980）、《欧美现代派文学概述》（1980）、《"意识流"的由来》等，对意识流进行了比较广泛而又深入的介绍。其中1979年发表的《象征派诗歌·意识流·荒诞派戏剧——欧美现代派文学述评》一文，阐述了意识流小说的基本特征，对伍尔芙、乔伊斯、福克纳、普鲁斯特意识流创作手法在作品中的表现也作了介绍和评析。他在为《外国现代派作品选》第二册意识流作品辑撰写的介绍中，对意识流的来源、特点以及意识流对西方现当代文学的影响作了简明扼要的概述。另一位外国现当代文学研究专家陈焜先生对意识流的绍介也是不遗余力，发表了多篇启人心智的学术论文。1980年11月25日，他在中国当代文学研究会第二次学术讨论会上作了《关于意识流》的专题发言。1981年，又在《国外文学》创刊号上发表了长文《意识流问题》，对意识流心理学、哲学的文化背景、意识流的发展概貌作了比较全面的评述，并且选取乔伊斯、贝娄、辛格、贝克特等作家作品的片段，对作品中意识流手法的表现加以具体分析。这是新时期初期对意识流文学评述和鉴赏最为透彻的论文。1981年8月，他的现代派研究重要论著《西方现代派文学研究》出版时，又收入了一篇具体分析意识流作品的文章《谈谈〈墙上的斑点〉》，并在文末附录了《墙上的斑点》译文（文美惠译）。另外，李文俊、瞿世镜、施咸荣等人对意识流也发表了精当的评述文章。这些外国文学研究专家的介绍和评述文章，对新时期作家和文学评论家以及广大读者了解和认识意识流发挥了莫大的作用。

意识流小说的翻译从1979年开始。较之其他外国文学刊物，《外国文艺》对意识流的译介比较早，也最为得力。《外国文艺》

1979 年第 2 期刊译了美国著名心理现实主义作家乔·卡·奥茨的《过关》，第 4 期刊译了海明威的《乞力马扎罗山的雪》、约翰·巴思的《迷失在开心馆中》，第 6 期刊载了福克纳的短篇小说《纪念爱米莉的一朵玫瑰花》。1980 年第 4 期译载了乔伊斯三篇短篇小说《死者》、《阿拉比》和《小人物》。1981 年第 3 期又译载了伍尔芙的《邱园记事》，第 5 期节译了马·普鲁斯特《追忆逝水年华》中的《司旺的爱情》。新时期初期对乔·卡·奥茨作品的译介引人注目。除《外国文艺》译载的 3 篇作品外，《美国文学丛刊》1981 年第 1 期翻译了她的《人间乐园》，第 2 期又刊载了她的《神圣婚姻》。1982 年 2 月江苏人民出版社还翻译出版了她的代表作《他们》（李长兰、陈可森译）。1982 年出版的几部小说选集，如《最新美国短篇小说选》（宋兆霖译，浙江人民出版社）、《欧美现代派作品选》（骆嘉珊编，云南人民出版社）等都选有数篇意识流手法的作品。这一年对意识流最为集中、最有代表性的译介，还是袁可嘉、董衡巽、郑克鲁三人选编的《外国现代派作品选》第二册。其中收有普鲁斯特的《小玛德兰点心》、《斯万的爱情》，伍尔芙的《墙上的斑点》、《达罗卫夫人》，乔伊斯的《尤利西斯》第二章，福克纳的《喧哗与骚动》第二章以及日本新感觉派代表作家横光利一的代表作《机械》。1982 年以后，意识流作家作品的译介逐年增多。意识流小说的名篇巨著，普鲁斯特《追忆逝水年华》、乔伊斯的《尤利西斯》、福克纳的《喧嚣与骚动》在一些外国文学期刊上都有节译。乔伊斯、伍尔芙、福克纳的中短篇小说也大量译介过来。主要有：詹姆斯·乔伊斯的《一个青年艺术家的画像》（黄玉石译，外国文学出版社，1983 年 5 月）、《都柏林人》（本书收有 15 个短篇，其中包括《阿拉比》《死者》，孙梁等译，上海译文出版社，1984 年 10 月）；威廉·福克纳的《喧哗与骚动》（李文俊译，上海译文出版社，1984 年 10 月）、《福克纳中短篇小说选》（本书收入他的中短篇小说 18 篇，陶洁等译，中国文联出版公司，1985 年 7 月）；弗吉尼亚·伍尔芙的《达洛卫夫人》、《到灯塔去》（孙梁等译，上海译文出版社，1988 年 5 月）以及瞿世镜译的《到灯塔去》（上海译文出版社，1988 年）。此外，还译介了运用意识流方法创作的作品，如索尔·贝娄的《赫索格》（宋兆霖译，漓江出版社 1985 年 7 月）、乔·卡·奥茨的《如愿以偿》（屠珍译，《美国文学丛刊》1982 年第 1 期）、凯·安·波特的《斜塔》（鹿今译，《美国文学丛刊》1982 年第 3 期）；微拉·凯瑟的《雕塑家的丧事》（张禹九译，《世界文艺》1982 年第 2 期）、托马斯·沃尔夫的《远与近》、《幽暗的森林》（《当代外国文学》1983 年第 3 期）、约翰·福尔斯《法国中尉的女人》（阿良、刘坤尊译，花城出版社，1985 年 5 月）、《法国中尉的女人》（刘宪之、蔺延梓译，百花文艺出版社，1986 年 9 月）、艾·卡内蒂的《迷惘》（望宁译，湖南人民出版社，1985 年 5 月），等等。

意识流文学杰出的四大家普鲁斯特、乔伊斯、伍尔芙、福克纳的意识流名篇中，最早翻译过来的是福克纳的《喧嚣与骚动》。伍尔芙的《到灯塔去》、《达罗卫夫人》1988 年翻译过来。译林出版社开始陆续推出普鲁斯特的巨著《追忆逝水年华》，到 1991 年，皇皇 7 卷中译本全部出齐。而乔伊斯的《尤利西斯》的翻译要到 90 年代中期。1994 年人民文学出版社出版了金隄译的《尤利西斯》上卷，下卷于 1996 年 3 月出版。同一年，萧乾、文洁若译本也由译林出版社出版。两种译本同时出版，在读书界和学术界的引起了轰动。

虽然意识流在新时期之初就在文学界和外国文学研究界引起了极大的译介兴趣和学术兴奋，但意识流名著的翻译却比较滞后。新时期前期主要是理论评介，从 1981 年开始，作品的翻译逐渐增多，但大多还是与现实主义手法相交融的作品，如乔·卡·奥茨、索尔·贝娄等作家的作品。意识流经典作品的翻译却要到 1984 年之后。期刊上较早译介乔伊斯的作品是他早年创作的《都柏林人》中的篇什,最早翻译出版的乔伊斯作品也是其早期创作的《都柏林人》。虽然这些作品中也有象征、心理描写,但情节性较强,主要运用的是现实主义手法。福克纳主要运用意识流手法创作的作品,如《喧嚣与骚动》、《我弥留之际》也晚于其主要以现实主义手法创作的短篇小说。意识流名著翻译的滞后有多方面的原因:一是翻译的难度较大。《追忆逝水年华》依靠多位翻译家的合作才得以完成。《尤利西斯》的翻译耗去了金隄、萧乾、文洁若多年的心血。二是意识流评介文章中认为是负面不可取的东西,如性意识心理的描写等都比较集中地出现在意识流经典作品中,这与当时的文学语境不谐和。三是意识流经典作品与当时文学观念之间的阐释空间原因。

几个意识流名家当中,对福克纳的评介最早也最为全面。早在1980年,社会科学文献出版社就出版了《福克纳评论集》,发行27000册,后又印刷了2500册,可以看出当时学术界对福克纳的热情。但学术界对其他几位意识流名家的研究,却难以与福克纳相比。作为"外国文学研究资料丛书"之一的《伍尔夫研究》迟至1988年才出版。专业研究如此,作品翻译亦然。福克纳作品的翻译也比其他几位意识流名家要快、要早。《喧嚣与骚动》也同样地难译、难懂,但其翻译过来的时间最早。《喧嚣与骚动》的译者,著名翻译家李文俊,对福克纳素有研究。1984年他翻译的《喧嚣与骚动》由上海文艺出版社出版。为减少读者的阅读困难,李文俊撰写了长篇前言,对《喧嚣与骚动》作了详细地评析,并着重分析了作品中的意识流手法。为帮助读者理解和欣赏,他为译本作了421个注释,用不同的印刷字体表明时空的转换,提示情节和时空转换的脚注达260多条。这固然说明福克纳难理解,但同时又产生另外一个问题:其他几位意识流作家的作品不是也可以按此翻译,解决读者阅读的困难吗?为什么对他们作品的翻译要迟好几年呢?问题可能不仅在于恰好有李文俊这样的福克纳研究专家和翻译家,而与当时对整个包括意识流在内的现代派文学的接受语境有关。与普鲁斯特、乔伊斯、伍尔芙相比，福克纳更主要地还是被视为现实主义作家，要"进步"得多。李文俊在《喧嚣与骚动》译本"前言"中还突出了作品的社会认识价值："《喧嚣与骚动》不仅提供了一幅南方家庭(扩大来说又是种植园经济制度)解体的图景，在一定程度上，也包含有对资本主义价值的批判。"关于福克纳意识流的创作手法，李文俊特别指出："福克纳之所以如此频繁地表现意识流，除了他认为这样直接向读者提供生活的片段能更加接近真实之外，还有一个更主要的原因，这就是：服从刻画特殊人物的需要"。[1]将福克纳的意识流创作手法解释成与以"创造典型环境中的典型人物"的现实主义相一致，这种将陌生"熟悉化"的解说话语，无疑减少了对作品接受的心理难度。《喧嚣与骚动》的现实主义意蕴和独特的形式技巧，使得福克纳成为现代派文学争论中两方面都能接受的作家。外国文学研究者赞赏其"内容深邃，技巧高超"[2]。青年作家感激从他的作品中受到"很多技术上(意识的流动、字体的变换以及潜意识独白等)的启示"，"获得了一种形式的自觉"，[3]而老作家读福克纳《喧嚣与骚动》感受最深的，则是其现实主义的主题，而不是技巧，认为"福克纳驳斥了淡化现实、逾越现实，驳斥了不要典型，驳斥了写性"。[4]可以看出，正是因为《喧嚣与骚动》作品本身蕴含了可供译介者作符合当时文化语境解说的内容，其译介能免去文学译介非文学性的干预，自然也就有了译介的"优先权"。而在乔伊斯、普鲁斯特和伍尔芙的意识流作品中就难以找到这样可供译者挖掘、解说的、与当时文学观念相吻合的内容，他们代表作的翻译也

---

[1] 李文俊：《喧嚣与骚动》中译本序，上海译文出版社，1984年，第11页。
[2] 周珏良：《外国文学断想》，《世界文学》，1987年第4期，第296—297页。
[3] 赵玫：《在他们中间穿行》，《外国文学评论》，1990年第4期，第124页。
[4] 刘白羽：《谈艺日记三则》，《文艺报》1988年5月14日。

须等到更为宽松的文化语境出现的时候。

由于时代文化语境对意识流小说译介的制约而形成的译介特点，对新时期文学对意识流的借鉴产生了意味深长的影响。

三、译者在"意识流东方化"过程中的作用

在中国20世纪文学史上常常出现这样的现象，即某一时期的翻译文学对当时的文学创作产生了即刻效应。论者大多从接受者的角度探讨这种即刻效应产生的原因时，往往忽视了译者作为第一时间的接受者作用。外来文学之所以能发生影响效应，其关键原因就是文学影响在大多数情况下是翻译文学带来的。影响源文本通常是翻译文本，而不是原作。关于西方意识流小说对新时期小说的影响及形态或称"东方意识流小说"已有很多论者论述过，但论者主要探讨的是作家作了怎样的创造性转化，而忽视了作为影响源文本的形态特征。本文要特别指出的是，在"意识流的东方化"的进程中，意识流小说的译介者实际上也参与其中。考察所谓"意识流的东方化"过程，译介的择取和意识流名篇翻译的阶段性和导向性应是一个不可忽视的参数，也许能更切合实际地解释接受与变异过程中的复杂性。与五四时期和三四十年代的作家不同，新时期作家对外国文学的认识和了解基本上是通过译介得以完成的。译介的倾向和择取范围决定了作家的外国文学视野。从以上对译介特点的分析可以看出，新时期初期对意识流译介、理论评述多于具体作品的翻译，所翻译的"意识流小说"大多是运用了意识流手法而非纯粹意识流作品。新时期的读者（包括作家）最初通过对意识流评析的文章对意识流有了初步认识，其开始创作意识流小说时所赖以借鉴的不是经典的意识流作品，而是意识流的种种变体，其创作自然与纯粹的意识流作品有区别。译介择取上的这些特点为新时期作家的"创造性

借鉴"提供了便利。另外,译介意识流文学时突出对现实主义文学的借鉴作用,对新时期作家对意识流文学的借鉴也产生了微妙的作用。从影响和接受角度来看,译者应被看成是第一时间文学接受者。新时期文学对意识流小说的接受,实际上已经经过了作为文学接受者——译介者的选择。论者比较我们的意识流与西方意识流的不同时,其相比较的对象是完整形态的西方意识流文学,而不是翻译过来的意识流文学。论述我们的意识流没有西方意识流小说的性意识心理、晦涩、朦胧的意绪等等,实际上在新时期初期翻译意识流作品时,已剔除了这些内容。从后来王蒙等人的创作来看,译介者和创作者在特定的时代语境中对意识流小说实际上作出了相似的选择。这种契合并不是偶然的。之所以能有效地产生影响,是因为译者与创作者处于同一文化语境之中,对时代文学的氛围有着相同的感受。译介者的择取与整个新时代对文学观念变革的要求相契合。

1979年《上海文学》第4期发表评论员的文章《为文艺正名——驳"文艺是阶级斗争的工具"说》,自此在全国范围内引起了热烈的共鸣。"文学是人学"在新时期是在两个维度上展开。一是对人的生存状态的关注,对人性的探索,对人道主义的呼唤。"伤痕文学"、"反思文学"的出现就是这种文学主体意识的表现。二是在"反思文学"创作的同时,也开始了对文学的反思。过去过分强调形式服务于内容,在实际的创作过程中,走向了极端化,只重内容而忽视了文学形式的意义,内容成了文学唯一的、绝对主导性的方面,从而也就在很大程度扭曲了文学的本质,造成文学性的缺失。旧有的叙述模式已不能完全负载变革时代繁复的生活给予作家的启示,不能真实地再现人们复杂的心态和多变的心理内容,突破陈旧滞重的叙述模式就成为时代文学的要求。卢卡契曾说:"一旦文学发现自身出现危机，它就会有意识或下意识地寻求一条出路。"①新时期文学观念的反思促使人们更加注重"有意味的形式"，把艺术形式作为艺术作品不可分割的有机构成。美国著名学者约瑟夫·T·肖将外来的文学影响比喻成种子，把接受影响的文学环境比喻成土地，非常生动明了地说明了影响和文学接受语境的关系："文学影响的种子必须落在休耕的土地上。作家与传统必须准备接受、转化这种影响，并作出反应。各种影响的种子都可能降落，然而只有那些落在条件具备的土地上的种子才能够发芽，每一粒种子又将受到它扎根在那里的土壤和气候的影响。"②意识流文学之所以能成为新时期对现代派文学最早的译介和接受对象，正是因为意识流文学关注人的心理层次，探索心灵的世界，切合了时代的反思主题，也是从文体革新上回应"文学是人学"的命题。时代文学的内在要求成为译介和接受意识流文学"休耕的土壤"。正是在这种语境之中，译介者在对外国文学翻译择取时确立了其价值取向——为时代文学提供直接的文学支持和声援。译作是已经由译者转化了的影响源文本，它所产生的影响效应与原作所带来的文学效应有区别。作为转化了的影响源文本——译作的影响与原作相比更具有直接性、针对性。

作为两种文学文化的中介者，外国文学研究者和译介者敏锐地捕捉到时代文学文化变革的要求和需求。接受美学创始人之一沃夫冈·伊瑟尔认为，每一个作家的创作都有其隐含的读者。英国文艺理论家特雷·伊格尔顿（Terry Eagleton）解释说，"接受是作品自身的构成部分，每部文学作品的构成都出于对其潜在可能的读者的意识，都包含着它所写给的人的形象……，作品的每一种姿态里都含

---

① 卢卡契：《卢卡契文学论文集》（二），北京：社会科学文献出版社，1981年，第453页。

② 约瑟夫·T·肖：《文学借鉴与比较文学研究》，《比较文学研究资料》，北京：北京师范大学出版社，1986年，第119页。

蓄地暗示着它所期待的那种接受者。"①作为另一种意义上创作者，译介者也有他的隐含的读者。尤其是在文化转型时期，译介者对就更加关注隐含读者的文化渴求和审美期待，从而充分实现译介的价值。在这一时期，隐含读者对译者的译介择取起主导性作用。从新时期译介的选择上明显可以看出译介者对新时期文学界逐渐变化的"期待视野"和文学接受能力的了解和把握。处于同一文化语境中的译介者与新时期作家有着共同的内在文化渴求和对文学观念和审美观念变革的时代意识。作为外国文学的译介者，其文学视野也促使他们急切地把他们认为优秀的外国现当代文学作品翻译介绍进来，为新时期文学提供发展的借鉴对象。意识流文学的译介与新时期作家意识流创作技巧的实践说明翻译文学从来都不是游离于自身文学语境之外，而是与时代文学的发展紧密相关，与创作文学相互映照。因此，作为"影响源文本"的意识流小说译作，也积极参与进了"意识流东方化"进程中。

---

① 特雷·伊格尔顿：《二十世纪西方文学理论》，西安：陕西师范大学出版社，1986年，第105页。

现代主义文学译介与中国当代文学中的现代主义[①]

当代中国文学中的现代主义因素最早萌发于 70 年代的朦胧诗。朦胧诗突破了 1949 年后诗歌创作的成规,在内容上,着重于个人情感、意绪的抒发,在形式上,广泛运用隐喻、象征、通感、联想、电影蒙太奇等手法,具有现代主义的意蕴。

尽管朦胧诗在当时还处于文学系统的边缘,但它的出现说明,中国文学中已出现了现代主义的倾向,多年来在政治意识形态的操纵下处于稳定状态的文学系统,已经出现了某种松动,而这正是中国接受西方现代主义、后现代主义文学[②]的前提。中国文学系统的新生力量对文学变革的渴望,与现代主义文学翻译带来的外来影响和刺激,这两种因素里应外合,在文学系统的边缘形成了一股新的文学倾向,这也正是现代主义文学尽管遭到主流意识形态和诗学的抵制,但仍然被译介了过来的主要原因。

[①] 本文原载《第三届远东文学国际会议论文集》,圣彼得堡:圣彼得堡大学出版社,2008 年。

[②] 中国当代文学语境中所称的"现代派",是对现代主义、后现代主义文学的统称。本文为行文方便起见,用"现代主义"来统称,需要区分的情况下,则具体标明为"现代主义"和"后现代主义"。

一、现代主义文学翻译策略与中国现代主义的形成特点

1. 译作:现代主义影响的来源

80年代中国文学中的现代主义与西方现代主义文学的影响有极大的关系。但这种影响不是来源于中国作家对西方现代主义文学的直接借鉴,而是经过了翻译的中介,也就是说,影响文本不是原作,而是译作。

正是因为翻译文学的中介性质,文学翻译的选择倾向、翻译的种类很大程度上影响了作家的世界文学视野;译者对现代主义文学作品的阐释,直接影响了作家对西方现代主义文学的认识;译文的语言特征、语言风格则影响了作家对作品形式特征的感知和把握。赵玫说,福克纳《喧哗与骚动》给了她"很多技术(意识的流动、字体的变化以及潜意识独白等)的启示",①《喧哗与骚动》的"语体差不多启示了当时正在渴望创作的整整一代人"。②赵玫这里所说的,并不是原著,而是李文俊的译本。莫言说得更直截了当:"我不知道英语的福克纳和西班牙语的加西亚·马尔克斯是什么感觉,我只知道翻译成汉语的福克纳和加西亚·马尔克斯是什么感觉,所以从某种意义上说,我受到的其实是翻译家的影响。"③

正因为中国作家是通过翻译文本了解西方现代主义文学的,因此,译者对作品的阐释,也就影响了作家对作品的借鉴。

---

① 赵玫:《在他们中间穿行》,《外国文学评论》,1994年第4期,第124页。
② 转引自陶洁:《一个执着的老实人》,《中国翻译》,1992年第5期,第28页。
③ 莫言:《我与译文》,《作家谈译文》,上海:上海译文出版社,1997年,第237页。

2. 现代主义文学翻译的共时性与中国"现代派"文学流派的模糊性

西方现代主义文学作品可以比较明确地按流派归类，这是因为意识流（中国文学界将意识流看成是一个流派）、垮掉的一代、存在主义、黑色幽默、新小说、魔幻现实主义等，是在不同国家历时性出现的，都曾在某个时期独领风骚，成为主流文学倾向和创作方法，流派的特征比较明显。但是就80年代中国的现代主义小说来说，除80年代前期的"东方意识流"小说外，其他小说则难以很明确地将它们界定为属于何种流派。

80年代末，时代文艺出版社出版了一套"新时期流派小说精选丛书"，分为"魔幻现实主义小说"、"荒诞派小说"、"象征主义小说"、"意识流小说"、"结构主义小说"、"民族文化派小说"等分卷。这套丛书的流派分类也只是就作品的某些主要特征大致划分的。除这套丛书外，其他出版社也编选出版了标明为某种流派的作品选。我们发现，同一部作品在不同的选本中被划入了不同的流派，如《中国意识流小说选（1980—1987）》[①]将宗璞的《泥沼中的头颅》作为意识流小说收入其中，但另一个选本[②]却将其划为"荒诞小说"；文学评论界一般把韩少功的《爸爸爸》看成是中国的"魔幻现实主义"代表作，但"新时期流派小说精选丛书"，却将其编入《象征主义小说》[③]；文学评论界认为刘索拉的《你别无选择》属于中国

[①] 宋耀良选编：《中国意识流小说选（1980—1987）》，上海：上海社会科学院出版社，1988年。

[②] 吕芳编选：《褐色鸟群：荒诞小说选萃》，北京：北京师范大学出版社，1989年。

[③] 吴亮、章平、宗仁发编：《荒诞派小说》，北京：时代文艺出版社，1988年。

的"黑色幽默"小说,"新时期流派小说精选丛书"将其编入了《荒诞派小说》①中,而另一个选本则认定其为中国"垮掉的一代"代表作;②徐星的《无主题变奏》既被编入"垮掉的一代"小说选③中,又被选入《现实主义小说》④中;张贤亮的《浪漫的黑炮》,故事情节上有黑色幽默、荒诞意味,叙述手法上又有"元小说"的特征,⑤"新时期流派小说精选丛书"将其编入《荒诞派小说》⑥中。

　　文学评论界面对80年代出现的那些不同于传统创作手法的文学作品,一直在为其命名上感到困惑,无法用一个准确的文学术语来概括它们的文学特征。他们将运用新的表现手段的诗歌称为"朦胧诗",但对那些借鉴了现代主义表现手法的小说和戏剧,则有些不知所措。80年代中期,文学界一般称它们为"探索小说"、"探索戏剧",⑦80年代后期至90年代,有些论者则称之为"先锋文学"。

　　80年代的文学之所以出现了难以按西方现代主义文学流派来归类、难以用明确的术语命名的现象,主要还是因为作家借鉴上的广泛性。只有少数作品与西方现代主义文学之间存在明显的影响接受关系,大多数作品都无法确证与西方小说的一一对应关系,这是因为很多作家都是根据个人的审美倾向,转益多师,多方借鉴。

　　从19世纪末开始,西方现代主义经过二三十年代的现代主义高

---

① 吴亮、章平、宗仁发编:《荒诞派小说》,北京:时代文艺出版社,1988年。
② 陈雷编选:《世纪病:别无选择——"垮掉的一代"小说选萃》,北京:北京师范大学出版社,1989年。
③ 陈雷编选:《世纪病:别无选择——"垮掉的一代"小说选萃》,北京:北京师范大学出版社,1989年。
④ 吴亮、章平、宗仁发编:《现实主义小说》,北京:时代文艺出版社,1988年。
⑤ 如小说中谈及了小说叙事的方法。
⑥ 吴亮、章平、宗仁发编:《荒诞派小说》,北京:时代文艺出版社,1988年。
⑦ 1986年,上海文艺出版社编辑出版了《探索小说集》、《探索戏剧集》。

峰期（high modernism），50—70年代的后现代主义时期，已经走过了它的全盛阶段，意识流、象征、荒诞等已成了基本手法而普遍地运用于现当代文学创作中。而在中国，现代主义只有三四十年代少数作家零星地实践过，到1949年后又完全停止。中国当代文学界对现代主义文学基本上是陌生的。"文革"后，现代主义、后现代主义文学是作为整体意义上的"现代派"译介过来的，并且译介者出于译介合法化的考虑，往往突出对它们创作技巧的借鉴意义，这样也就淡化了不同流派的特征。从作家的角度看，他们遽然面对如此众多的各式各样的"现代派"作品，无力也无意对它们做理论上的辨析、区别，更不关心它们属于何种流派，他们所关注的，是可以为自己所借鉴、吸收的创作方法。中国80年代的现代主义文学实践，属于后发的现代主义，因此，也就借助了后发优势，不分先后，不分彼此，广泛借鉴，西方历时性出现的现代主义、后现代主义各种创作方法，就共时性地出现在80年代中国文学中，流派的特征因而就比较模糊。

就中国作家借鉴现代主义方法来说，它与现代主义文学翻译的阶段性存在某种对应关系。80年代初期翻译的主要是意识流小说、心理现实主义、表现主义和局部借鉴现代主义手法的广义的现代主义文学作品，中国作家所借鉴的主要是意识流、荒诞、象征、变形、自由联想、内心独白等叙事手法。80年代中期，翻译选择范围迅速扩大，现代主义、后现代主义的代表性作品都有不同程度的译介，可供作家借鉴的现代主义手法更为繁复，除意识流、荒诞、象征等手法外，还有魔幻、隐喻、寓言、叙述视角的转换、自由间接引语等。因此，同一篇小说中会综合运用现代、后现代主义多种手法。

二、从多元系统理论角度看 80 年代中西现代主义文学之间的关系

西方现代主义文学是在 1980 年代初特定的意识形态和文学语境下译介进中国的,译介带有很明显的时代特征。中国作家所受影响的西方现代主义作品,实际上是"翻译操纵本文"。现代主义、后现代主义文学被笼统地被称为"现代派",共时性地译介过来,使得中国"现代派"文学的流派特征比较模糊;加之意识形态上的顾忌和文学观念上的束缚,译介者采取的译介策略以及中国作家的接受价值趋向,使得中国的"现代派"文学与西方现代主义、后现代主义文学有比较明显的差异。如何看待这种差异,如何看待中国当代文学中的现代主义的价值?这个问题我们可以借助埃文-佐哈(Itamar Even-Zohar)的多元系统理论(Polysystem Theory)来观照。

多元系统理论认为,"任何多元系统,都是一个较大的多元系统即整体文化的组成部分,因此必然与整体文化以及整体内的其他多元系统相互关联;同时,它又可能与其他文化中的对应系统共同组成一个'大多元系统'(mega-或 macro-polysystem)。"按此观点,中国的现代主义文学系统也与西方现代主义文学系统构成了一个"大多元系统",因而也具有"互相交叉,部分重叠,各有不同的行为,却又互相依存"的系统特征。①

在 80 年代前期,由于受主流意识形态和诗学的制约,作家还只能局部地借鉴现代主义创作手法,因此,借鉴和模仿的痕迹还比较

---

① 张南峰,《从边缘走向中心(?):从多元系统论的角度看中国翻译研究的过去与未来》,《外国语》,2001 年第 4 期,第 62 页;Itamar Even-Zohar, Polysystem Studies. *Poetics Today* 11:1(1990).

明显，到了 80 年代中后期，随着政治意识形态的控制相对宽松，作家的顾忌减少，80 年代前期积淀的影响效能充分地释放了出来，作家能比较自由、灵活地借鉴现代主义各种方法，同时，由于"影响的焦虑"，创造性因素增多，这样就使得作品中的外来影响因素非常模糊，我们只能从大的方面，如文学观念、叙事风格上模糊地感受到它们与存在主义、新小说、后现代主义小说的联系，在与传统文学的比较中发现其现代主义精神。80 年代中后期的现代主义文学实践说明，西方现代主义文学的影响已经积淀在中国作家的文学形式库中，并转化为文学创新的力量，而现代主义文学精神则已成为中国作家现代意识的有机构成。

我们再从多元系统角度来看"伪现代派"问题。

"伪现代派"问题主要是针对 80 年代前期的现代主义创作而言的。80 年代前期中国的现代主义文学实践未能充分体现现代主义文学精神，关键的原因还是政治意识形态和诗学的制约。正是这些制约因素限制了中国对现代主义文学的阐释方式、翻译方式和创作借鉴方式。80 年代现代主义文学的译介者和创作借鉴者都受到了政治意识形态的制约，分别面临着译介合法化和创作借鉴合法化的问题。在某种程度上，作家的顾忌更多，压力更大一些。因为对于译者来说，他可以在"批判地借鉴"等话语策略的掩护下从事翻译，即使翻译作品完全不符合翻译选择规范，也还可以用"翻译过来以供批判"的说法，来开脱可能的指责。正如勒菲弗尔所言："翻译享有某种豁免权，不因原作者而受牵连（毕竟他们不应为别人写的东西承担责任）。"①但是作家则无此"豁免权"。他们必须为借鉴现代主义手法的合法性找到理由。比如王蒙就从中国古典诗歌和鲁迅的作

---

① André Lefevere, "Translation: Its Genealogy in the West," in *Translation, History and Culture*, eds. Susan Bassnett and André Lefevere, London: Pinter, 1990, p. 23.

品中找到了借鉴的根据。可见，王蒙等人借鉴西方现代主义文学时，有不少意识形态和诗学上的顾忌。

所谓"伪现代派"，其隐含的前提就是存在一个"真现代派"，即"严格意义上的现代主义文学"，实际上指的是西方现代主义文学。中国文学批评界将形形色色的西方现代主义文学流派误读为"西方现代派"，将其看成是一个流派整体，在中西文学相与比较中，就出现了对自身现代主义文学形式的怀疑，并进而对其价值予以某种程度的否定。

从多元系统理论角度看，现代主义在不同文化多元系统中的发展，都受到其并存系统（意识形态、诗学、政治、经济等系统）的影响，出现了不同的变体，演绎出现代主义可能有的多样化形式。世界各国不同的现代主义文学，可以视为不同的现代主义文学系统，它们之间复杂的影响与变异，构成了现代主义多元系统之间复杂多样的互文关系。从这种角度看，所谓"严格意义上的现代主义"实际上是不存在的。我们并不能因为现代主义起源于法国、英国，就认为法国、英国的现代主义才是"严格意义上的现代主义"，受其影响并发生变异的其他国家的现代主义就是"伪现代主义"。我们只能说，在现代主义最早起源的国家，它们的现代主义文学在世界现代主义文学大多元系统中曾经处于中心地位，但随着时间的推移和时代的发展，中心系统也会出现离心现象，处在边缘的系统则会出现向中心移位，如拉美现代主义文学在五六十年代还只处在世界现代主义文学系统的边缘，拉美现代主义作家，如加西亚·马尔克斯、博尔赫斯等，都曾受到西方现代主义文学的影响，但他们后来创造出来的魔幻现实主义，又反过来影响了欧美作家，形成了"回返影响"（reversal influence），拉美现代主义文学在七八十年代就占据了世界现代主义文学多元系统中比较中心的位置。

麦克法兰指出："现代主义的一个比较显著的特点，就是它分布范围很广，具有多民族性。""每个对现代主义有所贡献的国家都有自己的文化遗产、自己的社会和政治张力，这些又给现代主义添上了一层独特的民族色彩，并使任何依据个别民族背景所做的阐释都成了易引起误解的管窥蠡测。"[①]这样看来，80年代中国的"伪现代派"，正提供了现代主义传播和变异的新样式，即在本土意识形态和诗学处于主导地位的情况下，现代主义可能有的表现形态。它与其他国家的现代主义文学构成对应系统，以自己的特点丰富了世界现代主义文学多元系统的形式库，同时，也在一定程度上改变了现代主义文学原有的定义和性质。

---

① ［英］马·布雷德伯里、詹·麦克法兰编：《现代主义》，上海：上海外语教育出版社，1995年，第75页。

台湾的俄苏文学翻译与研究[①]

一、概述

台湾的俄苏文学翻译和研究是 20 世纪中国俄苏文学翻译和研究的一个组成部分。由于政治、历史原因，台湾的俄苏文学翻译和研究，无论在研究规模、深度和价值取向上，与中国大陆都有很大不同。

1895 年，中国在甲午战争中失利，与日本帝国主义签订了丧权辱国的"马关条约"，台湾被日本占据。日本殖民统治者在政治、经济上实行殖民统治政策，在文化上也是如此，对台湾人民进行精神奴役。二战后，台湾从长达半个世纪之久的日本殖民统治下解放出来，回归祖国。1949 年，国民党政府从大陆迁台，在政治上，实行了与大陆完全不同的社会制度，并制定了一系列"反攻复国"的政策。为了配合政治和军事上的"反攻大陆"，台湾当局加强了对文艺的控制，施行"文坛军管"，将文艺作为"反共复国"的工具。在文学体制上，台湾当局在 1950 年代制定了以"反共抗俄"为核心内容的文艺政策，一方面查禁 1949 年前的新文学，"现实主义的、反帝

[①] 本文原载陈建华主编：《中国俄苏文学研究史论》，重庆：重庆出版社，2007 年。

反封建的、新民主主义的一切文艺思潮、文艺作品和创作实践，彻底遭到残酷的打击和禁绝。"其结果，"中国现当代文艺和文艺思潮在台湾完全断绝。"①另一方面，宣扬"战斗文艺"、"反共文学"。整个50年代，"文学作品大部分都是反映反共抗俄的、战斗的主题。"②这类标语口号化、公式化化、概念化的"反共八股"，引起读者的不满。随着"反攻大陆"政治神话的破灭，台湾文坛在60年代开始了转向，一部分人转向西洋文学，特别是现代主义文学；一部分人是转向"乡愁"文学和乡土文学。

1970—80年代的台湾文坛，虽然政治控制依然存在，但与50、60年代相比，相对宽松，因此在文学发展上出现了多元化的现象。1987年7月，台湾当局宣布解除戒严。进入90年代，台湾与大陆开始了文化交往，大陆的图书也进入了台湾的图书市场。

50年来，台湾的俄苏文学翻译和研究就是在这样的政治和文化背景下艰难进行的。

二、俄苏文学的翻译情况

1950年代前期，台湾文学发展的空间极为狭窄，更谈不上对外国文学的翻译与研究。退居台湾的国民党政权一心梦想"反攻大陆"，对文学艺术进行严厉控制。50年代初，台湾"较侧重经建发展，导致社会风气崇尚功利和实效，对于人文社会学科并未全然重视，因此，外国文学学门也未能积极推动。直到民国四十五年（1956年）以后，情形才逐渐改变，各大专院校相继设置外国文学学门的相

---

① 陈映真：《新的阅读和论述之必要》，《人间副刊》1991年1月9日。
② 何欣：《三十年来台湾的文学论战》，转引自包忠文主编：《现代文学观念发展史》，南京：江苏教育出版社，1992年，第781页。

关学系"。①因外国语言文学教育得不到重视,文学翻译事业停滞,也阻碍了创作文学对外国文学的借鉴。对此,台湾学者吕正惠曾作过比较透彻的分析:

> 就战后台湾现代文学的处境来说,西方文学翻译的重要性一点也不下于新文学发展初期。这至少有两个重要原因:首先,由于对所谓附匪作家及陷匪作家的禁忌,四九年以前新文学的绝大部分作品,长期不能在台湾公开流传(其中一部分是绝对不能流传的),这使得新进作家无形中减少了许许多多学习的对象,只能以外国作家作为主要的模范。其次,战后的台湾文学界,从五十年代中期开始,逐渐崇尚西方的现代主义文学。而西方现代主义的作品,由于时间接近和风格殊异(不同于写实主义),刚好是四九年以前的翻译界用力最少的一环。因此,从一般情理上看,就有必要大量翻译这类作品,以补足文学青年在学习阶段的需求。②

但实际情形却相反。"纵观战后的台湾文学界,西方文学翻译的流传与翻译,却反而最不受重视、最成问题的一个方面。"③

台湾的外国文学翻译发展迟缓,除以上两方面的原因外,另一个重要原因,是台湾译者的文化地位和经济地位都远比作家的地位低。虽然大陆也有类似的情况,但台湾的情形更严重,"翻译及翻译

---

① 陈长房:《外国文学学门未来整合与发展》,冯品佳主编:《重划疆界:外国文学研究在台湾》,台北:书林出版有限公司,1999年,第388页。
② 吕正惠:《西方文学翻译在台湾》,封德屏主编:《台湾文学出版——五十年来台湾文学研讨会论文集》(三),行政院文化建设委员会,1996年,第238页。
③ 吕正惠:《西方文学翻译在台湾》,封德屏主编:《台湾文学出版——五十年来台湾文学研讨会论文集》(三),行政院文化建设委员会,1996年,第238页。

家在台湾文坛一直没有得到尊重。"①

如果说20世纪90年代之前，台湾的外国文学翻译不够发达，那么其中的俄苏文学翻译则更是落后。20世纪台湾的外国文学翻译中，美国文学和日本文学占据了主导地位，俄苏文学只是处于比较边缘的位置。

1950年到1994年，台湾出版的西洋文学翻译作品共有4023种，俄苏翻译文学作品是201种，占西洋文学翻译作品总量的5%左右。②如果加上"东方文学"，俄苏文学翻译在台湾整个的外国文学翻译作品总量中所占的比例则更小。

再从各年代的翻译情况来看，从1949年到1964年15年间，台湾出版的西洋文学作品仅515部，并且"几乎全以重印四九年以前的译本为主"。③俄苏文学作品则更少，整个50年代，俄苏文学作品翻译出版的只有寥寥无几的几种。60年代出版了40余部，其中俄国文学部分，也几乎全是重印或影印1949年前的译本，几无新译问世。1970—90年代，西洋文学的翻译总量为4500余部，平均每年145部左右，而同期的俄苏文学翻译总量约为160部，平均每年只有5.2部。

俄苏文学作品翻译的稀少，主要有两个方面的原因。

---

① 吕正惠：《西方文学翻译在台湾》，封德屏主编：《台湾文学出版——五十年来台湾文学研讨会论文集》（三），行政院文化建设委员会，1996年，第238页。

② 台湾国立中央图书馆从1964年开始，根据历年"依法送缴"国立中央图书馆的图书，陆续编辑出版了《中华民国出版图书图书目录汇编》，迄今已出版了7辑，收录了1950年代直至1994年的图书目录。其中也包括翻译文学。此统计数据依据此目录汇编统计计算。据笔者所掌握的部分材料看，《中华民国出版图书图书目录汇编》所收录的翻译文学作品不是非常全，但绝大部分都已收录。张婉瑜对俄苏文学翻译情况制作了比较详细的图表，可参看张婉瑜：《俄国文学在台湾的翻译和研究情况》，《国外文学》，2003年第1期，第34—35页。

③ 吕正惠：《西方文学翻译在台湾》，封德屏主编：《台湾文学出版——五十年来台湾文学研讨会论文集》（三），行政院文化建设委员会，1996年，第238页。

第一，政治意识形态对俄苏文学翻译的限制。二战后，世界政治格局形成以美国为首的西方资本主义阵营和以苏联为首的苏东社会主义国家阵营。1950年6月，朝鲜战争爆发，台湾接受了美国的"保护伞"，并与日本"合约"，在"美援"和"日援"的扶持下，在政治上实行"戡乱检肃"，肃清政治异己分子；在经济上实行"和平土改"，使台湾从农业社会转向工商社会，实行资本主义制度。而大陆加入了苏东社会主义阵营，成为其中重要力量，在政治和外交上，采取了向苏联"一边倒"政策。台湾与大陆在政治意识形态上形成尖锐对立。50年代，台湾当局宣扬反共抗俄，诋毁大陆和苏联的社会政治制度。因这种政治背景，在台湾译介或研究俄苏文学无疑有政治上的危险。

第二，外语教育方面的原因。在俄语人才培养方面，台湾与中国大陆无法相比。1949年后，中国大陆因实行向苏联"一边倒"的政策，出现了一股学习俄语的热潮。俄语成为当时最为热门的学习语种。外语院校以及大学外语专业都设有俄语系，极大地扩充了俄语人才。俄语文学翻译，绝大多数也是从俄语原文直接翻译过来。译文的准确性得到了明显的提高。相比之下，俄语在台湾是最不受重视的语种之一。"在台大号称是外文系，而其余各大学陆续成立的科系，都称'英美文学系'或'英文系'，即使在外文系里面，也是以英美文学为主。所以无法训练出精通其他语种的人才，也就无法作深层的研究和翻译。"[①]俄语人才的缺乏，也就限制了俄苏文学的翻译，因此，台湾出版的俄苏文学翻译作品，主要是翻印1949年前的译本，或者是从英译本、日译本转译。俄语语言文学教育不受重视的现状到80年代后才略有改变。一些大学的外文系设立了俄文专

---

① 彭镜禧：《特约讨论》，封德屏主编：《台湾文学出版——五十年来台湾文学研讨会论文集》（三），行政院文化建设委员会，1996年，第250页。

业。有的大学还专门设立了俄文系。中国文化大学俄国语文学系还办有《俄国语文学报》。但从总体上看，俄语语言文学教育还是远远落后于英语和日语语言文学教育，甚至也落后于法语、德语、西班牙语的语言文学教育。①

与大陆同时期的俄苏文学相比，台湾的俄苏文学翻译恰好与大陆形成了逆向对应的现象。

1950年代，是大陆译介俄苏文学的高潮时期，但此时，台湾采取了敌视态度，1960年代之前，台湾的俄苏文学翻译寥寥无几；六七十年代，大陆因与苏联关系恶化，对俄苏文学译介大幅度减少，而在台湾对俄苏文学的译介却出现了上升趋势，尤其是对索尔仁尼琴和帕斯捷尔纳克的译介，更是呈现了一股译介热。八九十年代，大陆的俄苏文学翻译已不复有此前的热情，而台湾对俄苏文学的译介和研究却开始出现了较大的兴趣。正如欧茵西所说："最近，我们与俄国的关系有了新的开始，国人对俄国的文学与社会产生更大兴趣，文学作品原是促进这种了解的极佳媒介，而俄国文学与现实的紧密尤胜于任何其他国家。另一方面，俄国人的每一脚步虽极艰辛，他们的文学却表现强大的生命力，不仅为俄国读者，也为世界文坛所重视。"②

即使译介的是同一位作家，台湾和大陆在其作品的选择上也有不同。以陀思妥耶夫斯基为例，20世纪五六十年代，大陆在陀思妥耶夫斯基作品翻译方面，新译的都是他早期的作品，而其对人性深刻剖析的《罪与罚》、《卡拉马佐夫兄弟》，则没有新译本问世。50年代后，大陆对陀思妥耶夫斯基的评价逐渐降低。1954年7月，中

---

① 参见陈长房：《外国文学学门未来整合与发展》，冯品佳主编：《重划疆界：外国文学研究在台湾》，台北：书林出版有限公司，1999年，第390—391页。
② 欧茵西：《出版说明》，《新编俄国文学史》，台北：书林出版有限公司，1993年，第 i、ii 页。

国作家协会主席团第七次扩大会议通过的"文艺工作者学习政治理论和古典文学的参考书目"中,"俄罗斯和苏联部分"所开列的古典作家作品,果戈理、普希金、托尔斯泰、屠格涅夫、莱蒙托夫等都有作品入选,但唯独没有陀思妥耶夫斯基的作品。[1]他的作品的中译也就逐渐减少。这种现象到 80 年代才改变。而在台湾,情况则正好相反。古典作家中,陀思妥耶夫斯基作品翻译出版的品种最多。其中《罪与罚》出版了 7 种译本,其中至少 3 种是新译本。

台湾的俄苏文学翻译有这样几个典型现象:

①翻译对象比较集中。从 50 年代到 90 年代的近 50 年里,台湾翻译出版的 201 种俄苏文学作品,大部分是俄国古典著名作家的名著,按翻译出版品种数量,依次为:杜斯妥也夫斯基(即陀思妥耶夫斯基)44 种,托尔斯泰 36 种,屠格涅夫 22 种,契诃夫 14 种,果戈理 5 种,普希金 4 种,莱蒙托夫 1 种。20 世纪俄国文学作品,主要是翻译出版了帕斯捷尔纳克(台湾译为巴斯特纳克)和索尔仁尼琴(台湾译为索仁尼辛)的作品,其中,索尔仁尼琴的作品翻译最为全面,包括《癌症病房》、《古拉格群岛》、《集中营里的一日》、《1914 年 8 月》、《索忍尼辛杰作选》、《苏忍尼辛选集》、《索忍尼辛短篇小说和散文诗集》、《地狱第一层》、《克齐托卡车站》到《致俄共领袖书》、《索忍尼辛回忆录》等,共计 27 种。帕斯捷尔纳克的作品翻译了 6 种。其他 20 世纪俄国作家,如梅列日科夫斯基(台湾译为梅勒支可夫斯基)、布宁、肖洛霍夫的作品,均译了 1 种。1992 年,台北万象图书股份有限公司推出了一套 6 卷《苏联短篇小说大系:社会主义写实文学》,从 1920 年代到 1970 年代,每个年代分为一卷。这套书系的出版,弥补了长期以来对苏联文学翻译

---

[1] 参见《文艺工作者学习政治理论和古典文学的参考书目》,《文艺学习》,1954 年第 5 期。

的缺失。

②在翻译选择上,体现了主流文学观和意识形态的倾向性。台湾学者对 20 世纪苏联文学评价甚低,但对 19 世纪俄国文学则很看重。比如,台湾俄语文学主要研究者之一的马兆熊认为:

> 19 世纪为俄国古典文学的全盛时期,在这一百年期间人才辈出,有如百花齐放,令人目不暇接,从此斯拉夫民族文学以崭新的姿态进军世界文坛,辉煌灿烂使先进国家为之失色。惜好景不长,一九一七年俄共夺取政权之后,文艺界乃备受摧残,作家已无创作自由,或流亡或凋谢,代之而起的则是一批俄共御用的文工人员,除了歌颂马列主义的党八股文字之外,已经写不出文艺作品了。现在要欣赏俄国民族的优美文学,势须回溯十九世纪。①

就台湾的古典文学翻译品种数量来看,陀思妥耶夫斯基和托尔斯泰分别占了前两位。陀思妥耶夫斯基对人性和人的心灵的探讨,托尔斯泰作品中的人道主义色彩,都比较符合台湾的主流文学观。在对 20 世纪俄国文学的选择上,政治意识形态的特征就更为明显。在大陆受到特别重视的高尔基、肖洛霍夫、马雅可夫斯基、法捷耶夫、奥斯特洛夫斯基等人作品,除肖洛霍夫外,其他作家的作品在台湾都无译本问世。台湾文学翻译界对帕斯捷尔纳克和索尔仁尼琴表现出特殊的热情。帕斯捷尔纳克的《日瓦格医生》描写了"革命"给人带来的不幸和悲惨处境以及知识分子对"革命"的困惑,无疑比较符合台湾的主流意识形态话语;而索尔仁尼琴作为苏联社

---

① 马兆熊:《序言》,《十九世纪俄国文学十四家评传》,台北:中国文化学院出版部,1980 年。

会主义制度的异议者,更是得到台湾的热烈欢迎。索尔仁尼琴1982年10月16日应邀到台湾访问、演说,在此前后,台湾大量翻译出版了其作品,并出版了《索忍尼辛的声音回响》(王兆徽著)、《索忍尼辛及其访华始末》(吴丰山、杜文靖著)。帕斯捷尔纳克的《日瓦格医生》共出版了9种译本。译者或出版者都有意突出该小说的"反共"色彩。比如,1977年黎明文化事业公司出版的吴月卿译的《齐伐哥医生》,被列入了"共党问题研究丛书"。在书前"巴斯特纳克小传"中,出版者称巴斯特纳克为"苏俄反共作家",并且说,巴斯特纳克"逝世虽近十年,但他那因暴露共产制度的罪恶和反映苏俄人民的精神状态而震动世界文坛的代表作的《齐瓦哥医生》,却评价日高,流传日广。因之,巴斯特纳克的生命意义,已藉着他的艺术创作,而永生于世界文学史之中;且因其站在真理的立场上,对全人类的反共斗争做出了宝贵的贡献,而永远活在人心里"。①着意强调《日瓦戈医生》的"反共"性,在一定程度上减损了这部作品的艺术价值。实际上,早在1959年香港自由出版社出版的《齐伐哥医生》之译者许冠三就曾说过:"好些没有读过本书的朋友问我,《齐伐哥医生》是否真有得诺贝尔文学奖金的价值。这正说明了那些反共宣传家是如何地坏事。诚然,《齐伐哥医生》是反共的,可是,我们却不能拿它当一本'反共文艺'看。它的价值绝对不在于反共。单就反共这个尺度去品评它,是浅薄的,荒谬的,可悲的,这简直是对文学和艺术的侮辱。它之所以得奖,无疑是由于它在文学上的突出成就。""巴斯特纳克绝不是为了反共,才写《齐伐哥医生》

---

① 《巴斯特纳克小传》,《齐瓦哥医生》,吴月卿译,台北:黎明文化事业公司,1977年,第1页。

的。"①

③台湾的俄国古典文学翻译作品,多数是翻印旧译或大陆新译本。1960年代中期以前,台湾译者翻译的外国文学作品甚少,主要是重印1949年前的旧译本,绝大部分是旧版影印。有的旧译本,因其译者在大陆,并且还可能是受大陆文艺界推崇的作家、翻译家,因此台湾在重印他们的旧译时,就匿去译者的名字,如台湾重印高植译的《战争与和平》、周扬、谢素台译的《安娜·卡列尼娜》,就匿去了他们的名字,译本不署译者名;或者"随便找个名字来取代原译者"。有时甚至故意将原译名改掉,另外造出一个书名,如将哈代的《归》改为《惑》,《黛丝姑娘》改为《火石谷》。有时为了出于商业或政治原因,掩盖盗印旧译的事实,"甚至假造'译后记'"②。志文出版社甚至悄悄地"盗印"1949年后大陆出版的新译作品或旧译修订本。但与60年代"旧译重印"一样,"既不标出原译者姓名,又擅改他人的译文。"③如重印满涛译的果戈理的《狂人日记》时,擅改满涛译文,并编造译者为"李映萩等译";将草婴译的《高加索故事》和《塞瓦斯托堡》改为"林岳译"。此类现象,不

---

① 许冠三、齐桓:《译者的话》,《齐伐哥医生》,香港:自由出版社,1959年,第1页。1975年远景出版事业公司出版的《齐瓦哥医生》译本,译者黄燕德译本前言《巴斯特纳克和〈齐瓦哥医生〉》中,也说了类似的话:"《齐瓦哥医生》是反共的,但是译者以为,如果我们把它当作一本'反共小说'看,未免不够公平。它的价值绝对不在于反共。单就反共这个尺度去品评它,是浅薄、荒谬而可悲的,简直是对文学和艺术的侮辱。文学创作不需要所谓的政策,政策是文学创作的毒药。《齐瓦哥医生》纯粹是以一个'证人'的姿态出现,它并不直接有所指责与批判,只是把当时一切的幼稚卑劣、凶暴残忍、自以为是和缺乏韧性忠忠实实地记录下来。"《齐瓦哥医生》,台北:远景出版事业公司,1979年,第5页。

② 吕正惠:《西方文学翻译在台湾》,封德屏主编:《台湾文学出版——五十年来台湾文学研讨会论文集》(三),行政院文化建设委员会,1996年,第240、241页。

③ 吕正惠:《西方文学翻译在台湾》,封德屏主编:《台湾文学出版——五十年来台湾文学研讨会论文集》(三),行政院文化建设委员会,1996年,第242—243页。

一而足。1980年代以后,这种现象才有了改变,公开标明出版的大陆译本,公开标出大陆译者的姓名。

1970年代以后,世界古典文学名著,包括俄国文学名著出现了一些新译。如郑清文从日文本转译普希金的诗体长篇小说《尤金·奥涅尔》、契诃夫的短篇小说集《可爱的女人》,即为台湾译者新译作品。80年代以后,新译作品有所增多。从俄国古典文学翻译作品品种数量来看,约有一半是1949年前的旧译本或大陆新译本的翻印本。

④绝大多数译本是从英、日译本转译而来。除重印1949年前译本或改头换面翻印1949年后大陆译本外,台湾出版的俄苏文学作品,绝大多是从英译本或日译本转译的。因是转译,译文的质量很难得到保证。即使是重印的1949年前译本,由于限于当时的客观条件和译者的外语水平,译本质量也参差不齐。1949年后,大陆大多数译本都是从俄文原著直接翻译过来,质量有了显著提高。因此,有学者比较了《罪与罚》的译本后认为:"大陆所出从俄文直接翻译的两个新译本,实在远胜于台湾的流行本。"①

三、俄苏文学的研究情况

与英美文学和日本文学翻译相比,台湾的俄苏文学翻译严重滞后。与此相对应,俄苏文学的研究也比较薄弱。这两个方面,既是因果关系,也是因共同的政治环境所导致的一因多果现象:一方面,俄苏文学翻译的落后,影响了俄苏文学研究的开展;另一方面,由于1950年代"反共抗俄"的政治意识形态方面的宣传,使台

---

① 吕正惠:《西方文学翻译在台湾》,封德屏主编:《台湾文学出版——五十年来台湾文学研讨会论文集》(三),行政院文化建设委员会,1996年,第238页。

湾读者和文学界对俄苏文学产生偏见,即使有对俄苏文学感兴趣的读者和学者,也因政治上的顾忌而却步。1980年代开始,台湾对俄苏文学的研究著作才慢慢多了起来。

台湾没有专门译介、研究外国文学的刊物,但一些文学期刊也会刊登外国文学研究文章,其中大多数是英美文学评论文章,俄苏文学评论文章比较零星。

1950、60年代,台湾重要的文学杂志是夏济安主编的《文学杂志》和白先勇、王文兴等人创办和主编的《现代文学》。这两种刊物在引进西方现代文学观念,突破僵化的"反共八股"文学方面,发挥了重要的作用;同时,它们也是当时台湾译介和传播西方文学的重要刊物。但杂志的主办人员都是英美文学出身,杂志译介的主要是欧美和日本现代作家,尤其是现代主义作家的作品,如卡夫卡、萨特、加缪、T. S. 艾略特、奥尼尔、乔伊斯、伍尔芙、劳伦斯、斯特林堡、横光利一、托马斯·曼等人的作品。所刊登唯一一篇与俄苏文学有关的文章,是《现代文学》第47期(1972年9月)"心理分析与文学艺术专号"上发表的一篇译文《杜斯妥也夫斯基与弑父》(姚嘉为译)。

《联合报》副刊(简称《联副》)曾刊登较多外国文学评论文章,也发表了若干篇当代俄语文学方面的文章。主要有张伯权的《近代俄国流亡文学》(《联副》1974年12月17日)、陈秋坤的《流放呢?还是逃向现实?》(《联副》1976年9月19日)、江森的《一本禁阅的书——派斯特那克及其〈齐伐戈医生〉》(《联副》1958年10月28日)、汪仲的《论帕斯特纳克的诗》(《联副》1959年10月22日)、陈苍多的《纳布可夫及其他作品》(《联副》1974年1月16日)以及Michael Glenny作、陈苍多译的《亚历山大·索仁尼辛和史诗传统》。

台湾出版的俄苏文学史论方面的译、著约有10余种。译著方面，出版有西蒙斯（Ernest J. Simmons）的《现代俄国文学》（原名 *Modern Russian Literature*，李省吾译，台北：华国出版社，1950），史郎宁（Marc Lvovich Slonim，1894—1976）[①]的《俄罗斯文学史：从起源到1917年以前》（原名 *An Outline of Russian Literature*，张伯权译，新竹：枫城出版社，1975）[②]、《现代俄国文学史》（原名 *Modern Russian Literature from Chekhov to the Present*，汤新楣译，台北：远景出版事业公司，1981）。另外，台湾也出版了大陆学者的俄苏文学研究著作，如李明滨的《俄国近现代文学经典》（嘉义县大林镇：南华管理学院出版，1998），但为数甚少。1987年7月台湾当局宣布解严之后，大陆出版的俄苏文学翻译作品以及研究著作，也直接进入了台湾图书市场，而不再经过改头换面的翻印。

台湾本土学者出版的俄罗斯文学研究著作有6种。1974年，侯立朝著的《现代苏俄文学的风潮》[③]由台北天下图书公司出版。这是台湾学者撰写的第一部俄苏文学研究专著。该书1977年出版了增订版，书名改为《现代苏俄文学论》（新竹：枫城出版社，1977）。1979年，台北四季出版事业公司出版了王兆徽编著的《俄国文学论集》。这是1970年代台湾出版的主要的俄国文学评论集。其中所收录的文章，对近现代俄国文学思潮和重要作家，如普希金、莱蒙托夫、别林斯基、果戈理、屠格涅夫、涅克拉索夫、陀思妥耶夫斯基、托尔斯泰、帕斯捷尔纳克、索尔仁尼琴，都有评述，比较全面，是一本"近代俄国文学鸟瞰"。[④]同年，台北华冈出版公司出版

[①] 史朗宁是俄国流亡作家、记者。他早年流亡到巴黎，并在1921—1932年期间担任法语刊物《自由俄罗斯》的编辑，后又担任俄罗斯文学学会主席。二战后前往美国，在瑞士去世。

[②] 1986年，台北自华出版社重印该译本。

[③] 附录中收入巴斯特纳克诗9首、辛雅夫斯基的小说《柳比磨府》以及索忍尼辛的《为人类而艺术》。

[④] 王兆徽：《俄国文学论集》，台北：皇冠文化教育奖助基金会，1979年。

了马兆熊的个人研究专著《十九世纪俄国文学十四家评传》，评述了卡拉姆金、茹科夫斯基、克雷洛夫、格里鲍耶多夫、普希金、莱蒙托夫、果戈理、屠格涅夫、冈察洛夫、阿·奥斯特洛夫斯基、契诃夫、托尔斯泰、陀思妥耶夫斯基、高尔基的生平和创作。

欧茵西是台湾著名的俄苏文学研究专家。她大学本科修读的是俄文专业，后来留学奥地利维也纳大学，主修斯拉夫文学，获得博士学位。她在俄苏文学研究领域孜孜不倦地耕耘多年，取得了丰硕的成果。1979年，她出版了《俄国文学面面观》（台北：皇冠出版社，1979）。这虽是一部俄国文学研究论文集，但内容丰富，论述面广，实际上是一部俄苏文学史散论著作。文集中既有比较宏观、概论性质的文章，如《从古俄文学谈起》、《俄国的文学批评》、《战争文学》、《俄国的象征主义》、《俄国的现代小说家》、《苏联现代诗坛》、《俄国的戏剧》，又有对卡拉姆金、朱可夫斯基、普希金、果戈理、托尔斯泰、陀思妥耶夫斯基、屠格涅夫、索洛维夫、布宁、索尔仁尼琴等作家的论述，或评述他们的文学成就，或分析他们的艺术风格、创作特点，或彰显他们在俄苏文学史上的意义和地位。1980年，她推出了独立完成的《俄国文学史》（台北：中国文化学院出版部，1980）。这是台湾学者出版的第一部俄罗斯文学史。这部文学史分为7章，分别为：第一章"古俄文学"、第2章"古俄文学后期"、第3章"古典时代"、第4章"浪漫文学时代"、第5章"写实文学时代"、第6章"九十年代的新潮流"、第7章"苏联文学"。这部文学史的撰写体例，是以各个时期代表性作家为核心，以对他们的创作成就和作品的评述来结构全书。书中作为单独一节或一小节设立的作家达71位。如果将此书与大陆负有盛名的曹靖华主编的《俄国文学史》相比，在对俄苏文学发展史的宏观把握和分析力度上，欧著或有所逊色，但其在介绍俄苏作家的全面性方面，则不遑相让。与大陆学者相比，欧茵西较少有意识形态方面的顾忌，因此，对 80 年代中国大陆还甚少涉及的白银时代诗人，这部文学史著作则有重点评述。该书专门设立了一节，评述布留索夫、布洛克、别雷、巴尔蒙特等白银时代作家的文学成就，至于俄国象征主义文学的先驱梅列日科夫斯基，则单独设立一节来评述。欧茵西后来对这部文学史作了修订，于 1993 年出版，更名为《新编俄国文学史》。其中修订较多的是第 7 章。此章原标题"苏联文学"改为"二十世纪俄国文学"，删去了"魔幻大师布加科夫"、"俄国的戏剧"、"文学批评"三节，新增了第十节"一九八五年以后的俄国文学"。该节评述的作家，有艾特马托夫、艾斯塔费夫、伊斯康德、塔尔科夫斯基、雷巴科夫。这样，这部文学史以对作家的评述为核心的特点就更为突出了。

长期以来，台湾对俄国文学的翻译只集中在 19 世纪的几个著名大家的作品上，如普希金、屠格涅夫、陀思妥耶夫斯基、托尔斯泰、契诃夫的作品；对 20 世纪俄国文学的翻译，集中在帕斯捷尔纳克和索尔仁尼琴的作品。翻译选择面的狭窄，极大地限制了台湾读者和台湾文学界的俄苏文学视野。欧茵西的《俄国文学史》、《新编俄国文学史》的出版，填补了台湾俄苏文学研究方面的空白。其意义，不仅在于是第一部比较完整的文学史，更在于它有助于扩大台湾读者的俄苏文学视野，对俄苏文学有一个比较客观和全面的认识。虽然这部文学史著作无法让他们具体地领略 20 世纪苏联作家的艺术魅力，但至少可以让他们知道，除了帕斯捷尔纳克和索尔仁尼琴，俄国 20 世纪还有其他卓有成就的作家。

纵观 50 年来台湾的俄苏文学研究，可以总结出以下几个特点：

①对俄苏文学的研究还是处于起步阶段。从所发表的研究文章和俄苏文学的论著和论文集内容看，大多还处在作家生平、创作的介绍和一般性的评介层次。论述上，一般采取夹叙夹议的形式，缺乏研究的深度。除欧茵西等少数学者外，大部分研究者对俄苏文学

研究，依赖英译、日译和中译俄语作品，所参考的研究文献大多是民国时期的俄语文学研究著作或英、日语著作。不能直接阅读俄语文学作品和研究著作，对俄苏文学研究来说，不能不说是一大缺陷和遗憾。另外，一些研究文章，借用了英美学者的观点，独创性的研究成果不多。

②对俄国文学研究缺乏系统性和学术承继性。有关研究者论及同一个作家，总是不厌其烦地用大部分篇幅介绍作者生平与创作，未能在已有的研究成果上深入和拓展。

③注重作家艺术风格特点的分析。台湾学者的俄国文学研究，比较注重对作品本身的艺术分析，带有较浓的新批评理论方法的色彩。如欧茵西的《朵斯托也夫斯基的技巧》、《托尔斯泰的写作艺术》、《短篇小说之父与戏剧作家契霍夫》等，①都是引述作品作具体的艺术分析。即使是索尔仁尼琴，在其他论者那里，多是强调索氏作品的思想性和反抗专制的一面，而欧茵西则从"理论与实际"、"写实"、"俄国姓名的巧妙运用"、"个人与群众的关系"、"与托尔斯泰的比较"等方面，剖析索氏思想的艺术转化形式。欧茵西的这篇文章，虽然也带有一定的政治倾向性色彩，但并不是一味地以政治意识形态倾向先入为主，论述上比较客观，因此在同类的索氏研究文章中别开生面。

④对20世纪俄国文学评价甚低，带有较明显的政治意识形态倾向。80年代之前的台湾俄苏文学研究，因受台湾当局长期的"反共抗俄"宣传的影响，在作品研究上，带有先入为主的政治意识形态偏见。这种偏见，与俄苏文学翻译一样，体现在对20世纪苏联文学的轻视。在20世纪苏联文学研究方面，与翻译一样，只集中于帕斯捷尔纳克和索尔仁尼琴。论者一般都刻意突出这两位作家是诺贝

---

① 参见欧茵西：《俄国文学面面观》，台北：皇冠出版社，1979年。

文学奖得主，而对他们的文学成就给予了过高的评价。但同时，对同是诺贝尔文学奖得主的蒲宁、肖洛霍夫，则缺少评论和研究。

⑤台湾由于俄语文学学者很少，只有欧茵西、王兆徽、马兆熊、侯立朝等几位专家，还未形成比较齐整的俄苏文学研究队伍。

总之，台湾的俄苏文学研究，与大陆相比，无论是研究的广度还是深度上，还是处于初步阶段。尤其是研究的面比较狭窄，局限在19世纪少数古典名家的研究。在20世纪苏联文学研究方面，存在比较明显的不足。但我们应该看到，台湾的俄语人才比较缺乏，人数甚少的俄语文学学者能取得这些成就，已难能可贵。1980年代以后，台湾的俄苏文学翻译和研究，已有较大的发展。台湾与大陆的文化、学术交流的增多，将会促进台湾的俄苏文学翻译和研究。另外，作为20世纪中国的俄苏文学研究一个组成部分的台湾俄苏文学研究，因其是在不同的社会政治和文化背景下进行的，在对俄苏文学的研究取向和对作家的评价上，与大陆有不少相异之处。这种相异，一方面可以作为相互补充和相互启发的学术资源，另一方面，可以促使我们深入思考外国文学研究与本土文化背景的关系。探究得失，为新世纪中国的俄苏文学研究提供借鉴。

后 记

今年一月,向远教授来电话告诉我,他将主编一套"比较文学与世界文学名家讲堂"丛书,邀请我加入。我在读比较文学专业硕士研究生时,读到向远教授《芥川龙之介与中国现代文学》一文,深受启发。2002年8月,我在参加在南京举办的中国比较文学学会第七届年会暨国际学术研讨会期间,得与向远教授结识,相谈甚快,受益良多,从此结下学术情谊。向远兄为学勤勉,著述等身,是同辈学者中的翘楚。我以他为专心治学、不断超越自己的榜样。感谢他的美意,欣然从命。

编辑这部个人论文集,回顾这些年自己的学术成长道路,既感且愧。

"感"的是,时光荏苒,岁月匆匆,一晃,20多年就这样过去了。

却顾所来径,心中感念的人与事很多,要感谢的人也很多。父母的教导和严格要求,让我从小就有一种自觉和自律意识。而从小学、中学、大学,直至读硕士、博士,一路上都得师长们的厚爱和提携。读大学时,得到王新周老校长、胡天虹主任的器重和提携。学业上,王玉龙老师鼓励我一定要走出去,报考研究生,并向著名大学的教授推荐我。我至今还保存着班主任何晓丽老师当年为我开列的报考世界文学专业研究生的参考书目。大学期间,我按她开列的书目一本本读下来,打下了文学理论、中国文学和外国文学的基础。我是英语专业出身，自幼又喜爱中国文学，因此，想报一个能兼顾中外文学两方面兴趣的专业。韩虎林老师建议我，那不妨考虑报考比较文学专业，并将他珍藏的《中国比较文学》创刊号赠予了我。没想到多年后，自己也进入了《中国比较文学》编委中，参与杂志的编辑工作。

我要特别感谢业师谢天振教授、张南峰教授、黄国彬教授，在他们的教导和提携下，我得以开拓学术视野，提升了学术追求的境界。感谢哈佛大学王德威教授，我得以顺利完成了在哈佛大学的富布莱特研究项目。感谢王宏志教授的鼓励和关怀。他得知我担任了行政工作后，深感惋惜和担忧，每次见面都提醒我：一定不能丢了自己的学术研究啊！关切之殷，深为感动。我还要感谢许钧教授、罗选民教授、张英进教授、孙艺风教授的一直鼓励和帮助。

"愧"的是，自己很早外出求学，与曾外祖母、外公外婆、父母和妹妹们相处的时间太少了。现在，曾外祖母、外公外婆、父亲和妹妹小霞都已离开人间，永远离开了我。我工作到深夜时，尤其是冬雪飘临的夜晚，会不期然地想念起他们。我心里默默对他们说：我没忘记你们的恩情，我还在努力。

想想自己想做而没时间做的事，还有很多很多。我也时常问自己："时间都去哪儿了？"绝大部分时间给了工作、教学和我的学生们，而留给家人和自己的时间，太少了！

遥想40多年前，自己站在家门口，遥望远处长江边狭阳湖的余晖，心中溢满了莫名的感动和感伤；遥想30多年前，自己走在东流长江大堤上，憧憬着未来，踌躇满志；遥想20多年前，困守在九华山下，憧憬着进入著名大学的学术殿堂；遥想18年前，自己已过而立之年，仍心怀少年情怀、青春梦想，考上了硕士研究生。复试回程乘坐江轮，站在船头最顶层的甲板上，沐浴在夜风中，想象着终于可以好好读书做学问了，而兴奋不已。

时间过得真快！少年情怀已远，当年的青青子衿年华老去。年届五十,发现自己所做的,竟是那么少!愧对自己的少年情怀,愧对那个志向远大的少年,愧对那个踌躇满志的青年!前两年做过一次讲座"从少年情怀到世事沧桑——中外文学中的伤逝主题"。虽是学术讲座,也潜含了自己对少年情怀的追怀。

写文章对我来说,从来不是件轻松的事,我也从来没有体会过一挥而就的豪迈和快感。自己写作尚属勤奋,但一旦要拿出去发表,却总是踌躇不安,总是对自己的文章不满意,不敢轻易发表。现在收在本文集中的文章,不少发表在《中国比较文学》上。很多时候都是刚好缺了一篇配对的稿件,或者专栏所需,才逼迫着自己在规定的时间内写出来,也没时间由着自己磨磨蹭蹭没完没了地修改,就这样发表了。如果不是这些因素,我想自己还不知会拖延多久,才会拿出来发表。我数了数十多年来电脑中存而未发的会议论文和文章初稿,竟有30来篇,一直想改得完善些,可总是觉得不满意,就一直存在电脑里了。

记得前几年刘绍铭先生来上海讲学,讲座后的宴请,陈子善教授邀我陪同。席间,有记者问刘公:看您文章挥洒自如,妙趣横生,对您来说,写文章是不是件很轻松的事?刘公没有立即回答,但见他放下筷子,停了一会儿,才悠悠地说道:每一个爱惜自己文字的人,写文章对他来说,都不是件很轻松的事。那一刻,我想起了苏轼的诗句:"非人磨墨墨磨人。"一切隽永、富有魅力的文字,都是苦心经营的结果。蚌病成珠!我也由此想到王德威教授。他对世界华语文学的谙熟,对西方文学理论的透彻把握,运用理论而不显露声色,如盐溶入水、花匿于蜜,受到学界同仁的赞佩。最难能可贵的是,他对学术文字的精心。每写一篇文章,文字上反复推敲、斟酌。他的学术论文,除新意、创见迭出外,还雅致华赡,既是论学华章,也是流丽多姿的美文。

见贤思齐。我每写一篇文章,也至少要修改四、五稿,有时从一二万字打磨到只剩下七八千字。修改文章时,感觉自己就像是一个锻工，想着，只有一锤一锤将多余的渣滓捶打掉，器物的品质才会纯粹、精美。尽管如此，现在回头再读已发表的文章和出版的书，总能发现自己不甚满意之处。正如刘勰《文心雕龙·神思》所说："方其搦翰，气倍辞前；暨乎篇成，半折心始。"

我一直记着夏仲翼先生在给陈建华教授专著《20世纪中俄文学关系》作的序中所说的："如果每个作者，在做一个题目的时候，都有一层较高的立意，去穷尽一个专题，在主观上努力去充当一个专题的'终结者'，我们的人文科学才会庶几有成。"这也是我理想中的学者所应有的学术追求和治学境界。虽不能至，心向往之！

整理这部文集时，女儿放假从美国回来，但我还是没时间多陪陪她。人生遗憾甚多，其中的一个遗憾，就是没能细细地、完整地看着女儿从小到大的成长过程。女儿幼小时，我在外求学；等她来到身边，我又每天从早到晚忙于工作。女儿很懂事。2012年8月，女儿赴美留学前夕，恰逢我生日，她给我写了一封长长的信。信中说，她一点也不怪怨我陪她的时间太少，说从我身上感悟到了人生的意义。女儿越体谅，我越感愧疚。女儿在美国留学，读的也是比较文学专业，所以，我今后治学为文，就更得小心了。若女儿过些年学问精进，再翻阅老爸的书，而感到不以为然，那情何以堪？努力，还来得及。

我小时候考试没考好，或自我意识到犯了不该犯的错误，总是找一个僻静处，两脚并并齐，闭上眼睛，心里默念毛主席的诗"而今迈步从头越"，似乎这样对自己的不足和错误就可以"既往不咎"而重新开始了。年届五十，不能再搞这个"自省仪式"了，那就趁这部论文集的整理完成，默念一句：而今迈步从头越！

2014年5月18日

图书在版编目(CIP)数据

一苇杭之 / 查明建著. —北京：中央编译出版社，
2014.10

(比较文学与世界文学名家讲堂 / 王向远主编)

ISBN 978-7-5117-2324-6

Ⅰ. ①一… Ⅱ. ①查… Ⅲ. ①文学翻译－研究
Ⅳ. ①I046

中国版本图书馆 CIP 数据核字(2014)第 214892 号

一苇杭之

出 版 人：	刘明清
责任编辑：	邓　彤
责任印制：	尹　珺
出版发行：	中央编译出版社
地　　址：	北京西城区车公庄大街乙 5 号鸿儒大厦 B 座(100044)
电　　话：	(010) 52612345 (总编室)　　(010) 52612352 (编辑室)
	(010) 52612316 (发行部)　　(010) 52612315 (网络销售)
	(010) 52612346 (馆配部)　　(010) 66509618 (读者服务部)
传　　真：	(010) 66515838
经　　销：	全国新华书店
印　　刷：	北京时捷印刷有限公司
开　　本：	787 毫米 × 1092 毫米　1/16
字　　数：	328 千字
印　　张：	25.25
版　　次：	2014 年 10 月第 1 版第 1 次印刷
定　　价：	68.00 元

网　　址：www.cctphome.com　　邮　　箱：cctp@cctphome.com
新浪微博：@中央编译出版社　　微　　信：中央编译出版社(ID:cctphome)

本社常年法律顾问：北京市吴栾赵阎律师事务所律师　闫军　梁勤
凡有印装质量问题，本社负责调换。电话：010-66509618